À ESPERA DE FRANKIE

Da autora:

Coração e Alma

À ESPERA DE FRANKIE

Maeve Binchy

Tradução
Michele MacCulloch

Rio de Janeiro | 2014

Copyright © Maeve Binchy 2010.
Copyright da tradução © Editora Bertrand Brasil Ltda, 2014.

Título original: Minding Frankie

Capa: Raul Fernandes

Imagem de capa: Latinstock/© Justin Paget/Corbis/Corbis (DC)

Editoração: FA Studio

Texto revisado segundo o novo
Acordo Ortográfico da Língua Portuguesa

2014
Impresso no Brasil
Printed in Brazil

Cip-Brasil. Catalogação na publicação
Sindicato Nacional dos Editores de Livros. RJ

B497e	Binchy, Maeve, 1940-2012
	À espera de Frankie / Maeve Binchy; tradução Michele MacCulloch. — 1. ed. — Rio de Janeiro: Bertrand Brasil, 2014.
	476p.: 23 cm
	Tradução de: Minding Frankie ISBN 978-85-286-1899-0
	1. Ficção irlandesa. I. MacCulloch, Michele. II. Título.
	CDD: 828.99153
13-06309	CDU: 821.111(41)-3

Todos os direitos reservados pela:
EDITORA BERTRAND BRASIL LTDA.
Rua Argentina, 171 — 2º andar — São Cristóvão
20921-380 — Rio de Janeiro — RJ
Tel.: (0xx21) 2585-2070 — Fax: (0xx21) 2585-2087

Não é permitida a reprodução total ou parcial desta obra, por
quaisquer meios, sem a prévia autorização por escrito da Editora.

Atendimento e venda direta ao leitor:
mdireto@record.com.br ou (0xx21) 2585-2002

Para o querido e generoso Gordon, que faz a vida
ser maravilhosa todos os dias.

1

Katie Finglas estava chegando ao fim de um dia exaustivo no salão. Tudo de ruim que podia acontecer tinha acontecido. Uma mulher não contou que tinha uma alergia e saiu do salão cheia de caroços e com coceira na testa. A mãe de uma noiva teve um acesso de raiva e disse que estava parecendo uma vaca risonha. Um homem que pediu para fazer mechas louras no cabelo ficou paralisado quando, no meio do processo, perguntou quanto o serviço ia custar. O marido de Katie, Garry, na maior inocência, colocou as mãos sobre os ombros de uma senhora de sessenta anos que ameaçou processá-lo por assédio sexual.

Ela olhou para o homem parado à sua frente, um padre alto com cabelo castanho-claro e alguns fios grisalhos.

— A senhora deve ser Katie Finglas e suponho que seja a dona do estabelecimento — disse o padre, olhando o inocente salão à sua volta com tanto nervosismo que o lugar parecia um bordel de luxo.

— Isso mesmo, padre — disse Katie, suspirando. O que podia ser agora?

— É que eu estava conversando com umas meninas que trabalham aqui no centro, no cais, entende, e elas me falaram...

Katie se sentia exausta. Dava emprego a duas garotas que largaram a escola, pagava um salário adequado, treinava as meninas. Que tipo de reclamação elas podiam ter feito para o padre?

— Sim, padre, qual é exatamente o problema? — perguntou ela.

— Bem, é de fato um problema. Achei que seria melhor vir falar diretamente com a senhora. — Ele parecia pouco à vontade.

— Muito bem, padre — disse Katie. — Então, me diga o que é.

— É uma mulher. Stella Dixon. Ela está no hospital...

— Hospital?

A cabeça de Katie girou. O que *poderia* ser? Alguém que inalou peróxido?

— Sinto muito. — Tentou um tom de voz neutro.

— Isso, mas ela quer fazer o cabelo.

— Está dizendo que ela ainda confia na gente?

Às vezes, a vida é extraordinária.

— Não, acho que ela nunca esteve aqui... — Ele parecia confuso.

— E qual é o seu interesse em tudo isso, padre?

— Sou Brian Flynn e, no momento, estou trabalhando como capelão no Hospital Santa Brígida enquanto o capelão oficial está em Roma em uma peregrinação. Entre pedidos para levar cigarros e bebidas, esse foi o único pedido sério que um paciente me fez.

— O senhor quer que eu vá fazer o cabelo de uma pessoa no hospital?

— Ela está muito doente. Está morrendo. Eu acho que ela precisava de uma pessoa mais experiente para conversar. Não que a senhora pareça velha. Não passa de uma menina — disse o padre.

— Deus, que desperdício para as mulheres da Irlanda o senhor ter ido para o seminário — disse Katie. — Padre, me diga os detalhes e levarei minha maleta mágica para fazer uma visita a ela.

— Muito obrigado, sra. Finglas. Está tudo anotado aqui.

Padre Flynn entregou um papel a ela.

Uma mulher de meia-idade se aproximou da mesa. Usava óculos na ponta do nariz e tinha uma expressão de ansiedade no rosto.

— Suponho que ensine às pessoas os truques da profissão de cabeleireiro — disse ela.

— Sim, eu diria que ensino a *arte* de ser cabeleireiro, como gostamos de falar — disse Katie.

— Uma prima minha que mora nos Estados Unidos vem passar umas semanas aqui. Ela comentou que por lá existem lugares onde se pode fazer o cabelo por quase nada se você deixa a pessoa praticar em você.

— Bem, nas noites de terça-feira eu dou aulas; as pessoas trazem as próprias toalhas e nós lhes damos um novo estilo. Costumam contribuir com cinco euros para uma instituição de caridade.

— Hoje é terça-feira! — exclamou a mulher, triunfante.

— É verdade — disse Katie, através de dentes cerrados.

— Então, posso me inscrever? Sou Josie Lynch.

— Ótimo, sra. Lynch, nos vemos depois das sete — disse Katie, anotando o nome dela.

Os olhos dela encontraram os do padre. Havia compreensão e compaixão neles.

Nem tudo são flores quando se tem o próprio salão de beleza.

* * *

Josie e Charles Lynch moravam no número 23 da Vila de São Jarlath desde que se casaram trinta e dois anos antes. Viram muitas mudanças na área. A loja da esquina tinha se transformado em um minimercado; a antiga lavanderia, onde os lençóis eram passados e dobrados, agora era uma lavanderia automática, onde as pessoas deixavam sacas enormes cheias de roupas misturadas para serem lavadas. Havia agora uma clínica médica decente com quatro médicos, onde antes atendia apenas o velho dr. Gillespie, que colocou todos eles no mundo e, depois, viu todos desaparecerem dele.

Durante a alta do boom econômico, as casas da Vila de São Jarlath mudaram de mãos por assustadoras quantias de dinheiro. Havia uma grande demanda por casas pequenas com jardim perto do centro da cidade. Agora, isso não acontecia mais — a recessão tinha sido um grande equalizador; ainda assim era uma área muito mais valorizada do que três décadas atrás.

Afinal, era só olhar para Molly e Paddy Carroll e o filho Declan — médico —, um médico formado de verdade! Ou a filha de Muttie e Lizzie Scarlet, Cathy. Ela era dona de um bufê que era contratado para eventos de primeira.

Mas muitas coisas tinham mudado para pior. Não havia mais aquele espírito de comunidade. Procissões não subiam e desciam mais as ruas de Crescent na festa de Corpus Christi como três décadas atrás. Josie e Charles se sentiam sozinhos no mundo e, certamente, na Vila de São Jarlath, por isso eles se ajoelhavam toda noite e rezavam o rosário.

Sempre tinha sido assim.

Quando se casaram, planejaram uma vida fundamentada na máxima de que uma família que reza unida permanece unida.

À Espera de Frankie

Achavam que teriam oito ou nove filhos, porque Deus nunca colocava neste mundo uma boca que não pudesse alimentar. Mas não era para ser. Depois de Noel, Josie recebeu a notícia de que não teria mais filhos. Foi difícil aceitar. Ambos vinham de famílias grandes, seus irmãos e irmãs formaram famílias grandes. Mas talvez fosse para ser assim.

Sempre sonharam que Noel se tornaria padre. A poupança feita em prol de sua educação para o seminário começou antes de ele completar três anos. O dinheiro era tirado do salário de Josie na fábrica de biscoito. Toda semana, um pouco mais era depositado na poupança, e, toda sexta-feira, quando Charles recebia seu envelope no hotel onde era porteiro, uma quantia também era depositada. Noel receberia a melhor educação religiosa quando chegasse a hora.

E foi com grande surpresa e decepção que Josie e Charles receberam a notícia de que seu filho não tinha o menor interesse na vida religiosa. Os Irmãos disseram que ele não mostrava nenhum sinal de vocação, e quando o assunto foi abordado com Noel, quando tinha catorze anos, ele dissera que essa era a última profissão do mundo que escolheria.

Isso era definitivo.

Não tão definitivo, porém, era o que ele realmente queria fazer. Noel era reticente a esse respeito, apenas dizia que gostaria de ter um escritório. Não trabalhar em um escritório, mas ter um. Não demonstrava o menor interesse em estudar administração, contabilidade, economia ou qualquer área para a qual a orientação vocacional tentasse encaminhá-lo. Ele dizia que gostava de arte, mas não queria pintar. Quando pressionado, dizia que gostava de olhar quadros e pensar sobre eles. Desenhava bem; sempre tinha um caderno e um lápis consigo, e era fácil encontrá-lo em algum canto, curvado sobre o caderno, desenhando um rosto ou um animal. É claro que isso não levava a carreira nenhuma, mas Noel nunca esperou que levasse. Fazia os deveres de casa na mesa da cozinha, suspirando de vez em quando, mas nunca ficava animado ou empolgado. Nas reuniões de pais, Josie e Charles questionaram isso. Perguntavam-se se alguma coisa na escola despertava algum interesse no filho. Qualquer coisa.

Os professores ficavam perdidos. A maioria dos garotos era impenetrável aos catorze, quinze anos, mas em geral já tinham decidido o que queriam fazer. Ou, muitas vezes, não fazer nada. Eles diziam que Noel Lynch ficara ainda mais quieto e introspectivo do que já era.

Josie e Charles se perguntavam se aquilo era certo.

Noel certamente era tranquilo, e tinha sido um grande alívio para eles o fato de ele não encher a casa de rapazes barulhentos, um socando o outro. Mas eles achavam que aquilo fazia parte da vida espiritual dele, uma preparação para o futuro como padre. Agora parecia que esse, com certeza, não era o caso.

Talvez, pensava Josie, Noel fosse apenas contra a linha religiosa dos Irmãos. Talvez tivesse uma vocação diferente e quisesse se tornar um jesuíta ou missionário.

Aparentemente não.

E, quando completou quinze anos, disse que não queria mais participar do rosário da família, que era apenas um ritual de orações sem significado que se repetia infinitamente. Não se importava em fazer o bem para as pessoas, tentar melhorar um pouco a vida dos menos favorecidos, mas certamente nenhum Deus queria aqueles quinze minutos de ladainha.

Quando estava com dezesseis anos, os pais perceberam que ele não ia mais à missa aos domingos. Alguém o vira no canal quando deveria estar na missa matinal na igreja da esquina. Disse a eles que não tinha por que continuar na escola pois não havia mais nada que precisasse aprender lá. Estavam contratando pessoas para serviços de escritório na loja de materiais de construção Hall's e dando treinamento. Poderia trabalhar em vez de ficar em casa sem fazer nada.

Os padres e professores da escola disseram que era sempre uma pena quando viam um garoto estudar e largar a escola sem nenhuma qualificação, mas não se importavam, era muito difícil tentar despertar o interesse do rapaz em qualquer coisa. Ele parecia apenas sentar e esperar que o dia chegasse ao fim. Talvez fosse até melhor que largasse a escola agora. Arranjar um emprego para ele na Hall's; dar-lhe um salário toda semana e, então, esperar para ver pelo que ele se interessaria, se é que se interessaria por alguma coisa.

Josie e Charles pensavam com tristeza na poupança que crescia no banco havia anos. Dinheiro que nunca seria usado para fazer Noel se tornar um reverendo. Um gentil padre sugeriu que eles usassem o dinheiro em uma viagem, mas Charles e Josie ficaram chocados. Aquele dinheiro fora poupado para o trabalho do Senhor; e seria gasto no trabalho do Senhor.

Noel conseguiu o emprego na Hall's. Conheceu os colegas de trabalho sem muito entusiasmo. Eles não seriam seus amigos ou colegas mais do que os alunos da escola. Ele não *queria* ficar sozinho o tempo todo, mas era mais fácil.

Com o passar dos anos, Noel combinou com a mãe que não se sentaria mais à mesa com eles para as refeições. Almoçaria no meio da tarde e, à noite, ele mesmo prepararia seu lanche. Dessa forma, não participava do rosário, da socialização com vizinhos devotos e dos interrogatórios sobre o que fizera naquele dia, que era o acompanhamento natural das refeições na casa dos Lynch.

Passou a chegar cada vez mais tarde em casa. E também passou a frequentar o pub do Casey no caminho — um grande celeiro —, um lugar reconfortante e anônimo ao mesmo tempo. E também era familiar porque todo mundo sabia seu nome.

— Já vou trazer para você — dizia o filho boçal do dono.

O Velho Casey, que falava pouco, mas via tudo, olhava por cima dos óculos enquanto limpava os copos de cerveja com um pano limpo.

— Noite, Noel — dizia ele, tentando combinar educação, por ser o dono do estabelecimento, com um tom de desaprovação que tinha por Noel. Afinal, era conhecido do pai do rapaz. Deveria ficar feliz por seu pub estar vendendo cerveja, muitas cervejas, no decorrer da noite, mas ficava decepcionado ao ver que Noel não gastava seu salário com mais sabedoria. Mesmo assim, Noel gostava daquele lugar. Não era um pub da moda, com preços exorbitantes. Não ficava cheio de meninas com seus risinhos e atrapalhando os homens enquanto bebiam. As pessoas o deixavam em paz ali.

Aquilo não tinha preço.

Quando chegou em casa, Noel percebeu que sua mãe estava diferente. Mas não sabia por quê. Ela usava o casaco de tricô vermelho que só colocava em ocasiões especiais. Na fábrica de biscoitos onde trabalhava, os funcionários tinham uniforme, o que ela achava maravilhoso, pois não precisava vestir suas roupas boas. A mãe de Noel não usava maquiagem, então não era aquilo.

Ele acabou percebendo que era o cabelo dela. Sua mãe tinha ido a um salão de beleza.

— Você fez o cabelo, mãe! — disse ele.

Josie Lynch passou a mão no cabelo, satisfeita.

— Eles capricharam, não foi? — disse ela, como se frequentasse salões de beleza regularmente.

— Muito bonito, mãe — disse ele.

— Posso colocar água para ferver se você quiser um chá — ofereceu ela.

À Espera de Frankie

— Não, mãe, tudo bem.

Estava ansioso para sair dali e ficar na segurança de seu quarto. E, então, Noel lembrou-se de que sua prima Emily chegaria dos Estados Unidos no dia seguinte. A mãe devia estar se arrumando para sua chegada. Parecia que essa tal de Emily ficaria algumas semanas. Mas ainda não sabiam exatamente quantas...

Noel não se envolveu muito na visita, fazendo apenas o que precisava fazer, como ajudar o pai a pintar o quarto dela e esvaziar o banheiro do andar de baixo, onde colocaram azulejos nas paredes e instalaram um chuveiro novo. Não sabia muito sobre ela; era uma mulher mais velha, de cinquenta e poucos anos talvez, filha única do irmão mais velho de seu pai, Martin. Era professora de artes, mas perdeu o emprego inesperadamente e estava usando as economias para conhecer o mundo. Começaria por Dublin, que seu pai deixara muitos anos antes para ir atrás de dinheiro nos Estados Unidos.

Não foi muito dinheiro, dizia Charles. O irmão mais velho da família trabalhara em um bar, do qual era o melhor cliente. Nunca procurou a família. Todos os cartões de Natal eram enviados por esta Emily, que também escreveu para contar primeiro da morte do pai, depois da mãe. Ela parecia muito séria e dissera que, quando chegasse a Dublin, queria contribuir com as despesas da casa, pois, como estava deixando seu pequeno apartamento em Nova York, isso seria o mais justo a se fazer. Josie e Charles também estavam certos de que Emily era uma pessoa sensata, e ela prometera não atrapalhar a vida deles e garantira que não estava indo atrás de diversão. Disse que encontraria muita coisa com o que se ocupar.

Noel suspirou.

Seria mais um evento trivial que seus pais elevariam à máxima potência de drama. Assim que chegasse, a mulher escutaria sobre

15

seu futuro promissor na Hall's, sobre o trabalho de sua mãe na fábrica de biscoitos e o cargo de porteiro sênior de seu pai em um importante hotel. Escutaria sobre o declínio moral na Irlanda, a falta de quorum nas missas de domingo e que as bebedeiras mantinham as emergências dos hospitais sempre cheias. Eles convidariam Emily para participar do rosário da família.

A mãe de Noel já passara um tempo considerável se perguntando onde deveriam colocar o quadro do Sagrado Coração e da Nossa Senhora do Perpétuo Socorro no quarto recém-pintado. Noel conseguira evitar ainda mais discussão sobre a agonizante escolha, sugerindo que esperassem até ela chegar.

— Ela era professora de artes, mãe, talvez traga os próprios quadros — disse ele, e, por incrível que pareça, sua mãe concordou na mesma hora.

— Você está certo, Noel. Tenho a mania de tomar todas as decisões do mundo. Será bom ter outra mulher para dividir isso comigo.

Noel esperava que ela estivesse certa e que aquela mulher não atrapalhasse a vida deles. De qualquer forma, seria um momento de mudança na casa. Seu pai se aposentaria como porteiro dentro de um ou dois anos. Sua mãe ainda tinha mais alguns anos na fábrica de biscoitos, mas ela achava que também conseguiria se aposentar e fazer companhia para Charles, assim os dois fariam trabalhos de caridade. Tinha esperanças de que Emily tornaria a vida deles menos complicada, em vez de complicá-la mais.

Mas não pensou muito no assunto.

Noel seguia sua vida não pensando muito em nada: nem no seu emprego sem futuro na Hall's, nem nas horas e no dinheiro gastos no pub do velho Casey, nem no fanatismo religioso de seus pais, que achavam que a resposta para a maioria dos problemas do mundo estava no rosário. Noel não pensava na falta de uma namorada fixa em sua vida. Simplesmente ainda não tinha conhecido ninguém, só isso. Nem se preocupava com a falta de amigos e colegas. Em alguns lugares era fácil fazer amigos. Na Hall's, não era. Noel já decidira que a melhor maneira de lidar com as coisas que não eram tão boas era não pensar nelas. Tinha dado certo até agora.

Por que consertar as coisas se elas não estão quebradas?

Charles Lynch estava muito quieto. Nem notara o novo corte de cabelo da esposa. Nem desconfiava que o filho tomara quatro cervejas no caminho para casa. Achava difícil se interessar pela chegada da filha de seu irmão Martin, Emily, na manhã seguinte. Martin deixara claro que não tinha o menor interesse na família que deixara para trás.

Emily certamente tinha sido uma boa correspondente no decorrer dos anos — a ponto de se oferecer para pagar pela cama e pelas refeições. Essa ajuda, na verdade, seria muito bem-vinda atualmente. Naquela manhã, disseram para Charles Lynch que seus serviços de porteiro no hotel não seriam mais necessários. Ele e outro porteiro "mais velho" deixariam o posto no final do mês. Charles estava tentando encontrar as palavras para contar a Josie desde que chegara em casa, mas elas simplesmente não vinham.

Podia repetir o que o jovem de terno lhe dissera mais cedo, naquele mesmo dia: uma série de frases sobre aquilo não ter nada a ver com Charles ou com sua lealdade ao hotel. Ele estivera lá, garoto e homem, resplandecente em seu uniforme, e fazia parte da velha imagem. Mas isso era exatamente o que ele era — uma velha imagem. Os novos donos insistiam em uma nova imagem, e quem podia atrapalhar o progresso?

Charles achara que envelheceria naquele emprego. Que um dia haveria um jantar para ele, no qual Josie iria e usaria um vestido longo. Ele receberia um relógio de ouro de presente. Agora, nada disso iria acontecer.

Em uma ou duas semanas, não teria mais emprego.

Havia poucas oportunidades de trabalho para um homem de sessenta e poucos anos dispensado do hotel onde trabalhara desde os dezesseis. Charles Lynch gostaria de poder conversar com o filho sobre isso, mas ele e Noel não tinham uma boa conversa havia anos. Se é que um dia tiveram. O garoto estava sempre ansioso para ir para o quarto e resistia a quaisquer perguntas ou discussões. Não seria justo despejar tudo isso em cima dele agora.

Charles não encontraria um ombro amigo ou nenhum tipo de conselho. Apenas conte para Josie e acabe logo com isso, dizia para si mesmo. Mas ela estava tão animada com a chegada dessa mulher vinda dos Estados Unidos. Talvez devesse deixar para contar dali a uns dois dias. Charles suspirou e pensou no péssimo timing dos acontecimentos.

Para: Emily

De: Betsy

Espero que tenha decidido não ir para a Irlanda. Vou sentir muitas saudades.

Gostaria que você tivesse deixado que eu fosse vê-la partir... mas você sempre foi do tipo de tomar decisões rápidas e impulsivas. Por que eu deveria esperar que tivesse mudado agora?

Eu sei, deveria dizer que desejo que encontre tudo que procura em Dublin, mas, de certo modo, não quero que encontre. Quero que diga que foi maravilhoso por seis semanas e, então, chegou a hora de voltar para casa.

Não será a mesma coisa aqui sem você. Está tendo um vernissage a apenas um quarteirão daqui e eu simplesmente não consigo me forçar a ir sozinha. Com certeza, não irei tanto a matinês no teatro como ia com você.

À Espera de Frankie

Receberei o seu aluguel toda sexta-feira com a estudante que alugou seu apartamento. Ficarei de olho para o caso de ela plantar qualquer planta diferente nas jardineiras.

Não deixe de me escrever e contar tudo sobre o lugar em que vai ficar — não esqueça de nada. Que bom que você vai levar seu laptop. Não haverá desculpa para não manter contato. Manterei você informada sobre Eric na loja de malas. Ele realmente está interessado em você, Emily, acredite você ou não.

Espero que ligue logo seu laptop e me mande notícias sobre a sua chegada à terra de Shamrock.

Com carinho de sua amiga solitária,

Betsy

Para: Betsy

De: Emily

Quem disse que eu teria de esperar chegar à Irlanda para ter notícias suas? Estou no JFK e o computador funciona aqui.

Ridículo! Você não vai sentir saudades de mim — você e sua imaginação fértil! Você terá mil fantasias. Eric não está interessado em mim, nem de longe. Ele é um homem de poucas palavras, e nenhuma delas é para papo furado. Ele fala de mim para você porque é tímido demais para falar com você. Mas você certamente sabe disso!

Também vou sentir saudades de você, Bets, mas isso é algo que preciso fazer.

Prometo que manterei contato. Você provavelmente vai receber cartas minhas de vinte páginas por dia e desejar não ter me encorajado!

Com carinho,

Emily

— Será que deveríamos ter ido ao aeroporto encontrá-la? — disse Josie Lynch pela quinta vez naquela manhã.

— Ela disse que preferia vir sozinha para cá — disse Charles, da mesma forma que dissera nas quatro vezes anteriores.

Noel apenas tomava seu chá e não dizia nada.

— Ela escreveu e disse que o avião poderia chegar mais cedo se o vento estivesse bom. — Josie falava como se viajasse com frequência.

— Então, ela deve estar chegando a qualquer momento... — sugeriu Charles com o coração pesado.

Não queria ter de ir para o hotel esta manhã, sabendo que seus dias lá estavam contados. Haveria tempo suficiente para contar para Josie uma vez que aquela mulher estivesse acomodada. A filha de Martin! Esperava que ela não tivesse herdado a ambição do pai.

Ouviram a campainha. O rosto de Josie se iluminou. Ela arrancou a xícara de chá da mão de Noel e tirou o pote de ovo e o prato vazios da frente de Charles. Dando batidinhas no seu novo corte de cabelo, falou em um tom de voz alto e falso:

— Abra a porta, por favor, Noel, e receba a sua prima.

Noel abriu a porta e encontrou uma mulher pequena, de quarenta e poucos anos, com cabelo despenteado e capa de chuva marfim. Ela trazia duas malas vermelhas com rodinhas. Parecia estar totalmente no comando da situação. Primeira vez em seu país, e ela encontrou Vila de São Jarlath sem a menor dificuldade.

— Você deve ser Noel. Espero não ter chegado cedo demais para os horários da casa.

— Não, estamos todos de pé. Já estávamos indo para o trabalho. A propósito, seja bem-vinda.

— Obrigada. Bem, posso entrar?

Noel percebeu que provavelmente a deixou toda vida parada na porta, mas tinha acabado de acordar. Só por volta das onze

À Espera de Frankie

horas, quando tomava a primeira cubra-libre, que se sentia no controle de seu dia. Noel tinha certeza de que ninguém na Hall's sabia daquela dose matinal de álcool. Disfarçava bem e sempre deixava uma garrafa verdadeira de Coca Diet aparecendo na mochila. Acrescentava a vodca de outra garrafa quando estava sozinho.

Levou a pequena americana até a cozinha, onde seus pais a cumprimentaram com beijos no rosto e comentaram como era maravilhoso esse dia em que a filha de Martin Lynch voltara para a terra de seus ancestrais.

— Nós nos vemos de noite, então, Noel — disse ela.

— Sim, claro. Talvez eu me atrase um pouco. Muitas coisas para fazer. Mas fique à vontade...

— Pode deixar, e obrigada por concordar em dividir seu lar comigo.

Ele foi embora. Ao fechar a porta e sair, podia escutar o orgulho na voz de sua mãe ao mostrar o quarto recém-decorado. E também escutou sua prima exclamar que era perfeito.

Noel achou que seu pai estava muito quieto naquela manhã e na noite anterior. Mas devia ser apenas sua imaginação. Seu pai não tinha nenhuma preocupação, contanto que ninguém criasse caso com ele no hotel e enquanto tivesse certeza de que rezaria o rosário todas as noites, uma visita anual a Lurdes para ver o santuário e falar sobre, quem sabe, um dia ir mais longe, Roma talvez ou a Terra Santa. Charles Lynch tinha sorte de ser um homem que se contentava com as coisas como eram. Ele não precisava se anestesiar do peso das noites e dos dias, passando longas horas bebendo no pub do velho Casey.

Noel caminhou até o final da rua, onde pegaria o ônibus. Caminhou como fazia todas as manhãs, cumprimentando pessoas, mas sem ver nada, nenhum detalhe sobre o que lhe cercava.

Perguntou-se o que aquela americana com jeitão de ocupada faria ali.

Provavelmente, ficaria uma semana e, então, entraria em desespero.

Na fábrica de biscoitos, Josie contou a todos sobre a chegada de Emily, que conseguira encontrar Vila de São Jarlath como se fosse nascida e criada lá. Josie disse que ela era uma pessoa muito gentil e que se oferecera para preparar o jantar de todos naquela noite. Era só dizer o que gostavam e não gostavam e mostrar a ela onde ficava o mercado. Aparentemente, ela não precisava descansar porque dormira a noite toda no avião. Ela elogiou tudo na casa e disse que jardinagem era seu hobby, então procuraria algumas plantas quando fosse fazer compras. Se eles não se importassem, claro.

As outras mulheres disseram que Josie devia se considerar uma mulher de sorte. A americana podia ter se revelado uma pessoa difícil.

No hotel, Charles foi a mesma pessoa de sempre, simpático com todos que encontrava. Ele carregava malas dos táxis, mostrava aos turistas como chegar aos pontos turísticos de Dublin, pesquisava o horário das apresentações nos teatros, tomou conta de um tristonho e gordo spaniel que tinha sido amarrado à grade do hotel. Charles conhecia o cachorrinho: Caesar. Geralmente estava grudado com a sra. Monty — uma excêntrica senhora que usava um enorme chapéu, três colares de pérolas e um casaco de pele, nada mais. Quando alguém a irritava, ela abria o casaco, deixando a pessoa sem palavras.

O fato de ter deixado o cachorro ali significava que fora levada para a clínica psiquiátrica. A julgar pelas outras vezes, ela

À Espera de Frankie

conseguiria ser liberada da clínica em uns três dias e voltaria para pegar Caesar e levá-lo de volta para sua imprevisível vida.

Charles suspirou.

Da última vez, conseguira esconder o cachorro no hotel até que a sra. Monty voltasse para pegá-lo, mas as coisas estavam diferentes agora. Levaria o cachorro para casa na hora do almoço. Josie não ia gostar. Nem um pouco. Mas São Francisco de Assis defendia os animais. Se eles acabassem tendo uma grande e dramática discussão, ela não iria contra São Francisco. Esperava que a filha de seu irmão não tivesse alergia ou algo contra cachorros. Ela parecia bem sensata.

Emily passara a manhã ocupada fazendo compras. Estava cercada de comida quando Charles chegou. Na mesma hora, ela preparou uma xícara de chá e um sanduíche de queijo para ele.

Charles ficou agradecido. Tinha pensado que não conseguiria almoçar. Apresentou Caesar a Emily e contou a ela a história por trás de sua chegada a Vila de São Jarlath.

Emily Lynch pareceu achar a coisa mais natural do mundo.

— Que pena que eu não sabia que ele viria. Poderia ter comprado um osso para ele — disse ela. — Conheci o simpático sr. Carroll, seu vizinho, o açougueiro. Ele deve conseguir um osso para mim.

Ela estava ali não havia cinco minutos e já conhecia os vizinhos!

Charles a fitou, admirado.

— Bem, você é um poço de energia — disse ele. — Se aposentou muito cedo para uma pessoa tão dinâmica.

— Ah, não. Eu não escolhi me aposentar — falou Emily enquanto colocava uma corrente de massa em volta da torta.

— Não mesmo, eu amava meu trabalho. Eles me mandaram embora. Disseram que eu *tinha* de ir embora.

— Por quê? Por que eles fizeram isso? — Charles estava chocado.

— Porque eles achavam que eu era velha e cautelosa e sempre a mesma coisa. Era uma questão de eu ter um estilo antigo. Velha guarda. Eu levava os alunos para visitar galerias e exposições. Eles carregavam um papel com vinte perguntas e passavam a manhã tentando encontrar as respostas. Eu dava a eles fundamentos de como apreciar um quadro ou uma escultura. Bem, era o que eu achava. Então, veio o novo diretor, uma criança também, com a ideia de que ensinar arte era dar espaço à livre expressão. Ele queria recém-formados que soubessem fazer isso. Eu não sabia, então tive de ir embora.

— Eles não podem ter mandado você embora por ser madura, certo?

Charles compreendia. Seu caso era diferente. Ele era o rosto do hotel para o público, disseram para ele, e os tempos atuais exigiam que o rosto do hotel fosse jovem. Isso era cruelmente lógico. Mas Emily não era velha. Nem tinha chegado aos cinquenta ainda. Deveria haver leis que proibissem esse tipo de discriminação.

— Não, eles não me falaram claramente que eu estava demitida. Apenas me esconderam, me colocaram para arquivar papéis, longe das crianças, longe do estúdio de arte. Era insuportável, então saí. Mas eles me forçaram a sair.

— Você ficou chateada? — Charles era solidário.

— Ah, sim, no começo fiquei. Fiquei muito chateada mesmo. Era como se estivessem menosprezando o trabalho que fiz em todos aqueles anos. Eu estava acostumada a encontrar pessoas nas galerias de arte que diziam "Srta. Lynch, foi você quem despertou em mim o interesse pela arte", então achei que tudo isso estava esquecido depois que me afastaram. Como se dissessem que eu não contribuí para nada.

Charles sentiu seus olhos se encherem de lágrimas. Ela estava descrevendo exatamente seus próprios anos como porteiro do hotel. Esquecido. Era como se sentia.

Emily já tinha se animado de novo, enfeitado a torta com trancinhas de massa e limpado a mesa da cozinha.

— Mas a minha amiga Betsy disse que eu era maluca de ficar quieta no meu canto. Falou que eu deveria pedir demissão imediatamente e fazer o que eu realmente queria. Começar o resto da minha vida, foi como ela chamou.

— E foi o que você fez? — perguntou Charles.

Os Estados Unidos não eram um lugar maravilhoso? Ele não poderia fazer isso na Irlanda — nem em um milhão de anos.

— Foi. Sentei e fiz uma lista do que eu queria fazer. Betsy estava certa. Se tivesse conseguido um emprego em outra escola, talvez a mesma coisa tivesse acontecido. Eu tinha uma poupança, então podia me dar o luxo de ficar sem trabalhar por um tempo. O problema era que eu não sabia exatamente o que queria fazer, então fiz várias coisas.

"Primeiro fiz um curso de culinária. Tchan tchan tchan. Por isso faço uma torta tão rápido. Depois, fui fazer um curso intensivo e aprendi a mexer em computadores e a usar a internet para arranjar um emprego em um escritório se precisasse. Então, fui para esse centro de jardinagem onde havia aulas. Então, agora que sei fazer um monte de coisas, resolvi sair e ver o mundo."

— E Betsy? Ela também fez isso?

— Não. Ela já sabia usar a internet e não quis aprender a cozinhar porque está sempre de dieta, mas ela também gosta de jardineiras como eu.

— E se lhe chamassem de volta para seu velho emprego? Você voltaria?

— Não, agora não posso mais, mesmo se *pedissem*. Não, atualmente estou muito ocupada — respondeu Emily.

— Entendo. — Charles assentiu. Ele estava prestes a dizer alguma coisa, mas desistiu. Disfarçou, colocando mais água no chá.

Emily sabia que ele queria falar alguma coisa; ela sabia escutar. Ele acabaria dizendo.

— O negócio é o seguinte — disse ele devagar e de forma sofrida —, bem, essas novas vassouras que deveriam deixar tudo limpo... elas estão varrendo coisas importantes e valiosas junto com as teias de aranha e sei lá mais o quê...

Emily então percebeu. Teria de lidar com aquilo de forma cuidadosa. Fitou-o com um olhar compreensivo.

— Tome mais uma xícara de chá, tio Charles.

— Não, preciso voltar — disse ele.

— Precisa? Quero dizer, pense um pouco, tio Charles. Você realmente precisa? O que mais eles podem fazer pelo senhor? Que eles ainda não tenham feito...

Ele a fitou longamente.

Ela compreendeu.

Essa mulher, que ele nunca tinha visto antes daquela manhã, percebeu, sem nem mesmo precisar escutar as palavras, exatamente o que tinha acontecido com Charles Lynch. Algo que a própria esposa e o filho não viram.

A torta de frango foi um sucesso naquela noite. Emily preparara uma salada também. Os três conversaram com facilidade, e Emily introduziu o assunto de sua aposentadoria.

— É impressionante como a coisa que mais tememos pode se mostrar uma grande bênção disfarçada! Eu nunca tinha me dado conta, até não precisar mais, quanto tempo da minha vida tinha passado dentro de trens e ônibus. Por isso eu não tinha tempo para aprender a usar a internet e fazer jardinagem em pequena escala.

Charles a fitou com admiração. Sem parecer que sabia o que estava fazendo, ela abriu caminho para ele. Tinha planejado contar para Josie no dia seguinte, mas talvez devesse contar agora, naquele instante.

Foi muito mais fácil do que ele algum dia pensou ser possível. Explicou devagar que já havia bastante tempo vinha pensando em sair do hotel. O assunto havia surgido recentemente em uma conversa e, de modo surpreendente, o afastamento também seria bom para o hotel, por isso a saída dele seria um acordo mútuo. Agora só precisava garantir que receberia uma boa indenização.

Ele disse que, durante a tarde toda, sua cabeça fervilhava com ideias de coisas que gostaria de fazer.

Josie foi pega de surpresa. Fitou ansiosa o marido, talvez aquilo fosse apenas uma fachada. Talvez ele estivesse apenas se vangloriando, mas por dentro devia estar sofrendo. Aparentemente, porém, ele parecia estar sendo sincero.

— Suponho que seja o que o Nosso Senhor deseja para você — disse ela, sempre devota.

— Sim, e estou agarrando a oportunidade com unhas e dentes.

Charles Lynch estava realmente falando a verdade. Não se sentia tão livre havia anos. Desde que conversara com Emily naquele dia na hora do almoço, começara a ver que havia todo um mundo lá fora.

Emily ia e vinha pegando os pratos, trazendo a sobremesa e, vez ou outra, entrava na conversa sem muito esforço. Quando o tio disse que levaria o cachorro da sra. Monty para passear até que ela fosse liberada de onde quer que estivesse, Emily sugeriu que Charles também poderia cuidar dos cachorros de outras pessoas.

— Aquele senhor gentil, Paddy Carroll, ele tem um cachorro enorme chamado Dimples que precisa perder, pelo menos, uns cinco quilos — disse ela, animada.

— Eu não poderia cobrar de Paddy — protestou Charles.

Josie concordou com ele.

— Emily, Paddy e Molly Carroll são nossos vizinhos. Seria estranho pedir dinheiro a eles para que Charles levasse aquele cachorro bobo para passear. Soaria grosseiro.

— Entendo, claro, vocês não querem ser grosseiros, mas ele acabaria arranjando alguma outra forma de agradecer, lhe dando uns pedaços de carne de cordeiro ou um pedaço de carne melhor de vez em quando.

Emily acreditava piamente na permuta e Charles parecia achar que isso era possível.

— Mas isso não seria um emprego de verdade, Emily, uma profissão, uma vida como a que Charles tinha no hotel. Onde ele era uma pessoa que importava.

— Eu não sobreviveria apenas levando cachorros para passear, mas talvez pudesse arranjar um emprego em um canil, eu adoraria — disse Charles.

— E tem mais alguma coisa que vocês dois realmente gostariam de fazer? — Emily estava sendo gentil. — Sabem, eu curti tanto pesquisar as minhas raízes, fazer a minha árvore genealógica. Não que eu esteja sugerindo que façam o mesmo, claro.

— Bem, sabe o que nós sempre quisemos fazer...? — começou Josie, titubeando.

À Espera de Frankie

— Não. O quê? — Emily se interessava por tudo, por isso era tão fácil conversar com ela.

Josie continuou:

— Sempre achamos uma pena São Jarlath não ser comemorado na nossa vizinhança. Quero dizer, a nossa rua leva o nome dele, mas ninguém sabe nada sobre ele. Charles e eu estávamos pensando que podíamos arrecadar fundos para erguer uma estátua em memória dele.

— Uma estátua para São Jarlath! Imaginem! — Emily ficou surpresa. Talvez tivesse errado ao encorajá-los a pensar livremente. — Ele não é de muito tempo atrás? — Estava sendo cuidadosa para não jogar água fria nos planos de Josie, ainda mais por ter visto o rosto de Charles se iluminar com entusiasmo.

Josie nem ligou para a objeção dela.

— Ah, isso não é problema. Se ele é santo, não importa se morreu apenas há alguns anos ou no século seis — disse Josie.

— Século *seis*? — Era pior do que Emily imaginara.

— Isso, ele morreu por volta do ano 520 d.C., seis de junho é o dia dele.

— Seria a época do ano perfeita para uma pequena procissão até o santuário dele. — Charles já estava com a cabeça cheia de planos.

— E ele era daqui? — perguntou Emily.

Aparentemente não. Jarlath nascera do outro lado do país, na costa do Atlântico. Fundara a primeira arquidiocese de Tuam. Ele fora mestre de outros grandes homens sagrados, até outros santos: São Brandão de Clonfert e São Colman de Coyne. Lugares que ficavam a quilômetros de distância dali.

— Mas as pessoas daqui sempre foram devotas a ele — explicou Charles.

— Por qual outro motivo dariam o nome dele à rua? — questionou Josie.

Emily se perguntou o que teria acontecido se seu pai, Martin Lynch, tivesse ficado ali. Ele seria uma pessoa simples, fácil de agradar, como Charles e Josie, em vez do bêbado infeliz em quem se transformara em Nova York. Mas toda essa história do santo que morreu a quilômetros dali, séculos atrás, era uma loucura, não?

— É claro que o problema seria arrecadar fundos para essa campanha da estátua e, ao mesmo tempo, ganhar um sustento — disse Emily.

Aparentemente, isso não era problema. Eles tinham economizado dinheiro durante anos, com esperança de usar na educação de Noel para padre. Dar um filho a Deus. Mas isso não aconteceu. A intenção dos dois sempre foi dedicar essas economias a Deus, de qualquer forma, e aquela era a oportunidade perfeita.

Emily Lynch disse a si mesma que não devia tentar mudar o mundo. Agora não era hora de pensar em todas as boas causas para onde o dinheiro poderia ir — muitas delas até administradas pela Igreja Católica. Emily preferia ver todo aquele dinheiro sendo usado para cuidar de Josie e Charles, e dar a eles um pouco de conforto depois de uma vida de longas e duras horas de trabalho, como uma recompensa mínima. Eles tiveram de suportar o que para eles deve ter sido uma tragédia — a vocação do filho "não aconteceu", usando as próprias palavras do casal. Mas existiam algumas forças irrefreáveis com as quais não se podia lutar com lógica e praticidade. Emily Lynch sabia bem disso.

Noel tivera um dia longo e difícil. O sr. Hall perguntou duas vezes se ele estava bem. Havia algo por trás da pergunta, algum tipo de ameaça. Quando ele perguntou pela terceira vez, Noel educadamente questionou o motivo da pergunta.

— Havia uma garrafa vazia, que parecia de gim — respondera o sr. Hall.

— E o que isso tem a ver comigo e se estou bem ou não? — perguntara Noel. Sentia-se confiante agora, corajoso até.

O sr. Hall o fitou longa e austeramente por trás das sobrancelhas grossas.

— Não sei, Noel. Tem muitos rapazes pegando aviões para bem longe daqui que ficariam satisfeitos em fazer o trabalho que você deveria fazer.

Ele se afastou, e Noel viu os outros funcionários desviarem os olhares.

Noel nunca vira o sr. Hall assim, em geral ele era gentil e sempre lhe oferecia algum tipo de estímulo para continuar naquele trabalho de comparar arquivos com notas de vendas, de examinar livros contábeis e notas fiscais, e fazer os mais chatos trabalhos administrativos que se podia imaginar.

O sr. Hall parecia achar que Noel podia fazer um trabalho melhor e fizera várias sugestões positivas no começo. Uma época em que havia um pouco de esperança. Mas agora não. Aquilo foi mais do que uma repreensão, foi um aviso. Mexeu com ele, e, no caminho para casa, viu seus pés o levarem para o reconfortante pub do Casey. Lembrava-se vagamente de ter bebido demais da última vez em que estivera ali, mas hesitou apenas um minuto antes de entrar.

Mossy, o filho do velho Casey, pareceu nervoso.

— Ah, Noel, é você.

— Mossy, podia me ver uma, por favor?

— Bem, não acho uma boa ideia, Noel. Você sabe, você está proibido. Meu pai disse...

— Seu pai diz muitas coisas no calor do momento. Aquela proibição já acabou há muito tempo.

— Não acabou, não, Noel. Sinto muito, mas é isso.

Noel sentiu uma coceira na testa. Precisava ter cuidado agora.

— Bem, é a decisão dele e a sua. Mas acontece que parei de beber e o que eu estava pedindo era uma limonada.

Mossy olhou para ele boquiaberto. Noel Lynch parando de beber? Seu pai precisava saber disso!

— Mas, se não sou bem-vindo aqui no Casey's, terei de procurar outro lugar para ir. Lembranças ao seu pai.

Noel levantou para sair.

— Quando você parou de beber? — perguntou Mossy.

— Mossy, isso não é mais da sua conta. Continue servindo bebidas para os camaradas aqui. Estou atrapalhando o seu trabalho? Definitivamente não.

— Só um minuto, Noel — chamou Mossy.

Noel se desculpou e disse que tinha de ir embora. E saiu dali, com a cabeça erguida, do lugar onde passara a maior parte de seus momentos de lazer.

Um vento frio soprava na rua enquanto Noel estava encostado no muro, pensando no que acabara de dizer. Falara apenas para irritar Mossy, um idiota que só repetia as decisões do pai. Agora teria de cumprir o que tinha dito. Nunca mais poderia beber no Casey's.

Teria de ir para aquele lugar aonde o pai de Declan Carroll ia com seu enorme cachorro que mais parecia um urso. O lugar onde ninguém tinha "amigos", nem "colegas", nem "conhecidos". Eles se chamavam "Associados". Muttie Scarlet estava sempre conversando com os Associados sobre o resultado de uma corrida de cavalos ou de um jogo de futebol. Não era o tipo de lugar de que Noel gostava até então.

Não seria muito mais fácil se realmente *parasse* de beber? Então, o sr. Hall poderia encontrar quantas garrafas quisesse. O sr. Casey

À Espera de Frankie

ficaria arrependido e pediria desculpas, o que lhe daria prazer. O próprio Noel teria todo o tempo do mundo para voltar a fazer coisas que realmente queria. Poderia voltar a estudar e conseguir um diploma em administração para se qualificar e conseguir uma promoção. Talvez até sair da Vila de São Jarlath.

Noel saiu para uma longa e reflexiva caminhada por Dublin, subindo e descendo o canal, passando pelas praças georgianas. Olhava para dentro dos restaurantes e via homens da sua idade sentados às mesas com garotas. Noel não fazia o tipo sociável, ficava sempre em um mundo próprio onde aquele tipo de mulher nunca estava disponível. E por que isso? Porque Noel estava ocupado demais levantando copos.

Não seria mais assim. Daria a si mesmo dois presentes: a sobriedade e o tempo, muito mais tempo. Olhou no relógio antes de entrar na casa 23 da Vila de São Jarlath. Todos já deviam estar em suas camas. Essa era uma decisão de grande impacto, e ele não queria estragar tudo com conversa fiada.

Estava errado. Todos estavam de pé, acordados e alertas na mesa da cozinha. Ao que parecia, seu pai ia sair do hotel onde trabalhara a vida toda. Aparentemente tinham adotado um pequeno spaniel chamado Caesar, com enormes olhos e uma expressão comovente. Sua mãe planejava trabalhar menos horas na fábrica de biscoitos. Sua prima Emily já conhecera a maior parte dos vizinhos e fizera amizade com eles. E, o mais alarmante de tudo, estavam prestes a começar uma campanha para arrecadar fundos a fim de construir uma estátua de um santo que, se realmente viveu um dia, morreu quinze séculos atrás.

Todos estavam normais quando ele saiu de casa naquela manhã. O que poderia ter acontecido?

Não conseguiu realizar a manobra de costume de entrar no quarto sem ser percebido e pegar uma garrafa escondida em uma caixa com uma etiqueta na qual se lia "Material de Artes", que costumava ter pincéis velhos e garrafas fechadas de gim ou vinho.

Não que fosse bebê-las de novo.

Esquecera-se disso. Uma repentina melancolia tomou conta dele enquanto estava ali sentado, tentando compreender as mudanças bizarras prestes a acontecer em sua casa. Não haveria nenhum esquecimento reconfortante; em vez disso, uma noite tentando evitar a caixa de materiais de arte ou talvez despejando o conteúdo delas na pia de seu quarto.

Esforçou-se para compreender o que seu pai estava falando: andar com cachorros, tomar conta de animais de estimação, arrecadar dinheiro, resgatar a tranquilidade da Vila de São Jarlath. Em todos os anos que passou bebendo, Noel nunca vivera nada tão surreal quanto aquela cena. E tudo isso em uma noite em que estava completamente sóbrio.

Noel se mexeu na cadeira e tentou fitar os olhos de sua prima Emily.

Ela devia ser a responsável por toda aquela mudança repentina: a ideia de que hoje era o primeiro dia da vida de todo mundo. Uma coisa perigosa, maluca, em uma casa que não conhecia mudança havia décadas.

No meio da noite, Noel acordou e decidiu que parar de beber não era uma coisa que devesse acontecer da noite para o dia. Faria isso na próxima semana, quando o mundo se estabilizasse. Mas, quando pegou a garrafa na caixa, percebeu, com uma certeza que raramente tinha, que, de alguma forma, a semana seguinte nunca chegaria. Então, despejou o conteúdo das duas garrafas de gim na pia, depois o das duas de vinho tinto.

Voltou para a cama e se virou de um lado para o outro até escutar o despertador tocar na manhã seguinte.

À Espera de Frankie

* * *

Em seu quarto, Emily abriu seu laptop e mandou um e-mail para Betsy:

Sinto como se morasse aqui há muitos anos, e ainda não passei nem uma noite neste país!

Cheguei em um momento de mudanças surpreendentes. Todo mundo nesta casa começou algum tipo de jornada. O irmão do meu pai foi demitido do emprego como porteiro de hotel e agora vai começar a passear com cachorros, sua esposa está querendo reduzir a carga horária e começar a arrecadar fundos para erguer uma estátua de um santo que morreu — veja só — quinze séculos atrás!

O filho deles, que é algum tipo de recluso, escolheu logo hoje para terminar seu romance com o álcool. Consigo escutá-lo despejando as garrafas pela pia do quarto.

Por que eu achei que tudo seria tranquilo e calmo aqui, Betsy? Será que aprendi alguma coisa da vida, ou estou condenada a vagar por este mundo aprendendo um pouco e não entendendo nada?

Não responda a essa pergunta. Não é realmente uma pergunta, apenas especulação. Saudades.

Beijos,

Emily

2

O padre Brian Flynn não estava conseguindo dormir em seu pequeno apartamento no centro de Dublin. Naquele dia, recebera a notícia de que tinha apenas três semanas para encontrar um novo lugar para morar. Não tinha muitos pertences; então, mudar-se não seria um pesadelo. Mas não tinha muito dinheiro. Não podia pagar por um lugar melhor.

Detestava ter de sair daquele apartamento. Seu companheiro Johnny encontrara para ele um lugar totalmente satisfatório a poucos minutos de seu trabalho do centro de imigração e a apenas poucos segundos dos melhores pubs da Irlanda. Conhecia todo mundo da área. Era perturbador ter de se mudar.

— O arcebispo não pode conseguir um lugar para você?

Johnny não estava sendo solidário. Ele ia se mudar para a casa da namorada. O que não era uma opção para um padre católico de meia-idade. Johnny gostava de dizer em alto e bom-tom para quem quisesse ouvir que só um louco de carteirinha se tornava padre nos dias de hoje, e o mínimo que o Arcebispo de Dublin

À Espera de Frankie

podia fazer era oferecer acomodação para todos esses pobres idiotas que abriram mão de tudo que importava na vida e passavam seus dias e noites fazendo o bem.

— Isso não é obrigação do arcebispo. Ele tem coisas mais importantes para fazer — disse Brian Flynn. — E não deve ser tão difícil assim achar um lugar.

Na verdade, estava sendo uma tarefa mais problemática do que achara ser possível. E só faltavam vinte dias.

Brian Flynn não conseguia acreditar em quanto as pessoas estavam cobrando de aluguel. Eles certamente não encontravam quem pagasse essas quantias! Ainda mais no meio de uma recessão!

Outras coisas também o mantinham acordado. O temível padre que quebrara a perna em Roma após cair da Escadaria da Praça da Espanha *ainda* estava lá, comendo uvas em um hospital italiano. Portanto, o padre Flynn *ainda* trabalhava como capelão no Hospital Santa Brígida com todas as complicações que isso trazia para a sua vida.

Continuava recebendo notícias da sua antiga paróquia em Rossmore. Sua mãe, que já andava um pouco confusa e estava em um asilo para idosos, achou ter tido uma visão, mas acabaram descobrindo que tinha sido a televisão, e todos no asilo ficaram muito decepcionados.

Estava cada vez mais pensativo, refletindo sobre o significado da vida agora que tinha de ver tanto do final dela no Hospital Santa Brígida. A pobre Stella, que pareceu gostar tanto dele apenas porque conseguiu que uma cabeleireira fosse visitá-la. Ela estava grávida e moribunda. Vivera uma vida curta e infeliz, mas disse a ele que era assim com quase todo mundo. Ela não parecia nem um pouco interessada em se preparar para encontrar o Criador, e padre Flynn era sempre muito firme em relação a isso: se o paciente não trouxesse o assunto à tona, ele não falava nada a respeito. Eles sabiam por que ele estava ali, pelo amor de Deus. Se eles quisessem que ele interferisse, fizesse orações e perdoasse os pecados, ele faria isso; caso contrário, nem tocava no assunto.

Ele e Stella tiveram boas conversas sobre um bom uísque, sobre as quartas de final da Copa do Mundo, sobre a divisão injusta da riqueza no mundo. Ela disse que tinha mais uma única coisa para fazer antes de passar para o outro mundo, o que quer que isso significasse. Apenas uma coisa. Mas ela alimentava uma espécie de esperança de que tudo ia dar certo no final. E perguntou se o padre Flynn poderia fazer a gentileza de pedir para aquela bondosa cabeleireira ir visitá-la logo. Precisava estar bonita para fazer essa última coisa.

Padre Flynn andava de um lado para outro em seu apartamento, cujas paredes eram cobertas por pôsteres de futebol para disfarçar as manchas de mofo. Talvez perguntasse a Stella se ela conhecia algum lugar onde ele pudesse morar. Talvez fosse uma indelicadeza, já que ele *ia* viver, e ela não, mas seria melhor do que fitar seu rosto devastado e seus olhos assombrados e tentar compreender tudo aquilo.

Na Vila de São Jarlath, Josie e Charles Lynch passaram a longa noite felizes, conversando baixinho. Imagine — a esta mesma hora ontem, eles nem conheciam Emily e agora suas vidas tinham virado de cabeça para baixo. Tinham um cachorro, uma hóspede e, pela primeira vez em meses, Noel sentara com eles e conversara. Tinham começado uma campanha para que São Jarlath fosse apropriadamente reconhecido.

As coisas estavam melhores em todos os aspectos.

* * *

À Espera de Frankie

E, surpreendentemente, as coisas continuavam boas em todos os aspectos.

No hotel, receberam um recado do hospital psiquiátrico, dizendo que a mãe de Caesar, uma senhora nobre e excêntrica, estava internada lá e que ela esperava que cuidassem do cão. O gerente do hotel, confuso com o bilhete, ficou aliviado ao saber que o assunto já tinha sido resolvido e constrangido de saber que o salvador tinha sido o velho porteiro que ele acabara de demitir. Charles Flynn parecia não lhe querer mal, mas deixou escapar o fato de que esperava algum tipo de cerimônia de aposentadoria. O gerente fez uma anotação para se lembrar ou lembrar alguém de organizar alguma coisa para o camarada.

Na fábrica de biscoitos, todos ficaram surpresos ao saber que Josie ia reduzir sua carga horária para arrecadar fundos para uma estátua de São Jarlath. A maioria das pessoas que trabalhava com ela estava desesperada para manter o emprego a qualquer custo.

— Nós teremos de fazer uma grande festa de despedida quando você finalmente se aposentar — disse uma das mulheres.

— Eu ia preferir uma contribuição para a estátua de São Jarlath — disse Josie. E houve um silêncio raro na fábrica de biscoitos.

Noel Lynch achava que os dias eram intermináveis na loja de material de construção Hall's. As manhãs eram difíceis de encarar sem tomar a injeção de uma forte dose de álcool no banheiro masculino. As tardes divertidas e entorpecidas acabaram e deram lugar a uma verificação maçante de livros contábeis e notas fiscais. Seu único prazer era deixar um copo de água mineral sobre a mesa e observar de longe o sr. Hall cheirando ou provando.

Noel sabia muito bem que seu trabalho podia ser feito por qualquer garoto de doze anos não muito brilhante. Era difícil entender como a empresa tinha sobrevivido tanto tempo. Mas, apesar de tudo, se apegava àquilo e, antes que pudesse perceber, tinha conseguido passar uma semana inteira sem álcool.

A presença de Emily no número 23 facilitava muito as coisas. Todas as noites, um jantar bem-preparado era servido às sete horas, e, sem as longas noites no pub do velho Casey, Noel agora se via sentado à mesa da cozinha para comer com seus pais e sua prima.

Logo caíram em uma rotina agradável: Josie colocava a mesa e preparava a salada, Charles acendia a lareira e ajudava Noel a lavar a louça. Emily até conseguira adiar o rosário dizendo que todos eles precisavam deste tempo juntos para planejar suas diversas cruzadas, tais como qual estratégia deveriam usar para conseguir arrecadar os fundos para a estátua de São Jarlath, onde Emily poderia conseguir um lugar para tirar seu sustento, onde poderiam encontrar cães para Charles levar para passear, e se Noel deveria cursar Administração ou Contabilidade à noite para crescer na Hall's.

Em uma semana, Emily conseguira mais informações de Noel sobre a natureza do seu trabalho na Hall's do que seus pais haviam conseguido em anos. Até pegava panfletos de cursos, que costumava ver com Noel. Esse curso parece superficial demais, o outro parece mais específico, mas talvez não seja relevante em seu trabalho na Hall's.

Pouco a pouco, ela compreendeu o trabalho maçante e buro-crático que Noel passava o dia fazendo — comparar notas fiscais, pagar fornecedores e juntar os gastos de todos os departamentos no final do mês. Descobriu que havia rapazes na empresa que tinham "qualificações", ou seja, alguma formação ou diploma, e que por isso tinham subido na escala corporativa da antiga loja de materiais de construção que era a Hall's.

Emily não ficava se lamentando sobre o tempo perdido no passado ou sobre decisões erradas ou sobre Noel ter abandonado a escola e não ter dado continuidade a sua educação. Quando eles estavam sozinhos, ela às vezes falava que largar a dependência do álcool era uma questão de conseguir o apoio adequado.

— Eu já lhe disse que estava lutando contra o álcool? — perguntou Noel uma vez.

— Você não precisou, Noel. Sou filha de um alcoólatra. Conheço esse território. Seu tio Martin achava que dava conta de tudo sozinho. Passamos por tudo isso.

— Talvez ele não quisesse o AA. Talvez não fosse o tipo de homem sociável. Talvez ele fosse um pouco como eu e não quisesse um monte de gente sabendo sobre a vida dele — disse Noel, defendendo o tio.

— Ele não era um homem bom como você, Noel. Ele tinha uma cabeça muito limitada.

— Acho que eu também tenho uma cabeça limitada.

— Não tem, não. Você vai buscar ajuda se precisar. Sei que vai.

— É só que não me identifico muito com essa história de "Meu nome é Noel. Sou alcoólatra", e então todo mundo diz "Olá Noel", e devo me sentir melhor.

— As pessoas têm se sentido melhor com isso — disse Emily, calmamente. — O AA tem uma alta taxa de sucesso

— É tudo uma questão de "eu e a minha doença", tornando tudo tão dramático para eles como se fossem algum tipo de heróis em um palco.

Emily deu de ombros.

— Certo. Então, você não gosta do AA. Ok. Algum dia talvez você precise deles. O AA ainda vai estar lá, com certeza. Agora, vamos dar uma olhada nesses cursos. Não sei o que todas essas siglas significam, poderia me explicar? Qual é a diferença entre elas?

E Noel sentia seus ombros relaxando. Ela não o criticava. Isso era o principal. Ela seguira adiante e perguntava outras coisas. Onde podia conseguir pranchas de madeira para fazer jardineiras? Será que o pai dele conseguiria fazê-las? Onde Emily poderia conseguir algum emprego remunerado? Podia trabalhar em um escritório. Não seria uma ótima ideia comprar uma máquina de lavar para o número 23 agora que todos estariam tão ocupados arrecadando fundos para a estátua de São Jarlath?

— Emily, você realmente acha que isso vai acontecer, essa história da estátua?

— Nunca tive tanta certeza de alguma coisa em toda a minha vida — afirmou Emily.

Katie Finglas foi ao hospital novamente. Stella Dixon parecia pior do que antes: o rosto magro, os braços apenas pele e osso, e a pequena barriga redonda um pouco mais notável.

— Desta vez, meu cabelo tem que ficar incrível, Katie — disse Stella, ao tragar o cigarro com vontade. Como sempre, os outros pacientes ficavam vigiando para o caso de aparecer alguma enfermeira ou guarda do hospital e pegar Stella no flagra.

— Está de olho em alguém? — perguntou Katie.

Gostaria de poder trazer para cá algumas das suas clientes mais problemáticas para que pudessem ver essa mulher que era pele e osso e não tinha nada à sua frente além da certeza de que morreria logo, assim que fizessem uma cesariana para tirar o bebê. Isso fazia com que seus problemas parecessem tão sem importância.

Stella pensou na pergunta.

À Espera de Frankie

— A esta altura, é um pouco tarde para eu ficar de olho em alguém — respondeu ela. — Mas *vou* pedir para uma pessoa fazer um favor pra mim, então quero parecer normal, entendeu, não louca ou algo parecido. Por isso acho que um penteado mais comportado seria bom.

— Certo, deixaremos você com aparência de comportada — disse Katie, pegando a bandeja de plástico onde colocaria a bacia para lavar a cabeça magra e com aparência frágil com seus cachos desarrumados e ruivos. Já tinha feito o cabelo dela antes, mas os cachos sempre voltavam como se tivessem decidido por conta própria que não aceitariam o diagnóstico com que o resto do corpo estava sendo obrigado a lidar.

— Que tipo de favor? — perguntou ela, apenas para manter a conversa.

— É o maior favor que se pode pedir para uma pessoa — disse Stella.

Katie a fitou, curiosa. O tom de voz mudara. De repente, a vida e o fervor tinham sumido da garota que alegrava toda a ala do hospital e fazia as pessoas trazerem maços de cigarro escondidos para ela e ficarem vigiando para que não fosse descoberta.

— Telefone para você, Noel — disse o sr. Hall.

Ninguém nunca telefonava para Noel no trabalho. As poucas ligações que recebia eram pelo celular. Foi até o escritório do sr. Hall, nervoso. Este era um momento em que, normalmente, beberia alguma coisa; ainda era de manhã e sempre gostara de beber para ajudar a lidar com um acontecimento inesperado.

— Noel? Você se lembra de mim, Stella Dixon? Nós nos conhecemos no salão de dança no ano passado.

— Eu me lembro, sim — disse ele, satisfeito.

Uma ruiva cheia de vida que o acompanhou em cada drinque. Ela era divertida. Mas não alguém que quisesse encontrar naquele momento. Interessada demais em bebidas para sair com ele agora.

— Sim, eu me lembro bem de você — disse ele.

— Nós meio que nos afastamos na época — disse ela.

Já fazia um tempo. Quase um ano. Ou seriam seis meses? Era difícil se lembrar de tudo.

— É verdade — disse Noel, sendo evasivo. Praticamente todo amigo que ele tinha acabava se afastando, então isso não era novidade nenhuma.

— Preciso vê-lo, Noel — disse ela.

— Infelizmente, não tenho saído muito hoje em dia, Stella — começou ele. — Nem tenho mais ido àquele salão de dança.

— Nem eu. Na verdade, estou na ala de oncologia do Hospital Santa Brígida, então não saio mais.

Ele se concentrou para tentar se lembrar bem dela: exuberante, divertida, sempre fazendo graça. Essa era uma notícia chocante.

— Então, você quer que eu vá vê-la qualquer dia desses? É isso?

— Por favor, Noel, hoje. Às sete.

— Hoje...?

— Eu não pediria se não fosse importante.

Ele viu que o sr. Hall estava rondando. Não podia ser visto hesitando.

— Estarei aí, então, Stella — disse ele, e se perguntou por que ela queria tanto falar com ele. Mas, ainda mais urgente, ele se perguntou como poderia entrar em uma ala de oncologia para visitar uma mulher de quem ele mal se lembrava. E como faria isso sem um drinque.

Era mais do que qualquer homem podia suportar.

À Espera de Frankie

* * *

Os corredores do Hospital Santa Brígida estavam cheios de visitantes às sete horas. Noel abriu caminho entre eles. Viu Declan Carroll, o médico que morava na mesma rua que ele, um pouco à frente e correu para alcançá-lo.

— Você sabe onde fica a ala de oncologia feminina, Declan?

— Aquele elevador ali vai até lá. Segundo andar.

Declan não perguntou quem Noel ia visitar nem por quê.

— Eu não sabia que tinha tantas pessoas doentes — disse Noel, olhando para a multidão.

— Pelo menos, muito pode-se fazer por eles hoje em dia comparado com a época em que nossos pais eram jovens. — Declan sempre via as coisas pelo lado positivo.

— Acho que é uma boa forma de ver a situação — concordou Noel.

Declan achou que ele estava um pouco para baixo, sendo que Noel nunca tinha sido um poço de gargalhadas.

— Ok, Noel, talvez possamos nos encontrar mais tarde para uma cervejinha? No Casey's, quando estivermos voltando para casa?

— Não. Na verdade, parei de beber — disse Noel, com a voz embargada.

— Parabéns, cara.

— E, de qualquer forma, eu não posso mais entrar no Casey's.

— Bem, que se dane. Aquele lugar é só uma espelunca mesmo.

Declan estava sendo compreensivo, mas sua cabeça estava cheia. Seu primeiro filho nasceria nas próximas semanas, e Fiona estava superansiosa com tudo. E sua mãe tricotara roupinhas minúsculas suficientes para quíntuplos, mesmo sabendo que eles só teriam um bebê. Uma cervejinha com Noel lhe teria feito bem. Mas agora estava fora de questão. Suspirou e continuou na direção de um paciente que planejava sair do hospital logo e queria que Declan acelerasse o processo. O diagnóstico do homem dizia que ele nunca mais sairia do hospital e que morreria em poucas semanas. Era difícil fazer uma cara otimista em uma situação como aquela, mas, de alguma forma, Declan conseguia.

Ossos do ofício.

Havia seis mulheres na ala. Nenhuma delas tinha cabelo cacheado ruivo.

Uma mulher minúscula na cama do canto acenava para ele.

— Noel, Noel, sou eu, Stella! Não me diga que mudei *tanto* assim!

Ele ficou consternado. Ela era pele e osso. Claramente se esforçara, seu cabelo tinha acabado de ser lavado e escovado, ela usava um pouco de batom e vestia uma camisola vitoriana branca com gola alta e punhos. Lembrou-se do sorriso dela, só.

— Stella, que bom ver você — murmurou ele.

Ela colocou as pernas magras para fora das cobertas e acenou para que ele fechasse as cortinas em volta da cama.

—Tem cigarro? — sussurrou ela, esperançosa.

— *Aqui*, Stella? — Ele estava chocado.

— Principalmente aqui. Bem, é óbvio que você não trouxe nenhum cigarro para mim, então pegue o meu nécessaire ali. As outras meninas vão ficar de olho.

Ele observou, horrorizado, enquanto ela pegava um cigarro escondido atrás da pasta de dentes, acendia e improvisava um cinzeiro com um envelope velho.

— Como tem passado? — perguntou ele, e na mesma hora desejou não ter falado nada. Estava claro que ela não passava bem,

À Espera de Frankie

por que outro motivo definharia na sua frente em uma ala para pacientes com câncer? — Quer dizer, como estão as coisas? — perguntou ele, parecendo ainda mais tolo.

— Para ser honesta, Noel, já tive dias melhores.

Tentou imaginar o que Emily diria nessas circunstâncias. Ela costumava fazer perguntas que instigavam o outro a pensar.

— O que é o pior disso tudo, Stella?

Ela parou para pensar, como ele sabia que ela faria.

— Acho que o pior é que você não vai acreditar em mim — disse ela.

— Experimente — falou ele.

Ela se levantou e andou pelo cubículo. Foi quando ele percebeu que ela estava grávida. Bem grávida. E, naquele exato momento, ela contou para ele.

— Eu não queria ter de lhe aborrecer com isso, Noel, mas você é o pai. Este bebê é seu.

— Ah, não, Stella, não pode ser. Isso não aconteceu.

— Eu sei que não sou muito inesquecível, mas você deve se lembrar daquele fim de semana.

— Nós estávamos de porre naquele fim de semana, nós dois.

— Mas parece que não bêbados demais para gerar uma nova vida.

— Juro que não pode ser meu. Sinceramente, Stella, se fosse, eu aceitaria... Não fugiria... mas... mas...

— Mas o quê, exatamente?

— Deve haver muitos outros caras.

— Muito obrigada por isso, Noel.

— Você sabe o que estou querendo dizer. Uma mulher atraente como você deve ter tido muitos parceiros.

— Uma mulher sente essas coisas. Você realmente acha que eu escolhi em uma lista de candidatos? Que eu telefonaria para você, um bêbado naquele mausoléu que você trabalha, fazendo um serviço inútil? Você mora com seus pais, pelo amor de Deus! Por que eu pediria para *você*, entre todos os outros, para ser pai do meu filho se não fosse verdade?

— Bem, como você mesma disse, muito obrigado por isso.

Ele pareceu ofendido.

— Então, você me perguntou qual era o pior de tudo, eu disse e agora o pior *aconteceu*. Você não acredita em mim. — O olhar dela mostrava derrota.

— É uma fantasia. Não aconteceu. Eu me lembraria. Eu não dormi com tantas mulheres na minha vida e para que eu serviria para você? Como você mesma disse, sou um bêbado inútil com um subemprego na Hall's e que mora com os pais. Eu não poderia lhe ajudar em nada. Você vai ser capaz de criar esse bebê, ensiná-lo a ser alguém, melhor do que eu. Faça isso você mesma, Stella, e se você acha que devo contribuir com alguma coisa, não quero que passe necessidade, posso lhe dar alguma coisa... não que eu esteja admitindo nada, só para ajudar.

Os olhos dela estavam em chamas.

— Você é um tolo, Noel Lynch. Um tolo estúpido. Eu não vou estar aqui para criá-la. Vou morrer daqui a três ou quatro semanas. Não vou sobreviver à cirurgia. E, a propósito, o bebê não é um menino, é uma menina, uma filha, o nome dela é Frankie. É assim que ela vai se chamar: Frances Stella.

— Isso é uma fantasia, Stella. Essa doença atordoou você.

— Pergunte a todo mundo nessa ala. Pergunte a qualquer enfermeira. Acorde para a vida, Noel. Isso está acontecendo. E precisamos fazer alguma coisa a respeito.

— Não posso criar uma criança, Stella. Você já citou todos os motivos. Eu não posso ser a única chance dela.

À Espera de Frankie

— Você vai *ter* de ser — disse Stella. — Senão, ela vai para adoção. E eu não quero isso.

— Mas isso seria o melhor para ela. Tem muitas famílias por aí que dariam tudo para ter um filho... — começou ele, um pouco alto demais.

—Verdade, mas tem outras famílias, como aquelas com que eu convivi, em que os pais e tios adoram ter um brinquedinho em casa. Passei por tudo isso e não quero que o mesmo aconteça com Frankie só porque não tem mãe.

— O que você quer que eu faça?

— Que cuide da sua filha, que dê um lar para ela e uma infância segura, que diga que a mãe dela não era de todo ruim. Que lute por ela. As coisas de sempre.

— Eu não posso. — Ele se levantou da cadeira.

—Tem tanta coisa para discutirmos — começou ela.

— Isso não vai acontecer. Desculpe. E sinto muito em saber que a sua doença é tão grave assim, mas acho que você está pintando o quadro pior do que realmente é. Hoje em dia câncer tem cura. De verdade, Stella.

— Adeus, Noel — disse ela.

Acontecesse o que fosse, ela não o procuraria mais.

Ele foi para a porta e olhou para trás uma única vez. Ela parecia ter definhado um pouco mais. Parecia tão pequenina ali encolhida em cima da cama. Ele percebeu que as outras mulheres da ala tinham escutado a maior parte da conversa. Elas o fitaram com hostilidade.

No ônibus a caminho de casa, Noel percebeu que não conseguiria se forçar a sentar à mesa da cozinha e comer o jantar que Emily certamente esquentaria para ele. Aquela não era uma noite para sentar e conversar sobre estátuas e santos e arrecadação de fundos e aulas de contabilidade e administração. Aquela era uma noite para entrar em um pub e tomar três cervejas para esquecer tudo. Dirigiu-se para o pub onde Paddy Carroll, pai de Declan, levava seu enorme labrador todas as noites. Com um pouco de sorte, a esta hora da noite, conseguiria passar despercebido.

A sensação de tomar a cerveja foi fantástica. Como encontrar um velho amigo.

Tomou quatro cervejas sem nem mesmo perceber.

Noel tivera esperanças de que tivesse perdido o gosto por aquilo, mas não tinha acontecido. Ficou irritado e com raiva de si mesmo por ter se negado essa sensação familiar e de amizade. Já estava se sentindo melhor. Sua mão parara de tremer, e seu coração não estava mais acelerado.

Precisava se manter concentrado e com a mente clara.

Teria de voltar para Vila de São Jarlath e tomar conhecimento da vida ordinária. Emily, claro, perceberia que havia algo errado assim que o visse, mas poderia contar para ela depois. Muito depois. Não precisava anunciar tudo para todo mundo de uma única vez. Ou talvez não precisasse anunciar nada. Afinal, era apenas um terrível erro. Noel *saberia* se fosse pai da filha daquela garota.

Ele *saberia.*

Isso deve ter sido uma ideia da mente dela afetada por esse câncer. Qualquer pessoa normal não escolheria Noel, entre todos os outros homens, para ser pai de seu filho. A pobre Stella estava longe de estar normal e ele sentia pena dela, mas aquilo era ridículo.

Não podia ser filha dele.

À Espera de Frankie

Ele negou quando lhe ofereceram a quinta cerveja e se dirigiu decididamente para a porta.

Não viu Declan Carroll tomando um drinque com seu pai e olhando curiosamente para o homem que dissera que parara de beber, mas acabara de tomar quatro cervejas em poucos minutos.

Declan suspirou.

O que quer que Noel fora fazer no hospital, quem quer que tenha ido visitar, não o deixou feliz.

Paddy Carroll bateu na mão do filho.

— Em poucas semanas, tudo isso vai ficar para trás. Você vai ter um filhote e toda essa angústia da espera vai ficar esquecida.

— Eu sei, pai, me conte como foi quando mamãe estava grávida de mim.

— Não sei como sobrevivi àquilo — disse o pai de Declan e contou a velha e familiar história do ponto de vista do pai do bebê.

Aparentemente, o papel da mãe no nascimento fora mínimo.

Assim que Noel abriu a porta, Emily o olhou de cima a baixo. Era como se ela estivesse terminando uma sessão.

— Estamos todos cansados agora, está tarde. Não é uma boa hora para discutirmos os detalhes do bazar.

— O quê?

Noel balançou a cabeça como se com isso fosse conseguir organizar os pensamentos e ideias que estavam ali. Seus pais ficaram decepcionados. Estavam sendo levados pelo entusiasmo dos planos de Emily e ficaram com pena de parar.

Mas Emily estava inflexível. Colocou a família toda para dormir num piscar de olhos.

— Noel, guardei umas almôndegas para você.

— Estavam deliciosas — elogiou Josie. — Emily tem mão boa para fazer tudo.

— Acho que não quero comer nada. Parei no caminho, entende... — começou Noel.

— Entendo — disse Emily —, mas vai fazer bem para você, Noel. Vá para seu quarto que já vou levar uma bandeja.

Não havia escapatória.

Ele ficou sentado lá esperando por ela e pela tempestade que se seguiria. Mas não houve tempestade. Ela não mencionou o fato de que ele voltara a beber. E Emily estava certa, ele *se sentiu* melhor depois de comer alguma coisa. Ela já estava pegando tudo e prestes a sair quando perguntou de forma compreensiva se ele tivera um dia ruim.

— O pior de todos — disse ele.

— Sr. Hall?

— Não, nenhum problema com ele. Uma coisa doida e perturbadora que aconteceu no final do dia. Foi por isso que tomei algumas cervejas.

— E elas ajudaram? — Ela parecia interessada de verdade.

— No início, ajudaram um pouco. Mas não está funcionando agora, e eu estou com raiva de mim mesmo por ter ficado sem beber todos esses dias e noites e ter corrido de volta no primeiro problema que encontrei.

— Você conseguiu resolver o problema?

Ela era totalmente tolerante. Fitou-o, como convidando a compartilhar com ela o que quer que fosse, mas pronta para ir embora se não houvesse nada para escutar.

— Sente-se, Emily, por favor — pediu Noel e contou a ela toda a história, cheio de hesitação e repetição. Principalmente,

À Espera de Frankie

ele repetia que não podia ter engravidado uma mulher e não se lembrar.

— Fiz muito pouco sexo na minha vida, Emily, e eu não me esqueceria do pouco que fiz.

Ela estava imóvel enquanto escutava. Sua expressão mudava de vez em quando. Ficou preocupada e angustiada ao ouvir como o rosto de Stella ficou ainda mais abatido e sofrido. Ela inclinou a cabeça para demonstrar solidariedade quando Noel contou como Stella dissera que se tivesse de escolher um pai, entre todos os homens do mundo, ele seria sua última escolha — um bêbado, fracassado que ainda morava com os pais.

Apenas quando Noel acabou de contar a história, quando chegou à parte em que ele deu às costas para Stella, para o hospital e para o problema, o rosto de Emily ficou confuso.

— Por que você fez isso? — perguntou ela.

— Bem, o que mais eu poderia fazer? — Noel ficou surpreso. — Isso não tem nada a ver comigo. Não tinha razão nenhuma para eu estar lá, é uma cilada. Aquela garota está perturbada da cabeça.

— Você foi embora e a deixou lá?

— Eu tinha de fazer isso, Emily. Você sabe que estou andando em uma corda bamba. As coisas já estão ruins o suficiente sem colocar esse monte de fantasias em cima em mim.

— Você está dizendo que as coisas estão ruins o suficiente para você, Noel? Certo?

— Bem, estão ruins. — Ele estava na defensiva.

— Bem, você tem um câncer terminal? — perguntou ela. — Você foi molestado quando foi adotado? Vai morrer daqui a um mês e nem vai conhecer a única filha que vai ter na vida? Não, Noel, nada disso aconteceu com você, e mesmo assim você acha que as coisas estão ruins para você.

53

Ele ficou chocado.

— Você só pensa nisso. Você só pensa em como as coisas estão para *você*, Noel. Você devia se envergonhar — disse ela, com expressão de desprezo.

Isso era o mais próximo que ele tinha chegado de ter um melhor amigo e agora ela estava dando as costas para ele.

— Emily, por favor, sente aqui. Você me perguntou o que estava errado e eu contei.

— Contou, Noel. — Ela não fez nenhuma menção de se sentar.

— Então? Você não vai ficar e discutir o assunto?

— Não. Por que eu devia me envolver nessa cilada, como você chama isso? Não venha fazer essas caras para mim, Noel. Foram as suas palavras. Por que eu não deveria pensar na corda bamba em que *eu* estou andando na minha vida? Desculpe, mas todo mundo nessa história está ficando... como você falou... "perturbado da cabeça"? Por que eu devo deixar as pessoas à minha volta se perderem em suas fantasias? — Ela já estava quase na porta.

— Mas não são fantasias, Emily. Foi isso o que aconteceu.

— Exatamente. Não são fantasias. Foi o que realmente aconteceu. Mas que inferno! Não tem nada a ver com *você*, Noel. Boa noite. Sinto muito, mas isso é tudo que consigo dizer.

E ela saiu.

Ele tinha achado que aquele dia não podia piorar mais. Foi por isso que contou para ela. Em poucas horas, duas mulheres viraram a cara para ele enojadas.

E, de alguma forma, aquilo tornara o dia ainda pior.

Betsy,

Está se desdobrando um drama aqui que nós teríamos achado irresistível quando éramos crianças e íamos ao cinema nos sábados à tarde. Mas esse é triste demais para eu contar agora. Depois eu conto o que vai acontecer.

À Espera de Frankie

É claro que você deve sair com Eric! Já lhe disse uma centena de vezes que ele não está interessado em mim. Ele só disse isso como uma forma de se aproximar de você.

Eu sei! Eu sei! Mas quanto mais eu vivo, mais acho que as pessoas estão ficando loucas.

Beijos,

Emily

Katie Finglas estava fechando o salão. Tinha sido um longo dia e estava cansada. Era o dia em que Garry saía. Uma vez por semana, ele e um grupo de amigos jogavam bola e planejavam uma estratégia para o ano.

Katie ia adorar ir para casa e tomar um longo banho enquanto ele preparava uma sopa de cebola para eles. Depois, poderiam se sentar na frente da lareira e conversar sobre a importante decisão que tinham de tomar. As pessoas costumavam achar que Katie e Garry tinham muito tempo para conversar já que trabalhavam juntos no salão. As pessoas não sabiam como era difícil eles conseguirem arranjar cinco minutos para tomar um café juntos. E sempre havia pessoas perto o suficiente para escutar, o que tornava impossível para Katie e Garry conversarem sobre seus planos.

Por isso, ela estava ansiosa para conversarem adequadamente. Uma conversa em que pesariam todos os prós e os contras. Fariam uma lista de todas as razões por que *deveriam* fazer o financiamento do apartamento em cima do salão: precisavam expandir, não tinham lugar para guardar as coisas, não tinham uma área em que os funcionários pudessem ficar. Poderiam instalar uma área com pequenas estações para manicures e poderiam colocar cadeiras e espelhos para, pelo menos, mais seis clientes. Poderiam competir em igualdade com os grandes e bem-sucedidos salões de beleza de Dublin.

Mas também tinham de examinar a possibilidade de que só alguém maluco investiria aquela quantia de dinheiro em um imóvel que precisava de tanta reforma. Era muita coisa para assumir. Grande demais e espalhado, por isso só usariam metade do espaço.

E, supondo que *decidissem* por fazer isso, teriam de fazer alguns quartos e arrumá-los para conseguir algum dinheiro.

E, supondo que fizessem isso, que tipo de pessoa alugaria os quartos? Suponha que sejam inquilinos barulhentos e porcos, que não compreendam o quanto Katie e Garry trabalham duro.

Katie suspirou enquanto ligava o alarme do salão.

Do outro lado da rua, viu o padre Flynn, aquele padre alegre que trabalhava ali na rua, o mesmo que a apresentou a pobre Stella Dixon no Hospital Santa Brígida.

Stella dissera que não costumava ter muito o que dizer para padres, mas Brian Flynn era um homem íntegro e não ficava falando sobre pecado e redenção e coisas do tipo. Ele fazia o que os padres deviam fazer, levava cigarros e fazia pequenos favores para as pessoas.

Katie chamou-o e ficou feliz quando ele sugeriu que fossem tomar um café em uma cafeteria italiana na esquina.

Padre Flynn falou pouco e com irritação sobre seu colega que caíra da Escadaria da Praça da Espanha e ainda se recuperava em Roma. Também falou do ganancioso senhorio que o despejara e como era impossível para um homem com um estilo de vida simples, como ele, encontrar algum tipo de acomodação com aluguel barato...

— Sou uma pessoa pouco exigente — disse Brian Flynn, cheio de autopiedade. — Se as pessoas *soubessem* como quero pouco em termos de estilo ou conforto...

Katie o fitou por cima do cappuccino.

À Espera de Frankie

— Exatamente, o quanto o senhor é pouco exigente? — perguntou ela.

De repente, ela viu uma solução para tudo.

Padre Flynn seria o inquilino perfeito.

—Termine seu café e venha comigo — disse ela, terminando o cappuccino e voltando para o salão que acabara de trancar.

No final do mês, ele já tinha se mudado para sua nova casa. Seu amigo Johnny colocara algumas prateleiras para ele e Garry conseguira uma geladeira de segunda mão onde podia guardar o leite, a manteiga e sua lata de cerveja. A única coisa que precisava fazer era trancar o salão e ligar o alarme sempre que saísse depois de uma determinada hora. Foi uma combinação perfeita para todos.

3

Noel não podia acreditar que Emily, que se tornara parte de todos os seus momentos acordado na Vila de São Jarlath, agora parecia ter desaparecido completamente.

— Cadê ela? — perguntou ele para sua mãe na manhã seguinte à noite em que ela saiu de seu quarto com desprezo e nojo. — Emily não costuma perder o café da manhã.

— Ah, ela saiu pra procurar um lugar para o nosso bazar — respondeu Josie Lynch, certa de que Emily conseguiria um antes do final do dia. Não havia nada que aquela mulher não conseguisse fazer.

— Ela levou Caesar com ela. Vai aproveitar e tentar encontrar umas oportunidades de passeio com cachorro também. — Charles também estava satisfeito. — Ela disse que teria mais credibilidade se estivesse acompanhada por um cachorro quando fosse procurar outros trabalhos.

— Ela estará de volta na hora do almoço, se quiser falar com ela, Noel — disse Josie. — Parece que vai sair esta noite, mas disse que vai deixar o jantar pronto para nós. O que nós *fazíamos* antes de ela chegar?

À Espera de Frankie

— Aonde ela vai hoje à noite?

Noel estranhou Emily perder duas refeições no mesmo dia. Isso nunca tinha acontecido desde que chegara. Só havia uma explicação. Ela o estava evitando.

No trabalho, tentou ficar sem beber, mas se lembrava o tempo todo da situação dolorosa de Stella e da repulsa e do choque de Emily. No meio da tarde, já não suportava mais e inventou uma desculpa para sair, dizendo que ia comprar alguns artigos de papelaria. Comprou meia garrafa de vodca e entornou em outra garrafa que já tinha um refrigerante de laranja dentro. Conforme bebia uma caneca atrás da outra, sentia a força voltando e o sofrimento se afastando. A familiar névoa cobriu-o como um xale grosso e reconfortante.

Noel agora se sentia capaz de encarar a tarde; mas o que não se afastava era o sentimento de que era um fracassado que decepcionara três pessoas: a moribunda Stella, a forte prima Emily e um bebê que nem tinha nascido ainda chamado Frankie, que não podia ser sua filha.

Mas ele deveria ter lidado com a situação de uma forma diferente.

Emily estava na lavanderia com Molly Carroll. Trouxera toalhas para lavar, mas, na verdade, estava ali em uma missão. Em uma visita anterior, notara dois cômodos que não estavam sendo usados. Poderiam ser a base do novo bazar que ajudaria a arrecadar fundos para a estátua de São Jarlath. Tinha de dar um passo de cada vez; a primeira coisa era descobrir quem era o dono do lugar.

Acabou descobrindo que seria muito mais simples do que pensara. Molly e Paddy Carroll tinham comprado o imóvel alguns anos antes quando o antigo dono estava com algumas dívidas de jogo urgentes e precisava vender rapidamente. Nunca precisaram do espaço, mas também não quiseram vender com medo de alguém abrir uma lanchonete barulhenta.

Molly achava que um bazar seria perfeito. Ela e Emily deram uma volta pelo lugar e decidiram onde colocar prateleiras e araras para roupas. Teriam uma seção para livros de segunda mão, e Emily disse que podia cultivar algumas plantas para vender também.

Juntas, fizeram uma lista das pessoas a quem procurar, aquelas que poderiam dedicar algumas horas por semana trabalhando no bazar. Molly conhecia um homem que tinha o incomum nome Dingo. Ele era uma pessoa decente e poderia ajudá-las com sua caminhonete, pegando e transportando coisas. Emily conhecera várias mulheres que disseram que ficariam felizes em ajudar, mas que estavam um pouco ansiosas em não conseguir usar a caixa registradora. Emily disse que verificaria quais permissões precisariam e se seria necessário mudar a autorização de funcionamento do imóvel; prometeu que levaria uma jardineira cheia de plantas na semana seguinte para a lavanderia para comemorar o acordo.

Molly disse que o amigo de seu marido Paddy tinha muitos associados no pub que poderiam fazer as reformas.

Decidiram chamar o lugar de Bazar São Jarlath, e Molly disse que seria bom estar participando da organização porque, se algum casaco bom aparecesse, poderia pegar primeiro. Emily foi embora com a sensação de ter cumprido uma missão difícil e complicada.

Parou em uma peixaria e comprou bacalhau defumado para o dia seguinte. Charles e Josie não eram amantes de peixe nem comiam salada quando ela chegou, mas, pouco a pouco, ela estava mudando os hábitos deles. Era uma pena que não pudesse fazer

À Espera de Frankie

nada para corrigir Noel, mas o garoto tinha construído uma armadura em volta de si e estava chegando em casa cada dia mais tarde. Era óbvio que ele a estava evitando.

— Posso fazer alguma coisa por você, Stella? — Padre Flynn tinha trazido o maço de cigarros de sempre.

— Não muito, mas obrigada mesmo assim.

Ela parecia muito triste, o que não era comum.

Ele hesitou, não querendo perguntar mais. Ela não tinha futuro. Como poderia ajudar com palavras?

— Alguma visita? — perguntou ele.

Os olhos de Stella estavam parados.

— Nenhuma que valha a pena falar — disse ela, e, quando ele a fitou com compaixão, sabendo que não tinha como confortá-la, pela primeira vez, ele viu uma lágrima nos olhos dela.

— Não sou bom com palavras, Stella — começou ele.

— Você é bom com palavras, sim, Brian, e em me arranjar cigarros e uma cabeleireira, embora não tenha servido para nada.

— Seu cabelo está muito bonito — elogiou ele, desanimado.

— Não bonito o suficiente para fazer aquele desgraçado acreditar em mim.

— Acreditar exatamente em quê? — Brian estava confuso.

— Que ele é o pai da minha filha. Ele disse que não se lembra de ter feito sexo comigo. Legal da parte dele, não?

— Meu Deus, Stella, sinto muito. — Havia realmente compaixão em seu rosto.

— Provavelmente a culpa foi minha. Eu contei da maneira errada. Ele estava bêbado e, na verdade, eu também. Ele saiu daqui correndo. *Literalmente.*

— Talvez ele volte quando pensar melhor.

61

— Ele não vai voltar, ele realmente não se lembra. Não está inventando.

Ela soou resignada, derrotada.

—Você não poderia fazer um exame de DNA para provar que ele é o pai?

— Não. Pensei nisso, mas, se ele não se lembra de estar lá na hora da concepção, não tem razão em pedir para ele ser o pai dela. Não, ela terá de contar com a sorte, como todos nós.

— Ajudaria se eu conversasse com ele?

Brian Flynn achava que precisava oferecer.

— Não, Brian, obrigada, mas não. Se ele saiu correndo quando eu contei, ele desapareceria se eu mandasse um padre falar com ele.

Por um momento, ele viu uma faísca da velha Stella.

Naquela noite, na Vila de São Jarlath, Emily estava ocupada explicando as negociações com Molly Carroll. Charles e Josie absorviam cada palavra.

Charles também tinha novidades. Haveria uma festinha de despedida para ele em algumas semanas no hotel — comidinhas, vinho e cerveja, e uma apresentação. E sabem quem queria participar, a sra. Monty. A mulher que usava apenas um casaco de pele, um grande chapéu e pérolas, mais nada: o gerente do hotel estava apreensivo em deixá-la entrar.

A sra. Monty agora ficaria em um lar onde Caesar não seria bem-vindo; e como Charles concordara em ficar com ele, ela queria agradecer ao gentil funcionário que dera ao seu pequeno spaniel um bom lar. Ela também faria uma doação para uma obra de caridade que ele escolhesse. Seria uma forma maravilhosa de começar a arrecadação de fundos.

À Espera de Frankie

Charles poderia levar algumas pessoas da família e amigos. Além de Josie, Emily e Noel, ele pensou que poderia convidar Paddy e Molly Carroll e os Scarlet, Muttie e Lizzie.

— Você acha que Noel vai conseguir ir? — A voz de Emily saiu levemente rude.

— Bem, aí vem ele, podemos perguntar! — exclamou Josie, feliz.

Noel escutou com atenção, adotando expressões receptivas ao saber sobre a festinha de despedida.

Emily conhecia a técnica: reconhecia de seu pai. Era uma questão de falar o menos possível, diminuindo assim as chances de perceberem que estava bêbado.

Ele acabou precisando falar. Devagar e com cuidado, ele disse que seria uma honra participar da festa.

— Vai ser ótimo estar lá quando estiverem homenageando o senhor — disse ele para o pai.

Emily mordeu o lábio. Pelo menos, ele conseguiu responder de forma adequada. Foi capaz de não estragar a felicidade de seu pai.

— Sobrou ensopado de cordeiro, Noel. Vou esquentar e levar para você — disse ela, dando permissão para que ele saísse antes que sua máscara de sobriedade caísse.

— Obrigado, Emily, eu adoraria — falou e se dirigiu para o quarto, lançando um olhar de gratidão para ela.

Quando ela entrou com a bandeja, ele estava sentado em sua cadeira com lágrimas escorrendo pelo rosto.

— Meu Deus, Noel, o que houve? — perguntou ela, preocupada.

— Sou um completo imprestável, Emily. Decepciono todo mundo. De que adianta seguir em frente, acordar todo dia e me deitar toda noite? Que bem isso faz?

— Coma seu jantar, Noel. Também trouxe um bule de café. Precisamos conversar.

— Achei que você não quisesse mais falar comigo — disse ele, fungando e enxugando os olhos.

— Achei que *você* estivesse *me* evitando — retrucou ela.

— Eu não queria vir para casa e encontrar você sendo fria e distante comigo. Não tenho amigos, Emily. Não tenho ninguém a quem procurar...

A voz dele soou perdida e assustada.

— Coma a sua comida, Noel. Ficarei aqui — falou ela.

E ela ficou ali enquanto ele contava como estava desesperado e que pai terrível ele seria para qualquer criança.

Ela escutou e disse simplesmente:

— Eu entendo tudo isso, e talvez você esteja certo. Mas talvez você *e* Frankie possam mudar as coisas. Ela pode transformá-lo no tipo de homem que você deseja ser.

— Nunca me deixariam ficar com ela... a assistência social...

— Você vai ter de mostrar para eles quem realmente é.

— É melhor que eles não saibam — disse Noel.

— Por favor, Noel, não tenha pena de si mesmo. Pense, pense no que você pode fazer. Muitas vidas serão afetadas por isso.

— Não posso trazer um bebê para cá — disse ele.

— Já estava na hora de você se mudar mesmo.

Emily estava calma, como se estivessem decidindo o almoço do dia seguinte, e não o futuro de Noel.

Na manhã seguinte, Stella levantou o olhar da revista que estava lendo quando percebeu uma sombra cobrir a sua cama. Era Noel, trazendo um pequeno buquê de flores.

— Bem, oi! — disse ela. — Como conseguiu entrar? Não é horário de visita.

À Espera de Frankie

— Estou atrapalhando? — perguntou ele.

— Sim, estou lendo como colocar mais borogodó no meu casamento, como se eu soubesse o que é borogodó e o que é casamento!

— Eu vim aqui pedir você em casamento — disse ele.

— Oh, Noel, não seja idiota. Por que você se casaria comigo? Vou morrer em poucas semanas!

— Você não diria que o bebê é meu se não fosse. Eu ficaria honrado em tentar criá-la.

— Escute, casamento nunca fez parte dos meus planos. — Stella estava completamente perdida.

— Achei que fosse o que você queria! — Agora, ele estava perplexo.

— Não. Eu queria que você cuidasse dela, que fosse pai dela, que a tirasse da loteria que é o sistema de adoção.

— Então, vamos nos casar?

— Não, Noel, claro que não, mas, se você quiser conversar sobre cuidar dela, me diga por que e como.

— Eu vou mudar, Stella.

— Certo.

— Não, eu vou mesmo. Fiquei a noite toda acordado plane-jando. Vou ao AA hoje, vou admitir que tenho um problema com bebida, então vou me matricular em um curso de administração noturno e depois vou procurar um apartamento onde eu possa criar uma criança.

— Isso foi tudo tão repentino. Tão do nada. Por que não está trabalhando hoje?

— A minha prima Emily foi até a loja e disse que eu tinha um problema pessoal para resolver hoje e que compensarei o tempo na semana que vem, chegando uma hora mais cedo e saindo uma hora mais tarde todos os dias.

— Emily sabe disso tudo?

— Eu precisava contar para alguém. Ela ficou com muita raiva de mim por ter ido embora naquele dia.

— Você não foi embora, Noel, você saiu correndo.

— Sinto muito. Acredite em mim, sinto muito mesmo.

— Então, o que mudou? — Ela não se mostrou hostil, apenas interessada.

— Quero fazer alguma diferença. Fazer alguma coisa boa para alguém antes de morrer. Logo vou fazer trinta anos. Não fiz nada na minha vida, a não ser sonhar, desejar e beber. Quero mudar isso.

Ela escutou em silêncio.

— Então me diga o que você quer fazer se não quer se casar.

— Não sei, Noel. Gostaria que as coisas tivessem sido diferentes.

— A maioria das pessoas por aí gostaria. Todo mundo gostaria que as coisas tivessem sido diferentes — falou ele, com tristeza.

— Então, eu gostaria que você conhecesse Moira Tierney, a minha assistente social, amanhã à noite. Ela vem discutir o que chama de "futuro" comigo. Uma discussão bem curta.

— Posso trazer Emily? Ela disse que gostaria de vir conversar com você.

— Mas ela vai ser algum tipo de babá? Sempre por perto, tomando todas as decisões?

— Não, acho que ela vai voltar logo para os Estados Unidos, mas ela me fez ver as coisas com mais clareza.

— Então, pode trazê-la. Ela é bonitona? Você não poderia se casar com ela? — Stella estava sendo maliciosa de novo.

— Não! Ela é muito velha. Bem, uns quarenta e cinco, cinquenta anos, por aí.

À Espera de Frankie

— Pode trazê-la, então — concordou Stella —, e ela vai ter de ser bem convincente para lidar com a Moira.

Ele colocou as flores em um vaso.

— Noel?

— Oi?

— Obrigada, mesmo assim, pelo pedido de casamento. Não era o que eu tinha em mente, mas foi muito digno da sua parte.

—Você ainda pode mudar de ideia — disse ele.

— Tem um padre bonzinho aqui. Muito legal, ele. Ele pode nos casar se formos obrigados, mas eu preferia não.

— O que você preferir — falou ele e a tocou carinhosamente no ombro.

— Antes de ir, mais uma coisa... Como você conseguiu entrar fora do horário de visita?

— Pedi a Declan Carroll. Ele mora na minha rua. Disse que precisava de um favor, e ele deu um telefonema.

— Ele e a esposa vão ter um bebê na mesma época que eu — comentou Stella. — Sempre achei que as crianças podiam ser amigas.

— Bem, elas podem realmente ser amigas — disse Noel.

Quando chegou à porta e olhou para trás, Noel viu que ela se deitara, mas estava sorrindo e parecia mais relaxada do que antes.

Ele saiu então para encarar o que seria o dia mais desafiador de sua vida.

Foi difícil entrar no prédio em que acontecia a reunião do AA na hora do almoço. Noel ficou dez minutos parado, observando homens e mulheres de todo tipo entrando pela porta no fundo do corredor.

Chegou uma hora em que não podia mais adiar e seguiu-os.

Ainda era muito irreal para ele, mas, como dissera a Emily, tinha de colocar na cabeça que era pai e alcoólatra.

Tinha encarado o primeiro fato e ainda podia se lembrar do brilho no rosto de Stella naquela manhã. Ela não achava que ele era um fracassado, nem um pai incorrigível para a filha dela.

Agora, ele precisava encarar o alcoolismo.

Havia umas trinta pessoas na sala. Um homem estava sentado a uma mesa na porta. O rosto dele era cansado e enrugado, e o cabelo, grisalho. Ele não parecia um alcoólatra. Talvez apenas trabalhasse ali.

— Eu gostaria de participar — disse Noel para ele, escutando, enquanto falava, a própria voz ecoando em seus ouvidos.

— Seu nome? — perguntou o homem.

— Noel Lynch.

— Certo, Noel. Quem o mandou para cá?

— Desculpe? Quem me mandou?

— Quer dizer, você veio por indicação de algum centro de reabilitação?

— Ah, Deus, não. Eu não passei por nenhuma reabilitação. Apenas bebo muito e quero parar.

— Nós tentamos encorajar a todos aqui a parar completamente. Você está ciente disso?

— Estou, se isso for possível, eu ficaria muito feliz em tentar.

— Meu nome é Malachy. Entre — disse o homem. — Já vamos começar.

Mais tarde naquele dia, Noel precisava enfrentar seu terceiro desafio.

Emily marcara uma hora para ele com o supervisor de admissões da faculdade. Ele faria a matrícula para o curso de Administração, que incluía marketing e finanças, vendas

À Espera de Frankie

e propaganda. As mensalidades, que estavam muito acima do que ele poderia bancar, seriam pagas por Emily. Ela disse que era um empréstimo sem juros. Ele pagaria quando pudesse.

Ela lhe garantiu que isso era exatamente o que queria fazer com suas economias. Via como um investimento. Um dia, quando ele fosse rico, um homem bem-sucedido, ele sempre se lembraria dela com gratidão e cuidaria dela quando ficasse velhinha.

O supervisor de admissões confirmou que as mensalidades tinham sido pagas e que as aulas começariam na semana seguinte. Além das aulas três noites por semana, esperava-se que ele estudasse por conta própria doze horas por semana.

— Você é casado? — perguntou o supervisor.

— Na verdade, não — e então, quase como um complemento, Noel disse: —, mas vou ter um bebê em algumas semanas.

— Parabéns, mas é melhor você adiantar tudo que puder antes de o bebê chegar — falou o supervisor de admissões, um homem que parecia saber do que estava falando.

N aquela noite, Josie estava ansiosa para conversar sobre o bazar e a provável data de inauguração. Estava animada e viva.

Charles também estava de alto astral. Não precisaria devolver Caesar para a sra. Monty, ia ter uma festa de despedida no hotel, tinha mais planos para levar cachorros para passear e se exercitar e fora a um canil local.

Mas, antes que a conversa se encaminhasse para qualquer um desses assuntos — bazar ou passeio com cachorro —, Emily falou com firmeza.

— Noel tem algo importante para falar conosco, talvez antes que façamos mais planos.

Noel olhou à sua volta, estava preso.

Sabia que teria de passar por isso. Emily dissera que não podiam viver em um mundo sombrio de mentiras e fraude.

Ainda assim, precisava contar a seus pais que eles seriam avós, que não havia planos de casamento e que ele se mudaria para um lugar só dele.

Não eram novidades fáceis de se contar. Emily sugerira que ele deveria fazer uma pausa antes de aproveitar a mesma oportunidade e contar a eles que acabara de entrar para os Alcoólicos Anônimos e que fizera matrícula na faculdade.

Ela se perguntava se não seria demais para eles.

Mas, quando ele começou sua história, não deixando nada de fora, contando tudo como acontecera, percebeu que era mais fácil e mais justo contar tudo para eles.

Ele falou tudo como se estivesse falando de outra pessoa, e em nenhum momento olhou-os nos olhos.

Primeiro, contou sobre o recado do hospital: seus dois encontros com Stella, a notícia dela — que ele se recusou a acreditar no início —, mas que percebeu depois que devia ser verdade. Seus planos para encontrar a assistente social e para o futuro da menina cujo nascimento envolvia a morte da mãe.

Contou a eles como tentara parar de beber sozinho mas não conseguira, que agora tinha um padrinho no AA chamado Malachy e que iria a reuniões diárias.

Disse a eles que seu emprego na Hall's era deprimente e que constantemente pessoas mais jovens e menos experientes que ele passavam a sua frente e tinham o trabalho reconhecido porque possuíam diploma.

Neste ponto, ele percebeu que seus pais estavam muito quietos, então levantou os olhos para fitá-los.

À Espera de Frankie

Seus rostos tinham uma expressão horrorizada para a história que estavam escutando.

Tudo que eles temeram que pudesse acontecer em um mundo ateu *tinha* acontecido.

O filho deles fez sexo fora do casamento e um bebê viria como resultado disso, e ele estava admitindo que era dependente de álcool a ponto de precisar da ajuda dos Alcoólicos Anônimos.

Mas não ia se abater. Esforçou-se e continuou a explicação, falando dos planos para sair das situações em que se metera.

Aceitava que era tudo culpa sua.

Não culpava nenhuma circunstância exterior.

— Estou muito envergonhado em contar tudo isso para vocês, mãe e pai. Vocês tiveram uma vida tão boa. Não poderiam nem começar a entender, mas eu me meti nisso sozinho e vou sair dessa sozinho.

Eles ainda estavam em silêncio, então ele ousou olhar para os dois de novo.

Para sua surpresa, ambos mostravam compaixão em seus rostos.

Os olhos de sua mãe estavam cheios de lágrimas, mas não havia recriminação. Nenhuma menção ao sexo fora do casamento, apenas preocupação.

— Por que nunca nos contou nada disso, filho? — A voz de seu pai mostrava emoção.

— O que vocês teriam dito? Que eu era um tolo por ter largado a escola tão cedo? Ou que eu tinha de conviver com isso? Vocês estavam felizes em seus trabalhos. Eram respeitados. Não é assim na Hall's.

— E o bebê? — perguntou Josie. — Você não fazia ideia que essa Stella estava esperando um filho seu?

— Não fazia a menor ideia, mãe — respondeu Noel. E havia algo de tão verdadeiro e honesto no tom de voz dele, que todo mundo acreditou.

— Mas a história da bebida, Noel... você tem certeza de que é grave o suficiente para você procurar o AA?

— É, sim, pai, pode acreditar.

— Nunca percebi que você estava bêbado. Nenhuma vez. E eu estou bem acostumado a lidar com pessoas bêbadas no hotel — disse o pai, balançando a cabeça.

— É porque você é normal, pai. Não espera que as pessoas cheguem do trabalho de pileque, depois de passar duas horas no Casey's.

— Aquele homem tem muitos pecados. — Charles balançou a cabeça, desaprovando o velho Casey.

— Ele não abriu a minha boca e me forçou a beber — falou Noel.

Emily pronunciou-se pela primeira vez.

— Então, já sabemos de todos os planos de Noel. Agora cabe a nós dar todo o apoio de que ele vai precisar.

— Você *sabia* de tudo isso? — Josie Lynch estava chocada e nem um pouco satisfeita.

— Eu só sabia porque consigo reconhecer uma pessoa bêbada a metros de distância. Passei por isso a minha vida toda. Não falamos muito sobre isso, eu sei, mas meu pai era um homem muito infeliz e estava a quilômetros de casa e não tinha ninguém para ajudá-lo ou dar conselhos quando tomou uma decisão errada que arruinou a sua vida.

— Que decisão foi essa? — perguntou Charles.

Aquela noite estava repleta de choques.

Desde que Emily chegara nunca tinham mencionado o alcoolismo do falecido Martin Lynch.

À Espera de Frankie

— A decisão de deixar a Irlanda. Ele se arrependeu disso todos os dias de sua vida.

— Mas não pode ser. Ele perdeu completamente o interesse em nós. Nunca mais voltou para casa. — Charles estava atônito.

— É verdade, ele nunca voltou para casa, mas nunca perdeu o interesse. Ficava sempre voltando ao assunto. Falando sobre tudo que *poderia* ter feito se tivesse ficado aqui. Tudo fantasia, claro, mas, mesmo assim, se ele tivesse tido alguém com quem conversar... — A voz dela falhou.

— Sua mãe? — perguntou Josie.

— Ali, ele não conseguia nada, infelizmente. Minha mãe nunca entendeu o poder que a bebida tinha sobre ele. Ela só dizia para ele ficar longe, como se fosse uma coisa fácil.

— Você não podia conversar com ele? Você é ótima em conversar com as pessoas — disse Charles, admirado.

— Não, eu não podia. Entenda, meu pai não teve a decência básica que Noel está tendo. Ele não conseguia aceitar que, no fim das contas, tudo dependia dele. Ele não era metade do homem que Noel é.

Josie, que na última meia hora vinha enfrentando toda uma gama de desgraça, pecados mortais e vergonha, encontrou algum conforto nesse elogio.

— Você acha que Noel vai conseguir fazer isso tudo? — perguntou ela a Emily, como se ele nem estivesse ali.

— Cabe a nós ajudá-lo, Josie — respondeu Emily, com toda calma, como se estivessem discutindo o cardápio do jantar do dia seguinte.

Nem mesmo para Noel parecia tão impossível quanto no momento em que começou a contar a sua história.

* * *

— Stella, sou Emily, prima do Noel. Ele foi comprar cigarros para você. Vim um pouco antes caso eu precise saber alguma coisa antes de a assistente social chegar.

Stella olhou para a mulher prática com cabelo crespo e uma elegante capa de chuva. Os americanos sempre se vestiam adequadamente para o clima irlandês. Os próprios irlandeses sempre se molhavam com a chuva.

— Prazer em conhecê-la, Emily. Noel disse que você é muito sensata.

— Não sei se sou. — Emily pareceu ficar na dúvida. — Vim para a Irlanda em um capricho para conhecer o passado do meu falecido pai. Agora parece que estou com coisas para fazer até o pescoço, organizando uma estátua para um santo que morreu séculos atrás. Não diria que isso é ser muito sensata...

— Você é muito boa por estar assumindo isso também. — Stella abaixou o olhar para a barriga, como que lamentando.

— Você já tem problemas suficientes com que se preocupar — disse Emily, sua voz carinhosa e solidária.

— Bem, essa assistente social é uma chata. Interessada em tudo, não acredita em nada, sempre tentando pegar alguma contradição.

— Acredito que elas tenham de ser assim pelo bem das crianças — comentou Emily.

— É verdade, mas não precisa agir como a polícia secreta. Bem, eu meio que deixei subentendido que eu e Noel somos mais unidos do que realmente somos. Entende? Em termos de nos encontrarmos e tudo.

— Claro. — Emily assentiu, aprovando. Fazia sentido.

Não havia razão para Stella falar para a assistente social que mal conhecia o pai do bebê que ela estava prestes a dar à luz.

Nem ia ficar bem.

—Vou ajudá-la com tudo isso — disse Emily.

À Espera de Frankie

Nesse momento, Noel entrou, e logo atrás veio Moira Tierney.

Ela devia ter uns trinta e poucos anos, com cabelo preto preso para trás com uma fita vermelha. Se não fosse o cenho franzido em concentração, ela poderia ser considerada atraente. Mas Moira estava ocupada demais para pensar em parecer atraente.

— O senhor é Noel Lynch? — disse ela, com vigor, mas pouco entusiasmo.

Ele começou a se confundir e ficar na defensiva.

Emily se intrometeu logo.

— Deixe-me segurar seus embrulhos, Noel. Sei que quer cumprimentar Stella adequadamente. — E ela o empurrou na direção da cama.

Stella levantou os braços magros para dar nele uma desajeitada mistura de abraço e beijo no rosto.

Moira observou desconfiada.

— O senhor e Stella não moram na mesma casa, sr. Lynch? — indagou Moira.

— No momento, não — respondeu ele, como se pedisse desculpas.

— Mas os planos para Noel alugar um apartamento para ele poder criar Frankie já estão bem adiantados — disse Emily.

— E a senhora é...? — Moira fitou Emily de forma questionadora.

— Emily Lynch. Prima de Noel.

— A senhora é a única família que ele tem? — Moira verificou suas anotações.

— Deus, não! Ele tem pai e mãe, Josie e Charles... — começou Emily, certificando-se de que Stella também escutasse os nomes.

— E eles estão...? — Moira tinha o irritante hábito de fazer perguntas de forma indireta como se estivesse desaprovando alguma coisa.

75

MAEVE BINCHY

— Eles estão em casa organizando um fundo para erguer uma estátua para São Jarlath na rua deles.

— São Jarlath? — Moira estava confusa.

— Eu sei! Eles não são maravilhosos? Bem, a senhora vai conhecê-los pessoalmente. Eles virão aqui amanhã ver Stella.

—Vão? — Stella ficou surpresa.

— Claro que vão. — Emily soava mais confiante do que realmente estava.

Seria necessária muita persuasão para convencer Josie a vir conhecer aquela garota sem preceitos morais, na sua opinião. Mas Emily estava tentando, e o importante agora era fazer a assistente social ver que havia forte apoio da família.

Moira absorvia tudo, como sua profissão exigia.

— E onde pretende morar, sr. Lynch, *se* conseguir a guarda da criança?

— Bem, é claro que ele vai conseguir a guarda — comentou Stella —, ele é o pai da criança. Todos concordamos com isso!

— Pode haver circunstâncias que desafiem isso. — Moira foi altiva.

— Que tipo de circunstâncias? — Stella estava com raiva agora.

— Um passado de abuso de álcool, por exemplo — disse Moira.

— Não fui eu, Noel — disse Stella, desculpando-se.

— Naturalmente, nós investigamos — falou Moira.

— Mas isso está sob controle agora — rebateu Emily.

— Bem, veremos — disse Moira com o tom de voz contido.

— Que tipo de acomodação estava pensando, sr. Lynch?

Emily falou de novo.

— A família de Noel vem discutindo esse assunto o tempo todo. Estamos vendo um apartamento em Chestnut Court. É uma

76

pequena quadra de apartamentos não muito distante de onde ele mora atualmente.

— Não seria preferível criar a criança em uma família já pronta em... Vila de São Jarlath?

— Bem, veremos... — começou Noel.

— Veja bem, Moira, você será muito bem-vinda para visitar a casa de Noel quando quiser, mas vai perceber que é totalmente inadequada para um bebê. Os apartamentos em Chestnut Court são bem mais apropriados para crianças. O que todos ficamos interessados fica no térreo. Quer ver uma foto do lugar?

Moira pareceu menos interessada do que deveria. Estava olhando para Noel e parecia ter visto a surpresa em seu rosto.

— O que o *senhor* acha desse lugar para morar? — perguntou ela diretamente para ele.

Stella e Emily esperaram, ansiosamente.

— Como Emily disse, conversamos sobre várias possibilidades e esta parece ser a mais adequada até agora.

Moira assentiu como se concordasse e, se escutou o suspiro aliviado das duas mulheres, não demonstrou.

Então, fez perguntas sobre o aluguel que teria de ser pago e a ajuda que ele receberia para cuidar do bebê, já que Noel passaria o dia todo no trabalho.

E logo tinha acabado.

Emily fez uma última afirmação para mostrar como seu primo Noel era confiável.

— Não sei se a senhora sabe que Noel queria muito se casar com Stella. Ele a pediu em casamento, mas Stella prefere não. Essa é a atitude de um homem comprometido, alguém confiável e responsável.

— Como eu disse, srta. Lynch, existem formalidades que precisamos percorrer. Terei de conversar com a minha equipe e, então, a palavra final será do meu supervisor.

— Mas a primeira e mais influente opinião será a *sua*, Moira — falou Emily.

Moira assentiu de leve e saiu.

Stella esperou até que ela saísse da ala antes de começar a comemorar. Com um girar de pulso, ela puxou as cortinas e pegou os cigarros.

— Muito bem, vocês dois — disse ela, olhando de Noel para Emily. — Madame Moira está no papo!

— Ainda temos um longo caminho a percorrer — ponderou Emily, e eles começaram a discutir mais estratégias.

E continuaram fazendo isso nas semanas seguintes. Todos os aspectos relacionados a transformar Noel em um pai foram discutidos.

Josie e Charles foram apresentados a Stella e, após um começo um pouco constrangedor, logo encontraram bastante coisa em comum. Os pais de Noel, assim como Stella, acreditavam piamente que logo ela estaria em um lugar melhor. Não havia fingimento de que talvez ela pudesse se recuperar.

Josie falava melancolicamente sobre Stella ir se encontrar com Nosso Senhor tão em breve e Charles disse que, se Stella encontrasse com São Jarlath, poderia dar a notícia de que a estátua realmente seria erguida, mas que demoraria um pouco mais do que eles acreditavam que seria possível. Eles tinham ajudado fazendo um depósito para o pagamento do aluguel do apartamento em Chestnut Court. A imagem de São Jarlath teria de esperar um pouco, mas o dia chegaria.

— Será que ele já não consegue ver isso? — perguntou Stella.

— Imagino que sim — concordou Charles. — Mas não fará mal nenhum em dar a notícia pessoalmente, já que você vai encontrá-lo.

À Espera de Frankie

Noel se envergonhava de seus pais aceitarem essa ideia de vida após a morte de forma tão casual.

Eles real e verdadeiramente viam o paraíso como um tipo de grande parque onde todos se encontrariam. E, pior ainda, esperavam que Stella estivesse lá em breve.

Stella achava a ideia um pouco absurda, mas não pareceu se zangar. Estava disposta a levar recados para qualquer santo antigo apenas para fazer com que o show continuasse.

Mas também fizeram planos em um nível mais prático.

Chestnut Court ficava a apenas sete minutos de caminhada da Vila de São Jarlath.

Noel poderia levar o bebê de carrinho até a casa de seus pais todo dia de manhã; Josie e Charles cuidariam de Frankie até a hora do almoço. Depois ela passaria a tarde na casa de Molly Carroll ou de um casal chamado Aidan e Signora, que cuidavam dos próprios netos; ou do dr. Chapéu, que se aposentara recentemente e tinha tempo de sobra, ou para a casa de Muttie e Lizzie Scarlet, que, além dos próprios filhos, criaram um casal de gêmeos que não tinha nenhum vínculo de sangue com eles.

As três noites por semana em que Noel estaria na faculdade também seriam cobertas.

Por um tempo, Emily iria para o novo apartamento em Chestnut Court ajudá-lo. Noel voltaria após as aulas e ela prepararia alguma coisa para ele comer. Ele vinha participando de umas palestras com a enfermeira do distrito sobre o que precisaria ter no novo apartamento para receber o recém-nascido, aprendera a preparar os alimentos para o bebê e sobre a importância de esterilizar mamadeiras. A esposa de Declan Carroll, Fiona, mandara um recado dizendo que tinha um enxoval que seria suficiente para sêxtuplos. Stella e Noel *precisavam* ajudá-la para que todas as roupinhas fossem usadas; os bebês deles chegariam mais ou menos na mesma época. Não podiam ter mais sorte.

Noel foi levado no turbilhão de atividades de tudo isso.

O bazar estava pronto e funcionando; ele e o pai tinham pintado as paredes, para deleite de Emily e Josie, e as pessoas já tinham começado a doar itens para serem vendidos. Algumas dessas coisas seriam úteis para o apartamento novo de Noel, mas Emily era inflexível: tinham de pagar um preço justo. O dinheiro era para São Jarlath, não para construir um estilo de vida confortável para Noel.

— Todo mundo está sendo tão generoso — comentou ele, passando por outra caixa de livros enquanto Josie e Emily selecionavam pilhas de roupas e bugigangas.

Josie olhava em dúvida, para um carrinho de bebê dobrável; seria útil quando o bebê fosse um pouco maior, mas precisavam de um mais firme para o recém-nascido. Alguma coisa acabaria aparecendo, e ela resolveu fazer uma oração extra para São Jarlath.

Emily tinha outras ideias: já imprimira um folheto que Dingo colocaria nas caixas de correio dizendo que recolheriam utensílios de bebê que as pessoas não quisessem mais em sua caminhonete. Dias depois, ele foi pegar um carrinho de bebê antigo Silver Cross; era enorme, mas lindo e bem-cuidado. Seria perfeito para o novo bebê.

Noel tinha pouco tempo sozinho com Stella. Havia tantos assuntos práticos para serem resolvidos. Stella queria que a criança fosse criada como católica?

Ela deu de ombros. A criança poderia abandonar a fé quando tivesse idade suficiente. Possivelmente, para agradar Josie e Charles, ela seria batizada e faria Primeira Comunhão, mas nada "carola" demais.

À Espera de Frankie

Stella tinha algum parente que gostaria que se envolvesse?

— Nenhum que importe.

— Ou alguém de algum dos lares adotivos que você passou?

— Não, Noel, não faça isso!

— Certo. É que depois que você se for, não terei para quem perguntar.

A expressão do rosto dela suavizou.

— Eu sei. Desculpe por responder assim. Escreverei uma carta para ela, contando um pouco sobre mim, e sobre você, e como você tem sido bom.

— Onde você vai deixar a carta? — perguntou Noel.

— Com você, claro!

— Quero dizer, se você quisesse deixar em um banco ou algo assim... — ofereceu Noel.

— Você acha que eu me pareço com uma pessoa que tem uma conta bancária, Noel? Por favor...

— Eu gostaria que você não nos deixasse, Stella — disse ele, colocando a mão sobre a magra mão dela.

— Obrigada, Noel, eu também não quero ir — falou ela.

E eles ficaram ali sentados até padre Flynn chegar para uma visita. Ele viu a cena dos dois de mãos dadas, mas não fez nenhum comentário.

— Eu só estava passando — falou ele tolamente.

— Eu já estava de saída mesmo, padre. — Noel se levantou para sair.

— Talvez você pudesse ficar mais um pouco, Noel. Queria que Stella me falasse como quer seu funeral.

O assunto não intimidava Stella de forma alguma.

— Escute, Brian, pergunte a família de Noel o que eles querem. Eu não estarei aqui. Deixe que façam o que for mais fácil.

— Um hino ou dois? — perguntou Brian Flynn.

— Claro, por que não? Eu gostaria de algo alegre. Como um coral gospel se possível.

— Sem problemas — concordou padre Flynn. — E você prefere enterro, cremação ou doação do corpo para a ciência?

— Acho que meu corpo não vai ensinar nada a ninguém que já não saibam. — Stella pensou. — Quero dizer, quando se fuma quatro maços de cigarro por dia, você fica com câncer de pulmão. Quem bebe o tanto que eu bebia fica com cirrose no fígado. Não existe em mim uma parte saudável o suficiente para um transplante, mas seria um aviso e tanto.

Os olhos dela se iluminaram.

Brian Flynn engoliu seco.

— Não costumamos falar sobre esse tipo de coisa, Stella, mas você vai querer uma missa no seu funeral?

— É aquela com sinos, não é?

— Traz conforto para muita gente — disse padre Flynn, sendo diplomático.

— Pode fazer, então, Brian — disse ela, com bom humor.

4

Lisa Kelly tinha sido uma aluna brilhante no colégio; era boa em tudo. Sua professora de inglês a encorajara a se formar em Literatura Inglesa e tentar uma vaga como professora em uma universidade. O professor de educação física disse que com sua altura — aos catorze anos, já tinha mais de um metro e oitenta — ela era uma atleta natural e poderia jogar tênis ou hóquei, ou ambos, pela Irlanda. Mas, quando chegou a hora, Lisa decidiu por artes. Especificamente artes gráficas.

Formou-se nisso, primeira da turma de seu ano, e na mesma hora recebeu uma oferta para trabalhar em uma das maiores empresas de design de Dublin. Neste ponto, ela deveria ter saído da casa de seus pais.

Sua irmã Katie tinha saído três anos antes, mas Katie era diferente. Não era um gênio, apenas conseguia acompanhar as aulas. Katie aceitara um emprego de férias em um salão de beleza e encontrara sua vocação. Casou-se com Garry Finglas e juntos abriram um elegante salão, que ia de vento em popa. Ela adorava praticar no longo cabelo cor de mel de Lisa, secá-lo no secador e depois fazer penteados com dobras e coques.

A mãe delas, Di, aceitara tudo isso com muito desdém.

— Tocar a cabeça suja das pessoas! — exclamava ela, horrorizada.

O pai delas, Jack Kelly, mal comentava sobre a carreira de Katie, não mais do que falava do trabalho de Lisa.

Katie implorara para Lisa sair de casa.

— As coisas não são assim no mundo real, não existem aqueles silêncios terríveis como com o papai e a mamãe. As outras pessoas não se tratam do jeito que *eles* se tratam, as pessoas *conversam*.

Mas Lisa não dera atenção. Katie sempre fora muito sensível em relação à atmosfera dentro de casa. Quando Katie ia para a casa de amigas, voltava falando animadamente sobre refeições felizes na mesa da cozinha, lugares onde pais e mães conversavam e riam e discutiam com seus filhos e amigos. Não como a casa delas em que as refeições eram feitas em silêncio e com indiferença. De qualquer forma, o humor das pessoas sempre afetara Katie. Lisa era diferente. Se a mãe era distante, então *deixe-a* ser distante. Se o pai era reservado, qual o problema? Era só o jeito dele.

O pai trabalhava em um banco em que, aparentemente, pessoas passaram a frente dele na hora das promoções; ele não conhecia as pessoas *certas*. Não era de se espantar o fato de ele ser retraído e não gostar de papo furado. Lisa nunca conseguia despertar interesse nele em nada que fazia; se algum dia ela lhe mostrou algum desenho que ela fez na escola, ele apenas deu de ombro, como se dissesse "e daí?".

Sua mãe era descontente, mas tinha razão para isso. Trabalhava em uma butique muito chique, onde mulheres ricas de meia-idade iam comprar várias roupas por ano. Ela ficaria bem naquele estilo de roupa, mas nunca poderia pagar por elas; então, em vez disso, ela ajudava mulheres mais gordas a caberem nas roupas e providenciava para que costuras fossem alargadas e zíperes alongados. Mesmo com um desconto generoso dado para as funcionárias, as roupas estavam bem acima do seu nível. Não era de se espantar que olhasse para o pai decepcionada. Quando se casara com ele, aos dezoito anos, ele parecia um homem que ia a algum lugar. Agora, não ia a lugar nenhum, exceto ao trabalho todas as manhãs.

Lisa ia para o escritório e trabalhava duro o dia todo. Almoçava com colegas em lugares cheios de estilo e com poucas calorias. Mas foi em um almoço com um cliente que Lisa conheceu Anton Moran: foi um daqueles momentos que fica congelado em sua mente.

Lisa viu esse homem atravessar o salão, parando em cada mesa e conversando à vontade com todo mundo. Ele era magro e usava o cabelo comprido. Era confiante e agradável sem ser arrogante.

— Quem é *ele?* — sussurrou ela para Miranda, que conhecia todo mundo.

— Ah, aquele é Anton Moran. Ele é o chef. Ele está aqui há um ano, mas logo vai embora. Parece que vai abrir o próprio restaurante. Vai se dar bem.

— Ele é bonito — comentou Lisa.

— Pode ir para o fim da fila! — Miranda riu. —Tem uma fila longa esperando por Anton.

Lisa podia ver por quê. Anton tinha um estilo que ela nunca vira antes. Ele não se apressava, ainda assim passava de mesa em mesa. Logo estava na mesa delas.

— A adorável Miranda! — exclamou ele.

— O ainda mais adorável Anton! — disse Miranda, maliciosamente. — Esta é minha amiga Lisa Kelly.

— Olá, Lisa — disse ele, como se tivesse esperado a vida toda para conhecê-la.

— Muito prazer — disse Lisa e se sentiu estranha. Normalmente, sabia o que dizer, mas não agora.

— Logo vou abrir meu próprio restaurante — contou Anton. — Hoje será a minha última noite aqui. Estou dando meu celular para todo mundo e espero todos vocês lá. Nada de desculpas.

Ele entregou um cartão para Miranda e, então, um para Lisa.

— Deem-me duas semanas e conto os detalhes. Todo mundo vai achar que estou fazendo *alguma coisa* certa se vocês duas, essas beldades, aparecerem lá — disse ele, olhando de uma para a outra. Era papo furado. Ele devia falar a mesma coisa em todas as mesas.

Mas Lisa sabia que ele estava sendo sincero. Ele queria vê-la de novo.

— Trabalho em um estúdio de design gráfico — comentou Lisa, de repente —, caso você precise de uma logo ou qualquer outro design.

— Com certeza, vou precisar — disse Anton. — Com certeza mesmo.

E, então, ele foi embora.

Lisa não se lembrava de mais nada daquela refeição. Queria ir para o apartamento de Miranda e conversar sobre ele a noite toda, descobrir se ele era casado, se tinha sócio. Mas Lisa sobrevivera até agora sendo distante. Ela não dormia na casa de amigas assim como não convidava para que fossem em sua casa. Não queria se mostrar para o mundo e confidenciar para uma pessoa fofoqueira como Miranda sobre Anton. Teria de conhecê-lo sozinha, no seu tempo. Desenharia uma logo para ele que seria o assunto da cidade.

O mais importante era não apressar as coisas; não dar passos precipitados.

À Espera de Frankie

Ela pensou nele a noite toda. Ele não tinha uma beleza convencional, mas possuía um rosto inesquecível. Intenso, olhos escuros e um sorriso maravilhoso. Tinha uma graça comum em atletas e dançarinos.

Ele devia ser comprometido. Um homem como ele não estaria disponível. Estaria?

Ela foi pega de surpresa quando ele telefonou no dia seguinte.

— Que bom. Consegui encontrá-la — disse ele, parecendo feliz ao escutar a voz dela.

— Para quantos lugares você ligou?

— Este é o terceiro. Quer almoçar comigo?

— Hoje?

— Isso, se você não tiver nada marcado...

E ele escolheu o Quentins, um dos restaurantes mais badalados de Dublin.

Lisa ia almoçar com sua irmã, Katie.

— Não tenho nada marcado — respondeu. Katie acabaria entendendo.

Lisa foi procurar seu chefe, Kevin.

— Vou almoçar com um ótimo contato. Um homem que está prestes a abrir um negócio e fiquei pensando...

— ... se você pode levá-lo a um restaurante caro, é isso?

Kevin já tinha visto isso antes. E escutado.

— Não. Claro que não. *Ele* vai pagar. Pensei em oferecer uma taça de champanhe para ele e em sair uma hora mais cedo para fazer meu cabelo e passar uma boa imagem da agência.

— Não tem nada de errado com seu cabelo — resmungou Kevin.

— Não, mas é melhor deixar uma boa impressão do que uma mais ou menos.

— Tudo bem... vamos ter de pagar pelo cabelo também?

— Claro que não, Kevin. Não sou pão-duro assim! — Lisa disse isso e saiu correndo antes que ele mudasse de ideia.

Apressou-se e comprou um grande vaso de planta para Katie e foi para o salão.

— Então isso é prêmio de consolação. Você está cancelando nosso almoço!

— Katie, por favor, entenda!

— É por causa de um homem? — perguntou Katie.

— Homem? Não, claro que não. Bem, é um homem, mas é um almoço de negócios e não tenho como desmarcar. Kevin implorou para eu ir. Ele até deixou que eu saísse mais cedo para fazer meu cabelo.

— O que você quer fazer? Além de furar a fila de quem tem hora marcada?

— Eu imploro, Katie...

Katie chamou uma assistente.

— Você poderia levar a madame para a pia e usar nosso xampu especial. Já encontro com vocês.

— Como você é boa... — começou Lisa.

— Sei que sou. Essa sempre foi minha fraqueza, ser boa demais para este mundo. Eu ia preferir se fosse por causa de um homem, sabe, Lisa? Eu faria algo especial.

— Vamos fingir que é por causa de um homem — implorou Lisa.

— Se fosse um homem que a tiraria daquela casa, eu nem cobraria nada! — disse Katie, e Lisa sorriu por dentro.

Desejava contar para a irmã, mas uma vida inteira não aceitando conselhos atrapalhava.

* * *

À Espera de Frankie

— Você está muito elegante — disse Anton ao se levantar para cumprimentar Lisa no Quentins.

— Obrigada, Anton. Você também parece que dormiu muito bem esta noite.

— Verdade. Dei o meu telefone para todo mundo no restaurante e depois fui para casa tomar minha xícara de chocolate quente e deitar na minha estreita caminha.

Ele abriu seu sorriso contagiante, que sempre conseguiria um sorriso em resposta. Lisa não sabia do que estava rindo — do chocolate quente, da estreita caminha ou de dormir cedo... Mas isso devia significar que ele estava mandando sinais de que estava disponível.

Deveria mandar sinais também ou ainda era cedo? Cedo demais, definitivamente.

— Eu disse para o meu chefe que viria almoçar com um homem prestes a abrir seu próprio negócio e ele disse que eu deveria lhe oferecer uma taça de champanhe em nome da empresa.

— Que chefe civilizado — comentou Anton, admirado, quando Brenda Brenna, a proprietária, se aproximou.

Ela já conhecia Anton Moran. Ele trabalhara no restaurante dela um tempo atrás. Ele apresentou Lisa a Brenda.

— A empresa de Lisa está pagando uma taça de champanhe para cada um de nós, então você poderia pedir que nos trouxessem aquele delicioso espumante da casa para começarmos, e um recibo para Lisa, e o resto da refeição será por minha conta.

Brenda sorriu. O olhar dela dizia que ela já tinha visto Anton ali com várias mulheres antes.

Lisa sentiu uma pontada, o que a surpreendeu. Em seus vinte e cinco anos, nunca tinha sentido nada parecido. Era inveja, ciúme e ressentimento, tudo junto. Isso era totalmente ridículo.

Ela não era mais uma adolescente romântica. Lisa tivera vários namorados, e alguns deles foram amantes. Nunca sentiu uma atração forte por nenhum deles. Mas com Anton era diferente.

O cabelo dele parecia macio e sedoso e sua vontade era esticar o braço por cima da mesa e passar a mão nele. Teve o desejo mais absurdo de ter a cabeça dele deitada em seu ombro enquanto acariciava seu rosto. Tinha de tirar isso da cabeça logo e voltar para o negócio de desenhar uma logo e um estilo para a nova empresa de Anton.

— Como você vai chamar o novo restaurante? — perguntou ela, surpresa por conseguir se manter tão calma.

— Bem, eu sei que parece um pouco narcisista, mas eu estava pensando em chamar de Anton's — respondeu ele. — Mas vamos pedir primeiro. Eles fazem um suflê de queijo muito bom aqui. Eu sei porque fiz muitos deles enquanto trabalhava aqui!

— Seria perfeito — disse Lisa.

Isso não podia estar acontecendo. Ela estava se apaixonando pela primeira vez.

De volta ao escritório, Kevin perguntou:

— Teve sorte com o Garoto de Ouro?

— Ele certamente é muito bem-apessoado.

— Você passou alguma ideia para ele e nossos honorários?

Kevin estava ansioso para que não houvesse partes obscuras.

— Não, isso vem depois.

Lisa estava sonhando com o beijo que Anton lhe deu no rosto quando se despediram.

— Ok, contanto que ele saiba que não será de graça só porque ele é bonito — disse Kevin.

— Como você sabe que ele é bonito? — perguntou Lisa.

À Espera de Frankie

— Você acabou de dizer que ele é bem-apessoado e eu acho que é o cara que fez a minha sobrinha ter um colapso nervoso.

— Sua sobrinha?

— Isso. Filha do meu irmão. Ela saiu com um chef chamado Anton Moran uma época. O relacionamento só levou a sofrimento e raiva. Ela acabou largando a faculdade, e quando foi confrontá-lo, ele simplesmente foi embora cozinhar em um navio de cruzeiro.

O coração de Lisa parecia de chumbo. Anton contara para ela sobre esse ano maravilhoso a bordo de um luxuoso navio.

— Acho que não deve ser a mesma pessoa. — O tom de voz de Lisa foi frio.

— Não, talvez não... provavelmente não... — Kevin não queria problemas. — Contanto que ele saiba que não vai conseguir nada de graça de nós.

Lisa percebeu, com uma terrível certeza, que haveria muitos problemas pela frente. Anton mal tinha o dinheiro para cobrir o depósito do aluguel do lugar. Ele estava contando com críticas muito positivas de seu restaurante para conseguir pagar a hipoteca e as despesas para montar o restaurante. Ele nem pensara no custo de um designer e de uma campanha.

O lugar para o restaurante era perfeito: ficava em uma pequena alameda a poucos metros de uma estrada principal, perto de uma estação de trem, rota do bonde e de um ponto de táxi. Ele sugerira um piquenique. Lisa levou queijo e uvas. Anton, uma garrafa de vinho.

Sentaram-se em caixotes e ele descreveu seus ambiciosos planos. Ela mal conseguia escutar enquanto fitava o rosto dele. A animação dele era totalmente contagiante.

Quando terminaram com os queijos e as uvas, ela sabia que deixaria Kevin e trabalharia sozinha. Talvez pudesse dividir o espaço com Anton; trabalhar com ele — eles poderiam construir o lugar juntos, mas não podia colocar o carro na frente dos bois. Por mais difícil que fosse, não podia parecer ansiosa demais.

Anton falara pouco de sua vida pessoal.

Sua mãe morava fora do país; seu pai, no campo; e sua irmã, em Londres. Ela sabia que ele estava totalmente certo — este lugar seria um enorme sucesso e ela queria fazer parte disso desde o começo.

Ela soltou um suspiro de puro prazer.

— É bom esse vinho, não é? — disse ele.

Podia ser álcool puro. Ela nem sentia o gosto. Mas não podia deixar que ele soubesse, ainda tão cedo, que estava suspirando de prazer ao pensar em um futuro com ele.

Seria tão bom ter alguém para contar — alguém que escutasse e perguntasse, então, o que você fez, o que ele respondeu? Mas Lisa tinha poucas amigas próximas.

Não podia contar para ninguém no trabalho, isso era certo. Quando saísse do estúdio de Kevin não queria que ninguém desconfiasse do motivo. Kevin poderia se tornar um problema e dizer que ela encontrara Anton enquanto trabalhava com *ele* e que ele pagara as taças de champanhe que selaram o acordo.

Uma ou duas vezes, ele perguntou a ela se "Anton, o menino bonito" já tinha tomado alguma decisão. Lisa dava de ombros. Era impossível saber, dizia ela vagamente. Não podemos apressar as pessoas.

Kevin concordara.

— Contanto que ele não leve nada de graça — avisou ele diversas vezes.

À Espera de Frankie

— De graça? Você *deve* estar brincando! — disse Lisa, horrorizada com a ideia.

Kevin ficaria atônito se soubesse quanto tempo Lisa já passara com Anton e quantos desenhos mostrara para ele escolher a logo do restaurante. A logo do momento levava as cores da bandeira francesa, e o A de Anton era grande, anelado, com letra cursiva. Não havia dúvida. Ela fizera desenhos e projeções, mostrara a ele como sua imagem apareceria no letreiro do restaurante, nos cartões de visita, nos cardápios, nos guardanapos e até na louça.

Nos últimos dezoito dias, passara todas as noites com Anton — às vezes sentada em caixotes, outras vezes em pequenos restaurantes espalhados por Dublin, onde ele estava ocupado vendo o que dava certo e o que não dava.

Uma noite, ele deu um plantão no Quentins para ajudá-los e convidou Lisa para jantar lá, com desconto de funcionário. Ela ficou lá sentada, cheia de orgulho, em sua mesa. Três semanas atrás, nem conhecia este homem e agora ele era simplesmente o centro de sua vida. Tomara uma decisão definitiva de sair do estúdio de Kevin e abrir o próprio negócio.

Logo, sairia da casa fria e sem amigos em que morava agora, mas esperaria até que Anton sugerisse que ela fosse morar com ele. Ele faria isso logo.

Esse assunto veio à tona no quinto encontro deles, quando ele deu o primeiro passo.

— É uma pena voltar sozinho para a minha cama estreita... — dissera ele, a voz sincera enquanto passava a mão pelo longo cabelo dela.

— Sei, mas quais são as alternativas? — perguntara Lisa, em tom de brincadeira.

— Suponho que você poderia me convidar para a sua casa para a *sua* cama estreita? — Foi a solução que ele ofereceu.

— Ah, mas eu moro com os meus pais, entende? Não posso fazer esse tipo de coisa — disse ela.

— A não ser que você tivesse o seu próprio canto, claro — sussurrou ele.

— Ou nós podemos explorar o *seu* canto? — disse Lisa.

Mas ele não seguiu por esse caminho. Ainda.

Quando ele tocou no assunto de novo, foi relacionando a um hotel. Um lugar a cinquenta quilômetros de Dublin onde eles poderiam jantar, roubar algumas ideias para o novo restaurante e passar a noite.

Lisa não viu mal nenhum no plano e tudo funcionou perfeitamente. Deitada nos braços de Anton, sabia que era a garota mais sortuda do mundo. Logo estaria morando e trabalhando com o homem que amava. Não era o que toda garota no mundo sonhava?

E isso ia acontecer com ela, Lisa Kelly.

—Eu sempre soube que um dia você sairia da gaiola voando — disse Kevin. — E você andou agitada nessas últimas semanas. Achei que estivesse mesmo planejando alguma coisa.

— Fui muito feliz aqui — disse Lisa.

— É claro que foi. Você é muito boa. Será boa em qualquer lugar. Já decidiu para onde vai?

— Vou trabalhar por conta própria — disse Lisa, simplesmente.

— Não é uma boa ideia na economia atual, Lisa — avisou Kevin.

— *Você* assumiu esse risco, Kevin, e olha o que conquistou...

— Foi diferente. Eu tinha um pai rico e muitos contatos.

— Farei os contatos — disse Lisa.

— Com tempo, fará. Já tem um escritório?

À Espera de Frankie

— Vou começar trabalhando de casa.

— Muito boa sorte para você, Lisa — disse ele, e ela conseguiu sair dali antes que ele perguntasse se tinha alguma novidade sobre Anton.

Kevin, porém, sabia muito bem o lugar que Anton ocupava na vida de Lisa e a razão para a saída dela. Ele passara um fim de semana no Holly's Hotel em County Wicklow, e a srta. Holly, sempre ansiosa para dar notícias de seus clientes, mencionou que uma colega dele, srta. Kelly, passara a noite anterior lá.

— Com um rapaz muito atraente. Conhecedor de comida, ele foi até a cozinha para conversar com o chef.

— O nome dele era Anton Moran? — perguntou Kevin.

— Isso mesmo. — A srta. Holly bateu palminhas. — Ele até pediu a receita do nosso molho especial de laranja que o chef prepara com Cointreau e nozes. Normalmente, o chef não conta para ninguém, mas contou para o sr. Moran, pois ele disse que ia cozinhar para seus pais.

— Tenho certeza que sim — disse Kevin, sombriamente. — E eles dormiram no mesmo quarto?

A srta. Holly suspirou.

— É claro que sim, Kevin. Hoje em dia é assim. Se você tentar aplicar algum padrão, vão rir de você e expulsá-lo do mercado!

Kevin pensou na sobrinha que ainda estava com a saúde frágil e estremeceu um pouco em pensar o que esperava Lisa Kelly, uma das designers mais brilhantes que ele já conhecera.

Lisa imaginava se havia em Dublin outras casas como a sua, onde a comunicação era mínima, a conversa, limitada e a boa vontade, inexistente. Seus pais conversavam entre si soltando muxoxos e mal conversavam com ela.

Toda sexta-feira, Lisa deixava o aluguel no armário da cozinha. Isso lhe dava o direito de usar seu quarto e tomar café e chá. Não tinha direito a refeições, a não ser que pagasse por elas.

Lisa não estava nem um pouco ansiosa para contar aos pais que em breve não teria mais salário, portanto, ficaria difícil pagar o aluguel. Estava ainda menos entusiasmada em contar a eles que passaria a usar seu quarto como escritório. Na teoria, eles poderiam oferecer para ela a sala de jantar formal, que nunca era usada e que seria um ambiente de negócios perfeitamente apresentável. Mas sabia que não podia pressionar tanto assim.

Seu pai diria que não pegavam dinheiro em árvores. Sua mãe daria de ombros e diria que não queriam estranhos entrando e saindo de casa. Era melhor ir aos poucos. Primeiro, contar sobre o emprego, então, gradualmente, introduziria o assunto sobre a necessidade de receber clientes na casa, quando eles se acostumassem com a situação.

Ela gostaria que Anton fosse menos inflexível sobre eles morarem juntos. Ele dizia que ela era adorável, a coisa mais adorável que já tinha acontecido com ele. Se isso era verdade, por que não deixava que ela fosse morar com ele?

Ele tinha intermináveis desculpas: era um lugar só de homens — ele apenas tinha um quarto lá, não pagava, em vez disso, cozinhava para os rapazes uma vez por semana e esse era o aluguel dele, não podia abusar da hospitalidade levando outra pessoa. De qualquer forma, mudaria toda a atmosfera do lugar se uma mulher fosse morar lá.

Ele soara um pouco impaciente, então Lisa não tocou no assunto de novo. Não tinha como pagar um lugar para morar. Havia roupas novas, piqueniques e, em duas ocasiões, fingiu ter ganhado vouchers de hotel para levá-lo para uma noite de luxúria. Tudo isso custava dinheiro.

À Espera de Frankie

Uma ou duas vezes, se perguntou se Anton era pão-duro. Um pouco *cauteloso* com dinheiro, talvez? Mas não, ele era muito honesto.

— Lisa, meu amor, sou um total parasita no momento. Todo euro que eu ganho nos meus plantões vai para os custos para montar o restaurante. Agora, sou um mendigo profissional, mas com o tempo, vou compensar. Quando eu e você estivermos no restaurante brindando nossa primeira estrela Michelin, *aí* você vai pensar que tudo isso valeu a pena.

Estavam sentados juntos na nova cozinha, que ia ganhando vida. Fornos, geladeiras e chapas elétricas iam aparecendo ao redor deles. Logo, a obra começaria no salão. Tinham decidido a logo e ela estava sendo aplicada em tapetes que ficariam espalhados pelo assoalho de madeira. O lugar seria um sonho e Lisa fazia parte disso.

Anton ficou apenas um pouco surpreso quando ela saiu do estúdio de Kevin. Já presumia que ela faria isso um dia. Ficou menos entusiasmado, porém, com a ideia de ela se mudar para um dos cômodos vazios no novo prédio.

— Eu poderia fazer um quarto aqui neste cômodo e meu escritório *naquele* ali. — Lisa apontou para dois cômodos no corredor onde ficava a nova cozinha.

— Aqui será a dispensa, e lá ficarão as toalhas e louças — disse ele, impaciente.

— Bem, mas eu tenho de encontrar *algum lugar* para trabalhar e concordamos que eu ajudaria com o marketing também... — disse ela, mas ele começou a ficar irritado e ela deixou o assunto morrer.

Teria de ser em casa.

A recepção foi mais fria do que esperara.

— Lisa, você tem vinte e cinco anos de idade. Recebeu uma excelente educação, uma educação cara. Por que não consegue encontrar um lugar para morar e trabalhar como as outras garotas? Garotas que não tiveram as suas vantagens e privilégios.

Seu pai falou como se ela fosse uma vadia que entrou em seu banco e pediu para dormir no balcão.

— Até a coitada da Katie, e Deus sabe que ela não conseguiu muita coisa, pelo menos consegue se sustentar sozinha. — A mãe de Lisa falava com desdém da outra filha.

— Achei que vocês fossem gostar de saber que vou trabalhar por conta própria — disse Lisa. — Estava até pensando em fazer algumas aulas sobre como começar o próprio negócio e coisas do tipo. Estou tendo iniciativa.

— Eu chamaria de loucura. Hoje em dia, quem tem um emprego se agarra a ele, em vez de largar por um simples capricho — disse o pai.

— E nada de aluguel para o futuro próximo. — Sua mãe suspirou. — E você vai querer que o aquecimento fique ligado durante o dia quando ninguém mais estiver em casa. E você quer clientes entrando e saindo de casa. Não, Lisa, não vai ser possível.

— Se alugássemos seu quarto para um estranho, pelo menos receberíamos um bom aluguel — acrescentou o pai dela.

— E a sala de jantar? Eu poderia colocar umas prateleiras e um arquivo... — começou Lisa.

— E estragar a nossa linda sala de jantar? Acho que não — disse a mãe.

— Por que você não esquece essa ideia e continua onde está... na agência? — sugeriu o pai, com o tom de voz um pouco mais suave ao perceber a expressão angustiada no rosto da filha. — Faça isso, seja uma boa menina, e não falaremos mais nada sobre o assunto.

Lisa não confiava em si mesma para falar mais nenhuma palavra. Foi correndo para a porta da frente e saiu.

Não se *importava* com dinheiro. Não se *importava* em trabalhar duro e, embora odiasse autopiedade, começou a achar que o mundo conspirava contra ela. Sua própria família não lhe oferecia nenhum tipo de apoio e seu namorado era tão inacessível a quaisquer sinais e dicas. Ele *era* seu namorado, não era? Viam-se todas as noites. Ele nunca falava de outras mulheres e dizia que ela era adorável. Ele não admitira que a amava, mas ser adorável era a mesma coisa.

Lisa viu sua imagem refletida na vitrine de uma loja: estava curvada, parecendo derrotada.

Isso não podia acontecer. Penteou o cabelo, passou mais maquiagem, endireitou a postura e seguiu com passos confiantes para o Anton's, para o lugar onde um grande restaurante surgiria a partir da confusão atual.

Mais tarde, pensaria em onde morar e onde trabalhar. Esta noite, apenas entraria em uma *delicatéssen* para comprar salmão defumado e cream cheese. Não queria cansá-lo com seus problemas. Detestaria ver de novo o cenho franzido naquele rosto lindo.

Para sua irritação, quando chegou, já havia outras oito pessoas lá, incluindo sua amiga Miranda, que a apresentara a Anton. Estavam todos sentados comendo uma pizza com uma aparência gordurosa.

— Lisa! — Anton conseguiu soar encantado, receptivo e surpreso ao mesmo tempo, como se Lisa não fosse lá todas as noites.

— Venha, Lisa, coma pizza conosco. Miranda não é o máximo? Ela descobriu *exatamente* o que todos queríamos.

— É o máximo mesmo — disse Lisa, através dos dentes cerrados.

Miranda, que estava tão magra quanto um galgo inglês, mesmo comendo um cavalo faminto, estava sentada no chão com sua calça jeans skinny, comendo a pizza com uma voracidade que parecia que não via comida havia dias. Alguns dos homens dividiam o apartamento com Anton. As outras garotas eram glamorosas e bronzeadas. Pareciam prontas para uma audição para um musical.

Ninguém ali estava quebrado, com dívidas, sem um lugar para morar e para trabalhar. Lisa teve vontade de sair correndo e chorar e soluçar em algum outro lugar longe dali. Mas para onde poderia ir? Não tinha um lugar para ir e ali, afinal de contas, era onde queria estar.

Ela guardou o salmão e o cream cheese em uma das geladeiras e se juntou a eles.

— Anton estava aqui elogiando muito você — disse Miranda quando tirou os olhos por um momento da enorme pizza que devorava. — Ele disse que você é um gênio.

— Ele está exagerando. — Lisa sorriu.

— Não, é verdade — garantiu Anton. — Eu estava contando a eles sobre todas as suas ideias. Eles falaram que tive muita sorte de ter você.

Essas eram as palavras que queria escutar havia tanto tempo. Por que não pareceram tão reais e maravilhosas como esperava?

Então ele disse:

— Todo mundo está aqui para dar ideias sobre marketing, então vamos começar. Lisa, você começa...

À Espera de Frankie

Lisa não queria compartilhar suas ideias com o resto do elenco. Não queria nem a aprovação nem a rejeição deles.

— Fui a última a chegar... vamos escutar o que os outros têm a dizer. — Ela abriu um enorme sorriso para o grupo.

— Sua raposa esperta — sussurrou Miranda, alto o suficiente para todos escutarem.

Anton não pareceu se importar.

— Certo, Eddie, o que você acha? — começou ele.

Eddie, jogador de rúgbi, grande e rude, tinha um monte de ideias, a maioria inútil.

—Você tem de transformar esse lugar em um point do rúgbi, um lugar onde as pessoas possam almoçar nos dias do campeonato internacional.

— Isso são quatro dias por ano — Lisa se escutou dizer.

— Bem, é verdade, mas você poderia receber o pessoal dos clubes de rúgbi que arrecadam fundos — disse ele.

—Anton quer *ganhar* dinheiro, e não esbanjar neste momento — argumentou Lisa. Ela percebeu que soou como uma babá ou mãe, mas honestamente...

Uma garota chamada April disse que Anton deveria promover aulas de degustação de vinho lá, seguidas de um jantar com algumas das escolhas mais populares da noite. Era uma ideia tão ridícula para ganhar dinheiro que Lisa não podia acreditar que alguém poderia levar a sério, mas todos ficaram animados.

— Onde fica o lucro? — perguntou ela, friamente.

— Bem, os fabricantes de vinho iriam patrocinar — respondeu April, irritada.

— Até que o lugar esteja pronto e funcionando, eles não vão — falou Lisa.

—Anton poderia promover desfiles de moda aqui — sugeriu Miranda.

Todos olharam para Lisa para ver como ela destruiria essa ideia, mas ela foi cuidadosa. Já tinha sido grosseira.

— É uma boa ideia, Miranda. Tem algum estilista em mente?

— Não, mas podemos pensar em alguns — respondeu Miranda.

— Acho que tiraria o foco da comida — ponderou Anton.

— Verdade, talvez você esteja certo.

Miranda não se importou, só estava ali por causa da diversão e da pizza mesmo.

— O que *você* acha, Lisa? Você tem experiência em marketing e administração, além de design gráfico?

— Não, April, não tenho. Na verdade, acabei de decidir fazer um curso noturno de marketing e administração. As aulas começam na semana que vem, então, por enquanto, só tenho meu instinto.

— Que diz...? — April estava obviamente sendo irônica.

— Como Anton diz, a comida será extraordinária e todo o resto deve vir em segundo plano.

Lisa até conseguiu sorrir. Ficara surpresa com o que dissera. Pensara que fazer o tal curso seria uma boa ideia, principalmente agora que ia trabalhar como *freelancer*, mas, ao ser desafiada por April, se decidiu. Ela iria fazer. Mostraria a eles.

— Você não me disse que ia voltar para a faculdade — disse Anton, depois que os outros foram embora.

Houve uma incerteza se April iria embora, mas ela acabou percebendo que Lisa ia ficar e foi embora de má vontade.

— Ah, tem bastante coisa que eu não conto para você, Anton — disse ela, enfiando a pizza e as embalagens de papelão em um saco de lixo.

À Espera de Frankie

— Não muitas, espero — disse ele.

— Não *muitas* — concordou Lisa.

Essas eram as regras do jogo. Agora sabia disso.

Matriculou-se no curso de administração no dia seguinte. Todos na faculdade foram muito prestativos e ela passou um cheque com o que ainda restava de suas economias.

— Como você vai se sustentar? — perguntou o tutor.

— Vai ser difícil, mas vou conseguir — disse ela com um lindo sorriso. — Já tenho um cliente, já é um começo.

— Bom. Isso vai deixá-la no azul — disse o tutor, satisfeito.

Lisa se perguntou o que ele diria se soubesse que o único cliente não lhe pagaria nem um centavo pelo trabalho que ela estava fazendo e que ele estava lhe custando uma fortuna porque gostava de mulheres que usavam perfumes caros e lingerie de renda, mas como estava investindo tudo que tinha no negócio, não podia lhe dar nada disso.

Na primeira aula, ela se sentou ao lado de um homem quieto chamado Noel Lynch, que parecia muito preocupado.

— Você acha que essas coisas vão nos ajudar? — perguntou ele para ela.

— Deus, não sei — respondeu Lisa. — Sempre escutamos pessoas de sucesso dizendo que qualificação não é importante, mas acho que é, sim, pois nos deixa mais confiantes.

— É, eu sei. É por isso que estou fazendo. Mas minha prima está pagando o curso para mim e não quero que ela ache que foi dinheiro jogado fora...

Ele era um camarada gentil. Nada elegante, vibrante, enérgico como os amigos de Anton, mas sossegado.

— Gostaria de tomar um drinque depois da aula? — convidou ela.

— Não, se você não se incomodar. Na verdade, estou me recuperando do alcoolismo e não me sinto à vontade em um pub — disse ele.

— Café, então? — propôs Lisa.

— Eu adoraria — respondeu Noel com um sorriso.

Lisa voltou para a casa gelada com varanda que ela chamava de lar havia tanto tempo. Por que Anton era tão contra ela ocupar as salas no restaurante? Para ela, fazia todo sentido ficar lá e, uma vez acomodada, ela poderia convencê-lo a deixar sua ridícula vida de solteirão para os outros. Afinal de contas, eles ainda estavam vadiando enquanto ele já tinha tudo resolvido: seu próprio restaurante, sua própria namorada. Qual era a razão de continuar com essa farsa?

Se pudesse voltar para o restaurante agora e contar para ele sobre a palestra introdutória, seria ótimo.

Sua mãe tinha saído para algum lugar, e o pai estava assistindo à televisão. Ele mal desgrudou os olhos quando ela entrou.

— Correu tudo bem — disse ela.

— O que correu bem? — O pai olhou para ela, assustado.

— Minha primeira aula na faculdade.

—Você já tem qualificações: uma carreira, uma profissão. Isso é apenas um tipo de distração que você arranjou. — E voltou sua atenção para a televisão.

Lisa estava se sentindo muito, muito sozinha. Todo mundo na sala de aula hoje tinha alguém para quem contar. Menos ela.

Anton tinha saído hoje. Ele e os colegas de apartamento iam a alguma recepção, não que ele fosse se interessar muito, mas teria escutado pelo menos um pouco.

Katie se interessaria, mas Katie e Garry tinham ido passar o fim de semana prolongado em Istambul. Parecia longe demais

À Espera de Frankie

para ir passar apenas três noites, mas eles estavam muito animados e considerando a viagem uma das maiores conquistas de todos os tempos.

Não tinha mais amigos. Ninguém que se importasse.

Que se dane! Podia ligar para Anton. Nada de mais, nada pegajoso, apenas para fazer contato. Ele atendeu na hora.

Tinha muito barulho no local em que ele estava e ela precisava gritar.

— Lisa, ótimo. Cadê você?

— Estou em casa.

— Ah, pensei que você estaria aqui — disse ele, e realmente pareceu decepcionado.

Lisa se animou um pouco.

— Não, hoje foi a minha primeira aula.

— Ah, é verdade. Bem, por que não vem agora?

— O que é exatamente?

— Não faço ideia, Lisa, só que tem muita gente divertida. Todo mundo está aqui.

— Você deve saber o que é.

Ela podia ver que ele estava franzindo a testa. Mesmo pelo telefone.

— Amor, eu não sei quem está dando a festa. Alguma revista, acho. April nos convidou. Ela disse que teria champanhe ilimitada e ilimitadas chances de conhecer pessoas e ela estava certa.

— April convidou você.

— Isso, ela é da equipe de RP. Achei que você também estaria aqui...

— Não, na verdade, preciso desligar — disse ela e desligou na mesma hora antes que começasse a chorar como se nunca mais fosse conseguir parar.

* * *

105

Katie voltou de Istambul e ligou para Lisa para dizer que tinha um presente para ela.

— Como foi na faculdade? — perguntou ela.

— Você se lembrou? — Lisa ficou impressionada. Mais ninguém tinha perguntado.

— Comprei um presente maravilhoso para você no bazar — disse Katie. — Você vai amar!

Lisa sentiu uma cosquinha no nariz e nos olhos. Não se lembrava de algum dia ter comprado um presente para Katie em lugar nenhum.

— Que adorável — disse ela com a voz embargada.

— Pode vir hoje à noite? Eu e Garry vamos encher muito seu saco contando tudo que vimos.

Normalmente, Lisa diria que adoraria ir, mas que tinha milhões de coisas para fazer. Mas ela surpreendeu a si mesma e a irmã dizendo que não havia nada que gostaria mais de fazer.

— Brian também deve vir. Mas ele não incomoda.

— Brian?

— Nosso inquilino. Alugamos para ele os dois quartos de cima. Eu contei para você sobre ele.

— É verdade, contou sim.

Lisa se sentiu culpada. Katie realmente vinha falando sobre alguém morar nos quartos de cima. Gostaria de ter pensado em pedir os quartos, mas, como sempre, era tarde demais.

— Você não vai tentar armar para eu ficar com esse Brian, vai? — perguntou ela.

— Difícil! Ele é padre e tem quase cem anos!

— Não!

— Bem, uns cinquenta. Mas não está disposto a violar seus votos. De qualquer forma, você não está com um cara?

À Espera de Frankie

— Não exatamente — disse Lisa, admitindo isso pela primeira vez para si mesma.

— É claro que está — disse Katie logo. — De qualquer forma, fico feliz que esteja livre hoje à noite. Pode chegar por volta das sete e meia.

Lisa estava livre naquela noite. Estivera na noite anterior também, e na anterior. Fazia três dias que Anton tinha ido à festa de April. Lisa estava esperando que ele a procurasse.

Esperando, esperando.

Brian Flynn era um homem muito decente e uma ótima companhia. Contou a eles sobre a mãe que estava senil, mas parecia muito feliz e contente em qualquer que fosse o mundo onde estava. Contou também sobre sua irmã Judy que se casara com um homem chamado Skunk, e sobre seu irmão que largara a mulher para fugir com uma amante.

Contou a eles sobre um poço sagrado que não gostava muito, e sobre o centro de imigrantes em que trabalhava agora e como respeitava as pessoas de lá.

Em alguns momentos, perguntou a Lisa e Katie sobre a família delas. Ambas inventavam desculpas para mudar de assunto, então ele desistiu ou percebeu que era um assunto que não as deixava muito à vontade.

Garry falou alegremente de sua família e contou que o pai, no começo, dissera que cabeleireiro era uma profissão para "rapazes afetados", mas que acabara suavizando seu ponto de vista com o passar dos anos.

Contou a eles sobre a vez em que foi ao zoológico, no seu aniversário de sete anos, e seus pais disseram ao elefante que ele era o melhor menino do país, e disseram a ele que o elefante nunca se esqueceria disso porque os elefantes não se esquecem. E até hoje, Garry sempre achava que o elefante não tinha se esquecido.

Todos sorriram com a ideia.

Lisa se perguntou por que sempre tinha achado Garry lerdo. Ele era apenas decente. E romântico também. Mostrou a eles fotos de Katie com o cabelo voando no passeio que fizeram pelo Bósforo e outra dela com torres de mesquita no segundo plano. Mas ele não via mais nada, exceto o rosto dela.

— Katie parecia tão feliz — repetia ele.

— E você também tem um jovem companheiro? — perguntou Brian à Lisa inesperadamente.

— Mais ou menos — respondeu Lisa com sinceridade. — Tem um homem de quem gosto muito, mas acho que ele não está levando o relacionamento tão a sério quanto eu.

— Ah, os homens são uns tolos, pode acreditar — disse Brian Flynn com autoridade na voz. — Eles não fazem ideia do que querem. Eles são muito mais simples do que as mulheres pensam, mas, ao mesmo tempo, mais confusos.

— O senhor já se apaixonou por alguém? Quero dizer, antes de se ordenar...

— Não, nem depois. Eu teria sido um marido imprestável de qualquer forma. E, quando acabarem com essa história de celibato para padres, eu já estarei velho demais para me envolver com alguém e acho que foi melhor assim.

— Não é solitário?

— Não mais do que qualquer outra pessoa — disse ele.

Quando Lisa saiu da casa de Katie andando para casa, fez um desvio que fez com que passasse na frente do Anton's. Havia luzes acesas no andar de cima, onde seria o escritório dele. Desejava entrar, mas tinha medo do que poderia encontrar.

Provavelmente April com as pernas esticadas sobre a mesa dele, Miranda sentada no chão e muitos outros.

Foi para casa no escuro e entrou na casa onde não havia nenhuma luz acesa e nenhum sinal de que havia alguém ali.

Apenas silêncio.

N a manhã seguinte, recebeu uma mensagem de texto de Anton: *Cadê você? Estou perdido sem você para me aconselhar e me colocar no caminho certo de novo. Estou parecendo cego em tiroteio, sem direção. Aonde você foi, Lisa? De um homem totalmente abandonado, Anton.*

Ela se forçou a esperar duas horas antes de responder, então escreveu: *Não fui a lugar nenhum. Estou sempre aqui. Beijos, Lisa.*

E ele respondeu: *Jantar aqui? Às 8? Diga que sim.*

Mais uma vez, ela se forçou a não responder na mesma hora. Aquele joguinho parecia tão bobo, mas aparentava estar funcionando. Ela acabou respondendo: *Jantar às 8 está ótimo.*

Ela não se ofereceu para levar queijo, salmão ou alcachofra. Primeiro, não podia comprar essas coisas; segundo, ele a estava convidando, precisava se lembrar disso.

A nton, é claro, esperara que ela levasse algo. Ela percebeu isso quando ele foi até a geladeira e descongelou comida mexicana, mas ela ficou sentada bebericando seu vinho, sorrindo, e perguntou tudo sobre os negócios. Ela não mencionou a recepção para a qual April o convidou. Apenas perguntou se ele tinha feito algum novo contato para ajudá-lo no lançamento.

Ele pareceu um pouco distraído enquanto preparava o jantar. Estava sendo eficiente como de costume, fatiando com destreza o abacate, tirando as sementes do chilli e espremendo limas sobre os camarões para a entrada, mas sua mente estava em outro lugar. Ele acabou chegando ao ponto que queria.

— Lisa, eu a aborreci? — perguntou ele.

— Não, claro que não.

— Tem certeza?

— Bem, é óbvio que sim. Por que você acha que me aborreceu?

— Não sei. Você está diferente. Não me liga. Não trouxe nada para o jantar. Eu não sabia se você estava tentando me dizer alguma coisa...

— Tipo o quê?

— Tipo eu ter feito alguma coisa que deixou você chateada.

— Mas por que eu estaria chateada? Você me convidou para jantar e estou aqui. E estou me divertindo.

— Ah, bom. Foi só uma sensação que tive...

Ele pareceu totalmente satisfeito.

— Ótimo. Então assunto encerrado — disse ela, alegre.

— Eu quero dizer, Lisa, que eu prezo muito você. Não temos um compromisso sério, mas eu realmente agradeço por tudo que você tem feito para me ajudar a...

Ele fez uma pausa.

Ela o fitou esperando, não querendo ajudá-lo.

— Então, eu acho que fiquei com medo de ter tido algum mal-entendido entre nós, sabe?

— Não, não sei. Que tipo de mal-entendido?

— Bem, que você estivesse achando que existe alguma coisa onde não tem.

— Em quê, Anton? Você está falando em códigos.

— Bem... na nossa relação — ele acabou dizendo.

Ela sentiu o chão sumir de baixo dos seus pés e precisou se esforçar muito para soar normal.

— Está tudo bem, não está? — disse Lisa, ouvindo a própria voz como se estivesse vindo de muito longe.

À Espera de Frankie

— Claro. Eu estava apenas sendo bobo. Quero dizer, não é um compromisso ou nada assim... exclusivo.

— Nós dormimos juntos — disse Lisa abruptamente.

— É verdade, claro, e vamos dormir outras vezes, mas eu não pergunto sobre quem você encontra depois das suas aulas ou nada sobre a sua faculdade...

— Não, claro que não.

— E você não me pergunta aonde vou ou quem encontro.

— Não se você não quiser.

— Ah, Lisa, não fique na defensiva.

Ele estava definitivamente com a testa franzida.

A comida tinha gosto de papel. Lisa mal conseguia engolir.

— Quer uma margarita? Você só está beliscando a sua comida. — Anton fingiu preocupação.

Lisa balançou a cabeça.

— Então, anime-se. Vamos falar sobre a inauguração. April colocou um monte de gente para trabalhar nisso.

— Então, o que sobrou para falar? — Ela sabia que estava soando infantil e rebelde, mas não conseguiu evitar.

— Ah, Lisa, não se torne uma dessas mulheres chatas. Por favor, Lisa.

— Esta relação, como você mesmo chamou, significa alguma coisa para você? Qualquer coisa?

— Claro que sim. Só que eu assumi um risco enorme e estou morrendo de medo de cair de cara no chão nesse novo empreendimento, fazendo malabarismo com doze bolas no ar, com dívidas muito além do que posso pagar, e eu ainda não tive tempo de pensar muito em coisas... sabe... permanentes.

Ele parecia perdido e confuso.

Ela hesitou.

— Você está certo. Eu estou apenas cansada e acho que estou cobrando muito porque estou fazendo muito. Acho que eu vou querer aquela margarita. Você pode colocar sal na borda do copo?

Ele se alegrou na mesma hora.

Talvez aquele padre que morava em cima do salão de Katie e Garry estivesse certo: os homens *eram* simples. E para agradá-los, precisamos ser igualmente simples. Ela venceu a sensação de pânico e recebeu um dos lindos sorrisos de Anton como recompensa.

As aulas à noite na faculdade estavam indo bem. Na verdade, Lisa estava muito mais interessada do que esperara ficar. Ela aprendia *rápido*, percebeu.

Noel lhe disse que ela era a primeira da turma a entender qualquer conceito. Ele era lento e teve vontade de desistir, mas a vida em seu trabalho era muito triste e monótona, e ele não tinha qualificações, e aquele curso lhe daria a confiança e a motivação de que precisava.

Ela foi conhecendo Noel melhor durante os intervalos. Ele disse que as aulas e as reuniões do AA eram seus únicos eventos sociais durante a semana.

Ele era uma pessoa serena e não fazia muitas perguntas sobre a vida de Lisa. Por isso, ela contou a ele que seus pais pareciam nunca terem se gostado muito e que ela não conseguia entender por que eles continuavam juntos.

— Provavelmente por medo de ter uma vida ainda pior — disse Noel, de forma sombria, e Lisa concordou que isso devia ser verdade.

Uma vez, ele lhe perguntou se ela tinha namorado, e ela respondeu com sinceridade que amava uma pessoa, mas que era

À Espera de Frankie

problemático. Ele não queria se prender a um relacionamento, então ela não sabia exatamente em que terreno estava pisando.

— Espero que tudo se resolva — disse Noel, e de alguma forma, soou reconfortante.

E Noel estava certo em um aspecto. Tudo acabou se resolvendo.

Lisa nunca foi ao restaurante sem avisar Anton antes que estava a caminho. Interessava-se por tudo que estava fazendo, mas não fazia mais comentários sobre o envolvimento de April em nada. Em vez disso, ela se concentrou em fazer o convite mais bonito e atraente para a festa de pré-inauguração.

Não havia dúvida de que não poderia comprar uma roupa nova para usar. Não tinha dinheiro. Ela confidenciou isso a Noel.

— Isso é tão importante assim? — perguntou ele.

— É sim, um pouco, porque, se eu acho que estou bonita, fico mais confiante, sei que pode parecer tolice, mas um monte de gente que vai estar lá meio que julga as pessoas pelo que elas vestem.

— Elas devem ser loucas — disse Noel. — Como poderiam não notá-la? Você é linda, com sua altura, seu rosto, esse cabelo...

Lisa lançou um olhar penetrante para ele, mas era claro que ele estava sendo sincero e não apenas tentando agradá-la.

— Alguns deles são loucos, tenho certeza, mas estou sendo muito honesta com você. Para mim, é um sofrimento não poder comprar uma roupa nova.

— Não sou a melhor pessoa para sugerir, mas o que acha de um bazar? Minha prima às vezes trabalha em um. Ela disse que já conseguiu algumas roupas de marca lá.

— Leve-me até lá — pediu Lisa, com um pouquinho de esperança.

Molly Carroll tinha o vestido perfeito para ela. Era vermelho com uma faixa azul na bainha. As cores do restaurante de Anton e da logo que ela desenhara.

Molly disse que parecia que o vestido tinha sido feito para ela.

— Não estou muito atualizada em termos de moda — disse ela —, mas você vai parar o trânsito com esse vestido.

Lisa sorriu, satisfeita. *Realmente,* estava bonito.

Katie fez uma escova em seu cabelo e ela saiu para a festa de alto-astral. April estava lá com um ar muito formal recebendo as pessoas.

— Lindo vestido — disse April para Lisa.

— Obrigada — agradeceu Lisa —, é vintage. — E foi procurar Anton.

— Você está absolutamente linda — disse ele quando colocou os olhos nela.

— Está é a *sua* noite. Como está indo? — perguntou Lisa.

— Bem, estou trabalhando nesses canapés há dois dias, mas não está parecendo a minha noite. April acha que a noite é dela. Faz questão de aparecer em todas as fotos.

Foi quando um fotógrafo se aproximou deles.

— E quem é esta? — perguntou ele, apontando para Lisa.

— É minha brilhante designer e estilista, Lisa Kelly — respondeu Anton na mesma hora.

O fotógrafo anotou e, pelo canto do olho, Lisa pôde ver a desaprovação de April.

— Você está realmente linda, sabia? — Anton estava elogiando Lisa abertamente. — E você está usando as minhas cores também.

À Espera de Frankie

Ela saboreou o elogio. Sabia que haveria momentos em que passaria e repassaria esta cena em sua mente repetidas vezes. Mas não podia agradecer apenas ao vestido e a si mesma.

Lisa também devia agradecer a Noel e a Molly Carroll. Pagara tão pouco por aquela roupa e era uma das mulheres mais elegantes no restaurante. Mais fotógrafos estavam se aproximando dela. Tinha de parecer que não queria chamar atenção para si.

— Veio muita gente — disse Lisa. — Todo mundo que você queria apareceu? — Do outro lado do restaurante, ela viu que April estava com cara de quem tinha chupado um limão bem azedo. — Mas não posso monopolizá-lo — acrescentou ela ao se afastar dele, sabendo que os olhos dele estavam grudados nela enquanto se misturava com as outras pessoas.

Miranda estava levemente bêbada.

— Isso parece um jogo, ponto para você, Lisa — disse ela, instável.

— Como assim? — perguntou Lisa, inocentemente.

— Ah, eu acho que você deixou April para "Also Ran"...

— O quê?

— É um ditado, de corrida de cavalos. Tem o vencedor e tem o "Also Ran", ou seja, aquele que não ganhou.

— Eu sei o que isso significa — disse Lisa. — Mas o que *você* quis dizer?

— Acho que você conseguiu a atenção total e exclusiva de Anton Moran — disse Miranda. Foi uma frase difícil de falar e ela se sentou depois do esforço.

Lisa sorriu. O que deveria fazer agora? Tentar ficar mais do que April ou sair mais cedo? Por mais difícil que fosse decidiu por sair cedo.

A decepção dele foi como um carinho para a sua alma.

— Você já vai? Achei que fosse se sentar comigo quando tudo acabasse para o enterro dos ossos.

— Que absurdo! Tem tanta gente aqui. April, por exemplo.

— Ah, Deus, não, Lisa, me salve! Ela vai ficar falando da cobertura dos jornais e do relógio biológico dela.

Lisa soltou uma gargalhada alta.

— Não, é claro que ela não vai. Anton, nos vemos em breve; me ligue para contar tudo.

E foi embora.

Tinha um ônibus no final da alameda e ela correu para pegá-lo. Estava cheio de pessoas cansadas indo para casa depois do trabalho. Sentiu-se como uma linda borboleta em seu elegante vestido e saltos altos enquanto todos pareciam tediosos e sem cor. Tomara dois coquetéis, o homem que amava dissera que ela estava linda e queria que ela ficasse.

Eram apenas nove da noite. Ela era uma garota de sorte. Nunca podia se esquecer disso.

5

Para Stella Dixon o tempo voou: tinha tanta coisa para resolver todo dia. Tinha o advogado para conversar, a enfermeira da saúde pública, outra enfermeira — desta vez do centro cirúrgico — que tentou explicar o procedimento (embora Stella não fosse passar por nada daquilo, disse que estava muito ocupada). Uma vez que fosse anestesiada, seria o fim da linha para ela. Enquanto ainda estava aqui, tinha de tentar resolver tudo.

O médico dela, Declan Carroll, vinha visitá-la regularmente. Ela sempre perguntava pela esposa dele.

— Talvez os bebês venham a se conhecer — disse Stella melancolicamente um dia.

— Talvez. Temos de providenciar isso.

Ele era um jovem muito simpático.

— Você quer dizer que *você* vai ter de providenciar isso — disse ela, com um sorriso que partiu o coração de Declan.

* * *

Para Noel, o dia também não tinha horas suficientes. Tinha reuniões do AA todos os dias, já que a ideia de que a maioria das coisas poderia ser resolvida com algumas cervejas e três doses de uísque não saía de sua cabeça. Qualquer tempo que tivesse em que não estivesse trabalhando como escravo na Hall's, indo às reuniões dos Doze Passos ou tentando acompanhar seus estudos, ele passava na internet pesquisando conselhos de como lidar com um recém-nascido. Mudara-se para seu novo apartamento em Chestnut Court e andava bem ocupado com os preparativos para a chegada do bebê.

Começou a se perguntar como um dia tivera tempo para beber.

— Talvez eu já esteja perto de superar — disse ele, cheio de esperanças, para Malachy, seu padrinho no AA.

— Não quero ser estraga-prazeres, mas todos sentimos isso no começo — avisou Malachy.

— Não estou tão no começo. Não bebo nada há três semanas — disse Noel com orgulho.

— Parabéns para você, mas estou limpo há quatro anos e, mesmo assim, quando alguma coisa dá errado na minha vida, eu sei muito bem onde eu *gostaria* de encontrar a solução. Tudo ficaria resolvido por algumas horas, mas depois eu teria de começar tudo de novo... tão difícil quanto da primeira vez, só que pior...

Para Brian Flynn, o tempo também voou. Ele se adaptou perfeitamente ao seu novo alojamento e começou a parecer que sempre tinha morado em cima do agitado salão de cabeleireiro. Todo mês, Garry cortaria o cabelo e daria uma forma ao seu emaranhado ruivo. Eles diziam que ele era melhor do que qualquer firma de segurança e que intimidava quaisquer intrusos.

À Espera de Frankie

Ele saía todas as manhãs para o centro de imigrantes onde trabalhava; ao passar pelo salão, encontrava muitas mulheres em diferentes níveis de desalinho, e se surpreendia com o fato de elas passarem por tanta coisa em nome da beleza. Ele as cumprimentava com simpatia e Katie sempre o apresentava como Reverendo Hóspede de Cima.

— Você poderia escutar confissões aqui, Brian, mas acho que ficaria horrorizado com as coisas que elas lhe diriam — dizia Katie, alegremente.

Ela descobrira que, no meio de uma recessão, as mulheres ficavam ainda mais ansiosas por fazerem o cabelo. De alguma forma, isso mantinha a sanidade delas e fazia com que se sentissem no controle.

Para Lisa Kelly, o tempo rastejava. Estava achando difícil tomar decisões sobre seus desenhos para o restaurante de Anton, pois cada decisão significava dinheiro a ser gasto. Embora o restaurante estivesse aberto e ficasse lotado todas as noites, ainda não tinham um veredicto se usariam as novas logos nas louças e talheres. Então, em vez disso, ela estava se concentrando nos trabalhos da faculdade e em ajudar Noel.

Noel passara por uma mudança tão grande; no início, Lisa achara que os planos dele de assumir um bebê eram uma fantasia. Tinha certeza de que ele nunca seria capaz de lidar com um emprego, uma faculdade e um recém-nascido: era muito para se pedir de uma pessoa, ainda mais alguém fraco e tímido como Noel. Agora, porém, ela começava a mudar de ideia.

Noel a surpreendera e, em certos aspectos, ela até o invejava. Ele era tão dedicado a tudo que estava fazendo. Tudo era novo para ele. Tinha toda uma vida nova pela frente enquanto Lisa sentia que a sua vida seria sempre a mesma coisa. É claro que

119

tudo ainda era teoria; o bebê nem tinha nascido ainda. Mas ele estava se preparando ao máximo para ser pai. Nas margens do caderno dele sempre havia listas: *pomada para assadura, lenços umedecidos, algodão. Quatro mamadeiras, escova para limpar mamadeira, bicos, esterilizador...*

Seus pais continuavam vivendo da mesma forma fria e desinteressada, compartilhando um teto, mas não um quarto, nem uma mesa de jantar, muito menos algum momento de prazer. Eles não tinham o menor interesse em Lisa e na vida dela, nem em como Katie tratava Garry no salão. Havia apenas uma indiferença casual, não uma hostilidade aberta, entre eles como casal. Era só um entrar na sala para o outro sair.

Lisa nunca conseguia prender Anton: sempre tinha *esta* conferência e *aquela* reunião de vendas e *esta* aparição na televisão e *aquela* entrevista no rádio. Semanas se passaram sem que ela conseguisse encontrá-lo sozinha. As fotos dela com Anton juntos na inauguração foram apenas as primeiras de uma série de outras dele com várias garotas bonitas, mas ela teria ficado sabendo se ele tivesse uma nova namorada real. Sairia no jornal de domingo. Era assim que Anton atraía publicidade: oferecia drinques grátis para colunistas e fotógrafos, e eles sempre o fotografavam ao lado de mulheres bonitas, dando a impressão de que ele estava sempre ocupado se decidindo entre elas.

E não era como se ele a tivesse abandonado ou a estivesse ignorando, Lisa se lembrava. Não se passava um dia sem que ela recebesse uma mensagem de texto de Anton. A vida está tão ocupada, escrevia ele. Uma banda de rock tocou aqui ontem à noite, vai haver um casamento da alta sociedade, um leilão de caridade, um novo menu de degustação, uma semana de especialidades de Breton. Nunca nenhuma menção aos desenhos e planos de Lisa.

À Espera de Frankie

Então, quando ela estava prestes a encarar o fato de que ele a tinha deixado, ele escreveu sobre um restaurante simplesmente lindo que ele ouvira falar em Honfleur onde os frutos do mar e os mariscos eram maravilhosos. Eles *tinham* de fugir para lá um fim de semana logo. Nenhuma data — apenas a palavra "logo", e, quando ela estava começando a achar que "logo" significava "nunca", ele disse que haveria uma feira em Paris no mês seguinte, que os dois poderiam ir em busca de ideias e, *então*, fugir para Honfleur. Poderiam até sonhar com uma temporada completa na Normandia para o restaurante enquanto estivessem lá.

Era uma vida inquietante, para dizer o mínimo.

Lisa parecia não conseguir levar o trabalho adiante. Ficava sempre mudando e melhorando os desenhos que fizera para Anton. Ideias que nunca tinham sido discutidas, que ele nem mesmo tomara conhecimento.

Ela estava indo bem na faculdade. Nada parecido com Noel, claro. *Aquele* homem parecia possuído. Ele disse que conseguia ficar bem dormindo apenas quatro horas e meia. E até ria, dizendo que provavelmente dormiria ainda menos quando o bebê chegasse. Ele estava tão calmo e aceitava tão bem a ideia.

— Você amava essa Stella? — perguntou Lisa.

— Acho que amor é uma palavra muito forte. Eu gosto muito dela — respondeu ele, tentando ser sincero.

— Ela deve ter amado você, então, para deixá-lo no comando — disse Lisa.

— Não, não acho que ela tenha me amado. Acho que ela confiou em mim. Só isso.

— Bem, isso já é uma parte importante. Se você confia em alguém, já é meio caminho andado — disse Lisa.

— Você confia nesse Anton de quem você tanto fala?

— Não muito — falou ela, com uma expressão que deixou claro que não queria mais conversar sobre o assunto.

Noel deu de ombros. Estava indo para o hospital. Faltava pouco para a cesariana de Stella, a qual, ao que tudo indicava, ela provavelmente não sobreviveria.

Três dias depois, Declan Carroll estava na sala de parto, segurando a mão de Fiona enquanto ela gritava e chorava.

— Boa menina. Só mais três... Só três...

— Como você sabe que são só mais três? — falou Fiona, sem fôlego, o rosto vermelho, o cabelo molhado e grudado na testa.

— Confie em mim, sou médico — disse Declan.

— Mas não é mulher — rebateu Fiona, os dentes cerrados se preparando para fazer força mais uma vez.

Mas ele estava certo — foram apenas mais três vezes. Então, a cabeça de seu filho apareceu e ela começou a chorar de alívio e felicidade.

— Aqui está ele — disse Declan, colocando o bebê no colo dela. Tirou uma foto deles dois e uma enfermeira tirou dos três juntos.

— Ele vai odiar isso quando crescer — observou Fiona.

O bebê, John Patrick Carroll, resmungou concordando.

— Só por um tempo, depois ele vai amar — falou Declan, que tinha uma mãe que mostrava fotos suas para estranhos na lavanderia onde ela trabalhava.

Declan saiu da maternidade e se dirigiu para a ala de oncologia. Sabia a que horas Stella iria para a cirurgia e queria estar lá dando seu apoio moral.

Estavam colocando-a na maca.

— Declan — disse ela, satisfeita.

— Precisava vir desejar-lhe boa sorte — disse ele.

— Você conhece Noel. E esta é a prima dele, Emily.

Stella estava totalmente à vontade, como se estivesse em uma festa e não prestes a fazer o último passeio de sua vida.

Declan já conhecia Emily, pois ela ia regularmente a uma clínica onde ele trabalhava. Ela servia como recepcionista ou preparava o café ou limpava o lugar. Nunca ficou definido exatamente o que ela fazia, exceto que todo mundo sabia que a clínica fecharia as portas se não fosse por ela. Ela também ajudava a mãe dele na lavanderia de vez em quando. Nenhum emprego parecia pequeno demais para ela, embora fosse formada em História da Arte.

Tentou pensar nela enquanto eles ficaram ali esperando Stella ser levada para o centro cirúrgico. Ajudava a se concentrar na vida e não em Stella que logo não estaria mais entre eles.

— Alguma notícia sobre o *seu* bebê, Declan? — perguntou Stella.

Declan decidiu não contar a ela sobre sua enorme felicidade com seu filho recém-nascido. Pioraria ainda mais as coisas para aquela mulher que nunca veria a própria filha.

— Não, nem sinal — mentiu ele.

— Lembre-se, eles devem ser amigos — cobrou Stella.

— Ah, isso é uma promessa — disse Declan.

Exatamente neste momento, uma irmã do hospital entrou. Ela sorriu quando viu Declan.

— Parabéns, doutor, soubemos que teve um lindo menino!

Ele se sentiu como encurralado pelos faróis de um carro que se aproximava. Não podia negar seu filho, nem podia fingir surpresa quando todos sabiam que ele estava lá no momento do nascimento.

Precisava encarar.

— Desculpe, Stella, não queria me vangloriar.

— Não, você nunca faria isso — disse ela. — Um menino! Imagine!

— Nós não sabíamos. Só quando ele nasceu.

— Ele é perfeito?

— Graças a Deus.

E então ela foi levada para fora da ala, deixando Noel, Emily e Declan para trás.

Frances Stella Dixon Lynch nasceu em uma cesariana no dia nove de outubro às sete horas da noite. Ela era pequena, mas perfeita. Dez dedinhos minúsculos nas mãos, dez dedinhos minúsculos nos pés e um emaranhado de cabelo em sua cabecinha minúscula. Ela franziu a testa e o narizinho para o mundo antes de abrir a boca e chorar como se tudo aquilo já fosse demais.

Sua mãe morreu vinte minutos depois.

A primeira pessoa para quem Noel telefonou foi Malachy, seu padrinho do AA.

— Não vou conseguir terminar esta noite sem tomar um drinque — disse ele.

Malachy disse que estava indo para o hospital. Noel não podia sair de lá antes que ele chegasse.

As mulheres da ala foram todas solidárias. Providenciaram para que ele tomasse chá e comesse biscoitos, que tinham gosto de serragem.

Havia um maço de papéis presos por um elástico no armário de Stella. A palavra Noel estava do lado de fora.

Ele leu tudo com olhos marejados. Um dos papéis era um envelope escrito Frankie. Os outros eram factuais: suas instruções sobre o funeral; seu desejo de que Frankie fosse criada na fé católica enquanto ela quisesse. E um bilhete com data de ontem à noite:

À Espera de Frankie

Noel, diga à Frankie que eu não era uma pessoa má e assim que soube que ela estava a caminho, fiz tudo que podia por ela. Diga que fui corajosa no final e não me desfiz em lágrimas nem nada parecido. E diga a ela que se as coisas tivessem sido diferentes, eu e você estaríamos lá para cuidar dela. Ah — e que eu vou estar olhando por ela lá de cima. Quem sabe? Talvez eu esteja.

Obrigada de novo,
Stella

Noel baixou o olhar e viu o bebezinho com os olhos cheios de lágrimas.

— Sua mãe não queria deixá-la, pequenininha — sussurrou ele. — Ela queria ficar com você, mas teve de partir. Agora, somos só nós dois. Não sei como vamos nos virar, mas vamos dar um jeito. Temos de cuidar um do outro.

O bebê olhou para ele solenemente como se estivesse prestando atenção às palavras e como se quisesse guardá-las em sua memória.

Frances foi considerada saudável. Muitas pessoas foram visitá-la enquanto ela permanecia deitada em seu pequeno berço: Noel vinha todos os dias; Moira Tierney, a assistente social; Emily, que trouxe Charles e Josie Lynch para conhecer a neta — e que visivelmente se derreteram ao ver o bebê. Eles pareceram se esquecer completamente da forma como condenaram sexo fora do casamento antes, e Josie até pegou Frankie nos braços e deu tapinhas em suas costas.

Lisa Kelly veio umas duas vezes, assim como Malachy. O sr. Hall, do trabalho de Noel, e até o Velho Casey veio e disse que Noel tinha sido uma triste perda para seu bar. O jovem dr. Declan

Carroll também apareceu, trazendo o próprio filho nos braços e apresentou os bebês formalmente.

O padre Brian Flynn veio e trouxe o padre Kevin Kenny com ele. O padre Kenny, ainda com uma muleta, estava ansioso para reassumir seu cargo de capelão no hospital. Ele pareceu um pouco ressentido por padre Flynn ter sido tão bem-recebido como seu substituto. Muitas pessoas pareciam conhecê-lo e o chamavam de Brian de uma forma que o padre Kenny considerava um pouco familiar demais. Era óbvio que ele se envolvera em todos os estágios da infeliz gravidez daquela mulher e com o bebê sem mãe que agora estava ali olhando para eles de seu berço.

Padre Kenny supôs que estavam ali para providenciar o batismo, limpou a garganta e começou a falar das formalidades.

Mas padre Flynn logo esclareceu que não. Os avós do bebê eram pessoas extraordinariamente devotas e discutiriam tudo isso um pouco mais para a frente.

O vizinho de Charles e Josie, Muttie Scarlet, veio prestar seus respeitos à Frankie. Ele já estava no hospital, explicou, a negócios, e achou que poderia aproveitar a oportunidade para visitá-la.

Até que Noel recebeu a notícia de que poderia levar sua filha para o novo apartamento. Foi um momento aterrorizador. Noel percebeu que estava prestes a deixar de ser uma visita e se tornar inteiramente responsável por aquele minúsculo ser humano. Como ele ia se lembrar de todas as coisas que precisavam ser feitas? E se ele a deixasse cair? E se a envenenasse? Não podia fazer isso, não podia ser responsável por aquele bebê, era um absurdo pedir isso a ele. Stella estava louca, doente, não sabia o que estava fazendo. Outra pessoa teria de assumir essa responsabilidade, teriam de encontrar alguma outra pessoa para cuidar do bebê dela — bebê *dela*, nada a ver com ele. Sentiu uma necessidade urgente de fugir, de sair correndo pelo corredor e pela rua, e continuar correndo até que o hospital, Stella e Frankie fossem apenas uma distante lembrança.

No momento em que seus pés estavam começando a virar na direção da porta, a enfermeira chegou com Frankie embrulhada em uma enorme manta cor-de-rosa.

Ela o fitou com tanta confiança, e de repente, do nada, Noel sentiu uma onda de proteção envolvê-lo. O pobre e desamparado bebê não tinha mais ninguém no mundo. Stella confiara a ele a coisa mais preciosa que já tivera, a filha que sabia que não viveria para conhecer.

Cheio de nervosismo, quase timidez, ele pegou o bebê da enfermeira.

— Pequena Frankie — disse ele. — Vamos para casa.

Emily dissera que ficaria com ele por um tempo para ajudar nos momentos mais assustadores. Havia três quartos no apartamento, dois com um tamanho razoável e um pequeno, que seria de Frankie, então ela teria muito conforto. Uma assistente social vinha fazer uma visita de dois em dois dias, mas, mesmo assim, eram tantas perguntas.

Aquela massa de cor horrível na fralda do bebê era normal, ou tinha alguma coisa de errado com ela? Como um ser tão minúsculo precisava ser trocado dez vezes por dia? A respiração estava normal? Ele podia dormir? E se ela parasse de respirar?

Como alguém conseguia fechar todos aqueles botões em um macacão de bebê? Um cobertor era muito ou pouco? Sabia que não podia deixar que ela ficasse muito fria, mas os panfletos estavam cheios de avisos terríveis sobre os perigos do superaquecimento.

A hora do banho era um pesadelo. Ele sabia testar a temperatura da água com o cotovelo, mas o cotovelo da mãe sentiria uma temperatura diferente do seu? Emily precisava testar a temperatura da água também.

Ela ficava ocupada: lavava a roupa e o ajudava a preparar as mamadeiras, e os dois liam as anotações do hospital e os livros sobre bebês e consultavam juntos a internet. Mediriam a temperatura de Frankie e verificariam se tinham fraldas, lenços umedecidos e leite em pó suficiente. Tanta coisa e tudo tão caro. Como alguém conseguia lidar com tudo aquilo?

Como alguém conseguia identificar que tipo de choro significava fome, desconforto ou dor? Para Noel, todos os choros soavam iguais: agudos, estridentes, penetrando pelo mais profundo e exausto sono. Nunca ninguém lhe disse como era cansativo acordar três, quatro vezes por noite, toda noite. Após três dias, ele estava prestes a chorar de fadiga; conforme andava para cima e para baixo com a filha no colo, tentando fazê-la arrotar depois da terceira mamadeira da noite, ele se viu batendo nos móveis, incapaz de permanecer de pé.

Emily o encontrou dormindo em uma poltrona.

— Não se esqueça de que você tem de ir ao centro toda semana.

— Eles não estão apostando em mim — disse Noel.

— Todo mundo passa por isso. Eles chamam de Grupo de Mães e Bebês, mas cada vez mais pode ser chamado de Grupo de Pais e Bebês. — Emily era prática.

— Não é porque eles me consideram um risco, pelo histórico com bebidas e tudo mais? — perguntou Noel.

— Não. Não seja paranoico! E você não é um exemplo maravilhoso do que uma pessoa pode conseguir?

— Estou morrendo de medo, Emily.

— É claro que está. Eu também estou, mas vamos conseguir.

À Espera de Frankie

— Você não vai voltar para os Estados Unidos e me deixar aqui sozinho...

— Não tenho a mínima intenção de fazer isso, mas acho que você deve tentar criar algum tipo de sistema para você desde o início. Como ir almoçar na casa dos seus pais todo domingo.

— Não sei... *Toda* semana?

— Ah, pelo menos... e daqui a um tempo, você pode se oferecer para ficar com o bebê de Fiona e Declan uma noite por semana para eles terem uma folga. Assim, eles farão o mesmo por você.

— Falando assim, está parecendo que você vai me deixar na mão e só está aqui me dando uma ajuda por enquanto — disse Noel.

— Não seja ridículo, Noel. Mas você precisa aprender a se virar sem mim. Logo você estará sozinho.

Emily não tinha planos de voltar para Nova York por enquanto; mas tinha de ser prática e deixar tudo nos trilhos.

Padre Flynn conseguiu um coral que cantou na missa durante o funeral, ocorrido na sua igreja dentro do centro de recepção de imigrantes. O casal de gêmeos, netos de Muttie Scarlet, Maud e Simon, preparou um almoço leve que foi servido no salão anexo. Não houve elogios nem discursos. Declan e Fiona sentaram ao lado de Charles e Josie; Emily segurava a bolsa com as coisas do bebê enquanto Noel segurava Frankie enrolada em um cobertor quentinho.

Padre Flynn falou palavras simples e emocionantes sobre a breve e conturbada vida de Stella. Ela morrera, disse ele, deixando para trás um legado muito precioso. Todos que passaram a conhecer e gostar de Stella ajudariam Noel agora que ele estava cuidando da filhinha deles...

Katie estava lá com seu marido Garry e sua irmã Lisa. Apenas recentemente descobrira que Lisa estava fazendo o mesmo curso de Noel e que tinham começado juntos. Eles se conheciam, tomaram café juntos uma ou duas vezes; Lisa conhecia a história. Katie tinha esperanças de que Lisa aprendesse alguma coisa com Noel — por exemplo, como era possível levantar e deixar a segurança da casa da família para trás. A casa de seus pais não era um lugar saudável para ficar, na opinião de Katie, mas não tinha papo com Lisa, linda e inquieta como ela sempre fora.

Katie percebera que Lisa não estava mais distante e arredia como de costume. Em vez disso, estava sendo prestativa, se oferecendo para servir bandejas com comida e café. Conversava com Noel sobre assuntos práticos.

— Vou lhe ajudar sempre que puder. Se tiver de faltar alguma aula, depois eu lhe empresto as minhas anotações — ofereceu ela.

— As pessoas estão sendo tão generosas — comentou Noel. — Mais generosas do que eu poderia esperar.

— Bebês despertam isso nas pessoas — falou Lisa.

— É verdade. Ela é tão pequenininha. Não sei se serei capaz de... quer dizer, sou um pouco desajeitado.

— Todos os pais de primeira viagem são desajeitados — disse Lisa, para tranquilizá-lo.

— Aquela lá é a assistente social. Moira — mostrou ele.

— Ela tem uma expressão tensa — observou Lisa.

— É uma profissão tensa. Ela sempre se depara com fracassados como eu.

— Não acho que você seja um fracassado. Acho que está sendo um herói — disse Lisa.

* * *

À Espera de Frankie

Moira Tierney sempre quis ser assistente social. Quando era bem jovem, chegou a pensar em ser freira, mas, de alguma forma, essa ideia foi se transformando com o passar dos anos. Bem, as freiras tinham mudado. Elas não moravam mais em grandes e silenciosos conventos, cantando hinos no amanhecer e no crepúsculo. Não havia mais sinos tocando e claustros sombrios. Hoje em dia, as freiras *eram*, mais ou menos, assistentes sociais, mas sem os adoráveis rituais e cerimônias.

Moira era do oeste da Irlanda, mas agora morava sozinha em um pequeno apartamento. Assim que veio para Dublin, ia visitar os pais uma vez por mês. Eles reclamavam muito porque ela não tinha se casado. Reclamavam também porque ela trabalhava com pobres e bandidos em vez de melhorar de vida.

Eles reclamavam bastante.

Depois que sua mãe morreu, as visitas se tornaram menos frequentes. Agora, só voltava uma ou duas vezes por ano para a casa de fazenda decrépita que um dia chamou de lar.

Gostaria que no seu condomínio tivesse um jardim, mas os outros moradores votaram por mais vagas de estacionamento, então, do lado de fora, só havia concreto. Ainda assim, a democracia falava mais alto, pensava ela, então tinha de se satisfazer com jardineiras nas janelas, que eram motivo de inveja de suas vizinhas. Gostava do seu trabalho, mas raramente era, se é que algum dia foi, simples.

Este homem, Noel Lynch, era uma pessoa que a intrigava. Parecia que ele só ficara sabendo que ia ser pai poucas semanas antes de o bebê nascer. Ele tinha perdido contato com a mãe. E então, de repente, quase do dia para a noite, mudara totalmente seu estilo de vida, entrara no Programa dos Doze Passos, voltara a estudar e passara a levar o trabalho na Hall's mais a sério. Qualquer uma dessas coisas traria uma mudança de vida, mas

MAEVE BINCHY

fazer tudo ao mesmo tempo enquanto cuida de um bebê parecia absurdo.

Moira já lera muitos artigos demonstrando preocupação e ultraje sobre assistentes sociais que não faziam seu trabalho direito para, de alguma forma, ficarem com a consciência leve. Ela sabia o que escreveriam. Diriam que todos os sinais estavam ali, na cara. Esta era uma situação perigosa. O que os assistentes sociais estavam *fazendo*? Não sabia por que tinha tanta certeza disso, mas era uma sensação que não ia embora. Todos os requisitos foram preenchidos, todas as autoridades envolvidas tinham sido avisadas, ainda assim estava totalmente convencida de que tinha alguma coisa errada aqui.

Este Noel Lynch era um acidente esperando para acontecer. Uma bomba prestes a explodir.

Lisa Kelly estava pensando em Noel no mesmo instante.

Em uma ocasião, ela dissera para sua irmã Katie que se gostasse de jogar apostaria que ele voltaria a beber em uma semana e desistiria da faculdade em duas. E quanto a cuidar de um bebê — as assistentes sociais entrariam em cena antes que ele pudesse falar "lar adotivo".

Mas ela não encontrou nenhum lugar para apostar.

Lisa fez um trabalho para um centro de jardinagem, mas não se empenhara de corpo e alma. Enquanto brincava com imagens de cestas de flores, regadores e girassóis, pensava no restaurante de Anton. Pegou-se desenhando uma noiva jogando o buquê — e foi quando teve a ideia.

Anton podia se especializar em casamentos.

Casamentos da alta sociedade. As pessoas teriam de brigar para conseguir marcar uma data. Tinham um pátio que estava sendo

À Espera de Frankie

pouco aproveitado, para onde as pessoas fugiam para fumar um cigarro. Poderia ser reformado e virar um salão permanente de casamentos.

O restaurante não abria na hora do almoço aos sábados, os casamentos poderiam ser nesse horário, os convidados só teriam de ir embora até as seis horas. Havia um pub com música ao vivo perto do restaurante chamado Irish Eyes, podiam combinar com o pub uma cerveja ou um drinque de boas-vindas e a cena mudaria para lá sem problemas. O pai da noiva ficaria satisfeito de não precisar pagar champanhe a noite inteira e o restaurante poderia voltar ao seu modo "jantar". Haveria apenas cinquenta noivas Anton por ano, assim haveria muita competição para saber quem elas seriam.

Era uma ideia boa demais para guardar para si mesma.

Nas últimas mensagens de texto, Anton parecia irritado. É claro que ele não estava conseguindo marcar uma data para a viagem deles para a Normandia. Não agora, no meio de uma recessão. Os negócios eram tão volúveis. Não se via mais grupos de corretores de imóveis ou leiloeiros comemorando outra venda como acontecia todos os dias na época do boom imobiliário. Nada de almoços de trabalho agradáveis. Os tempos estavam difíceis.

Então Lisa sabia que ele ia amar a ideia. Mas quando contar?

Se ela, pelo menos, tivesse sua própria casa. Seria totalmente diferente: Anton poderia aparecer no final da tarde ou início da noite. Ou, melhor, ele poderia vir visitá-la tarde da noite quando saísse do restaurante e passar a noite. As vezes que conseguira passar mais tempo com Anton foram em hotéis ou em uma visita a um restaurante onde podiam passar a noite em uma pousada por perto. Essa esperança de Honfleur fora o que a mantivera de pé nas últimas semanas e agora parecia que não era definitivo, mas quando ele visse todo o trabalho que fizera sobre o conceito das Noivas de Anton, ficaria muito feliz. Mais uma vez, ela o salvaria e ele ficaria grato.

Mas não conseguiria esperar muito tempo. Contaria a ele naquela noite. Iria ao restaurante assim que saísse da faculdade. Mas iria em casa primeiro para trocar de roupa. Queria estar linda quando contasse para ele a novidade que mudaria a sorte e a vida deles.

Em casa, Lisa foi para seu quarto e pegou dois vestidos. O primeiro, um vestido vermelho e preto com detalhes em renda preta, o outro de lã rosada com um cinto grosso. O preto e vermelho era sensual, o rosa, mais elegante. O preto e vermelho era um pouco ousado, mas o rosa sujaria com mais facilidade e precisaria ser lavado a seco.

Tomou um banho rápido e vestiu o preto e vermelho e fez uma maquiagem pesada.

Teddy, o maître, ficou surpreso ao vê-la quando chegou ao restaurante.

— Você é uma estranha por aqui, Lisa — disse ele com seu sorriso profissional.

— Ocupada demais tendo ideias maravilhosas para este lugar, por isso.

Ela riu. Em seus próprios ouvidos, sua gargalhada soou insegura e artificial; mas não se importava com Teddy. Esta noite, porém, estabeleceria seu lugar no restaurante. Anton veria como seu esquema era brilhante; ela não estava nem remotamente nervosa em encontrá-lo e explicar o novo plano.

— Você vai jantar, Lisa?

Teddy era sempre educado, mas nunca perdia o foco. Não havia espaço para imprecisão em sua vida.

À Espera de Frankie

— Vou. Espero que você consiga um lugarzinho para mim. Preciso conversar com ele sobre uma coisa.

— Salão cheio. — Teddy abriu um sorriso cheio de pesar. — Não tem uma mesa vaga.

Ele explicou que estavam tendo um evento especial, "quatro pelo preço de dois" para divulgar o Anton's. É claro que tinha sido ideia de April.

— O restaurante está lotado hoje — disse Teddy. — Tem até lista de espera para o caso de desistências.

Isso não era o que ela esperava ouvir. Tinha vindo dar a ele a boa notícia de como não ser levado pelo redemoinho da crise.

— Mas eu realmente preciso falar com ele — insistiu ela. — Tive uma ideia maravilhosa de novos negócios. Olhe, Teddy — continuou ela, percebendo que o tom agudo de sua voz estava começando a chamar atenção. — Ele vai querer escutar as minhas ideias, ele vai ficar furioso com você se não me deixar vê-lo.

— Lisa, me desculpe — disse ele, com firmeza. — Isso simplesmente não vai ser possível. Pode ver como estamos cheios hoje.

— Só vou até a cozinha e vejo o que Anton acha... — começou Lisa.

— Acho que não — falou Teddy, com firmeza, dando um passo na direção dela e segurando de leve seu cotovelo. — Por que você não telefona amanhã e marca uma hora? Ou, melhor ainda, faz uma reserva. Vamos adorar tê-la aqui de novo, e eu certamente vou dizer ao Anton que você esteve aqui.

Conforme falava, ele foi levando-a na direção da porta.

Antes que se desse conta, Lisa estava do lado de fora, na rua, olhando para os clientes que a fitavam hipnotizados.

Precisava sair dali rápido; deu as costas e saiu o mais rápido que sua saia justa demais permitia.

135

Quando conseguiu recuperar o fôlego, pegou o celular para pedir um táxi e descobriu, para sua irritação, que a bateria tinha acabado. A noite estava indo de mal a pior.

Começou a chover.

A casa estava silenciosa quando entrou, mas isso não era diferente do habitual. Ali não havia conversa, a não ser que Katie viesse em uma de suas raras visitas. Lisa esperava que ninguém estivesse lá naquela noite. Estava com sorte. Conforme se aproximava das escadas, o silêncio envolvia a casa, como se estivesse prendendo a respiração.

E foi quando aconteceu. Lisa viu quando uma mulher, que os jornais chamariam de "mulher parcialmente vestida", saiu do banheiro no topo das escadas, com um celular grudado no ouvido. Seu longo cabelo estava molhado, e ela usava uma combinação de cetim verde e mais nada pelo que parecia.

— Quem é *você?* — perguntou Lisa, chocada.

— Pergunto o mesmo a você — disse a mulher. Ela não pareceu irritada, furiosa nem constrangida. — Você está aqui para atendê-lo? A agência não me disse nada. Só estou ligando para pedir um táxi.

— Bem, por que você está ligando daqui? — perguntou Lisa, inocentemente.

Quem podia ser ela? Era comum escutar sobre assaltantes que invadiam a casa descaradamente com os moradores lá. Talvez fizesse parte de uma gangue?

Foi quando escutou a voz de seu pai.

— O que é, Bella? Com quem você está conversando? — E seu pai apareceu na porta do quarto dele de robe. Ele pareceu chocado ao ver Lisa.— Eu não sabia que *você* estava em casa — disse ele, perplexo.

À Espera de Frankie

— Obviamente — disse Lisa, a mão tremendo ao abrir a porta da frente.

— Quem *é* ela? — perguntou a garota com combinação verde.

— Não importa — disse ele.

E Lisa percebeu que não importava mesmo. Nunca tinha importado para ele quem ela e Katie eram.

— Bem, quem sou eu para lhe dizer o que fazer com seu dinheiro... — A mulher chamada Bella deu de ombros e voltou para o quarto com sua combinação verde.

Lisa e seu pai se fitaram por um longo momento, então ele seguiu Bella para dentro do quarto enquanto Lisa, abalada, saía de casa de novo.

Noel gostava de pensar que Stella ficaria feliz com a forma como ele estava tratando a filha deles. Não tomava uma gota de álcool havia quase dois meses. Ia a reuniões do AA pelo menos cinco vezes por semana e telefonava para o amigo Malachy quando não conseguia ir.

Trouxera Frankie para Chestnut Court e estava criando um lar para ela. Verdade, andava por aí como um zumbi de tão cansado, mas conseguira mantê-la viva e, ainda mais, as enfermeiras da comunidade achavam que ele estava indo bem. Ela dormia em um pequeno berço ao lado dele e, quando ela chorava, ele acordava e andava pelo quarto com ela. Noel esterilizava todas as mamadeiras e bicos, preparava o leite, colocava para arrotar, trocava a fralda. Dava banho e a ninava para dormir.

Cantava músicas enquanto andava de um lado para o outro no quarto todas as noites, qualquer música que lhe viesse à cabeça, algumas malucas e pouco apropriadas.

"Sitting on the Dock of the Bay"... "I Don't Like Mondays"... "Let me Entertain You"... "Fairytale in New York"... Qualquer música de que se lembrasse.

Uma noite, se pegou cantando "Frankie and Johnnie" para ela. A letra fez com que hesitasse, mas, assim que parou, ela começou a chorar. Logo, ele recomeçou. Por que não sabia a letra de canções de ninar apropriadas?

Tivera três reuniões satisfatórias com Moira Tierney, a assistente social, e cinco com Imelda, a enfermeira da comunidade.

Sua licença estava acabando e chegava o dia de voltar ao trabalho na Hall's; não estava ansioso para esse dia, mas bebês eram caros e ele realmente precisava trabalhar. Esperaria um pouco antes de pedir um pequeno aumento de salário. Tinha conseguido recuperar a matéria da faculdade — Lisa estava cumprindo a sua palavra — e já estava com tudo em dia.

Passava o dia todo cansado, mas era assim com toda jovem mãe com quem cruzasse na rua ou no supermercado. Certamente estava cansado demais para parar e se perguntar se estava feliz com tudo aquilo. O bebê precisava dele e ele estaria lá. Era só o que importava. E, com certeza, sua vida estava muito melhor do que oito semanas antes.

Afastou seus livros no apartamento silencioso. Sua prima Emily dormia em seu quarto, a pequena Frankie dormia no berço ao lado da cama dele. Olhou pela janela para Chestnut Court. Era tarde, estava escuro, chuvoso e muito quieto.

Viu um táxi se aproximar e uma jovem sair. Como as pessoas levavam vidas estranhas. Então, dois segundos depois, escutou a campainha. Quem quer que fosse tinha vindo ver *ele* — Noel Lynch — àquela hora da noite!

* * *

À Espera de Frankie

— Lisa? — Noel ficou confuso ao vê-la pela tela do interfone àquela hora.

— Posso entrar por um instante, Noel? Quero lhe pedir uma coisa.

— Pode... bem... Quer dizer... o bebê está dormindo... mas, claro, entre.

Ele apertou o botão para abrir a porta.

Ela parecia desolada.

— Será que você teria um drinque? Não, claro que não, me desculpe.

Ela se esquecera, com aquela atitude casual, despreocupada de alguém que nunca foi viciado em álcool.

Malachy lhe dissera que aquela atitude descontraída realmente o chateava. Seus amigos dizendo que podiam beber ou não, ignorando a urgência que um viciado sentia o tempo todo.

— Posso lhe oferecer um chá ou chocolate — disse ele, afastando a irritação.

Ela não sabia. Nunca saberia como era. Não perderia a sua cabeça, mas o que ela estava fazendo ali?

— Chá seria ótimo — disse ela.

Ele colocou a chaleira no fogo e esperou.

— Não posso ir para casa, Noel.

— Não?

— Não.

— E o que você quer fazer, Lisa?

— Posso dormir no seu sofá? Por favor, Noel. Só esta noite. Amanhã penso em alguma coisa.

— Teve uma briga em casa?

— Não.

— E o seu amigo Anton, de quem você fala tanto?

— Já estive lá, mas ele não quer me ver.

— E eu sou a sua última esperança, é isso?

— Isso mesmo — disse ela, simplesmente.

— Tudo concordou — concordou ele.

— O quê?

— Eu disse que tudo bem. Você pode ficar. Só não tenho nenhuma roupa de mulher para lhe emprestar. Não posso lhe ceder a minha cama, o berço de Frankie está lá e ela vai querer mamar daqui a pouco. Bem cedo, estaremos todos acordados. As coisas aqui não são fáceis.

— Eu lhe agradeço muito, Noel.

— Claro, então tome o chá e vá dormir. Tem uma manta dobrada ali e pode usar uma almofada como travesseiro.

— Você não quer saber o que houve? — perguntou Lisa.

— Não, Lisa, não quero. Não tenho energia para isso. Ah, e se você acordar antes de mim, Emily, a minha prima, vai arrumar Frankie e levá-la ao centro de saúde amanhã.

— Tento explicar para ela.

— Não precisa.

— Que jeito maravilhoso de levar a vida — falou Lisa, realmente admirada.

Não achava que ia dormir, mas dormiu, despertando de leve umas duas vezes quando pensou ter ouvido choro de bebê. Através de olhos semiabertos, viu Noel Lynch andando com um bebê no colo. Nem teve tempo de pensar no tipo de joguinho que Anton fazia com ela ou se seu pai estava pelo menos remotamente constrangido pelo incidente na casa deles. Estava dormindo profundamente de novo e só acordou quando alguém colocou uma xícara de chá ao seu lado.

À Espera de Frankie

Prima Emily, claro. A mulher maravilha que entrava na vida das pessoas exatamente quando precisavam dela. Ela não pareceu nem um pouco surpresa ao ver uma mulher usando um vestido de renda vermelho e preto acordando no sofá.

—Você tem hora para chegar ao trabalho ou em algum outro lugar? — perguntou a mulher.

— Não. Não tenho. Só vou esperar até meus pais saírem de casa, depois vou lá pegar as minhas coisas e... encontrar um lugar para ficar. A propósito, meu nome é Lisa.

Emily fitou-a.

— Eu sei, e eu sou Emily. Nós nos conhecemos no funeral da Stella. Que horas seus pais vão sair? — perguntou ela.

— Umas nove horas, em uma manhã normal.

— Mas hoje não é uma manhã normal? — supôs Emily.

— Não, acho que não. Veja só...

— Noel saiu meia hora atrás. São oito horas agora. Preciso ir à clínica com Frankie e passar no bazar... e não sei qual é a melhor coisa a fazer.

— Sou amiga de Noel, da faculdade... — começou Lisa.

— Ah, eu sei disso.

— Então, não precisa se preocupar em me deixar aqui sozinha quando sair, mas talvez você não queira...

Emily balançou a cabeça, como querendo afastar qualquer impressão de que tenha pensado isso.

— Não, na verdade, eu estava pensando no café da manhã. Noel fez um sanduíche de banana para ele e ia comprar um café no caminho para o trabalho. Vou abrir o bazar depois de dar a mamadeira de Frankie; vou comer um cereal ou uma fruta lá mesmo. Pensei que você podia vir comigo. Pode ser?

— Seria ótimo, Emily. Só vou ao banheiro rapidinho.

Lisa levantou e correu para o banheiro. Estava com a aparência péssima. A maquiagem estava toda borrada no rosto. Parecia uma prostituta.

Não era de se espantar que a mulher não quisesse deixá-la sozinha no apartamento. Ninguém deixaria uma pessoa com a aparência de Lisa sozinha em lugar nenhum. Talvez no bazar pudesse comprar alguma coisa para tirar aquela aparência selvagem. Limpou o rosto e lavou-se rapidamente, depois colocou um suéter que Emily lhe dera por cima do vestido.

Emily estava pronta para sair: com um vestido de lã verde, carregando uma enorme bolsa. O bebê no carrinho era minúsculo — menos de um mês — olhando cheio de confiança para as mulheres que, na verdade, não tinham nada a ver com ele.

Lisa sentiu uma onda de carinho pelo pequeno e indefeso bebê, contando com duas estranhas, Emily e Lisa, para ajudarem-no a sobreviver àquele dia. Imaginou se algum dia alguém cuidou dela assim quando era pequena. Possivelmente não, pensou, com tristeza.

Foi o dia mais surreal que Lisa já vivera. Emily Lynch não perguntou nada sobre sua situação. Apenas falou cheia de admiração de Noel e dos grandes esforços que estava fazendo em todos os aspectos. Contou a Lisa como ela e Noel não sabiam nada sobre como cuidar de um bebê, mas, entre internet e clínicas de saúde, estavam se saindo bem.

Emily encontrou um blazer marrom-escuro no bazar e pediu para Lisa experimentar. Serviu direitinho.

— Só tenho quarenta euros para passar o dia hoje — disse Lisa, desculpando-se — e posso precisar chamar um táxi para tirar as minhas coisas da casa dos meus pais.

— Tudo bem. Você pode pagar trabalhando, não pode? — Emily não via problemas.

À Espera de Frankie

— Trabalhando? — perguntou Lisa, confusa.

— Bem, você pode ajudar no bazar até que eu leve Frankie à clínica, depois precisamos levá-la para dar uma volta. Depois você pode vir comigo até o centro médico, aí vamos até a Vila de São Jarlath onde eu cuido de uns jardins, e você pode ficar empurrando o carrinho caso Frankie fique chatinha. Seria um excelente dia de trabalho e cobriria o custo do blazer.

— Mas tenho de pegar as minhas coisas — declarou Lisa — e encontrar um lugar para morar.

— Temos o dia todo para pensar nisso — falou Emily calmamente.

E o dia começou.

Lisa nunca tinha conhecido tanta gente em um único dia de trabalho. Ela, que trabalhava sozinha na sua mesa, rodeada de desenhos e criações para Anton, costumava passar horas sem falar com outro ser humano. Emily Lynch vivia uma vida diferente.

Saíram do bazar e foram até a clínica, onde Frankie foi pesada e disseram que o resultado era muito satisfatório. Tinham uma hora marcada com Moira, a assistente social, mas, quando chegaram, foram avisadas de que Moira tivera de sair para uma emergência.

— Coitada, a vida dessa mulher deve ser uma eterna emergência.

Emily foi solidária em vez de ficar irritada por ter feito uma visita totalmente desnecessária ao escritório da assistente social. Depois, seguiram para o centro médico, onde Emily pegou um maço de papéis e conversou animadamente com os médicos.

— Está é Lisa. Ela está me ajudando hoje.

Todos a cumprimentaram, aceitando sua presença. Nada de explicações. Tudo muito tranquilo, na verdade.

Frankie era um bebê lindo, pensou Lisa. Muito trabalho, claro, mas todos os bebês não davam muito trabalho? Ou, pelo menos, deveriam dar. Acreditava que ela e Katie nunca receberam nem metade da atenção que Frankie estava recebendo.

Emily deixou um embrulho para o dr. Chapéu, que devia chegar logo. Ele tinha se aposentado havia pouco tempo da clínica, mas ainda ia um dia por semana no consultório. Emily descobrira que ele não sabia cozinhar e não gostava da ideia de aprender, por isso sempre deixava um embrulho para ele quando ela e Noel tinham cozinhado na noite anterior. Naquele dia tinha bacalhau defumado, ovo e torta de espinafre, além de instruções de como esquentar.

— Parece que é a única refeição que Chapéu come durante a semana — disse Emily, com ar de reprovação.

— Chapéu?

— É, esse é o nome dele.

— De onde vem esse apelido? — Lisa ficou curiosa.

— Nunca perguntei. Acho que é porque ele parece usar chapéu dia e noite — disse Emily.

— Noite? — perguntou Lisa, rindo.

— Bem, não tenho como saber isso.

Emily fitou-a com interesse, e Lisa percebeu que foi a primeira vez no dia que ela se permitiu relaxar o suficiente para sorrir e gargalhar. Ela estava como um punho fechado, incapaz de pensar na única família que já conhecera e no único homem que já amara.

— Certo. Para onde vamos agora? — Lisa estava determinada a se manter alegre.

— Podemos parar para almoçar, vamos até em casa, comemos alguma coisa, deixamos Frankie com a avó para ficar algumas horas, depois começo a preencher essa papelada. Vou pedir para

À Espera de Frankie

Dingo Duggan levar você para pegar suas coisas. Ele pode usar a caminhonete do bazar.

— Ei, espere um minuto, Emily, mais devagar. Ainda não sei para onde vou.

— Ah, vamos encontrar algum lugar. — Emily estava confiante. —Você não vai querer adiar agora que tomou uma decisão como esta.

— Mas você nem sabe como a situação está ruim — falou Lisa.

— Sei, sim — disse Emily.

— Como sabe? Eu nem contei para Noel.

— Deve ter sido alguma coisa muito ruim para você chegar em Chestnut Court no meio da noite — observou Emily, e então pareceu perder o interesse no assunto. — Por que não passamos no mercado para ver se tem fígado de frango? Podemos comprar champignon e arroz também. Hoje Noel tem aula. Vai precisar de uma boa refeição. Bem, claro, você sabe disso, e vai precisar de todos os *seus* papéis e cadernos e tudo mais.

— Ah, não, não vou à faculdade hoje à noite. O mundo está desabando sobre a minha cabeça. Não tenho tempo de ir para a aula! — reclamou Lisa.

— É exatamente quando *temos* de ir: quando o mundo está desabando sobre nós — disse Emily, como se isso fosse totalmente óbvio. — Bem, quer uma batata assada com queijo para o almoço? Acho que dá muita energia e você vai precisar muito nos próximos dois dias.

— Batata assada está ótimo — respondeu Lisa, suspirando.

— Ótimo. Então, vamos. E depois do mercado, sairemos em ronda pelos jardins. Você poderia anotar o que vamos precisar para os vários jardins de São Jarlath Crescent?

Lisa imaginou como seria ter uma vida assim: em que todo mundo meio que dependia de você, mas ninguém realmente a amava.

Dingo Duggan prontamente aceitou levar Lisa para pegar seus pertences. Para onde as levaria?

— Vamos resolver isso durante o almoço, Dingo — explicou Emily. — Quando nos encontrarmos, avisamos.

Lisa estava um pouco tonta com a velocidade com que as coisas estavam acontecendo. Esta pequena mulher agitada e com cabelo rebelde a envolvera, sem o menor esforço, em uma série de atividades e, em momento algum, sugeriu que ela explicasse a situação em casa e por que fugira de lá.

Em vez disso, foi ao mercado e barganhou por tudo. Parecia que Emily conhecia todo mundo. Depois, foram empurrando o carrinho para São Jarlath Crescent, onde Lisa fez listas do que as plantas precisavam, sementes desenterradas, pinturas necessárias. Alguns jardins estavam em ótimo estado, outros, negligenciados, mas a ronda regular de Emily deu à rua um ar confortável de que estava sendo cuidado. Lisa estava apenas começando a assimilar tudo quando chegaram à casa da família de Noel. Mais uma vez, Lisa estava abismada com a velocidade de Emily.

Fez as apresentações rápida e alegremente.

— Charles e Josie são pessoas muito boas, Lisa. Eles trabalham o dia inteiro e ainda estão levantando dinheiro para erguer uma estátua para São Jarlath. Não vamos segurá-los por muito tempo. Esta é Lisa. Ela é amiga de Noel da faculdade e está me ajudando muito hoje a cuidar de Frankie. E aqui está a sua linda neta, Josie. Ela estava com saudades.

— Coitadinha.

À Espera de Frankie

Josie pegou o bebê no colo e Charles abriu um sorriso, enquanto comia um sanduíche que não estava nem um pouco apetitoso.

No quarto de Emily, surgiu uma garrafa de vinho.

— Geralmente, não bebo nada perto de Noel, mas hoje é um dia especial — explicou Emily. — Vamos esperar até que você pegue as suas coisas e depois vamos tomar durante o almoço.

— Claro, você deve estar exausta. — Lisa pensou que Emily estava se referindo ao ritmo agitado da manhã.

— Ah, não, isso não é nada — disse Emily. — Estou querendo dizer que hoje é um dia decisivo para todos nós. Precisamos muito de uma taça de vinho.

No restaurante, Anton planejava os cardápios e falava sobre Lisa.

— É melhor eu ligar para ela — disse ele, em tom sombrio.

— Você vai saber exatamente o que dizer, Anton. Você sempre sabe. — Teddy estava sendo bajulador e diplomático.

— Não é tão fácil quanto parece — disse Anton, pegando o telefone.

O celular de Lisa estava desligado. Tentou ligar para a casa onde ela morava com os pais. A mãe dela atendeu.

— Não, nós não a vemos desde ontem. — A voz era distante, nem um pouco preocupada. — Ela não voltou para casa ontem à noite. Então...

— Então... o quê? — Anton estava perdendo a paciência com a mulher.

— Bem... na verdade, nada... — A voz dela hesitou. — Como você bem sabe, Lisa é adulta. Seria inútil, para dizer o mínimo, se preocupar com ela. Quer deixar algum recado?

A mãe de Lisa tinha uma voz que conseguia ser indiferente e educada ao mesmo tempo, de uma forma que o estava irritando muito.

— Não precisa! — disse ele e desligou.

A mãe de Lisa deu de ombros. Estava prestes a subir quando seu marido entrou pela porta da frente.

— Você falou com Lisa? — perguntou ele.

— Não, eu não a vi. Por quê?

— Ela vai querer — disse ele.

— Vai querer o quê?

— Vai querer falar com você. Houve um incidente ontem à noite. Eu não sabia que ela estava em casa e havia uma jovem comigo.

— Que adorável. — O desprezo dela estava estampado em todo seu rosto.

— Ela pareceu chateada.

— Nem consigo imaginar por quê.

— Ela não tem o seu distanciamento, por isso.

— Ela não foi embora para sempre. Vi a porta do quarto aberta. Todas as coisas dela estão lá dentro.

A mãe falava de Lisa como se ela fosse apenas uma conhecida.

— É claro que ela não foi embora para sempre. Para onde ela iria?

A mãe de Lisa deu de ombros de novo.

— Ela vai acabar fazendo o que quiser fazer. Como todo mundo... — disse ela e saiu pela mesma porta que o marido tinha entrado.

—Para onde você vai levar as suas coisas? — Dingo perguntou para Lisa.

À Espera de Frankie

—Vamos ter de deixar na caminhonete se não tiver problema — disse Lisa. Estava um pouco tonta depois de todos os encontros que tivera naquela manhã.

— Onde você vai morar? — insistiu Dingo.

— Isso ainda não foi decidido.

Lisa sabia que parecia estar evitando as perguntas dele, mas realmente estava dizendo a verdade.

— Então, onde você planeja dormir esta noite? — Dingo estava determinado a conseguir todas as respostas.

Lisa se sentia fraca.

— Por que as pessoas chamam você de Dingo? — perguntou ela, desesperada.

— Porque passei sete semanas na Austrália — respondeu ele, cheio de orgulho.

— E por que você voltou?

Ela *precisava* manter uma conversa para evitar mais perguntas sobre si mesma.

— Porque comecei a me sentir sozinho — disse Dingo, como se fosse a coisa mais natural do mundo. — Você também vai, escreva o que estou falando. Quando estiver morando com Charles e Josie, rezando dez rosários por dia, você vai se lembrar da sua casa e vai sentir uma pontada de saudade.

— Morar com Josie e Charles Lynch? Não, isso nunca foi cogitado — disse Lisa, horrorizada.

— Bem, por que devo levar você para lá depois que você pegar as suas coisas? Ah, olhe, a sua casa.

—Volto em dez minutos, Dingo.

Ela saiu da caminhonete.

— Emily disse para eu entrar com você e pegar as suas coisas.

— Ela acha que manda no mundo? — reclamou Lisa.

— Outros já fizeram isso e foi bem pior — disse Dingo, contente.

Dingo não demorou a encher a caminhonete. Tinha até cabides instalados, então foi só pendurar as roupas de Lisa ali. Havia caixas de papelão onde ele habilmente colocou o computador e os arquivos dela, e mais caixas para seus pertences. Não era tanta coisa assim para uma vida inteira, pensou Lisa.

A casa estava quieta, mas ela sabia que seu pai estava lá. Viu as cortinas do quarto dele se mexerem. Ele não fez o menor movimento para sair e impedi-la. Nenhuma tentativa de explicar o que ela vira na noite anterior. Por um lado, ela estava aliviada, mas mostrava como ele se importava pouco se ela ia ficar ou não.

Quando ela e Dingo terminaram de encher a caminhonete, ela viu as cortinas se mexerem de novo. Por mais que sua vida estivesse parecendo um fracasso, não era nada se comparado com a vida de seus pais.

Escreveu um bilhete e deixou na mesa da sala.

Estou deixando a chave de casa. Vão perceber que saí de casa de vez. Desejo tudo de bom para vocês e, certamente, desejo que sejam mais felizes do que são agora. Não discuti meus planos com Katie. Vou esperar até estar acomodada, depois enviarei o meu endereço.

Lisa

Nenhum beijo, nenhum agradecimento, nenhuma explicação, nenhuma despedida. Olhou em volta da casa como se nunca a tivesse visto antes. Percebeu que era assim que a sua mãe via as coisas.

À Espera de Frankie

Pouco tempo atrás, Katie tinha dito que Lisa estava se transformando nos seus pais e que ela deveria sair de casa o mais rápido possível. Estava ansiosa para contar a Katie que finalmente aceitara seu conselho, mas ia esperar até que encontrasse um lugar para ficar. Não seria em São Jarlath Crescent com Charles e Josie, independentemente do que Dingo achasse e de quanto Emily tentasse convencê-la.

De volta à casa dos Lynch, Emily quis saber como tudo tinha sido. Ficou aliviada por saber que não houvera discussões. Temera que Lisa dissesse mais do que queria.

— Nunca mais vou falar nada para eles — disse Lisa.

— Nunca mais é muito tempo. Agora vamos colocar essas batatas no micro-ondas.

Lisa sentou-se, desanimada, e observou enquanto Emily se movia pelo pequeno lugar que transformara completamente em sua casa, e de repente ficou fácil falar, explicar o choque de ver seu pai com uma prostituta ontem à noite, perceber que Anton não a via como o centro de sua vida e concluir que não tinha dinheiro, nem um lugar para morar nem uma carreira.

Lisa falou com o tom de voz comedido. Não se permitiu ficar triste. Havia algo em Emily que tornava fácil fazer confissões — ela assentia e sussurrava conforme concordava. Fazia as perguntas certas e nenhuma constrangedora. Lisa nunca tinha conseguido se abrir assim. Chegou ao fim.

— Desculpe, Emily, estou aqui falando de mim a tarde toda. Você deve ter seus próprios planos.

— Liguei para Noel, ele vai chegar por volta das cinco. Vou trazer Frankie de volta para Chestnut Court e Dingo pode entrar em ação de novo.

Lisa olhou para ela sem entender nada.

— Que ação exatamente, Emily? Estou um pouco confusa. Você está sugerindo que eu vá morar com Charles e Josie, porque, sinceramente, eu não...

— Não, não, não. Eu vou morar lá de novo por enquanto, e quem sabe o que acontecerá depois?

Emily tinha uma expressão como se fosse óbvio para qualquer um que as coisas seriam assim.

— Sim, bem... Emily, todas as minhas coisas estão na caminhonete de Dingo. Onde eu vou morar?

— Pensei que você poderia morar com Noel em Chestnut Court — disse Emily. — Resolveria tudo...

6

oira Tierney era boa no que fazia. Sua reputação era de que prestava atenção até no menor dos detalhes. Seu escritório era um modelo para jovens assistentes sociais, com um sistema de arquivamento perfeito. Ninguém nunca escutava Moira reclamar de sua carga de trabalho ou da falta de serviços de apoio. Era seu trabalho e ela o fazia.

Assistência social nunca seria um trabalho de nove às cinco; Moira sabia que podia ser chamada fora do horário por causa de algum problema de família. Na verdade, nessas ocasiões era quando mais precisavam dela. Nunca ficava longe do celular, e seus colegas já tinham se acostumado com Moira precisando se levantar no meio de uma reunião para atender algum telefonema urgente. Ela não se importava. Ossos do ofício.

Moira passava dia e noite juntando pedacinhos para pessoas para quem o amor não dera certo: casamentos desfeitos, crianças abandonadas, violência doméstica eram problemas comuns. Eram pessoas que em algum momento tiveram romance e esperança, mas Moira nunca as conhecia nessa época. Elas não estariam em seus casos. Isso não fazia com que fosse deliberadamente descrente no amor e no casamento, era mais uma questão de oportunidade e tempo.

No fim do dia, Moira não tinha energia para ir a uma boate. De qualquer forma, mesmo se tivesse, era possível que recebesse uma ligação enquanto estivesse na pista de dança — uma ligação significava que teria de ir resolver os problemas de outra pessoa.

Sim, é claro que ela gostaria de encontrar alguém. Quem não gostaria?

Ela não era bonita — um pouco quadrada com cabelo castanho enrolado —, mas também não era feia. Mulheres muito mais comuns do que Moira já tinham encontrado namorados, amantes, maridos. Devia haver alguém por aí; alguém tranquilo, calmo e pouco exigente. Alguém bem mais relaxado do que aqueles que deixara para trás em sua cidade.

Moira ia a Liscuan de vez em quando. No sábado, pegava o trem que cortava o campo e o ônibus até o final da estrada. Voltava no dia seguinte. Passava a maior parte do tempo lá limpando a casa e tentando descobrir que benefícios seu pai poderia reivindicar.

Nada mudara em todos aqueles anos desde que saíra de casa para estudar em Dublin, as coisas continuavam iguais. Nada mudava.

As pessoas não gostavam mais de ir até a casa; e seu pai passara a ir para a casa da sra. Kennedy, que lhe dava uma refeição se ele cortasse lenha para ela. Aparentemente, o sr. Kennedy fora para a Inglaterra procurar emprego. Talvez ele tenha conseguido um, ou não, mas nunca voltou para contar.

O irmão de Moira, Pat, ficava sozinho. Trabalhava por ali mesmo, tirava leite das duas vacas e alimentava as galinhas. Ia até a aldeia de Liscuan aos sábados à noite para tomar umas cervejas,

À Espera de Frankie

então Moira conversava muito pouco com ele. Ela ficava triste ao vê-lo se arrumar, vestir uma camisa limpa e colocar óleo no cabelo para sua saída semanal. Não muito diferente dela, não havia sinal de amor na vida de Pat.

Pat falava pouco sobre isso, só queimava o fundo de uma frigideira atrás da outra, fritando ovos e bacon para o jantar todas as noites. Aquela pequena casa de fazenda nunca escutaria as gargalhadas de seus netos.

Era solitário ir para Liscuan, mas Moira ia de boa vontade. Não podia contar nada a eles sobre sua vida em Dublin. Eles ficariam chocados se soubessem que ela constantemente lidava com meninas de onze anos estupradas pelos próprios pais, grávidas, ou ainda mulheres espancadas e mães alcoólatras que trancavam os filhos em um quarto enquanto iam para algum bar. Nada disso acontecia em Liscuan, ou pelo menos os Tierney achavam que não.

Então, Moira guardava seus pensamentos para si. Naquele final de semana em particular, ficou feliz por ter esse tempo. Precisava pensar sobre uma coisa. Moira Tierney acreditava que as pessoas têm um sexto sentido para uma situação que não está certa, e esse era o seu papel na coisa toda. Afinal, foi o que os anos de treinamento mais os anos no trabalho lhe ensinaram: reconhecer quando alguma coisa não estava certa.

E Moira estava preocupada com Frankie Lynch.

Parecia-lhe totalmente errado Noel Lynch ficar com a guarda dela. Moira lera o arquivo com cuidado. Ele nem chegou a morar com Stella, a mãe do bebê. Apenas quando a morte dela e o nascimento da filha estavam se aproximando foi que ela entrou em contato com Noel.

Isso era altamente insatisfatório.

Tinha de admitir que Noel conseguira construir um sistema de apoio que parecia muito bom na teoria. O lugar era limpo e quente e tinha tudo que um bebê precisava. As mamadeiras eram esterilizadas, a banheira do bebê estava no lugar certo. Moira não podia colocar a culpa em nada disso.

A prima dele, uma mulher de meia-idade e bem-resolvida chamada Emily, estava passando um tempo com ele e levava o bebê para onde quer que fosse. E às vezes Frankie ficava com uma enfermeira que acabara de dar à luz e que era casada com um médico. Um ambiente muito seguro. E também havia um casal mais velho, Nora e Aidan, que já cuidavam do neto.

Havia outras pessoas também. Os pais de Noel, que eram fanáticos religiosos e estavam ocupados com uma petição para conseguir erguer uma estátua para um santo que morreu séculos atrás; também havia o casal Scarlet, Muttie e Lizzie, e seus netos gêmeos para completar a equipe. E também havia um médico aposentado que chamavam de dr. Chapéu, que parecia gostar particularmente de crianças. Todas pessoas confiáveis, ainda assim...

Segmentado demais, era a opinião de Moira: uma cadeia superficial de pessoas, como o elenco de um musical. Se um elo cai, tudo pode desmoronar. Mas conseguia encontrar alguém que desse atenção aos seus instintos? Ninguém. Sua chefe imediata, que era a chefe da equipe, disse que ela estava se preocupando com nada — tudo parecia estar no devido lugar.

Tentara atrair a prima americana Emily para seu lado, mas em vão. Emily parecia estar cega em relação a Noel. Ela disse que ele dera um grande passo ao mudar a sua vida para poder cuidar da filha. Persistia no emprego. Até estudava à noite para melhorar suas chances de promoção. Parara de beber, o que estava sendo difícil para ele, mas estava determinado. Seria muito ruim se como recompensa por tudo isso as assistentes sociais tirassem sua filha. Ele prometera para a mãe da criança que ela não seria adotada.

— Adoção pode ser muito melhor do que o que ele pode oferecer — insistira Moira.

— Pode ser, mas pode não ser. — Não ia conseguir convencer Emily.

Moira teve de se conter. Mas observava com olhos muito atentos qualquer coisa que saísse do rumo.

E agora isso tinha acontecido.

Noel levara uma mulher para morar com ele no apartamento.

Ele arrumara o quarto sobressalente para ela dormir.

A mulher era jovem e inquieta. Uma daquelas mulheres altas e esguias, com cabelo na cintura. Não sabia nada sobre bebês e parecia ficar na defensiva e irritada quando perguntada sobre suas habilidades maternas.

— Minha estadia aqui não é permanente — repetiu ela diversas vezes. — Tenho um relacionamento com outra pessoa. Anton Moran. O chef. Noel está apenas me oferecendo um lugar para ficar e, como pagamento, estou ajudando com Frankie.

Ela deu de ombros como se fosse simples e claro até para uma pessoa pouco inteligente.

Moira não gostou nem um pouco dela. Havia muitas dessas garotas pela cidade, compridas, cabeça de vento, com nada na mente exceto roupas. Precisava ver o vestido que essa Lisa pendurou na parede! Um vestido vermelho e azul de algum estilista famoso que provavelmente custou uma fortuna.

Todas as dúvidas que Moira tinha em relação ao bom senso de Noel foram elevadas à décima potência quando Lisa Kelly entrou em cena.

MAEVE BINCHY

* * *

E stavam fazendo planos grandiosos para um batizado duplo. Frankie Lynch e Johnny Carroll, nascidos no mesmo dia, recebendo cuidados das mesmas pessoas, iam ser batizados juntos.

Moira ficou surpresa ao ser convidada. Noel dissera que o batizado seria na igreja do padre Flynn, descendo o Rio Liffey, e haveria uma recepção no salão logo depois. Moira seria muito bem-vinda.

Ela tentou adotar uma expressão agradecida. Eles não precisavam fazer isso, mas talvez estivessem tentando destacar a estabilidade da situação que estavam vivendo.

— Que tipo de presente de batismo você gostaria? — perguntou ela de repente.

Noel a fitou, surpreso.

— Não tenho dúvidas, Moira, todos vão dar cartões para Frankie e Johnnie e nós os colocaremos em álbuns com fotografias para que eles saibam como foi esse dia.

Moira sentiu-se reprovada e contrariada.

— Ah, sim, claro, certamente — disse ela.

Noel não pôde deixar de ficar satisfeito ao vê-la falando alguma coisa errada pelo menos uma vez.

— Tenho certeza de que todos vão gostar de vê-la no batizado, Moira — disse ele, sem nenhuma convicção.

H avia muito mais gente na igreja do padre Flynn do que Moira esperara. Como eles conheciam todas aquelas pessoas? A maioria delas devia ser de amigos do dr. Carroll e da esposa. Certamente Noel Lynch não conhecia nem metade das pessoas que estavam na igreja.

À Espera de Frankie

As duas madrinhas estavam lá, Emily segurando Frankie, e a amiga de Fiona, Barbara, que também era enfermeira na clínica cardíaca, segurando Johnny. Os bebês, ambos alimentados e trocados há pouco tempo, se comportaram lindamente durante a maior parte da cerimônia. Padre Flynn foi breve e direto. Jogou água na cabecinha deles — que, claro, acordaram, mas logo foram acalmados; os padrinhos fizeram votos por eles e agora eles faziam parte da Igreja de Deus e Sua família. Ele desejava que ambos encontrassem felicidade e força nesse caminho.

Nada devoto demais, nada a que alguém pudesse se opor. Os bebês ficaram bem. Depois, todo mundo se encaminhou para o salão anexo, onde havia um bufê e um enorme bolo com os nomes Frankie e Johnny confeitados.

Maud e Simon Mitchell estavam no comando do bufê: Moira lembrou-se de que os nomes estavam na lista de pessoas que tomavam conta de Frankie. Do seu ponto de vista, eles pareciam fora de lugar na vida de Frankie. Como toda aquela festa de batismo.

Moira ficou parada do lado de fora, observando as pessoas se confraternizando e conversando e brincando com os bebês. Era uma reunião agradável, sem dúvida, mas ela não se sentia envolvida. Havia música de fundo e Noel andava à vontade pelo salão, tomando suco de laranja e conversando com todo mundo. Moira também viu Lisa, que estava muito elegante, o cabelo cor de mel arrumado embaixo de um pequeno chapéu vermelho.

Maud viu Moira sozinha e se aproximou dela, oferecendo o que tinha na bandeja.

— Mais um pedaço de bolo?

— Não, obrigada. Eu sou Moira, assistente social de Frankie — disse ela.

— Sim, eu sei quem você é, sou Maud Mitchell, uma das babás de Frankie. Ela está indo muito bem, não acha?

Moira aproveitou a deixa.

— Você não esperava que ficasse bem? — perguntou ela.

— Ah, não, pelo contrário, Noel tem de ser pai e mãe dela, e ele está fazendo um trabalho incrível.

Mais solidariedade comunitária, pensou Moira. Era como se houvesse um exército contra ela. Podia ver em sua mente as manchetes: *Culpa da assistência social. Houve muitos avisos. Tudo foi ignorado...*

— Qual é exatamente o seu relacionamento e de seu irmão com Noel? — perguntou ela.

— Moramos na mesma rua que ele morava, onde os pais dele ainda moram. Mas estamos pensando em ir para New Jersey em breve. Recebemos uma proposta de trabalho lá. — O rosto dela se iluminou.

— Vocês não têm trabalho aqui?

— Não em bufês, as pessoas estão com menos dinheiro, não estão mais dando festas como antigamente.

— E os seus pais não vão sentir muito quando vocês forem embora?

— Não, nossos pais morreram muitos anos atrás, nós moramos com Muttie e Lizzie Scarlet e vai ser difícil se despedir deles. Sinceramente, é uma história muito longa e eu tenho de recolher os pratos. Ali está Muttie, no meio do salão, contando casos.

Ela apontou para um homem pequeno que falava de forma ofegante, mas aquilo não o impedia de contar seus casos.

Por que ele criara esses dois jovens? Era um mistério, e Moira detestava mistérios.

* * *

À Espera de Frankie

Na reunião semanal, a chefe da equipe de Moira perguntou se havia alguma situação que pudesse ser considerada alarmante.

Como sempre fazia, Moira tocou no assunto de Noel e sua filhinha. A chefe da equipe procurou nos papéis.

— Aqui está o relatório da enfermeira. Ela diz que o bebê está ótimo.

— Ela só vê o que ela quer.

Moira sabia que estava parecendo teimosa.

— Bem, o ganho de peso está normal, a higiene está boa, ele não fez nada de errado até agora.

— Ele colocou uma garota para morar lá.

— Não somos freiras, Moira. Não estamos mais nos anos 1950. Não é da nossa conta o que ele faz em sua vida particular contanto que cuide da filha de forma adequada. As namoradas dele não estão aqui nem lá.

— Mas ela diz que *não* é namorada dele, e ele disse a mesma coisa.

— Francamente, Moira, é impossível agradar você. Se ela é namorada, você fica irritada, e se não é, você fica ainda *mais* irritada. O que a deixaria satisfeita?

— Se aquela menina fosse colocada para adoção — disse Moira.

— A mãe foi inflexível e o pai não se opôs. Próximo assunto.

Moira sentiu uma onda quente e vermelha subir pelo pescoço. Todos achavam que ela estava obcecada com aquilo. Ah, vamos esperar até que aconteça algo e eles vão ver. A culpa era sempre das assistentes sociais e seria assim de novo.

Mas Moira não seria culpada. Ela se certificaria disso.

* * *

Na manhã seguinte, Moira decidiu ir ao bazar em São Jarlath Crescent onde o bebê passava umas duas horas por dia.

O lugar era limpo e bem ventilado. Nenhuma reclamação nesse aspecto. Emily e a vizinha, Molly Carroll, estavam ocupadas pendurando vestidos que tinham acabado de chegar.

— Olá, Moira — disse Emily, dando as boas-vindas. — Quer um bonito blazer de lã? Ficaria muito bem em você. É totalmente forrado, com cetim, está vendo? Uma senhora disse que estava cansada de olhar para ele no armário e trouxe esta manhã. É de um lindo tom de cinza.

Era um bonito blazer, e normalmente Moira se interessaria. Mas esta era uma visita de trabalho, e não uma saída para compras.

— Vim para saber se a senhora está realmente satisfeita com a situação em Chestnut Court, srta. Lynch.

— A situação? — Emily pareceu surpresa.

— A nova "inquilina", por falta de uma palavra melhor.

— Ah, Lisa! Não é ótimo? Noel ficaria muito sozinho lá à noite e agora eles podem estudar juntos e ela traz Frankie para cá no carrinho todas as manhãs. Está ajudando muito.

Moira não se convencia.

— Mas e o relacionamento dela. Ela disse que está envolvida com outra pessoa?

— Ah, é verdade, ela gosta muito desse rapaz que tem um restaurante.

— E aonde esse relacionamento vai dar?

— Sabe, Moira, os franceses, que são muito sábios em relação ao amor, cínicos, mas sábios, dizem: "Tem sempre um que beija e outro que dá o rosto para ser beijado." Acho que é isso que temos aqui: Lisa beijando e Anton dando o rosto para ser beijado.

À Espera de Frankie

Isso deixou Moira sem palavras. Como aquela americana de meia-idade podia entender tudo, tão rápido e tão bem?

Moira pensou se deveria comprar o blazer cinza. Mas não queria que elas achassem que, de alguma forma, ela estava em débito. Pediria para alguém vir comprar mais tarde.

Havia um aviso na parede do corredor do escritório de Moira. A clínica de insuficiência cardíaca do Hospital Santa Brígida precisava dos serviços de um assistente social por duas semanas.

A dra. Clara Casey disse que precisava de um relatório que pudesse apresentar para a administração de forma a provar que o trabalho em meio expediente de um assistente social poderia contribuir para o bem-estar dos pacientes internados na clínica. Os funcionários, apesar de entusiasmados e prestativos, não conheciam todos os benefícios e direitos existentes, nem tinham conhecimento para aconselhar os pacientes sobre como podiam melhorar suas vidas.

Moira não deu atenção. Não lhe interessava. Era apenas política. Essa mulher, dra. Casey, só queria aumentar seu império. Moira não dava a mínima importância.

Ela ficou surpresa e um tanto irritada, porém, quando a chefe da sua equipe foi vê-la. Como sempre, ela elogiou a organização do escritório de Moira e suspirou, desejando que todas as assistentes sociais fossem igualmente organizadas.

— Você viu aquele trabalho no Hospital Santa Brígida? São apenas duas semanas. Eu gostaria que você fosse.

— Mas não é a minha área — começou Moira.

— Ah, é sim! Ninguém faria melhor do que você nem seria mais meticuloso. Clara Casey vai ficar encantada com você.

— E os casos que eu estou cuidando?

— Serão divididos por todos nós enquanto você estiver afastada.

Moira não podia discutir. Era uma ordem. Ela sabia disso.

Moira acertou todos os detalhes do caso de Noel antes de suas duas semanas no Hospital Santa Brígida. Mas tinha mais uma visita para fazer. Tocou a campainha da casa de Declan Carroll, que abriu a porta com o filho no colo.

— Entre — disse ele, dando-lhe as boas-vindas. — A casa está uma bagunça. Fiona volta a trabalhar amanhã.

— E como vocês vão fazer? — Moira estava interessada.

— Ah, tem uma máfia de bebês aqui na rua, sabe, todos ajudamos a olhar Frankie, bem, farão o mesmo com Johnny. Meus pais estão loucos para colocar as mãos nele e transformá-lo em um açougueiro como meu pai! Emily Lynch, os pais de Noel, Muttie e Lizzie, os gêmeos, dr. Chapéu, Nora e Aidan. Todos ajudam com as crianças. A lista é muito longa.

— A sua esposa trabalha na clínica de insuficiência cardíaca? — Moira verificara suas anotações.

— Isso, no Hospital Santa Brígida.

— Por acaso, vou fazer um trabalho lá por duas semanas — falou Moira, de mau humor.

— Ótimo lugar para se trabalhar. O clima é muito bom — falou Declan Carroll sem o menor esforço, mudando o bebê de braço.

— O senhor acha que Noel está preparado para criar uma criança? — perguntou Moira de repente.

Se ela esperara chocá-lo com uma pergunta direta, sua esperança foi em vão.

Declan fitou-a, perplexo.

— Desculpe, não entendi direito — disse ele, devagar.

Nervosa, ela repetiu a pergunta.

— Não posso acreditar que a senhora esteja me pedindo para julgar meu vizinho dessa forma.

— Bem, o senhor reconheceria uma armadilha. Achei que devia perguntar.

— Acho que é melhor fingir que a senhora não me fez essa pergunta.

Moira sentiu um fervor mais uma vez subir por seu pescoço. Por que achava que era boa em lidar com as pessoas? Era óbvio que afastava todo mundo onde quer que fosse.

—Aquela assistente social é realmente uma pedra no sapato — disse Declan, naquela mesma noite.

— Acho que está apenas fazendo o trabalho dela — rebateu Fiona.

— É, mas todos fazemos o nosso trabalho sem hostilizar os outros — resmungou ele.

—Verdade — concordou Fiona.

— O que ela queria que eu dissesse? Que Noel é um alcoólatra confesso e que devem tirar a criança dele? O coitado está se matando para tentar dar uma vida melhor para Frankie.

— Para as assistentes sociais é tudo preto e branco — observou Fiona.

— Então, elas deviam se juntar ao resto do mundo e ver os tons de cinza também, como todos nós — falou Declan.

— Eu amo você, Declan Carroll! — disse Fiona.

— Eu também amo você. Aposto que ninguém ama a srta. Fresca Moira.

— Declan! Você não é de falar essas coisas! Talvez ela tenha uma vida sexual intensa que nós não sabemos.

* * *

M oira pedira que sua colega Dolores fosse comprar o blazer de lã. Dolores era bem mais baixa e redonda do que Moira. Emily sabia exatamente o que tinha acontecido.

— Que a roupa lhe traga felicidade — desejou ela para Dolores.

— Ah... hum... obrigada — disse Dolores, que nunca poderia trabalhar no Serviço Secreto.

M oira usou o blazer cinza no seu primeiro dia na clínica de insuficiência cardíaca. Clara Casey elogiou na mesma hora.

— Adoro roupas bonitas. São o meu fraco. Lindo blazer.

— Eu não me interesso por roupas. — Moira queria mostrar suas credenciais como assistente social em primeiro lugar. — Já vi muitas pessoas se distraindo com roupas nos últimos anos.

— Entendo.

Clara foi seca na resposta e, mais uma vez, Moira percebeu que tinha se traído. Que se recusara a ver o carinho do comentário elogioso da cardiologista. Desejava, como desejara tantas outras vezes, ter pensado antes de falar.

Seria tarde demais para reverter a situação?

— Dra. Casey, estou ansiosa por fazer um bom trabalho aqui. Poderia me dizer o que deseja que eu lhe reporte?

— Bem, tenho certeza de que a senhora não vai me entregar a minha própria opinião, srta. Tierney. Não me parece esse tipo de pessoa.

— Pode me chamar de Moira.

— Mais para a frente, talvez. Neste momento, srta. Tierney está bom. Fiz uma lista das áreas que pode investigar. Peço, porém, que seja cuidadosa ao conversar com pacientes e funcionários. As pessoas costumam ficar tensas quando têm algum tipo de problema cardíaco. Queremos sempre tranquilizá-las e enfatizamos o positivo.

Desde que era aluna, Moira não recebia uma dica tão óbvia. Adoraria poder voltar o dia para o momento em que entrou; para o ponto em que Clara elogiou sua roupa. Ela agradeceria com entusiasmo — mostraria até o forro de cetim. Algum dia, aprenderia, mas será que esse dia ainda ia demorar?

Sua chefe não dissera que precisaria se afastar dos casos. Moira foi para casa passando por Chestnut Court. Tocou a campainha de Noel. Ele a convidou para entrar na mesma hora.

Eles pareciam uma família normal. Lisa dava mamadeira para o bebê e Noel preparava espaguete à bolonhesa.

— Achei que você fosse trabalhar em outro lugar por duas semanas — comentou Lisa.

— Nunca tiro os olhos dos meus casos — disse Moira.

Olhou para Lisa, que agora segurava Frankie bem pertinho e apoiava a cabecinha, como lhe ensinaram a fazer. Também estava ninando e o bebê dormia tranquilamente. Era óbvio que a moça tinha criado um vínculo com Frankie. Moira não encontrou nada que pudesse criticar; pelo contrário, havia um clima de segurança e solidez naquilo tudo. Qualquer pessoa que olhasse poderia pensar que eram uma família estável, e não o que realmente eram: imprevisíveis.

— Deve ser chato para você ficar aqui, Lisa — disse ela. — E achei que *você* tivesse um relacionamento.

— Ele está viajando no momento. Anton foi para uma feira de negócios — contou Lisa, alegremente.

— Um tanto solitário para você, imagino. — Moira não resistiu.

— De forma alguma. Está sendo uma ótima chance para eu e Noel colocarmos nosso estudo em dia. Aceita comer espaguete conosco?

— Não, obrigada. É muito gentil de sua parte, mas tenho de ir.

— Tem bastante... — disse Lisa.

— Não... mais uma vez, obrigada.

E foi embora.

Moira estava voltando para seu apartamento. Por que não se sentara e comera espaguete com eles? O cheiro estava delicioso. Não tinha quase nada para comer em casa: um pouco de queijo, dois pães. Não comprometeria sua posição ter ficado e jantado com eles.

Mas, enquanto caminhava para casa, Moira ficou feliz por não ter ficado. Aquele caso ia acabar em lágrimas e, quando isso acontecesse, não queria ser alguém que ficou e jantou com eles.

Ao passar pelo canal, Moira avistou um homem cercado de cães andando na sua direção. Era o pai de Noel, Charles Lynch, caminhando na companhia de cães de diferentes tamanhos e formas: um spaniel, um poodle e uma miniatura de schnauzer presos em suas coleiras de um lado, e um enorme dogue alemão do outro. Dois labradores soltos os cercavam, latindo alegremente. Charles Lynch poderia parecer ridículo. Mas, em vez disso, parecia muito feliz.

Na verdade, Charles Lynch levava aquele trabalho de levar cães para passear muito a sério. Os clientes pagavam bem para que seus cachorros se exercitassem e ele nunca os enganava. Reconheceu a assistente social sisuda que cuidava do caso de seu filho e sua neta.

— Srta. Tierney — disse ele, respeitosamente.

— Boa noite, sr. Lynch. Fico feliz em ver que alguém, além de mim, está trabalhando nesta cidade.

À Espera de Frankie

— Mas o meu trabalho é muito fácil comparado com o seu, srta. Tierney. Esses cães são uma alegria. Estou cuidando deles o dia todo, menos Caesar, que mora conosco há pouco tempo. E agora vou levá-los para casa, para seus donos.

— E os outros dois cachorros sem coleira, quem são? — perguntou Moira.

— Ah, aqueles são cachorros que vivem na nossa rua, em São Jarlath Crescent, Hooves e Dimples. Eles só vieram para se divertir.

E ele apontou para os velhos e alegres cães que vieram apenas para compartilhar sua alegria.

Moira desejou que sua vida fosse simples assim. Charles Lynch não precisava temer uma série de artigos nos jornais, dizendo que as pessoas que caminhavam com cães eram inadequadas e que os sinais estavam ali para todo mundo ver.

No dia seguinte, Moira começou a compreender a natureza de seu trabalho. Hilary, gerente, e Ania, uma polonesa que sofrera um aborto espontâneo e acabara de voltar ao trabalho, lhe ajudaram. Ania parecia totalmente dedicada à clínica e leal à Clara Casey.

Aparentemente, havia um homem mau chamado Frank Ennis no conselho do hospital que fazia de tudo para que nem um centavo a mais fosse gasto na clínica cardíaca. Ele dizia que não havia a menor necessidade de ter assistentes sociais na clínica.

— Por que a própria Clara Casey não pode falar com ele? — perguntou Moira.

— Ela pode e fala, mas ele é um homem muito teimoso.

— Suponho que ela só tenha saído para almoçar com ele uma vez?

Moira estava ansiosa para acabar logo com aquilo e voltar para seu trabalho real.

— Ah, ela faz muito mais do que isso — explicou Ania. — Ela dorme com ele, mas não adianta, ele separa a vida em diferentes compartimentos.

Hilary tentou encobrir o que acabara de ser dito.

— Ania está apenas lhe explicando as coisas — disse ela, apressadamente para Moira.

— Desculpe. Achei que ela estivesse do nosso lado. — Ania estava arrependida.

— E eu estou — disse Moira.

— Ah, então está tudo bem. — Ania estava contente.

O clima da clínica era uma combinação de profissionalismo e segurança. Moira percebeu que todos os pacientes compreendiam a função de todos os medicamentos que tomavam e tinham livretos em que o peso e a pressão arterial eram anotados em todas as visitas. Todos eram adeptos a inserir e recuperar informações no computador.

— Você não *acreditaria* no trabalho que foi organizar um curso de treinamento. Frank Ennis fez parecer como se estivéssemos adorando o diabo. Clara praticamente teve de ir às Nações Unidas para conseguir os instrutores — disse Hilary para Moira.

— Este homem parece um dinossauro — falou Moira, de forma reprovadora.

— É exatamente o que ele é — concordou Hilary.

— Mas você disse que a dra. Casey se encontra com ele... hum... socialmente? — sondou Moira.

— Não, quem disse isso foi Ania, não eu. Mas é verdade. Clara já conseguiu humanizá-lo bastante, mas ainda tem um longo caminho pela frente.

— Frank Ennis sabe que *eu estou* aqui?

À Espera de Frankie

— Acredito que não, Moira. Não tem necessidade de perturbá-lo com isso, ou lhe dar mais uma preocupação.

— Gosto que as coisas sejam feitas de acordo com as regras — disse Moira, muito formal.

— Existem regras e *regras* — retrucou Hilary, enigmática.

— Se vou fazer um relatório, preciso saber também a opinião dele.

— Deixe isso para quando tiver quase terminado — aconselhou Hilary.

E, como vinha acontecendo tantas vezes ultimamente, Moira sentiu que não estava lidando com as coisas como deveria. Era como se Hilary e a clínica estivessem se afastando dela. Ela deveria ser a salvadora deles, mas, de alguma forma, seguir as regras significava que ela não estava do lado deles e que eles estavam retirando seu apoio e entusiasmo.

Era a história da sua vida.

Moira trabalhava diligentemente.

Ela viu que havia demanda para uma assistente social trabalhar uma vez por semana. Verificou suas anotações. Havia Kitty Reilly, possivelmente em um estágio inicial de demência, que tinha longas conversas com santos. Havia Judy, que definitivamente precisava de ajuda em casa, mas não fazia ideia de como conseguir. Havia Lar Kelly, que passava uma imagem de ser um homem alegre e extrovertido, mas que obviamente era muito solitário, e por isso sempre aparecia na clínica "apenas para se certificar", como ele dizia.

Uma assistente social poderia conseguir um tratamento especial para Kitty Reilly algumas vezes por semana, encontrar uma cuidadora para Judy e tomar providências para que Lar frequentasse um centro social para almoçar e se entreter.

Estava na hora de procurar o grande Frank Ennis.

Marcou uma hora para vê-lo no seu último dia na clínica. Ele era cortês e gentil, não o monstro que lhe pintaram.

— Srta. Tierney! — disse ele, parecendo muito feliz por conhecê-la.

— Moira — corrigiu ela.

— Não, Clara disse que você certamente deve ser chamada de "senhorita".

— Mesmo? E ela disse mais alguma coisa sobre mim? — Moira ficou com a impressão de que Clara, de alguma forma, se adiantara a ela.

— Sim, ela disse que a senhorita provavelmente era muito boa no que fazia, que gostava de fazer tudo de acordo com as regras, que era prática e pouco sentimental. Todas as características de uma boa assistente social, eu diria.

Não foi assim que soou para Moira. Soou como se Clara tivesse dito que ela era uma *workaholic* austera. Ainda assim, boa em seu trabalho.

— Por que o senhor acha que *não devia* haver uma assistente social trabalhando meio período na clínica? — perguntou ela.

— Porque Clara acha que o hospital é feito de dinheiro e que temos fundos ilimitados que devem ficar à disposição dela.

— Achei que vocês dois fossem bons amigos... — disse Moira.

— Gosto de pensar que somos realmente amigos, mais do que isso, mas nós nunca vamos ver da mesma forma esse negócio — disse ele.

—Vocês realmente precisam de alguém trabalhando em meio expediente — opinou Moira. —Tudo funcionaria perfeitamente e, então, poderia se dizer que o Hospital Santa Brígida de fato cuida do bem-estar de seus pacientes.

À Espera de Frankie

— Todos os assistentes sociais e o pessoal da pastoral já têm trabalho suficiente no hospital. Eles não querem vir para uma clínica para lidar com problemas imaginários de pessoas que estão perfeitamente bem.

— Consiga alguém novo para duas ou três vezes por semana. — Moira foi firme.

— Um dia por semana.

— Um dia e meio — barganhou ela.

— Clara estava certa, a senhorita tem todos os atributos de um bom negociador. Um dia e meio por semana e nem um minuto a mais.

— Tenho certeza de que será bom, sr. Ennis.

— E a senhorita mesma fará o trabalho?

Moira ficou horrorizada só de pensar na possibilidade.

— Ah, não! De forma alguma, sr. Ennis, sou assistente social sênior. Tenho muitos casos para cuidar. Não teria tempo.

— Uma pena. Achei que pudesse ser minha amiga em campo: meus olhos e ouvidos, evitar que gastem demais com os custos e táxis.

Ele pareceu realmente decepcionado ao saber que não a teria por perto, o que era raro nos últimos tempos. A maioria das pessoas parecia estar se afastando dela.

Mas era totalmente impossível, é claro. Ela mal conseguia dar conta do próprio trabalho, muito menos assumir algo novo. Ainda assim, ficaria triste ao sair da clínica.

Ania trouxera alguns biscoitos para o chá da tarde para celebrarem a saída de Moira. Clara se juntou a elas e fez um breve discurso.

— Tivemos muita sorte por terem nos mandado Moira Tierney. Ela fez um relatório soberbo e foi corajosa o suficiente para domar o leão sozinha. Frank Ennis acabou de ligar para dizer que o Conselho aprovou que uma assistente social venha trabalhar conosco um dia e meio por semana.

— Então, você vai voltar! — Ania parecia contente.

— Não, a srta. Tierney deixou claro que tem trabalhos muito mais importantes fora daqui. Somos muito gratos por ela ter deixado seus casos nessas duas semanas em que ficou aqui.

Frank Ennis obviamente atualizara a namorada muito bem sobre a situação. Moira desejava não ter enfatizado tanto para Frank Ennis como seu trabalho era importante comparado com o da clínica. De certa forma, seria agradável ir à clínica regular-mente. Com exceção de Clara Casey, todos eram acolhedores e animados. E, para ser justa, Clara estava animada com o trabalho que Moira realizara.

Hilary era sempre prática.

— Talvez a srta. Tierney conheça alguém que seja adequado. — disse ela.

Como se a quilômetros de distância, Moira se escutou dizendo:

— Eu poderia facilmente reorganizar minha agenda e, se todos vocês acham que tudo bem, eu ficaria honrada em vir tra-balhar aqui.

Todos olharam para Clara, que ficou em silêncio por um momento. Então, ela disse:

—Todos nós adoraríamos que Moira viesse trabalhar conosco, mas ela teria de assinar nosso contrato de confidencialidade. Frank vai esperar que ela seja os olhos e ouvidos dele aqui, mas Moira sabe que isso nunca pode acontecer.

Moira sorriu.

— Entendi o recado — disse ela.

E para sua grande surpresa, recebeu uma salva de palmas.

À Espera de Frankie

* * *

A chefe da equipe de assistência social não ficou impressionada.

— Pedi que fizesse um relatório, não que conseguisse outro emprego, Moira. Você já trabalha muito. Devia relaxar um pouco.

— Eu relaxei lá. Muito. Já conheço o ambiente da clínica agora. Então, faz sentido que eu mesma faça o trabalho em vez de treinar uma outra pessoa.

— Certo. Você sabe o que *pode* e o que *não pode* fazer, e nada de agir como uma espiã.

— Estou apenas de olho — disse Moira.

M oira foi para Chestnut Court com sua pasta e sua prancheta. Noel não estava em casa, mas Lisa estava. Moira passou por toda a rotina que tinham combinado.

— Quem deu banho nela hoje? — perguntou ela.

— Eu dei — respondeu Lisa, orgulhosa. — É difícil fazer isso sozinha, eles ficam tão escorregadios, mas ela gostou e até ficou batendo palminhas.

O bebê estava limpo, seco e cheiroso. Nada a reclamar nesse sentido.

— Quando é a próxima mamada? — perguntou Moira.

— Daqui a uma hora. O leite em pó já está separado e as mamadeiras esterilizadas.

Mais uma vez, Moira não encontrou erros. Verificou o número de fraldas e se as roupas estavam em local ventilado.

— Aceita um café? — ofereceu Lisa.

Da última vez, Moira fora um tanto grosseira e mal-educada, então decidiu que deveria aceitar.

— Na verdade, estou exausta. Você não teria algo mais forte para me oferecer? Eu adoraria uma taça de vinho.

Lisa a fitou com um olhar de quem estava entendendo.

— Ah, não, Moira. Não temos bebidas alcoólicas aqui. Noel teve problemas com isso no passado, então não temos nada aqui. Você *devia* saber disso, estava sempre perguntando a respeito, procurando garrafas escondidas em todos os lugares.

Moira se sentiu humilhada. Fora tão óbvia. Era realmente um tipo de espiã. Mas uma espiã incompetente.

— Eu tinha me esquecido — mentiu ela.

— Não, você não tinha se esquecido, mas vou pegar um café — falou Lisa, levantando-se da mesa coberta de papéis e desenhos e indo para a cozinha.

— Eu a interrompi?

— Não, fiquei feliz com a interrupção, estava ficando cansada.

— Onde Noel foi esta noite?

— Não faço ideia.

— Ele não disse?

— Não. Nós não somos casados nem nada. Acho que ele foi até a casa dos pais.

— E deixou você cuidando de Frankie?

— Ele me deu um lugar para morar. Cuido do bebê para ele com muito prazer. Muito prazer mesmo — disse Lisa.

— E por que exatamente você saiu de casa? — Moira passava com facilidade para seu modo de interrogatório.

— Já falamos sobre isso, Moira. E já disse e vou repetir agora que foi por razões pessoais. Não sou uma adolescente fugitiva. Tenho vinte e cinco anos. Eu não pergunto por que você saiu de casa, pergunto?

— Isso é diferente... — começou Moira.

À Espera de Frankie

— Não é nem um pouco diferente e, honestamente, não tem nada a ver com o caso. Sei que você tem de cuidar dos interesses de Frankie, e você faz isso muito bem, mas sou apenas uma hóspede ajudando. As circunstâncias da minha vida não têm nada a ver com isso.

Lisa foi para a cozinha e ficou mexendo nas coisas ruidosamente por um tempo.

Moira procurou assuntos que não causassem tanta controvérsia. Era difícil encontrar.

— Conheci Fiona Carroll. A mãe de Johnny.

— É mesmo? — falou Lisa.

— Ela disse que você e Noel estão fazendo um ótimo trabalho com Frankie.

— Sim... bem... bom.

— Ela estava muito impressionada.

— E você ficou surpresa? — perguntou Lisa de repente.

— Não, claro que não.

— Que bom, porque vou lhe dizer que eu admiro muito o Noel. Isso tudo aconteceu do nada para ele. Ele tem sido muito forte. Eu não toleraria ninguém falando mal dele, ninguém mesmo.

Ela parecia uma leoa defendendo a cria.

Moira emitiu alguns sons com a intenção de sugerir apoio e entusiasmo. Esperava estar passando a impressão desejada.

A visita seguinte foi a uma família que tentava interditar o pai idoso. Para Moira, Gerald, o idoso, parecia perfeitamente são. Solitário e frágil, certamente, mas maluco? Não.

A filha e o marido estavam ansiosos para que ele fosse considerado incapaz para poderem ficar com a casa e depois mandá-lo para um asilo.

Moira não ia aceitar aquilo. Gerald queria ficar na sua casa e ela era sua defensora. Pegara um comentário solto do genro e algo fez com que achasse que ele tinha dívidas de jogo. Para ele, seria muito adequado se o sogro fosse interditado. Provavelmente, até venderiam a casa e comprariam outra menor.

Isso não aconteceria sob a vigilância de Moira. Sua prancheta estava cheia de anotações para cartas que mandaria às pessoas relevantes. O genro desabou como um castelo de cartas.

O velho fitou Moira, cheio de afeto.

— Você é melhor do que um guarda-costas — disse ele.

Moira ficou muito orgulhosa. Era exatamente assim que se via. Deu um tapinha na mão do velho homem.

— Vou providenciar uma tutora para vir cuidar de você. Você poderá falar para ela se alguém sair da linha. Vou entrar em contato com seu médico também. Deixe-me ver... dr. Carroll, certo?

— Costumava ser o dr. Chapéu — disse Gerald. — O dr. Carroll é um rapaz muito legal, certamente, mas ele podia ser meu neto, se é que me entende. O dr. Chapéu fica mais próximo da minha geração.

— E onde ele está? — perguntou Moira.

— Ele vai à clínica onde trabalhava de vez em quando, quando estão com poucos médicos — disse o idoso, triste. — Parece que eu nunca consigo encontrá-lo.

— Vou encontrá-lo para o senhor — prometeu Moira e foi direto para a clínica no final de São Jarlath Crescent.

O dr. Carroll estava lá e ficou feliz em conversar sobre o velho Gerald.

— Acho que ele está totalmente lúcido.

— A família dele não pensa assim. — Moira foi concisa.

— Bem, é de se esperar que pensem, não? Aquele genro faria qualquer coisa para colocar as mãos no contracheque da família.

À Espera de Frankie

— É o meu ponto de vista também — concordou Moira.
— Posso lhe fazer uma pergunta? O dr. Chapéu atende em domicílio?

— Não, não atende. Ele se aposentou, mas de vez em quando substitui algum de nós. Por que a pergunta?

Moira escolheu as palavras com cuidado.

— Gerald gosta muito do senhor, doutor. Disse isso várias vezes, mas ele acha que o dr. Chapéu... bem... está mais próximo da idade dele.

— Deus, ele deve ser uns quinze anos mais velho que Chapéu!

—Verdade, mas ele é cinquenta anos mais velho que o senhor, doutor.

— Chapéu é um homem muito decente. Ele pode muito bem ir fazer uma visita ao Gerald de vez em quando. Vou falar com ele.

— Eu poderia falar com ele, o que acha?

Moira tinha uma lista de pessoas que prometiam fazer coisas que realmente tinham a intenção de fazer mas que acabavam não fazendo.

— Claro, vou lhe dar o endereço dele.

Para Declan Carroll, era apenas menos uma coisa para fazer. Essa Moira Tierney era competente, dedicada ao trabalho. Uma pena que ela estivesse cismada com Noel, que fazia de tudo para tentar manter as coisas funcionando.

O dr. Chapéu estava realmente usando um acessório na cabeça: um elegante quepe de marinheiro com uma aba. Ele recebeu Moira carinhosamente e ofereceu-lhe uma xícara de chocolate quente.

— O senhor nem sabe ainda por que estou aqui — disse ela, sendo cautelosa.

Talvez ele achasse uma intromissão. Não queria aceitar o chocolate quente como um falso pretexto.

— Sei, sim. Declan me ligou para que eu estivesse preparado.

— Muito gentil da parte dele — disse Moira, embora preferisse cuidar do assunto sozinha.

— Gosto do Gerald. Não há o menor problema para mim em ir visitá-lo. Na verdade, podemos até jogar xadrez. Gosto disso.

Moira relaxou os ombros. Agora, podia aceitar o chocolate quente. Às vezes, as coisas davam certo. Nem sempre, mas às vezes. Como agora.

Assim que chegou em seu apartamento, recebeu uma ligação de casa. Não era comum seu irmão telefonar: ficou preocupada. Sabia por experiência própria que não adiantava apressá-lo. Ele falaria no seu ritmo.

— É o papai — ele acabou dizendo —, ele se mudou. Está vendendo a casa.

— Mudou-se para onde?

— Está na casa da sra. Kennedy. Não vai voltar.

— Bem, você não pode trazê-lo de volta?

— Eu tentei uma vez e ele não ficou nem um pouco feliz — disse Pat. — Você não pode fazer alguma coisa, Moira?

— Meu Deus, Pat, estou a mais de trezentos quilômetros de distância. Você e papai têm de resolver isso entre vocês. Vá até a casa da sra. Kennedy. Descubra o que ele quer fazer. Vou até aí no próximo fim de semana e vejo o que está acontecendo.

— Mas o que eu vou fazer? Se ele quiser vender a casa, não tenho nenhum lugar para ir.

— Por que ele ia querer vender a fazenda? — Moira estava impaciente.

—Você não sabe da missa a metade — disse Pat.

Moira sentou-se um pouco em uma poltrona, pensando no que fazer. Sabia como cuidar da vida de todo mundo, menos da sua. Conseguiu se recompor e pegou o telefone. Tinha o número da sra. Kennedy em sua agenda para o caso de precisar falar com seu pai enquanto ele estivesse cortando lenha para ela. Pediu para falar com o pai e, usando as palavras de Pat, ele não ficou nem um pouco feliz com a ligação.

— Por que você está me perturbando aqui? — perguntou ele, grosseiramente.

—Vou até aí no fim de semana. Quero ver o senhor, pai, precisamos conversar sobre...

E ele desligou antes que ela soubesse exatamente o quão insatisfeito seu pai ficou com aquela ligação.

C lara Casey acabou se tornando uma amiga, e não adversária. Ela até sugeriu que fossem almoçar juntas um dia. Essa não era a prática no seu trabalho. Sua chefe nunca a convidaria para um almoço social.

Moira ficou surpresa, mas feliz. E ficou ainda mais feliz quando viu que o restaurante era o Quentins. Moira achara que iriam a algum lugar no shopping.

Clara era conhecida no lugar. Moira nunca estivera lá antes.

Era incrivelmente elegante e Brenda Brennan, a proprietária, recomendou o peixe preparado com molho de açafrão.

— Suponho que seu restaurante não esteja sentindo os efeitos da recessão — disse Clara para Brenda.

— Você não acreditaria. Todo mundo está fechando a mão. Ainda por cima, agora temos um rival. Anton Moran está atraindo muitos clientes para o restaurante dele.

— Li sobre ele nos jornais. Ele é bom? — perguntou Clara.

— Muito. Ótimo gosto e estilo.

— Você o conhece?

— Conheço, ele já trabalhou aqui e às vezes volta para alguns plantões. Um verdadeiro conquistador, metade das mulheres de Dublin arrasta uma asa para ele.

Moira ficou pensativa. Esse não era o nome do jovem com quem Lisa Kelly tinha um relacionamento? Ela mencionara o nome dele mais de uma vez. Moira sorriu para si mesma. Dessa vez, parecia que o mundo não estava todo conspirando a favor de Lisa.

Clara era uma companhia agradável. Fazia perguntas e quis ajudar no problema do irmão de Moira.

— Talvez você queira ficar na segunda-feira de manhã para pegar as pessoas trabalhando — disse Clara. — Podemos mudar os seus dias, sem problema.

Moira gostaria que elas duas não precisassem voltar para trabalhar. Seria maravilhoso tomar uma garrafa de vinho e ter uma conversa de verdade em que Clara pudesse lhe falar sobre as outras pessoas que trabalham na clínica e talvez até sobre seu relacionamento com Frank Ennis, o que parecia totalmente improvável. Mas era um dia comum de trabalho. Cada uma tomou um drinque, uma mistura de vinho e água mineral, e não se estenderam depois do almoço.

Moira descobriu pouco sobre Clara, apenas que ela já estava separada havia muito tempo do marido, que tinha duas filhas casadas: uma trabalhava em um projeto ecológico na América do Sul e a outra gerenciava uma grande loja de CDs e DVDs. Inicialmente, assumira seu cargo na clínica de insuficiência cardíaca por um ano, mas agora era seu xodó e não deixaria ninguém, principalmente alguém como Frank Ennis, tirar nem um pouquinho de seu poder ou autoridade.

Clara foi particularmente solidária com o fato de a mãe de Moira ter morrido. Ela disse que a sua própria mãe tinha vindo diretamente do inferno, mas sabia que esse não era o caso da maioria das pessoas. Hilary, da clínica, ficara arrasada quando a mãe morreu.

Moira podia tirar o tempo que fosse preciso para resolver seus problemas de família. Simples assim.

É claro que não foi simples quando voltou para casa em Liscuan. Moira sabia que não seria. Pat estava arrasado. Não tirara leite das vacas, não dera comida para as galinhas, só ficava lamentando os planos do pai de vender a casa da família e se mudar para a casa da sra. Kennedy. Parecia que era exatamente isso que ia acontecer.

Moira foi direta ao perguntar para o pai:

— Pat deve ter entendido tudo errado, pai, mas ele acha que os seus planos são de se mudar de uma vez para a casa da sra. Kennedy e vender a fazenda.

— Isso mesmo — disse o pai. — Pretendo ir morar com a sra. Kennedy.

— E Pat?

— Vou vender tudo. — Ele deu de ombros, olhando ao seu redor para a cozinha miserável. — Olhe à sua volta, Moira. Não suporto mais. Convivi com isso a minha vida inteira enquanto você estava se divertindo em Dublin. Mereço um pouco de felicidade agora.

Moira sempre sabia o que fazer em todos os casos sob sua responsabilidade. Soubera como colocar as coisas em ordem para Kitty, Reilly, Judy e na clínica de insuficiência cardíaca. Por que a sua situação parecia tão impossível?

Passara o dia ajudando Pat a procurar um lugar para ficar. Depois desejou tudo de bom para o pai com a sra. Kennedy e pegou o trem de volta para Dublin.

Em Chestnut Court, Frankie estava chorando de novo. Noel começava a achar que nunca saberia o que o choro significava. Algumas noites, ela não dormia por mais de dez minutos seguidos. Um dos motivos era fome, mas ela acabara de mamar e de arrotar. Talvez fossem gases. Com cuidado, pegou a filha e recostou-a em seu ombro, batendo em suas costas devagar. Ela continuou chorando. Ele se sentou e deitou o peito dela sobre seu braço enquanto esfregava suas costas para acalmá-la.

— Frankie, Frankie, por favor, não chore, meu amorzinho, shhh, shhh...

Nada. Noel tinha consciência de que sua voz ficava cada vez mais ansiosa conforme Frankie continuava chorando sem descanso. Talvez precisasse trocar a fralda? Será que era isso?

Ele tinha razão. A fralda estava realmente molhada. Com cuidado, colocou o bebê em cima de uma toalha que ficava aberta em cima da mesa onde a trocavam. Assim que tirou a fralda molhada, ela parou de chorar e o recompensou com um lindo sorriso e um sonzinho gostoso.

— Você, Frankie — disse ele sorrindo para ela —, tem de aprender a se comunicar. Não é bom só chorar, não sou bom em compreender o que você quer.

Frankie fazia bolhinhas de saliva e esticava o bracinho para os passarinhos de papel do móbile acima de sua cabeça. Conforme Noel esticou o braço para pegar os lenços umedecidos, para seu horror, ela se virou e começou a escorregar da mesa.

Por mais rápido que tenha sido, não conseguiu segurá-la.

Era como se tudo estivesse acontecendo em câmera lenta conforme o bebê começava a cair da mesa. Enquanto Noel congelava aterrorizado, a criança bateu na cadeira ao lado e depois caiu no chão. Havia sangue em volta da cabeça dela quando começou a chorar.

— Frankie, por favor, Frankie.

Ele começou a chorar copiosamente ao pegá-la no colo e segurá-la bem perto de si. Não sabia dizer se ela estava machucada, onde estava machucada ou a gravidade. O pânico tomou conta dele.

— Não, por favor, meu Deus, não, não a leve de mim, faça com que ela fique bem. Frankie, pequena Frankie, por favor, por favor...

Levou alguns momentos até ele se recompor e chamar a ambulância.

A ssim que o trem estava entrando em Dublin, Moira recebeu a mensagem de texto no celular.

Houvera um acidente. Frankie cortara a cabeça. Noel a levara para a emergência do Hospital Santa Brígida e achou que deveria avisar Moira.

Na estação de trem mesmo, ela pegou um ônibus para o hospital. Ela sabia que isso ia acontecer, mas não estava satisfeita por estar certa. Estava com raiva, muita raiva porque a filosofia de todas as outras pessoas dizia que um bêbado e uma menina avoada podiam ser responsáveis pela criação de uma criança.

Era um acidente anunciado.

Encontrou um Noel abatido no hospital. Ele estava quase chorando de alívio.

— Eles disseram que foi só um arranhão profundo e que ela vai ficar com um hematoma. Graças a Deus! Sangrou tanto, eu não fazia ideia do que era.

— Como isso aconteceu? — A voz de Moira parecia uma faca afiada cortando as palavras dele.

— Ela se virou quando eu estava trocando a fralda e caiu da mesa — explicou ele.

— Você deixou que ela caísse da mesa? — Moira conseguiu soar surpresa e culpada ao mesmo tempo.

— Ela bateu na cadeira... isso meio que suavizou a queda. — Noel tinha consciência de como estava soando desesperado.

— Isso é intolerável, Noel.

— E eu não sei disso, Moira? Fiz o melhor que eu pude. Chamei uma ambulância na mesma hora e a trouxe para cá.

— Por que não chamou o dr. Carroll? Ele estava mais perto.

— Quando vi todo aquele sangue, achei que era uma emergência e que ele provavelmente teria de trazê-la para cá de qualquer forma.

— E onde estava a sua companheira quando tudo isso aconteceu?

— Companheira?

— Lisa Kelly.

— Ah, ela teve de sair. Não estava em casa.

— E por que você deixou a criança cair?

— Eu não *deixei* ela cair. Ela se virou. Já lhe contei...

Noel parecia assustado e quase fraco com todo o estresse.

— Meu Deus, Noel, estamos falando de um bebê indefeso.

— Eu sei disso. Por que você acha que estou tão preocupado?

— Então, o que fez com que você a deixasse cair? Porque foi isso que aconteceu: *você* a deixou cair. Você estava distraído?

— Não, não estava.

— Talvez tenha tomado um drinque?

— *Não*, eu *não* tomei nenhum drinque, nem pequeno, nem grande, embora um caísse muito bem agora. Fiquei com o coração

À Espera de Frankie

na boca e é claro que me sinto culpado, mas agora vem você e fica aqui me acusando como se eu tivesse jogado a criança no chão.

— Eu *não* estou sugerindo isso. Sei que foi um acidente. Só estou tentando entender o que aconteceu.

— Não vai acontecer de novo — falou Noel.

— Como podemos ter certeza disso? — Moira retrucou com gentileza, como se estivesse falando com uma pessoa de inteligência limitada.

— Podemos saber porque vamos arrastar a mesa e encostá-la na parede — disse Noel.

— E nós não pensamos nisso antes?

— Não, não pensamos.

— Posso conversar com Lisa quando ela voltar para Chestnut Court? Gostaria de repassar algumas rotinas com ela mais uma vez.

— Eu já disse, ela não está.

— Mas vai voltar, não vai?

— Só daqui a alguns dias. Anton foi convidado para participar de algum evento de chefs que são celebridades em Londres que vai passar na TV. Ele levou Lisa.

— O que este Anton acha de a namorada dele estar morando com você, Noel?

— Nunca pensei nisso. É bom para ela. Ele sabe que não somos *esse* tipo de casal. Por que está perguntando?

— É meu dever fazer com que Frankie cresça em uma família estável — disse Moira, correta.

— Claro. Bem, já que está aqui, poderia me ajudar a levá-la até o ponto de ônibus?

— Como assim?

— Abrindo portas, coisas assim. Eu não trouxe o carrinho dela. Fiquei com medo de não caber no táxi na volta.

Moira foi na frente dele, abrindo portas e ajudando-o a se encontrar no labirinto de corredores. Ele *realmente* parecia preocupado com a criança. Talvez esse fosse o choque de que ele estava precisando para acordar. Mas tinha de ser muito firme com ele. Moira aprendera no decorrer dos anos que, no fim das contas, a firmeza sempre valia a pena.

Noel não queria mais deixar Frankie longe de seu alcance. Recostou-se na poltrona com ela agarrada ao seu peito.

— Você vai ficar bem, Frankie — repetia ele enquanto a ninava em seus braços.

Se pelo menos pudesse tomar um drinque para acalmar seus nervos. Pensou em ligar para Malachy, mas ele estava bem. A criança era mais importante do que o drinque. Podia aguentar.

— Olhe, Frankie, vou parar de falar comigo mesmo e vou ler uma história para você — disse ele.

Concentrou-se totalmente em ler para ela a história de um pássaro que caiu do ninho. A história acabava bem. Fez bem para Noel: afastou qualquer pensamento de uma grande dose de uísque da sua cabeça.

Fez bem para Frankie também, que caiu em um sono profundo.

Três dias depois, Lisa Kelly telefonou para Moira.

— Oi, Moira, Noel pediu que eu ligasse. Ele disse que você quer repassar algumas rotinas da Frankie comigo.

— Você se divertiu em Londres? — perguntou Moira.

— Mais ou menos. Que rotinas você quer discutir?

— O de sempre: banho, alimentação, troca. Você soube que ela sofreu um acidente enquanto você estava fora?

À Espera de Frankie

— Soube. Coitado do Noel, está muito nervoso com essa história toda. Nada de ruim aconteceu, pelo que sei.

— Desta vez não, mas não é bom para um bebê ficar caindo de cabeça.

— Bem, eu sei disso, mas Declan está sempre por perto e disse que ela está bem.

Moira ficou satisfeita em saber que tinha assustado Noel o suficiente para fazê-lo ver a gravidade da situação.

— E seu amigo se deu bem no evento de chefs?

— Não tão bem quanto ele deveria. Mas você deve ter lido isso nos jornais.

— Acho que vi alguma coisa, sim.

— As coisas seguiram o rumo errado. Aquela tal de April apareceu lá do nada, falando sobre colunas e potencial. Ela não sabe de nada, a não ser como fazer seu nome aparecer nos jornais.

— Verdade, vi que ela foi mencionada. Fiquei um pouco surpresa. Noel me disse que *você* tinha ido ajudá-lo, mas ficou parecendo que ela fez o trabalho todo.

— Se tomar coquetéis e entregar para as pessoas o cartão de visitas dela é trabalhar, então ela trabalhou muito — disse Lisa. Então, se recompôs. — Mas e a rotina?

— Vou aparecer esta noite — disse Moira.

Não era a primeira vez que Lisa comentava com Noel que a vida social de Moira devia ser uma tela em branco.

— Vamos pedir para Emily vir para cá. Ela pode nos acalmar um pouco — disse Noel.

— Boa ideia — concordou Lisa. — Eu ia chamar a Katie para jantar. Quanto mais vozes a nosso favor conseguirmos reunir, mais fácil será lidar com a General Moira.

* * *

oira ficou surpresa ao ver o pequeno grupo. Desejou não estar usando o terninho que comprara no Bazar em São Jarlath. Agora, eles saberiam que ela mandara Dolores comprá-lo!

Noel lhe mostrou a nova posição da mesa. Ele ficou parado obedientemente enquanto ela media o leite em pó, embora ele já fizesse essas mamadeiras com perfeição havia meses. Frankie foi dormir obedientemente como um bebê dos livros.

— Por favor, jante conosco *desta* vez, Moira — sugeriu Lisa. — Fiz duas coxas de galinha a mais para você.

— Não, obrigada mesmo assim.

— Ah, pelo amor de Deus, Moira, senão vamos todos brigar para ficar com as coxas extras — disse Katie, irmã de Lisa.

Todos se sentaram e Lisa serviu um jantar muito gostoso. Moira chegou à conclusão de que, para uma loura sem cérebro, ela *até* que tinha alguns talentos. Mas, também, era namorada de um chef.

A irmã dela, Katie, era prática e pé no chão. Mostrou fotografias de sua viagem a Istambul e falou carinhosamente de seu marido, Garry.

Nem ela nem Lisa falaram da família. Mas, para ser justa, a própria Moira também não falava muito de sua família.

Em vez disso, falaram sobre o curso de Noel e Lisa. Quando Katie mencionou que o padre Flynn tinha viajado para visitar a mãe em Rossmore, Noel comentou que conhecera o padre no hospital quando ele levava cigarros para Stella.

— Uma coisa não muito boa de se fazer naquelas circunstâncias. — Moira estava sendo crítica.

— Stella achava que já era tarde demais e ela queria aproveitar o pouco que lhe restava — disse Noel.

À Espera de Frankie

— Por que a igreja não oferece a ele um lugar para morar? Eles têm uns apartamentos, acho... — Moira precisava de respostas para tudo.

— Ele não quer. Diz que é como viver em uma comunidade religiosa e ele é mais como um pássaro solitário.

— E por que você não foi morar no apartamento de Katie em vez de vir para cá, Lisa? — perguntou Moira.

Lisa fitou-a com impaciência.

— Você *nunca* para de trabalhar, Moira? — perguntou Lisa, irritada.

Emily intrometeu-se para acalmar os ânimos.

— Moira tem todas as melhores qualidades de uma assistente social, Lisa, ela se interessa muito pelas pessoas. — E, então, virou-se para Moira: — Padre Flynn já estava morando lá quando Lisa precisou se mudar. Estou certa, não? — Ela olhou à sua volta, com bom humor.

— Isso mesmo. — Lisa foi direta.

— Exatamente. — Katie foi ainda mais direta.

Seria rude perguntar mais, como por que Lisa precisou se mudar. Então, com muita relutância, Moira decidiu deixar o assunto morrer. E, em vez de continuar, disse que o frango estava uma delícia.

— Apenas azeitonas, alho e tomate — disse Lisa, tranquilamente. — Na verdade, aprendi com Emily.

Eles *pareciam* um grupo bem normal e não havia nem sinal de nada alcoólico durante a refeição. Moira às vezes desejava não ter um instinto tão forte para quando as coisas iam dar errado. E sentia isso em relação a Noel desde o começo.

O restaurante de Anton estava anunciando o almoço de sábado. Moira decidiu convidar a dra. Casey para retribuir a hospitalidade no Quentins.

191

— Não precisa, Moira — dissera Clara.

— Não, claro que não, mas eu adoraria. Por favor, aceite.

Não estava nos planos de Clara. Normalmente, tinha um almoço tranquilo com Frank Ennis aos sábados e depois eles iam ao cinema ou a uma matinê de teatro. Às vezes, iam a uma exposição de arte. Tornara-se uma rotina fácil. Mas podia encontrá-lo mais tarde.

— Seria um prazer, Moira — disse ela.

Moira reservaria a mesa pessoalmente. Gostaria de ter a autoconfiança nata que Clara tinha. Gostaria que as pessoas a conhecessem no Anton's e ela tivesse uma recepção igual a que Clara teve no Quentins. Mas isso nunca aconteceria.

Quando foi fazer a reserva da mesa, foi recebida pelo próprio Anton. Ele realmente era muito charmoso. Baixinho e bonito, com jeito de menino, ele apontou para o salão.

— Onde você gostaria de se sentar, srta. Tierney? Adoraria oferecer-lhe a melhor mesa — disse ele.

Ela apontou para uma mesa.

— Excelente escolha. Você pode ver e ser vista de lá. Vai estar acompanhada?

— Sim, pela minha chefe. Ela é médica em uma clínica cardíaca.

— Bem, garanto que faremos de tudo para que vocês tenham um ótimo almoço — disse ele.

Moira saiu se sentindo dez anos mais jovem e muito mais atraente. Não era de se espantar que essa moça, Lisa, estivesse tão apaixonada por esse rapaz. Anton realmente tinha algo especial.

E ele não se esqueceu da promessa de cuidar bem delas. Assim que ela entrou no restaurante, o maître a recebeu como se fosse uma cliente regular e muito estimada.

À Espera de Frankie

— Ah, srta. Tierney! — disse Teddy. — Anton disse para a tratarmos muito bem e oferecermos para a senhorita e para sua convidada um coquetel por conta da casa.

— Meu Deus, acho melhor não — disse Clara.

— Por que não? É de graça. — Moira riu.

E elas bebericaram uma taça colorida com alguma coisa que tinha menta, gelo e soda, algum licor exótico e provavelmente umas três doses de vodca.

— Graças a Deus hoje é sábado — disse Clara. — Ninguém conseguiria voltar para o trabalho depois de tomar um desses coquetéis da casa.

Foi um almoço muito agradável. Clara falou de sua filha, Linda, que estava muito ansiosa para ter um filho e que vinha fazendo fertilização havia dezoito meses sem sucesso.

— Algum bebê para adoção na sua área de atuação? — perguntou Clara.

Moira deu uma atenção especial à pergunta.

— Talvez tenha — disse ela —, uma menininha com alguns meses.

— Bem, quero dizer, ela está disponível para adoção ou não? — Clara era uma pessoa que não fazia rodeios.

— Não no momento, mas acho que ela não vai ficar muito tempo onde está agora — explicou Moira.

— Por quê? Estão sendo maus com ela?

— Não, de forma alguma. Apenas não sabem cuidar dela adequadamente.

— Mas eles a amam? Quero dizer, eles nunca vão abrir mão dela se forem loucos por ela.

— Talvez eles não tenham escolha — disse Moira.

— Não vou falar nada a respeito para Linda. Não há razão para dar esperanças a ela — disse Clara.

— Não. Mas se e quando acontecer, eu lhe avisarei imediatamente.

Depois, elas conversaram sobre os vários pacientes que
vinham à clínica. Moira perguntou a Clara sobre seu amigo Frank
Ennis e descobriu que ele era um homem muito decente em
muitos aspectos, mas era cego quando se tratava de economizar
o dinheiro do hospital.

Clara perguntou a Moira se ela tinha alguém, a resposta foi
não, pois estava sempre muito ocupada. Tocaram rapidamente no
assunto do ex-marido de Clara, Alan, que era da pior espécie de
homens, e do pai de Moira, que agora estava feliz morando com
a sra. Kennedy, que também encontrara o restante de felicidade
que lhe faltava.

Quando Moira estava pagando, Anton chegou, acompanhado
por uma moça muito bonita que devia ter uns vinte anos.
Ele foi até a mesa delas.

— Srta. Tierney, espero que tudo tenha estado do seu agrado
— disse ele.

— Tudo ótimo — disse Moira. — Esta é a dra. Casey... Clara,
este é Anton Moran.

— Estava tudo uma delícia — disse Clara. — Certamente,
recomendarei o lugar.

— É disso que precisamos. — Anton era sempre charmoso.

Moira olhou para a mulher na expectativa.

Anton acabou apresentando-a.

— Esta é April Monaghan — disse ele.

— Ah, eu li sobre você nos jornais, você esteve em Londres
recentemente — disse Moira, sendo um pouco efusiva.

— Isso mesmo — concordou April.

À Espera de Frankie

— É que eu conheço uma grande amiga sua. Uma *grande* amiga, Lisa Kelly, e ela também estava lá.

— Verdade, ela estava — concordou April.

O sorriso de Anton não se apagava nunca.

— Como exatamente conhece Lisa, srta. Tierney?

— Por causa do trabalho. Sou assistente social — disse Moira, surpresa consigo mesma por responder tão prontamente.

— Eu achava que assistentes sociais não discutiam seus casos em público. — O sorriso dele ainda estava nos lábios, mas não nos olhos.

— Não, Lisa não é minha cliente. Eu apenas a conheço por intermédio de outra pessoa...

Agora, Moira estava afobada. Podia sentir a desaprovação de Clara. Por que tocara nesse assunto? Era para encontrar as peças que estavam faltando para completar o quebra-cabeça de Chestnut Court. O coquetel da casa, algo a que não estava acostumada, e a garrafa de vinho tinham deixado sua língua solta. Agora, de alguma forma, conseguira estragar o dia.

Na clínica cardíaca, tudo caiu em uma rotina. Clara Casey parecia satisfeita com a entrada de Moira na equipe e não podia falar nada dela em termos de competência e capacidade de fazer tudo que precisava ser feito. Mas o entusiasmo desaparecera. Moira não se sentia mais tão incluída quanto achara que era.

Todos a tratavam bem, mas Clara parecia ter perdido o respeito por ela, e Moira vira algumas impressões em cima da mesa de Hillary, uma delas perguntando se o cargo de assistente social de meio expediente era permanente.

Clara anexara um bilhete: "Diga a eles que ainda não. O cargo ainda está sendo analisado."

Então, Clara Casey não confiava nela plenamente, só por causa de um deslize estúpido no restaurante. Moira redobrou seus esforços em todas as frentes.

Conseguiu atendimento integral em casa para Gerald, para grande irritação da filha e do genro. Ela o salvara de ir para um asilo, algo que ele temera, e agora ele dizia para todo mundo que ela era simplesmente perfeita. Conseguiu um lar adotivo feliz para os filhos de uma mãe viciada em drogas, onde eles receberam carinho, brinquedos e refeições regulares pela primeira vez na vida. Encontrou uma adolescente fugitiva dormindo embaixo da ponte e convidou-a para ir à sua casa tomar uma sopa e bater um papo. A garota dormiu por dezessete horas no sofá de Moira e depois voltou para a casa de sua família como um carneirinho obediente.

Conseguiu não só amedrontar um casal que estava pedindo seguro-desemprego enquanto conseguia tirar um bom sustento fazendo sanduíches, como também assustar com ameaças de publicidade negativa o dono de uma fábrica que pagava muito menos do que o salário mínimo. Conseguira até arranjar um apartamento e um emprego em uma oficina para o irmão.

Seu pai concordara em vender a casa e dividir o dinheiro entre ele e os dois filhos. Aparentemente, a sra. Kennedy achou isso bem satisfatório e estava ocupada planejando a nova cozinha. Então, havia *algumas* áreas da vida de Moira nas quais ela era bem-sucedida.

Mas não todas. Talvez fosse ambiciosa demais.

A casa de seu pai não atingiu um preço alto no leilão. Era um pequeno sítio e aquele não era um bom momento para vender. Mas isso significava que agora Moira tinha condições de

À Espera de Frankie

dar uma entrada para comprar uma casa. Precisava procurar um lugar para morar.

— Procure um lugar em que você possa ter um pequeno jardim — aconselhou Emily.

— Veja um lugar que tenha ônibus e bonde perto — disse Hillary, da clínica.

— Compre uma casa dilapidada e reforme — disse Johnny, que fazia uma rotina de exercícios na clínica.

— Consiga um lugar moderno, que não esteja caindo aos pedaços — opinou Gerald, que parecia estar tendo uma vida nova desde que ela o salvara da perspectiva de ser mandado para um asilo, que ele não queria, e cujos neurônios pareciam estar funcionando com força total.

Ela foi fazer uma visita à casa dos pais de Noel na Vila de São Jarlath como fazia de vez em quando. Era mais fácil do que ficar desafiando Noel e Lisa em Chestnut Court, onde ambos pareciam tão ressentidos pelo papel dela. Pelo menos, Emily e os pais dele conseguiam ter uma conversa civilizada.

— Este é exatamente o tipo de rua em que eu gostaria de morar — disse Moira. — Vocês sabem de alguma casa que esteja à venda por aqui?

Emily sabia que Noel não ia gostar que Moira, que era considerada "a inimiga", se mudasse para mais perto dele e fosse vizinha de seus pais.

— Não sei de ninguém que esteja se mudando — disse Emily e, como sempre faziam, Josie e Charles deram sua opinião.

— É bom ver que as pessoas querem vir morar aqui — falou Josie, deixando-se levar pelas lembranças. — Quando eu e Charles viemos morar aqui, era considerado como o último lugar da terra.

— Talvez Declan saiba de alguém que esteja pensando em se mudar... — sugeriu Emily.

Ela sabia muito bem que Declan e Fiona não morriam de amores por Moira e que achavam desnecessárias as interferências dela nos esforços de Noel em criar um lar confiável para si e para Frankie. Mesmo se Declan soubesse que metade da rua estava à venda, ele não avisaria Moira.

Moira perguntou educadamente sobre a campanha para a estátua de São Jarlath, e Josie e Charles lhe mostraram algumas cotações que conseguiram com escultores. Bronze era muito caro, mas esperavam conseguir dinheiro para pagar.

— Você é devota de São Jarlath? — Josie sempre tinha esperança de recrutar mais pessoas para a sua causa.

— Eu o admiro, certamente — murmurou Moira —, mas, se eu dissesse que sou devota, estaria exagerando.

Emily disfarçou um sorriso. Quando Moira estava sendo diplomática, era possível ver que ela era boa no que fazia. Uma pena ela não conseguir ver os enormes progressos de Noel. Por que tinha de se comportar como um policial com ele em vez de encorajá-lo e ser uma pessoa com quem ele pudesse contar se tivesse algum problema?

Como de costume, Emily escreveu contando tudo para sua amiga Betsy em Nova York. De alguma forma, digitar em seu laptop lhe ajudava a ver as coisas com mais clareza.

Honestamente, Bets, você precisa vir aqui. Quando você e Eric se casarem, o que eu sei que vai acontecer mais rápido do que imaginam, vão precisar de uma lua de mel. Pesquisem um bom preço para a passagem e eu consigo um lugar para ficarem. Mas você precisa conhecer essas pessoas. Noel e sua filhinha. É outro homem, ele não bebe nada há meses, está se matando de trabalhar naquela firma horrorosa e continua com o curso.

À Espera de Frankie

Ele e uma garota maluquinha chamada Lisa vivem como um casal de velhinhos no apartamento dele, cuidando da criança e estudando para conseguirem o diploma. Não tem sexo porque ela está envolvida com um cara da sociedade, um chef de sucesso! Eles estão sendo perseguidos por uma assistente social, Moira. Ela está fazendo o trabalho dela, mas meio que se esconde no jardim deles e dá o bote, na esperança de pegá-los fazendo alguma coisa errada.

E a campanha para a estátua está indo muito bem. A essa altura, já estamos pensando em fazê-la de bronze. E a história do bazar deu um novo sopro à vida de Josie. Ela trabalha lá, comigo e com a sra. Carroll, feliz da vida. Um lindo chapéu chegou semana passada e Josie levou para o dr. Chapéu, para a coleção dele.

O negócio do meu tio Charles de sair para passear com cachorros está indo muito bem, até o hotel onde ele trabalhava o contratou para passear com os cachorros dos hóspedes.

Ele cuida da neta nas noites em que Noel e Lisa estão na faculdade.

Quando não estou ajudando na clínica, eu me ocupo com os jardins e jardineiras — toda a rua está linda. Talvez até ganhe a competição da Rua Mais Atraente. Na verdade, tenho andado tão ocupada que nem tenho lido ou ido ao teatro. E uma exposição de arte, então, não vou há meses!

Conte-me sobre você e a vida por aí. Já me esqueci de que um dia morei em Nova York!

Beijos,

Emily

Ela recebeu a resposta poucos minutos depois.

Emily,

Você deve ser médium.

Eric me pediu em casamento ontem à noite. Eu disse que sim, mas só se você viesse para Nova York para ser minha dama de honra.

*Considerando nossa idade avançada, acho que um casamento pequeno
seria melhor, mas ninguém falou nada sobre a lua de mel ser discreta.*

Irlanda, aqui vamos nós!

Beijos,

Betsy

— Fiquei sabendo que sua tia vai passar férias nos Estados Unidos — disse Moira para Noel.

— Na verdade, ela é minha prima, mas você está certa, ela vai para Nova York. Como ficou sabendo? — perguntou Noel, surpreso.

— Alguém comentou.

Moira, que considerava seu dever saber de tudo, foi vaga.

— Ela vai para o casamento de uma amiga — disse Noel.

— Mas vai voltar depois. Posso lhe dizer que meus pais estão aliviados. Eles ficariam perdidos sem Emily.

— E você também, Noel, não é? — questionou Moira.

— Bem, eu certamente sentiria saudades dela, mas, para minha mãe, o bazar fecharia sem Emily e meu pai também a adora.

— Mas com certeza você foi quem ela mais ajudou, não foi, Noel? — Moira era persistente.

— Como assim?

— Bem, ela não pagou a sua faculdade? Conseguiu seu apartamento, arranjou um esquema para cuidarem de Frankie, e provavelmente ainda mais...?

Uma onda vermelha subiu pelo pescoço e rosto de Noel. Ele nunca tinha ficado tão irritado em toda a sua vida. Será que Emily contara tudo para aquela mulher horrível? Será que ela se voltara para o inimigo e contara para Moira todas as coisas que só eles dois deviam saber? Ninguém nunca saberia sobre as mensalidades da faculdade, era o segredo deles. Ele se sentia traído, como nunca tinha se sentido antes. Não tinha como saber se Moira estava apenas blefando.

À Espera de Frankie

Ela olhava para ele, esperando uma resposta, mas ele não confiava em si mesmo para falar.

— Você já deve ter pensando em quem poderia assumir as tarefas dela enquanto estiver viajando?

— Pensei que talvez Dingo possa ajudar — disse Noel, com a voz presa.

— Dingo? — Moira disse o nome com antipatia.

— Ele faz entregas para o bazar. Dingo Duggan.

— Eu não o conheço.

— Ele só ajuda nos momentos de aperto, quando não tem mais ninguém disponível.

— E você nunca pensou em me contar sobre esse Dingo Duggan? — perguntou Moira, horrorizada.

— Escute aqui, Moira, você é um pé no meu saco — disse Noel de repente.

— Desculpe, não entendi direito. — Ela o fitou, incrédula.

— Você me escutou. Estou me virando para fazer as coisas certas. Tem horas que estou um morto-vivo, mas você vê isso? Ah, não, está sempre mudando as regras e reclamando e se comportando como se fosse da polícia secreta.

— Noel, é melhor se controlar.

— Não, eu *não* vou me controlar. Você vem aqui me investigar como se eu fosse algum tipo de criminoso. Repetindo o nome do coitado do Dingo como se ele fosse um assassino e não apenas um pobre e decente idiota, que é o que ele é.

— *Um pobre e decente idiota.* Entendo.

Ela começou a anotar alguma coisa, mas Noel empurrou a prancheta dela, que caiu no chão.

— E depois você vai e fica sondando, interrogando as pessoas. E tenta fazer com que elas digam coisas ruins a meu respeito, fingindo estar apenas cuidando dos interesses de Frankie.

Moira permaneceu imóvel durante o acesso de raiva dele. Depois de um tempo, disse:

— Vou embora agora, Noel, e volto amanhã, quando você, se Deus quiser, já vai estar mais calmo.

E ela se virou e saiu do apartamento.

Noel estava sentado, fitando o nada à sua frente. Aquela mulher com certeza ia voltar trazendo reforços e tiraria Frankie dele. Ele e Lisa estavam planejando o primeiro Natal dela, mas agora Noel não tinha mais certeza se Frankie ainda estaria com eles na semana seguinte.

Noel pegou o telefone e ligou para Dingo.

— Cara, você poderia me fazer um favor e vir aqui segurar as pontas por umas duas horinhas?

Dingo estava sempre disposto a ajudar.

— Claro, posso levar um DVD ou o bebê está dormindo?

— Ela vai continuar dormindo se não estiver muito alto.

Noel esperou até Dingo estar instalado.

— Estou saindo agora — disse ele.

Dingo o fitou.

— Você está bem, Noel? Está um pouco, não sei, um pouco engraçado.

— Estou bem — disse Noel.

— E seu celular vai ficar ligado?

— Talvez não, Dingo, mas os telefones de emergência estão todos na cozinha, você sabe: Lisa, meus pais, Emily, o hospital. Estão todos na parede.

E então ele saiu. Pegou um ônibus para o outro lado de Dublin, e no anonimato de um pub cavernoso, Noel Lynch tomou várias cervejas pela primeira vez em meses.

Elas desceram bem... muito bem...

7

oi Declan quem teve de juntar os cacos. Dingo telefonou para ele meia-noite e meia, parecendo desconcertado.

— Desculpe acordar você, Declan, mas eu não sabia o que fazer... ela está gritando feito uma cabrita.

— Quem está gritando feito uma cabrita? — Declan ainda estava tentando acordar.

— Frankie. Você não está escutando?

— Ela está bem? Quando foi a última vez que a alimentou? Não está precisando trocar a fralda? — sugeriu Declan.

— Não dou mamadeira nem troco fralda, só seguro as pontas. Foi o que ele me pediu para fazer.

— E onde ele está? Cadê Noel?

— Bem, eu não sei. Maldita hora que eu vim segurar as pontas. Já estou aqui há seis horas!

— O celular dele?

— Desligado. Meu Deus, Declan, o que eu faço? Ela está com o rosto muito vermelho.

— Estarei aí em dez minutos — disse Declan, levantando da cama.

— *Não*, Declan, você não precisa sair. Não está de plantão! — protestou Fiona.

— Noel saiu para algum lugar — explicou Declan. — Ele deixou Frankie com Dingo. Preciso ir lá.

— Deus, Noel não faria isso! — Fiona estava chocada.

— Eu sei, é por isso que vou até lá.

— E onde está Lisa?

— Obviamente não está lá. Volte a dormir, Fiona. Pelo menos uma pessoa da família tem de estar disposta para trabalhar amanhã.

Ele se vestiu e saiu de casa em poucos minutos.

Estava preocupado com Noel Lynch, muito preocupado.

−D eus te abençoe, Declan — disse Dingo, muito aliviado quando Declan chegou ao apartamento em Chestnut Court.

Ele observou, hipnotizado, enquanto Declan habilidosamente trocava a fralda, limpava e passava talco no bumbum do bebê, preparava a fórmula e esquentava o leite, tudo isso com movimentos rápidos.

— Eu nunca conseguiria fazer isso — disse Dingo, admirado.

— Claro que conseguiria. Você vai conseguir quando tiver o seu próprio filho.

— Eu ia deixar tudo com a minha mulher... quem quer que ela fosse... — admitiu Dingo.

— Eu não contaria com isso, meu amigo. Não hoje em dia. Tudo é dividido, acredite em mim. E esse é o certo.

Frankie ficou calminha. Agora só precisavam encontrar o pai dela.

— Ele não disse para onde ia, mas achei que fosse por uma hora ou duas. Que fosse até a casa dos pais dele ou alguma coisa assim.

À Espera de Frankie

— Ele estava chateado com alguma coisa quando saiu?

— Eu achei que ele estava um pouco distraído, me mostrou todos os telefones na parede da cozinha...

— Como se estivesse planejando demorar, você acha?

— Deus, eu não sei, Declan. Talvez o coitado tenha sido atropelado por um ônibus e nós estamos pensando mal dele. Ele pode estar em uma emergência com o telefone quebrado.

— Pode ser.

Declan não sabia por que tinha tanta certeza de que Noel tinha voltado a beber. O homem vinha sendo um herói havia meses. O que poderia ter feito ele mudar? E, ainda mais importante, como iam encontrá-lo?

— Vá para casa, Dingo. — Declan suspirou. — Você já segurou as pontas o suficiente. Ficarei aqui até Noel voltar.

— Você acha que devemos ligar para alguém dessa lista? — Dingo não queria abandonar tudo.

— É uma hora da manhã. Não tem motivo para preocupar todo mundo.

— Acho que não. — Dingo ainda estava relutante.

— Pode deixar que eu ligo para você quando ele for achado, Dingo, e digo a ele que você não queria ir embora, que eu o forcei.

Ele acertara o alvo. Dingo não queria abandonar seu posto sem permissão. Agora podia voltar para casa sem culpa.

Declan olhou Frankie em seu berço. O bebê dormia tão tranquilo quanto seu filho dormia lá na sua casa. Mas o pequeno Johnny Carroll tinha um futuro muito mais seguro pela frente do que a pequena Frankie aqui. Declan soltou um suspiro pesado enquanto se acomodava em uma poltrona.

Onde Noel poderia estar até aquela hora?

* * *

Noel estava apagado em uma cabana do outro lado de Dublin.

Não fazia ideia de como tinha chegado ali. A última coisa de que se lembrava era de algum tipo de discussão em um pub e as pessoas recusando-se a servir-lhe mais bebida. Ele saiu do lugar contrariado e descobriu depois, para sua fúria, que não podia mais entrar e que não havia mais pubs na região. Andou pelo que pareceu um longo tempo e, então, ficou muito frio e ele decidiu descansar antes de voltar para casa.

Casa?

Teria de entrar com cuidado na casa 23 de São Jarlath Crescent — então, em um choque, ele se lembrou que não morava mais lá.

Morava em Chestnut Court com Lisa e Frankie.

Teria de ter ainda mais cuidado ao entrar lá. Lisa ficaria chocada ao vê-lo e Frankie podia até se assustar.

Mas Lisa não estava em casa. Lembrou-se disso agora. O coração dele de repente acelerou. E o bebê? Nunca deixaria Frankie sozinha no apartamento, deixaria?

Não, claro que não. Lembrou-se que Dingo tinha ido para lá.

Noel olhou para o relógio. Isso tinha sido horas atrás. *Horas.* Será que Dingo ainda estava lá? Ele não ligaria para Moira, ligaria? Ah, Deus, por favor, São Jarlath, por favor, alguém aí em cima, não deixe Dingo ligar para Moira.

Ele se sentiu fisicamente mal com aquele pensamento e percebeu que ia realmente passar mal. Como uma cortesia a quem quer que fosse o dono daquela cabana, Noel saiu para a rua. Então suas pernas ficaram bambas e não aguentaram seu peso. Ele voltou para a cabana e desmaiou.

* * *

À Espera de Frankie

A pesar do desconforto, Declan dormiu por muitas horas na poltrona. Quando o dia amanheceu, ele percebeu que Noel não tinha voltado para casa ainda. Foi preparar um chá para si e decidiu o que fazer.

Ligou para Fiona.

— Hoje é dia da Moira na clínica?

— É sim, ela vai estar lá de manhã. Você está vindo para casa?

— Não agora. Lembre-se, não diga nada para ela sobre isso. Vamos tentar acobertá-lo, mas ela não pode saber. Não até que nós o encontremos.

— Onde ele está, Declan? — Fiona parecia assustada.

— Em algum lugar por aí, imagino...

— Escute, Signora e Aidan vão chegar aqui daqui a pouco para pegar Johnny, depois vão pegar Frankie e levá-los para a casa da filha deles...

— Vou esperar até eles chegarem aqui. Vou arrumá-la para esperar.

— Você é um santo, Declan — disse Fiona.

— O que mais eu poderia fazer? E lembre-se, Moira não sabe de nada.

— Nenhuma palavra para a Comandante do Acampamento — prometeu Fiona.

A clínica estava um rebuliço porque Frank Ennis fazia uma de suas visitas inesperadas.

— Você saiu com ele ontem à noite. Ele não deu nenhuma pista de que viria hoje? — perguntou Hilary para Clara Casey.

— Para mim? — perguntou Clara, incrédula. — Eu seria a última pessoa do mundo para quem ele diria. Ele estava ficando louco por ainda não tinha conseguido fazer isso.

— Olhe, ele está tendo uma conversa bem séria com Moira sobre alguma coisa — sussurrou Hilary.

— Bem, nós já a avisamos sobre Frank — disse Clara —, e, se a srta. Tierney disser que alguma coisa está errada, ela vai estar fora daqui.

—Vou chegar mais perto para escutar sobre o que eles estão falando — ofereceu-se Hilary.

— Minha nossa, Hilary, estou boba com você — disse Clara, fingindo estar horrorizada.

— Você sai daqui e eu vou sondar — disse Hilary. — Sou ótima nisso. É por isso que sei de tudo.

Quando Clara se aproximou de sua mesa no centro da clínica, o telefone tocou. Era Declan.

— Não diga meu nome — disse ele imediatamente.

— Claro, pode deixar. O que posso fazer por você?

— Moira está perto de você?

— Mais ou menos.

—Você poderia descobrir o que ela vai fazer depois que sair daí hoje? Vou me explicar. As mesmas pessoas que cuidam do meu bebê cuidam do bebê de um amigo. E eles são clientes da Moira e ela não larga do pé dele. Ele passou a noite fora. Preciso arrastá-lo de volta para cá e resolver as coisas. Queremos manter Moira longe daqui até amanhã, a qualquer custo. Se ela descobrir o que houve, as coisas vão ficar feias...

— Entendi...

— Então, se tiver algum chamado e você puder mandá-la...?

— Deixe comigo — disse ela —, e anime-se, talvez o pior cenário não se concretize.

— Não, eu acho que estou certo. O padrinho dele do AA já ligou. E vai trazê-lo de volta em meia hora.

Hilary veio passar o relatório para Clara.

À Espera de Frankie

— Ele está tentando conseguir informações com ela. Tipo "tem alguma área em que você ache que está havendo desperdício" ou "as aulas de culinária saudável funcionam ou são apenas um passatempo". Você sabe, o tipo de perguntas que ele costuma fazer.

— E o que ela está respondendo?

— Nada ainda, mas talvez seja porque nós estamos de olho. Se ele a pegasse sozinha, só Deus sabe o que ele conseguiria arrancar dela.

— Tenha mais confiança, Hilary. Não estamos fazendo nada de errado aqui. Mas você me deu uma ideia.

Clara se aproximou de Frank e Moira.

— Ao ver vocês dois juntos, me lembrei que Moira ainda não viu como funciona a assistência social no hospital principal. Frank, talvez você possa apresentá-la a algumas pessoas da equipe de lá, que tal hoje?

— Ah, tenho muitos telefonemas para dar sobre os meus casos.

Clara riu.

— Ah, Moira, você é tão organizada que imagino que os seus casos funcionem como um relógio.

Moira pareceu feliz com o elogio.

— Sei como as coisas são. Temos de estar sempre atentas — disse ela.

— Concordo — opinou Frank inesperadamente. — Todo mundo tem de estar muito mais atento do que está.

— Eu estava pensando, Moira, que você podia fazer a ligação com o sistema principal, mas é claro, se você achar que é muita coisa para você, então...

Clara estava certa.

Moira marcou de se encontrar com Frank na hora do almoço. Clara conseguiu dar a Noel, Declan e ao homem do AA um tempo.

Aidan e Signora Dunne chegaram com Johnny Carroll e levaram Frankie com eles. Eles iriam empurrando os dois carrinhos pelo canal até a casa da filha. Lá, Signora cuidaria das três crianças — Joseph Edward, que é o neto deles, além de Johnny e Frankie — enquanto Aidan dava aulas particulares de latim para alunos que queriam entrar na faculdade.

A manhã foi tranquila. Se eles se perguntaram o que o dr. Carroll estava fazendo na casa de Noel Lynch e por que não havia nem sinal do dedicado pai, não disseram nada. Os Dunne cuidavam da própria vida. Declan era grato por tê-los por perto, mas nunca foi mais grato do que hoje. Quanto menos pessoas soubessem disso, melhor.

Malachy chegou, mais ou menos carregando Noel pela porta. Noel tremia e cambaleava. Suas roupas estavam imundas e manchadas. Ele parecia totalmente desorientado.

— Ele ainda está bêbado? — Declan perguntou a Malachy.

— Difícil dizer. É possível. — Malachy era um homem de poucas palavras.

—Vou ligar o chuveiro. Você consegue trazê-lo?

— Claro.

Malachy fez o que disse e colocou Noel embaixo da água, esfriando-a cada vez mais até que ficasse gelada. Enquanto isso, Declan pegou as roupas sujas e colocou-as na máquina de lavar. Pegou roupas limpas no quarto de Noel e preparou um bule de chá para eles.

Os olhos de Noel estavam mais focados agora, mas ele ainda não tinha dito nada.

Malachy também não falava.

Declan serviu outra caneca de chá e deixou o silêncio se estender até ficar desconfortável. Ele *não* facilitaria as coisas para Noel. O cara tinha de falar alguma coisa. Respostas, ou até mesmo perguntas.

No fim, Noel acabou perguntando:

— Cadê a Frankie?

— Com Aidan e Signora.

— E cadê Dingo?

— Foi pro trabalho — disse Declan, sendo conciso. Noel teria de falar de novo.

— E ele ligou para *você?* — Ele balançou a cabeça na direção de Declan.

— Ligou, por isso estou aqui — disse Declan.

— Ele só ligou para você? — A voz de Noel era um sussurro.

Declan deu de ombros.

— Não faço ideia — respondeu.

Vou deixar Noel sofrer um pouco. Deixá-lo achar que Moira já está sabendo do caso.

— Ah, meu Deus... — disse Noel. O rosto contorcido de aflição.

Declan ficou com pena.

— Bem, mais ninguém apareceu, então suponho que eu tenha sido o único.

— Eu sinto muito — começou Noel.

— Por quê? — cortou Declan.

— Eu não me lembro. Mesmo. Eu senti um aperto muito forte e achei que um ou dois drinques poderiam ajudar e que não teria problema. Eu não sabia que ia acabar assim...

Declan não disse nada, e Malachy também ficou em silêncio. Noel não conseguiu suportar.

MAEVE BINCHY

— Malachy, por que você não me impediu? — perguntou ele.

— Porque eu estava em casa montando um quebra-cabeça com o meu filho de dez anos de idade. Você não me avisou que ia sair... por isso.

Malachy nunca tinha falado uma frase tão extensa.

— Mas, Malachy, eu achei que fosse seu dever...

— É meu *dever* vir quando existe o perigo de que você vá voltar a beber. Mas não é meu *dever* receber uma inspiração do Espírito Santo quando você decidir fazer uma coisa dessas — disse Malachy.

— Eu não sabia que ia acabar assim — disse Noel, cheio de autopiedade.

— Não, você achou que ia ser tudo lindo e fácil como nos filmes. E aposto que você se perguntou o que todos nós ficamos fazendo naquelas reuniões.

A expressão de Noel denunciou que ele tinha se perguntado exatamente isso. Declan Carroll de repente se sentiu muito cansado.

— Para onde vocês vão daqui? — perguntou ele para os outros dois.

— Depende de Noel — respondeu Malachy.

— Por que depende de mim? — questionou Noel.

— Se você quiser tentar de novo, vou ajudá-lo. Mas vai ser um inferno.

— É claro que eu quero — afirmou Noel.

— Não adianta nada se você só fica esperando eu largar do seu pé para sair escondido e meter a cara na bebida de novo.

— Não vou fazer isso — disse Noel, com a voz chorosa. — De amanhã em diante será exatamente como foi até ontem.

À Espera de Frankie

— Como assim *amanhã*? Qual é o problema com *hoje*? — perguntou Malachy.

— Bem, amanhã, começar do zero e tudo mais.

— Hoje, começar do zero e tudo mais — disse Malachy.

— Mas só umas duas vodcas para me fortalecer e, então, podemos começar com uma folha em branco. — Noel estava quase implorando agora.

— Cresça, Noel — disse Malachy.

Declan falou:

— Não posso mais deixar você cuidar do nosso filho, Noel. Johnny não vai mais vir para cá, a não ser que tenhamos certeza de que você não está mais bebendo — disse ele, devagar e deliberadamente.

— Declan, não pise em mim quando já estou derrotado. Eu nunca machucaria seu filho. — Os olhos de Noel estavam marejados.

— Você deixou a sua própria filha com Dingo Duggan por horas a fio. Não, Noel, eu não vou arriscar. E, mesmo se eu arriscasse, Fiona não arriscaria.

— Ela precisa saber?

— Acho que sim.

Declan detestava ter de fazer isso, mas era verdade. Não podiam mais confiar em Noel. E, se ele se sentia assim, como se sentiria Moira?

Não gostava nem de pensar.

— Precisamos contar para Aidan e Signora — disse Declan.

— Por quê? — perguntou Noel, preocupado. — Já superei agora. Odiaria que eles soubessem como eu sou fraco.

— Você *não* é fraco, Noel, você é forte. Não é fácil fazer o que você está fazendo. Eu sei. Acredite em mim.

213

— Não, eu não acredito em você, Declan. Você sempre bebeu socialmente; uma cerveja à noite e pronto. Isso se chama equilíbrio e moderação, duas coisas em que eu nunca fui bom.

— Você assumiu mais responsabilidade do que a maioria dos homens conseguiria. Eu admiro você — disse Declan, simplesmente.

— Eu não me admiro. Eu tenho nojo de mim mesmo — disse Noel.

— E como isso vai ajudar Frankie quando ela crescer? Vamos lá, Noel, o primeiro Natal dela está chegando. A rua toda vai comemorar. Você tem que estar em boa forma até lá. Nada de autopiedade.

— Mas e Signora e Aidan?

— Eles sabem que tem *alguma coisa* errada. Não podemos fazer joguinhos com eles. Eles vão saber lidar com isso, Noel. Eles já lidaram com muita coisa na vida.

— Preciso contar para mais alguém? — Noel estava na defensiva e magoado com tudo aquilo.

— Sim, Lisa, claro, e Emily. — Declan foi bem assertivo.

— Não, por favor. Emily não.

— Não precisa contar para seus pais, nem para os meus, mas Emily e Lisa precisam saber.

— Achei que tivesse acabado — disse Noel, com tristeza.

Declan forçou-se a parecer animado.

— Logo vai ter acabado e, enquanto isso, quanto mais ajuda você tiver, melhor.

— Volte para o mundo real e cure os doentes, Declan. Não perca tempo comigo e meus vícios. Continue no mundo real.

— O que poderia ser mais real do que o pai de uma menina que nasceu no mesmo dia que nosso filho? O que Stella diria para você?

À Espera de Frankie

— Graças a Deus ela não sabe como tem sido — disse Noel, fervorosamente.

— As coisas estavam indo muito bem até hoje e vão voltar a ficar. De qualquer forma, pessoas como os seus pais e os meus acreditam que Stella *sabe* e compreende perfeitamente.

—Você não acredita nesse papo furado, acredita, Declan?

— Não exatamente, mas nunca se sabe... — Declan foi vago.

— Não, eu não sei, não sei mesmo. Mas, se tenho de contar para Signora e Aidan, contarei. Tudo bem?

— Obrigado, Noel.

É claro que ele já tinha contado tudo sobre Noel para Fiona. Como sempre, ela foi prática e otimista.

— Ele parece chocado com o que fez — disse ela.

— Verdade, mas eu gostaria de saber *por que* ele fez isso. — Declan parecia preocupado.

—Você mesmo disse que ele não estava tendo um bom dia.

— Mas ele deve ter tido centenas de dias ruins nos últimos meses e nunca fez isso. Ele ama aquela criança. Você precisa ver quando ele está com ela. Ele é tão bom quanto qualquer mãe.

— Eu sei, eu já o vi... todo mundo viu. Aquela menina tem uma dúzia de famílias aqui que farão de tudo para ajudar um pouco mais.

— Noel está muito sensível sobre ter que contar para as pessoas, mas, até que ele faça isso, não diga nada.

— Eu sou um túmulo — disse Fiona.

Declan Carroll foi para o consultório de manhã. Estava duas horas atrasado, então o sr. Chapéu foi chamado para ajudar.

— Muttie Scarlet ligou duas vezes. Ele disse que você levaria uns resultados para ele.

— É verdade — disse Declan, sombriamente.

— Achei que sim — falou o dr. Chapéu, sendo solidário.

— A vida não é uma merda, Chapéu? — perguntou Declan.

— É sim, mas geralmente sou eu quem diz isso e você sempre diz que não é tão ruim.

— Mas não vou dizer isso hoje. Estou saindo para a casa do Muttie. Você pode ficar um pouco mais?

— Posso ficar o quanto você quiser. Mas eles não me querem aqui, vão ficar me perguntando quando o médico *de verdade* vai voltar — disse o dr. Chapéu.

— Posso apostar que sim! Mas eles ainda me perguntam se eu já tinha nascido quando tiveram a primeira pontada ou o que quer que eles tenham tido, e eu sempre respondo que não.

Muttie abriu a porta.

— Oi, Declan, alguma novidade? — Ele falou baixo. Não queria que sua esposa, Lizzie, escutasse a conversa.

— Você sabe como eles são — disse Declan. — Eles são tão relaxados lá no hospital que não entendem bem o significado da palavra *mañana*...

— Então? — perguntou Muttie.

— Então, eu fiquei pensando se nós não podíamos ir tomar uma cerveja? — disse Declan.

—Vamos sim, e vou levar Hooves — sugeriu Muttie.

—Não, vamos ao Casey's em vez de irmos ao seu pub e do papai, tem muitos conhecidos lá... não conseguiríamos conversar.

Declan viu no rosto de Muttie que ele percebeu na mesma hora que as notícias não eram boas.

* * *

À Espera de Frankie

O Velho Casey os serviu e, como não obteve resposta quando puxou assunto falando do tempo, da vizinhança e da recessão, ele os deixou em paz.

— Vá direto ao assunto, Declan — disse Muttie.

— Ainda é cedo para falar alguma coisa, Muttie.

— É ruim o suficiente para um drinque no meio da tarde, rapaz. Você vai me falar ou vou ter de arrancar de você?

— Eles viram uma mancha no raio-X; a tomografia mostrou um pequeno tumor.

— Tumor?

— Você sabe... um caroço. Marquei uma consulta para você com um especialista no mês que vem.

— Mês que vem?

— Quanto antes tratarmos disso, melhor, Muttie.

— Mas como, em nome de Deus, você conseguiu uma consulta tão rápido? Achei que a lista de espera fosse do tamanho do meu braço.

— Marquei uma consulta particular — disse Declan.

— Mas eu sou um trabalhador, Declan, não posso pagar essas consultas caras.

— Você ganhou uma fortuna com um cavalo anos atrás. O dinheiro está no banco. *Você* me contou.

— Mas é para uma emergência e tempos difíceis...

— Mas esta é uma emergência, Muttie.

Declan assoou o nariz alto. Isso era mais do que conseguiria suportar no momento. Ouviu-se mentindo e sentiu como se tivesse passado o dia mentindo.

"O negócio é o seguinte, Muttie, uma vez que a consulta foi marcada, você não pode desmarcar. Vai ter de pagar de qualquer jeito."

— Que desgraça! — Muttie estava furioso. — Esse pessoal é muito ganancioso.

— É o sistema — disse Declan, fraco.

— Isso não devia ser permitido. — Muttie balançou a cabeça, reprovando.

— Mas você vai, não vai? Diga que vai!

— Eu vou porque você me disse que sou obrigado a ir. Mas foi muito arbitrário da sua parte, Declan. E, se ele sugerir algum tratamento maluco e caro, não vai conseguir me tirar mais nenhum centavo! — prometeu Muttie.

— Não, é só para saber qual tratamento ele vai sugerir. Uma consulta...

— Tudo bem, então — resmungou Muttie.

— Você não me fez nenhuma pergunta sobre o problema — disse Declan. — Quero dizer, tem muitas opções: quimioterapia, radioterapia, cirurgia...

Muttie o fitou com um ar de quem já vira aquilo tudo e escutara aquilo tudo.

— Não vou ter de escutar tudo isso do cara pra quem *eu* vou pagar um Rolls-Royce? Não tem por que pensar nisso até lá. Ok?

— Ok — concordou Declan, que estava começando a se perguntar se aquele dia não teria fim.

Quando Moira ligou para Chestnut Court, as coisas já estavam bem mais calmas.

Noel concordara em não beber hoje, Malachy o levara a uma reunião do AA em que ninguém o culpou, e sim o parabenizou por ter ido até lá.

No meio do caminho para a reunião, Noel se lembrou que não tinha avisado que não iria trabalhar hoje.

— Declan fez isso horas atrás — disse Malachy.

À Espera de Frankie

— O que ele disse?

— Que era seu médico e que você não ia poder ir. Que ele estava ligando do seu apartamento.

— Como será que o sr. Hall recebeu essa notícia? — Noel estava muito ansioso.

— Ah, Declan o tranquilizou. Você acreditaria em qualquer coisa que ele dissesse. De qualquer forma, era verdade. Você não ia poder ir e ele *estava* no seu apartamento.

— Ele pareceu muito chateado com tudo isso — disse Noel. — Espero que ele não se vire contra mim.

— Não, eu acho que ele estava chateado com alguma outra coisa.

Malachy sabia a hora de ser firme e a hora de ser generoso.

M oira ficou satisfeita ao ver Malachy na casa de Noel.
— Você está ajudando com o bebê? — perguntou ela.

— Não, srta. Tierney, sou do Alcoólicos Anônimos. Foi como eu conheci Noel.

— Ah, verdade? — Os olhos dela se estreitaram. — Alguma razão especial para a sua visita?

— Fomos a uma reunião juntos hoje aqui perto e vim tomar um chá com Noel. Isso é permitido, não é?

— Claro. Não ache que eu sou um monstro. Só estou aqui pelo bem de Frankie. É porque nós tivemos uma conversa franca e direta ontem e eu achei, bem, quando o vi aqui, achei que talvez... que Noel pudesse... que não estivesse muito bem.

— Então, agora está tranquila? — perguntou Malachy, mansamente.

— Frankie já deve estar voltando. Queremos preparar as coisas para ela... a não ser que tenha mais alguma coisa? — Noel falou com educação.

219

Moira foi embora.

Malachy virou-se para Noel.

— Esta mulher acaba com qualquer homem — disse ele. E pela primeira vez naquele dia, Noel sorriu.

Todos estavam planejando uma festa de Natal para Frankie e Johnny. Balões e decorações em papel eram discutidos longa e detalhadamente. Seria realizada em Chestnut Court: o condomínio tinha um salão comunitário que podia ser alugado para essas ocasiões. Lisa e Noel tinham feito a reserva semanas antes. Estavam vendo com muita antecedência ou Noel que estava frágil demais para participar?

— Precisamos resolver isso — encorajou Lisa. — Ou então, quando ela for ver o álbum de fotos, vai perguntar por que não teve festa no seu primeiro Natal.

— Ela não vai ver nenhum álbum conosco — disse Noel, sendo duro consigo mesmo.

— Como assim?

— Eles vão tirá-la de mim, e estão certos. Quem deixaria uma criança comigo?

— Bem, muito obrigada por todos nós que estamos fazendo o nosso melhor para dar um lar para ela — falou Lisa, de forma rude. — Nós não vamos desistir tão facilmente. Coloque-a no carrinho e vamos lá ver esse salão.

Foi quando a campainha tocou.

— Noel, é Declan, podemos deixar Johnny com você por uma hora mais ou menos? Seria uma grande ajuda.

Esta era a primeira vez, desde o incidente da bebedeira de Noel, que eles pediam que ele ficasse com Johnny.

Noel sabia que aquilo era um pedido de trégua. Mas também sabia que era um voto de confiança. Sentiu-se um pouco mais autoconfiante.

À Espera de Frankie

— Claro, Declan, vamos levá-lo para ver o salão onde será a primeira festa de Natal dele — disse Noel.

E ele percebeu que Declan também ficou feliz ao saber que a festa iria acontecer.

Fazer uma festa para as crianças três dias antes do Dia de Natal foi uma ótima oportunidade para as famílias se reunirem. A maioria deles comemorava a data tranquilamente, comendo seus próprios perus e sentados em frente à televisão. Mas essa era uma desculpa para se reunirem e usarem chapéus de papel e fingirem que era tudo pelas crianças.

Dois bebês que dormiriam a maior parte do tempo.

Lisa ficou responsável por decorar o salão, e escolheu as cores vermelho e prateado. Emily ajudou-a a drapear enormes cortinas vermelhas que pegaram emprestado do salão da igreja. Dingo Duggan trouxera uma caminhonete cheia de azevinhos que ele disse vagamente que pegou do campo. Signora e Aidan decoraram uma árvore que seria deixada no salão para a temporada de Natal. Eles iam trazer o neto, Joseph Edward, como convidado da festa, e Thomas Muttance Feather, neto de Muttie, também viria com a condição de que não precisaria falar com bebês nem se sentar à mesa das crianças.

Josie e Charles perguntaram se um quadro de São Jarlath Crescent combinaria com a decoração e, com muito tato, Lisa encontrou um lugar para ele. Um lugar em que não pareceria totalmente ridículo.

Simon e Maud não puderam cuidar do bufê, pois tinham sido contratados para outra festa; mas Emily organizou um jantar em que cada mulher levaria um prato de frango ou salada, e cada homem levaria cerveja, refrigerante e uma sobremesa. As sobremesas acabaram sendo uma enorme variedade de tortas de chocolate compradas em supermercado. Elas tinham sido arrumadas artisticamente em pratos de papel e em uma mesa separada que seria levada para o salão depois que o jantar terminasse.

Noel mostrou para Frankie toda a decoração de Natal e sorria para ela, cheio de adoração, quando ela dava gritinhos de felicidade e chupava o dedo. Com um macacão vermelho e um pequeno gorro vermelho que mantinha sua cabeça aquecida, ela passou de colo em colo e apareceu em centenas de fotos junto com Johnny. Até Thomas foi convencido a se juntar a eles e posar para fotos com os pequeninos, segurando seu prato de torta natalina.

Padre Flynn trouxera um trio musical tcheco para tocar. Eles se sentiam solitários em Dublin e sentiam saudade de casa, então o padre arrumava alguns eventos como aquele, que eles gostavam de fazer contanto que pudessem comer e recebessem o dinheiro do ônibus, e tivessem um público para aplaudi-los.

Eles cantaram canções de Natal em tcheco e em inglês. E quando chegou a hora de

> Noite feliz, noite feliz
> Ó Senhor, Deus de amor
> Pobrezinho nasceu em Belém
> Eis na lapa, Jesus nosso bem
> Dorme em paz, ó Jesus
> Dorme em paz, ó Jesus

todos se arrepiaram ao olhar os dois bebês adormecidos. Então, todos se juntaram para cantar o refrão seguinte:

> Noite feliz, noite feliz
> Ó Jesus, Deus da luz
> Quão afável é teu coração
> Que quiseste nascer nosso irmão
> E a nós todos salvar
> E a nós todos salvar

À Espera de Frankie

E todos no salão, crentes e ateus, sentiram o verdadeiro sentido do Natal de uma forma que nunca tinham sentido antes.

—Muito obrigada por dar uma carona para Muttie — disse Lizzie quando Declan chegou à casa dos Scarlet na fria e cinza manhã de janeiro. — Ele detesta ir ao banco, fica desconfortável. Ele se vestiu todo, parece que vai para uma festa, e está parecendo um leão enjaulado a manhã inteira.

— De nada, Lizzie, eu ia ao banco de qualquer maneira, e vou gostar da companhia.

Declan percebeu que Muttie não tinha contado nada para Lizzie sobre a consulta com o especialista. Olhou para Muttie, vestido com seu melhor terno e gravata, e não pôde deixar de notar como o homem estava mais magro e velho. Era de admirar que Lizzie não tivesse notado.

Foram em silêncio no carro enquanto Muttie batia com os dedos e Declan ensaiava o que diria quando o sr. Harris desse a notícia que estava na cara de Declan, nas radiografias, tomografias e laudos.

Passaram no banco primeiro, onde Declan depositou um cheque só para dizer que tinha alguma coisa para fazer ali. Muttie tirou quinhentos euros da poupança.

— Nem o Tio Patinhas consegue sacar tanto dinheiro — disse ele, nervosamente colocando na carteira.

Muttie Scarlet não gostava de andar com tanto dinheiro assim, mas gostava menos ainda de dar aquele dinheiro para um homem ganancioso.

Mas acabou descobrindo que o dr. Harris era um homem generoso. Ficou muito feliz por Declan ter vindo participar da consulta.

MAEVE BINCHY

— Se eu começar a falar com jargões médicos, o dr. Carroll pode traduzir para você — disse ele, sorrindo.

— Declan é a primeira pessoa da nossa rua a se formar em uma faculdade — disse Muttie, cheio de orgulho.

— Mesmo? Eu fui o primeiro da minha família a se formar na faculdade também. Aposto que tem uma fotografia enorme do dia da sua formatura na sala da casa dos seus pais. — Dr. Harris parecia genuinamente interessado.

— Ficou no lugar do quadro da Sagrada Família. — Declan sorriu.

— Certo, sr. Scarlet, não vamos desperdiçar o seu tempo aqui com as nossas lembranças. — O dr. Harris voltou ao assunto principal. — O senhor esteve no Hospital Santa Brígida, e eles me deram um retrato bem fiel dos seus pulmões. Não existem partes cinza, é preto ou branco. Tem um tumor grande e crescente no seu pulmão esquerdo, e tumores secundários no fígado.

Declan percebeu que tinha uma jarra de água e um copo em cima da mesa. O dr. Harris serviu para Muttie, que estava em silêncio, o que não era característico dele.

— Então, agora, sr. Scarlet, temos de ver a melhor forma de lidar com isso.

Muttie ainda estava mudo.

— Cirurgia seria uma opção? — perguntou Declan.

— Não, não neste estágio. Temos de escolher entre quimioterapia e radioterapia agora, e providenciar cuidado paliativo em casa ou no hospital.

— O que é cuidado paliativo? — Muttie falou pela primeira vez.

— São enfermeiros treinados para cuidar de doenças como a sua. São pessoas maravilhosas, muito compreensivas e que sabem tudo sobre a doença.

À Espera de Frankie

— Eles já tiveram? — perguntou Muttie.

— Não, mas foram muito bem-treinados e sabem tudo sobre como cuidar das outras pessoas: o que os pacientes querem e como dar a eles a melhor qualidade de vida possível.

Muttie pensou a respeito por um momento.

— A qualidade de vida que eu quero é viver por muito, muito tempo com Lizzie, ver meus filhos de novo, ver os gêmeos se estabelecerem em um negócio ou conseguirem um bom emprego e ver meu neto, Thomas Muttance Feather, crescer e se tornar um adulto de bem. Quero andar com meu cachorro, Hooves, durante anos até o pub onde encontro meus amigos, e ir a corridas três vezes por ano. Isso seria qualidade de vida.

Declan viu o dr. Harris tirar os óculos por um momento e se concentrar em limpá-los. Quando teve confiança em si mesmo para falar de novo, ele disse:

— E o senhor *vai* conseguir fazer uma boa parte disso por um tempo. Então, vamos correr atrás disso.

— Mas não vou viver por muito, muito tempo, não é?

— Não por muito, muito tempo, sr. Scarlet. Então, o mais importante é como vamos usar esse tempo que resta.

— Quanto tempo?

— É difícil dizer exatamente...

— *Quanto tempo?*

— Meses? Seis meses? Talvez mais, se tivermos sorte...

— Bem, obrigado, dr. Harris. Devo dizer que o senhor foi bem claro. Não vale centenas de euros, mas foi direto e atencioso. Quanto eu lhe devo exatamente?

Muttie pegou a carteira no bolso e colocou-a sobre a mesa.

O dr. Harris nem olhou para ela.

— Não, não, sr. Scarlet, o dr. Carroll o trouxe aqui, um colega de profissão. Existe uma tradição que nunca cobramos a consulta de um colega médico.

— Mas não tem nada de errado com Declan — disse Muttie, confuso.

— O senhor é amigo dele. Ele o trouxe aqui. Ele poderia ter ido a outros especialistas. Por favor, aceite isso pelo que é, um procedimento normal, e guarde a carteira. Vou escrever meu laudo e recomendações para o dr. Carroll, que vai cuidar muito bem do senhor.

O dr. Harris os levou até o elevador. Declan notou que ele balançou a cabeça para a recepcionista quando ela estava prestes a apresentar a conta, e Declan pôde respirar aliviado. Agora só precisava manter Noel na linha e, mais imediatamente, ir para casa com Muttie e ajudá-lo a contar para Lizzie.

Graças a Deus, Chapéu estava conseguindo segurar as pontas até que ele pudesse voltar para o consultório.

Fiona soube que tinha alguma coisa errada no momento em que ele passou pela porta.

— Declan, você está branco como uma vela! O que aconteceu? Foi Noel?

— Eu amo você, Fiona, e amo Johnny — disse ele, segurando a cabeça com as duas mãos.

— Ah, meu Deus, Declan, o que houve?

— É Muttie.

— O que aconteceu com ele? Declan, me diga, pelo amor de Deus...

— Ele só tem alguns meses de vida — disse Declan.

— Não! — Ela ficou tão chocada que teve de se sentar.

— Sim. Fui a um especialista hoje de manhã com ele.

— Achei que você fosse levá-lo ao banco.

— Fiz isso para ele pegar dinheiro para o especialista.

— Muttie foi a um médico particular? Meu Deus, ele devia estar muito preocupado mesmo — disse Fiona.

À Espera de Frankie

— Eu o obriguei a ir, mas o especialista não cobrou a consulta.

— Por que ele fez isso?

— Porque o Muttie é o Muttie — disse Declan.

— Ele vai ter que contar para Lizzie — disse Fiona.

— Já contou. Eu estava lá. — Declan estava abalado.

— E?

— Foi tão ruim quanto você pode imaginar. Pior. Lizzie disse que ainda tinha tantas coisas para fazer com Muttie. Ela estava planejando levá-lo ao *Grand National*, em Liverpool. Fiona, Muttie não vai conseguir chegar a Aintree.*

E, então, ele soluçou feito criança.

M aud e Simon, que tinham sido criados por Muttie e Lizzie e não se lembravam da vida antes disso, ficaram arrasados.

— Ele nem é muito velho — disse Maud.

— Sessenta anos hoje em dia é meia-idade — concordou Simon.

— Lembra do bolo que fizemos para o aniversário dele?

— Sessenta Gloriosos Anos.

— Teremos de adiar a nossa mudança para os Estados Unidos — disse Maud.

— Não podemos fazer isso. Não vão segurar o emprego para nós. — Simon estava muito ansioso.

— Haverá outros empregos. Depois, entendeu, mais tarde.

Mas Simon não estava disposto a abrir mão tão facilmente.

Grand National é uma famosa corrida de cavalo que acontece todo ano, desde 1839, no mês de abril na cidade de Aintree, na Inglaterra. (N. T.)

— É uma chance e tanto, Maud. Ele ia querer que nós fôssemos. Vamos ganhar um salário alto. Podemos mandar dinheiro para ele.

— Quando você viu Muttie interessado em dinheiro?

— Eu sei... você está certa. Eu estava tentando inventar desculpas — admitiu Simon.

— Então vamos tentar conseguir vagas em bons restaurantes em Dublin.

— Nunca vão nos aceitar, não temos experiência o suficiente.

— Ah, Simon, não seja tão pessimista. Temos ótimas recomendações e referências de todas as pessoas para quem já fizemos bufê. Aposto que vão nos aceitar.

— Por onde vamos começar?

— Acho que devemos investir um pouco de dinheiro primeiro, jantar em algum restaurante tipo Quentins, Colm's ou Anton's. Você sabe, os melhores. Devemos considerar isso uma pesquisa, manter os olhos abertos e, *então*, voltar e pedir um emprego.

— Parece algo insensível de se fazer quando o pobre Muttie está tão mal.

— É melhor do que ir para o outro lado do planeta — disse Maud.

Começariam com o Colm's em Tara Road. Escolheram os pratos mais baratos do cardápio, mas anotaram tudo: a forma como os garçons serviam, como ofereciam o vinho para ser degustado, a maneira como os queijos eram trazidos até a mesa e como eram fatiados de acordo com o desejo do cliente, que recebia alguns conselhos dos garçons.

— É melhor aprendermos mais sobre queijos antes de tentarmos alguma coisa aqui — sussurrou Maud.

À Espera de Frankie

— Aquele é o chef. — Simon apontou para Colm, o proprietário.

Colm foi até a mesa.

— É bom ver pessoas mais jovens vindo ao nosso restaurante — disse ele, dando as boas-vindas.

— Nós também trabalhamos nesse ramo — falou Maud, de repente.

— Mesmo?

Simon ficou irritado. Não tinham planejado abrir o jogo assim tão rápido. Agora seriam vistos como espiões e não clientes de verdade.

— Temos ótimas recomendações e eu estava pensando se não poderia deixar nosso cartão de visitas para o caso de você estar com pouco pessoal.

— Obrigado. Claro que vou guardar. Vocês têm alguma relação com Cathy Mitchell of Scarlet Feather?

— Sim, ela nos treinou — disse Maud, cheia de orgulho.

— Ela era casada com um primo nosso, Neil Mitchell. — Simon não achou necessário explicar mais a situação.

— Bem, se Cathy treinou vocês, devem ser ótimos! Mas não tenho nenhuma vaga no momento. A filha do meu sócio, Annie, que está ali, começou a trabalhar agora, então estamos com o quadro completo no momento. Ainda assim, anotarei o nome de vocês na minha agenda.

Então, ele se retirou e voltou para a cozinha.

— Ele foi gentil — sussurrou Maud.

— É, só espero que ele não vá perguntar sobre nós para Cathy logo agora. Ela está muito triste por causa de Muttie e pareceria insensível da nossa parte.

* * *

Decidiram pela quimioterapia para Muttie, e, a essa altura, todo mundo em São Jarlath Crescent já sabia sobre ele e tinha oferecido algum tipo de ajuda. Josie e Charles Lynch disseram que, em reconhecimento ao interesse de Muttie pela campanha da estátua, São Jarlath intercederia a seu favor. O dr. Chapéu disse que ficaria feliz em levá-lo ao pub a noite que quisesse. Chapéu não ficaria, mas voltaria para pegá-lo depois. Emily Lynch conseguiu distrair Muttie plantando arbustos para colorir o jardim no inverno.

— Mas será que ainda estarei aqui para vê-los, Emily? — perguntou ele, um dia.

— Ah, Muttie, o que é isso? Os grandes jardineiros da história sempre souberam que alguém veria. Jardinagem é isso.

— Faz sentido — disse Muttie e deixou a autopiedade de lado.

Os pais de Declan sempre providenciavam para que houvesse meia perna de cordeiro ou quatros filés no fim do dia.

Cathy Scarlet aparecia todos os dias, geralmente trazendo alguma coisa para comer.

— Fizemos muitas dessas tortas de salmão, pai. Mãe, seria uma ajuda se você ficasse com elas.

Em geral, ela levava o filho, Thomas. Ele era um menino alegre e divertia Muttie.

Na verdade, as coisas estavam indo melhor do que Declan esperara. Ele tinha achado que o normalmente bem-humorado Muttie cairia em uma séria depressão. Mas isso estava longe de ser o caso. O pai de Declan disse que Muttie ainda era a vida do pub e que continuava tomando a mesma quantidade de cerveja dizendo que agora a bebida não podia mais fazer mal para ele.

Declan escreveu um bilhete para o especialista, dr. Harris:

À Espera de Frankie

O senhor foi muito atencioso e gentil quando levei Muttie Scarlet ao seu consultório. Seu gesto em relação aos seus honorários foi tão digno que achei que gostaria de saber que ele está progredindo bem, mantendo-se sempre alegre e aproveitando cada dia ao máximo.

O senhor e sua atitude positiva contribuíram muito para isso, e eu lhe agradeço sinceramente.

Declan Carroll

O dr. Harris respondeu:

Dr. Carroll,

Fiquei feliz em receber notícias suas. Tenho uns amigos que têm uma clínica e estão procurando um novo sócio. Eles me perguntaram se eu recomendaria alguém e, na mesma hora, pensei em você. Fica em uma parte muito atraente de Dublin e tem casas disponíveis para comprar se for preciso. Anexei alguns detalhes, caso se interesse.

Eles são pessoas muito boas e dedicadas, e o fato de a clínica ficar em um bom bairro não significa que os pacientes sejam ricos e hipocondríacos. Eles ficam doentes como as pessoas dos outros lugares.

Avise-me se tiver interesse e me envie seu currículo para que eles vejam. Logo eles me darão uma resposta.

Nunca vou me esquecer do seu amigo Muttie Scarlet. São poucas as vezes na vida que cruzamos com uma pessoa genuinamente boa como ele. Uma pessoa sem nenhum disfarce.

Fico aguardando uma resposta sua.

Atenciosamente,

James Harris

Declan precisou ler a carta três vezes para cair a ficha. Estava recebendo um convite para trabalhar em uma das clínicas de maior prestígio de Dublin. Uma casa com um jardim e uma escola elegante para Johnny. Era o tipo de posição que ele só tentaria em uns dez anos. Mas *agora*! Antes dos trinta anos! Era muita coisa para absorver de uma vez.

Fiona já tinha ido trabalhar quando a carta chegou, então não pôde compartilhar a notícia com ela. Emily viera pegar Johnny para levá-lo até a casa de Noel, onde pegaria Frankie. Hoje as crianças passariam a manhã no bazar e voltariam para a casa de seus pais de tarde. O sistema funcionava como um relógio, e Noel parecia ter voltado para os trilhos.

Declan só tinha paciente marcado às dez no consultório, então tinha tempo de passar na casa de Muttie para discutir sobre a enfermeira que começaria a trabalhar naquele dia nos cuidados paliativos dele. Declan conhecia a enfermeira. Era uma mulher experiente e gentil chamada Jessica, treinada para fazer o anormal parecer razoável e era rápida em antecipar qualquer coisa que ele pudesse precisar.

— Ele é independente, Jessica — avisou Declan. — Provavelmente vai lhe dizer que não tem nada de errado com ele.

— Eu sei, Declan, relaxe. Vamos nos dar bem.

E Declan sabia que sim.

Moira estava descendo a São Jarlath Crescent quando Declan saiu. Ela parecia cirurgicamente grudada à sua prancheta. Declan nunca a vira sem ela. Ele acenou e continuou andando, mas ela o fez parar. Ela, claro, estava pensando em alguma coisa.

— Para onde você está indo? — perguntou ele, sendo simpático.

— Fiquei sabendo que tem uma casa à venda nesta rua — disse Moira. — Sempre quis ter um pequeno jardim. Você está sabendo de alguma coisa? É a casa 22.

À Espera de Frankie

Declan pensou rapidamente; pertencia a uma senhora que estava indo morar em um asilo, mas ficava exatamente ao lado da casa dos pais de Noel. Ele não ia gostar nada disso.

— Deve estar em péssimas condições — disse Declan. — Ela era um tanto reclusa.

— Bem, isso deve fazer o preço cair — observou Moira, contente.

Ela até ficava bonita quando sorria.

— Noel continua bem? — perguntou ela.

— Bem, na verdade, você o vê mais do que eu, Moira — falou Declan.

— Verdade, é o meu trabalho. Mas ele às vezes fica um pouco irritado, você não acha?

— Irritado? Não, nunca achei isso.

— Um dia desses, ele arrancou a minha prancheta e gritou comigo.

— Por que ele fez isso?

— Foi por causa de uma pessoa chamada Dingo Duggan que também cuida de Frankie. Perguntei sobre ele, e Noel gritou comigo que ele era apenas um *pobre e decente idiota* e usou uma linguagem muito grosseira. Foi intolerável.

Declan fitou-a firmemente. Então foi isso que o motivou naquela noite. Não confiava na própria voz para falar.

— Alguma coisa errada, Declan? — perguntou ela. — Estou com uma sensação de que não estou sabendo de tudo.

Declan engoliu seco. Logo estaria longe de Moira, de Noel e de São Jarlath Crescent. Lembrou-se de que não podia explodir e deixar atrás de si um rastro de confusão e sentimentos ruins.

— Tenho certeza de que você conseguiu resolver a situação muito bem, Moira — respondeu ele, sem nenhuma sinceridade. — Você deve estar acostumada aos altos e baixos dos clientes, assim como nós estamos acostumados com os dos pacientes.

— É bom quando nos contam a história toda — falou Moira. — Mas, no momento, estou com a sensação de que estão me escondendo alguma coisa.

— Bem, quando descobrir, me conte, ok?

Declan conseguiu colocar um sorriso no rosto e seguir.

Passou no bazar onde sua mãe estava trabalhando e deu um beijo no filho, que estava sentado ao lado da amiguinha Frankie. Os bebês pareciam ter saído de um comercial de fraldas; ambos estavam fascinados por suas mãos.

— Quem é o menino do papai, hein? — disse Declan.

A voz dele estava diferente. Molly Carroll olhou para o filho, preocupada.

— Veio aqui por algum motivo especial, Declan? — perguntou ela.

— Só para dar um oi para meu filho e herdeiro e agradecer à minha santa mãezinha e sua amiga Emily por tornarem a nossa vida tão mais fácil.

Ele sorriu. Um sorriso de verdade desta vez.

— Bem, não é o mínimo que eu poderia fazer? — Molly ficou feliz. — Não tenho o que toda mãe sonha? O filho e agora o neto morando na casa dela! Quando penso em todas as pessoas que mal veem seus netos, me sinto abençoada todos os dias.

Não por muito tempo, pensou Declan para si mesmo, com remorso. Foi ver Muttie e Lizzie. Estavam tendo uma discussão tranquila sobre como receber Jessica, que iria naquele dia pela primeira vez.

— Preparei alguns bolinhos, mas Muttie acha que ela ia preferir uma boa refeição. O que você acha, Declan?

— Acho que ela vai gostar dos bolinhos, e vocês podem sugerir o almoço para outro dia — disse Declan.

— Ela é solteira ou casada? — perguntou Muttie.

— Ela é viúva. O marido dela morreu uns três anos atrás.

À Espera de Frankie

— Que Deus tenha misericórdia dele, deve ser muito difícil para ela — disse Lizzie, aparentemente sem a menor consciência de que em breve ela também seria viúva.

— Verdade, mas Jessica tem um coração muito bom. Ela se dedica ao máximo à família e ao trabalho.

— Isso é muito sábio — disse Lizzie. — Espero que o marido dela tenha tido um ótimo médico na época como nós temos. — Ela olhou carinhosamente para Declan.

— Pode repetir isso — falou Muttie.

— Pare com isso, Muttie, assim vou ficar convencido! — disse ele.

— Você pode ser convencido! Contei para todo mundo sobre o dr. Harris e como ele não me cobrou a consulta porque era seu colega de profissão e eu sou seu amigo.

Declan sentiu uma pontada atrás do olho. Quando Muttie morresse, Declan e Fiona estariam em uma parte totalmente diferente de Dublin. Não apenas Muttie e Lizzie perderiam seu médico de confiança, como seus pais perderiam o neto e o filho.

Antes de ir para o trabalho, encontrou Josie e Charles Lynch.

— Fiquei sabendo que a casa ao lado da sua está à venda — disse ele.

— Verdade, o anúncio vai sair amanhã. Como você já sabe?

— Moira — respondeu ele.

— Deus, aquela mulher consegue escutar a grama crescer — falou Josie.

— Ela ficou procurando pelo de cachorro na nossa casa. Em que mundo ela vive para achar que cachorros não soltam pelos? — Charles balançou a cabeça.

— Ela está querendo comprar a casa — contou Declan.

— Nunca! — Josie ficou chocada. — Deus, ela estaria praticamente *morando* na nossa casa!

Charles balançou a cabeça de novo.

— Noel não vai gostar disso... nem um pouquinho.

— Bem, sempre temos Declan para interceder a nosso favor.
— Josie era boa em sempre ver o lado positivo das coisas.

Não por muito tempo, pensou Declan.

No consultório aquela manhã, todos os pacientes pareciam precisar lhe contar alguma história ou se lembrar
de alguma vez em que os ajudara. Se Declan acreditasse em um
quarto dos elogios que recebeu naquela manhã, seria um homem
muito vaidoso. Só gostaria que não tivessem escolhido aquele dia
para lhe dizer isso. Logo hoje, quando estava prestes a mudar sua
vida e deixar todos eles.

Ligou para o Anton's para reservar uma mesa para o jantar.
Queria contar para Fiona em um ambiente especial, não na casa
que dividiam com seus pais onde tudo podia ser escutado de
uma forma ou de outra.

— Como ficou sabendo de nós? — perguntou o maître.

Declan ia dizer que Lisa Kelly lhe falara, mas alguma coisa fez
com que guardasse a informação.

— Lemos nos jornais — respondeu ele vagamente.

— Espero que estejamos à altura de suas expectativas, senhor
— falou Teddy.

— Também espero — respondeu Declan.

O dia pareceu muito longo até Dingo ir buscá-los às sete.

Duas semanas antes, Dingo fora a uma festa em um restaurante grego e dançara inadvertidamente em cima de alguns
pratos quebrados. Declan tirara os piores cacos da sola dos pés

À Espera de Frankie

de Dingo. Não recebeu nada por isso. Era sempre assim com Dingo, mas uma oferta de quatro viagens em sua caminhonete foi bem-aceita como pagamento. Isso significava que podiam tomar uma garrafa de champanhe quando contasse a novidade para Fiona.

Na hora que ia sair do consultório, Noel apareceu.

— Só preciso de três minutinhos, Declan, por favor.

— Claro, entre.

— Você está sempre de tão bom humor. É real ou é fingimento?

— Às vezes é fingimento, mas outras vezes, como hoje, é real. — Declan sorriu de forma encorajadora.

— Vou direto ao assunto, então. Estou um pouco preocupado com Lisa. Não sei o que fazer...

— O que houve? — Declan foi gentil.

— Ela perde completamente a noção da realidade quando se trata desse Anton. Quero dizer, ela não sabe o que é real e o que não é. Escute, eu sei o que é negação. Ela está vivendo exatamente isso.

— Ela está bebendo ou alguma outra coisa?

Declan imaginou que Noel pudesse ter desenvolvido alguma intolerância repentina a álcool.

— Não, não é nada desse tipo, só uma obsessão. Está planejando um futuro com ele, mas está se iludindo.

— Eu sei que é difícil.

— Ela precisa de ajuda, Declan. Está destruindo a própria vida. Você precisa indicar um médico para ela.

— Eu não sou médico dela e ela não *pediu* a ninguém para indicá-la para lugar nenhum.

— Ah, você sempre gostou de fazer as coisas certinhas, Declan. Mas consiga alguém... um psiquiatra para ficar de olho nela.

— Eu *não posso*, Noel. Não é assim que funciona. Não posso procurar Lisa e dizer: Lisa, Noel acha que você está no caminho errado, então vamos, que vou levá-la a um psiquiatra.

— As coisas *deveriam* ser assim. De todo modo, você saberia como falar — alegou Noel.

— Mas ela não fez nada de errado. A sua opinião sobre isso tem seu crédito, mas, honestamente, interferência externa não vai ajudar em nada. *Você* não consegue ajudá-la a ver as coisas como são? Vocês moram juntos, dividem o mesmo apartamento.

— Eu sei, mas quem escutaria alguma coisa que eu digo? — perguntou Noel. — Você sempre escutou, preciso ser justo. Você era o único que me fazia me sentir normal e não um louco.

— E você *é* normal, Noel.

Declan se perguntou se ainda faltava alguém para lhe dizer o quanto ele era importante?

F iona estava em ótima forma. Ela disse que não comera nada no almoço. Barbara a convidara para almoçar para conversarem sobre a complexidade dos homens, mas Fiona dissera que ia ao Anton's naquela noite, então Barbara disse que não tinha razão para conversar com ela sobre a complexidade dos homens, que ela conseguira um marido que era um tesouro e que existiam poucos assim por aí.

Ela estava toda arrumada com uma roupa nova: um vestido cor-de-rosa, com um casaquinho preto. Declan a fitou, orgulhoso, quando se sentaram no restaurante. Ela estava tão linda. Tinha tanto estilo quanto qualquer outra ali. Ele pegou o rosto dela em suas mãos e a beijou longamente.

— Declan! O que as pessoas vão pensar? — perguntou ela.

— Vão pensar que estamos vivos e somos felizes — disse ele simplesmente, e de repente tomou a segunda mais importante

À Espera de Frankie

decisão de sua vida. A primeira foi ir atrás de Fiona até o fim do mundo. Esta era diferente. Era sobre o que não ia fazer.

Não contaria a ela sobre a carta do dr. Harris agora. Na verdade, provavelmente nunca contaria. E de repente, tudo lhe pareceu tão claro.

— Eu estava pensando... o que você acha de comprarmos a casa 22 em São Jarlath Crescent? Teríamos a nossa própria casa.

8

— Estou com um probleminha — falou Frank Ennis para Clara Casey quando a pegou na clínica de insuficiência cardíaca.

— Deixe-me adivinhar — disse ela, rindo. — Usamos muitas latas de purificador de ar no vestiário no mês passado?

— Não, nada disso — respondeu ele, impaciente, enquanto dirigia pelo trânsito.

— Não, não me diga. Vou adivinhar. São as placas de bronze nas portas. Compramos uma lata do produto para limpar e eu me esqueci de perguntar se podia? É isso, não é?

— Sério, Clara. Não entendo por que você me faz parecer um funcionário pão-duro e não o diretor do hospital. Minha preocupação não tem nada a ver com você e os extraordinários gastos da sua clínica.

— Da *nossa* clínica, Frank. Faz parte do Hospital Santa Brígida.

— Ela se mantém. E é uma república independente, sempre foi, desde o primeiro dia.

À Espera de Frankie

— Que infantil da sua parte — disse ela, de maneira reprovadora.

— Clara, você quer mesmo ir a esse concerto hoje? — perguntou ele, de repente.

— Alguma coisa errada?

Ela o fitou com um olhar penetrante. Frank nunca cancelava seus compromissos.

— Não, não tem nada exatamente *errado*, mas preciso conversar com você — disse ele.

— Você jura que não tem nada a ver com caixas de lenços ou pacotes de clipes de papel ou enormes áreas de desperdício que estão falindo o hospital? — perguntou Clara.

Até ele riu.

— Não, nada disso.

— Tudo bem, então. Claro que podemos cancelar o concerto. Vamos jantar em algum lugar?

— Venha para casa comigo.

— Precisamos comer alguma coisa, Frank, e você não cozinha.

— Pedi para uns cozinheiros deixarem um jantar para nós — disse ele, constrangido.

— Como você tinha tanta certeza que eu ia aceitar?

— Bem, em vários aspectos da vida, você é um tanto razoável, normal até. — Ele estava tentando ser justo.

— Cozinheiros. Entendo...

— Bem, eles são bem jovens, semiprofissionais, eu diria. Ainda não cobram preços exorbitantes.

— Trabalho escravo? Amadurecendo para explorar depois? — perguntou Clara.

— Ah, Clara, você poderia me dar uma trégua só esta noite? — implorou Frank Ennis.

MAEVE BINCHY

* * *

Maud e Simon estavam no apartamento de Frank. Tinham
colocado a mesa e trouxeram seus próprios guardanapos
e uma rosa.

— Está tudo de primeira? — Simon estava preocupado.

— Ele vai pedi-la em casamento. Sei que vai — disse Maud.

— Ele lhe disse alguma coisa?

— Claro que não, mas por que outro motivo ele faria um
jantar para uma mulher em casa?

Para Maud era óbvio.

Deixaram o salmão defumado com musse de abacate e uma
pequena rosa feita em um limão siciliano na mesa. O prato de
frango com mostarda estava no forno. A torta de maçã e o creme
estavam em cima do aparador.

— Tomara que ela aceite — disse Simon. — Esse homem
desembolsou um bom dinheiro, toda essa comida e o custo de
nós dois e tudo mais.

— Ela deve ser bem velha... — Maud estava pensando. —
Quero dizer, o sr. Ennis é velho que nem Matusalém. É incrível
que ele ainda tenha energia para fazer um pedido de casamento,
quanto mais outras coisas!

— Não vamos nem pensar nisso — disse Simon, aliviado.

Eles saíram e jogaram a chave de volta.

Clara sempre achara o apartamento de Frank sem vida. Esta
noite, porém, estava diferente. Tinha uma luz fraca e uma
linda mesa posta para o jantar.

E ela percebeu a rosa vermelha. Aquilo não era a cara de
Frank. Perguntou-se se não era ideia dos jovens cozinheiros.
De repente, ela ficou chocada. Ele não poderia estar pensando em
pedi-la em casamento, poderia?

À Espera de Frankie

Claro que não. Ela e Frank tinham sido bem claros sobre o que queriam, um relacionamento sem compromisso. Ambos podiam sair com outras pessoas. Algumas vezes, quando passavam algum fim de semana fora, e a vez em que foram para a Escócia, ficaram hospedados no mesmo quarto e tiveram o que Clara descreveria como uma vida sexual prazerosa, mas limitada. Isso se ela fosse falar sobre o assunto com alguém. Mas não falava. Nem para sua melhor amiga Hilary na clínica, nem para sua amiga mais antiga, Dervla.

Certamente não falava para sua mãe, que de vez em quando fazia perguntas sobre seu novo companheiro. Nem para suas filhas, que tendiam a acreditar que a pobre mãe já não fazia essas coisas havia muito tempo. Nem para seu ex-marido, Alan, que estava sempre rondando, esperando que voltasse correndo para ele.

Não, Frank não pode ter entendido as coisas de forma tão errada. Definitivamente não!

Ele foi até o escritório e saiu de lá com um maço de cartas.

— Está tudo muito bonito. — Clara estava admirando o lugar.

— Que bom. E obrigado por mudar seus planos tão prontamente.

— De forma alguma. Deve ser importante...

Clara se perguntou o que diria se ele realmente tivesse perdido a cabeça e lhe pedisse em casamento. Obviamente, seria não, mas como fazer isso sem magoá-lo e fazê-lo se sentir ridículo? Isso era um problema.

Frank serviu uma taça de vinho para ela e lhe entregou as cartas.

— Este é o meu problema, Clara. Recebi uma carta de um garoto da Austrália. Ele diz que é meu filho.

MAEVE BINCHY

* * *

Naquela noite, Simon e Maud pediram para Muttie experimentar uma receita de *coulibiac*. Na verdade, ambos sabiam que a receita era ótima. Só queriam uma desculpa para importuná-lo e dar a ele algo para fazer. Mostraram a Muttie como eles dobravam as folhas de massa com cuidado e como preparavam o salmão, o arroz e o os ovos cozidos.

Ele observou com interesse.

— Quando eu era jovem, se conseguíssemos um pedaço de salmão, ficaríamos tão encantados que nunca o embrulharíamos com arroz e ovos e todas essas coisas! — Ele balançou a cabeça.

— Bem, Muttie, mas hoje em dia as pessoas gostam de complicar as coisas — explicou Maud.

— É por isso que você está sempre falando sobre fazer a sua massa em vez de comprar no supermercado como todas as outras pessoas?

— Não tem nada a ver. — Simon caiu na gargalhada. — Ela se interessa por massa porque está interessada no Marco!

— Eu mal o conheço — disse Maud, sendo pouco convincente.

— Mas bem que gostaria de conhecê-lo melhor — respondeu ele.

— Quem é Marco? — perguntou Muttie.

— É o filho de Ennio Romano, sabe, daquele restaurante Ennio's, aquele do qual estávamos lhe falando — explicou Simon.

— Estávamos pensando em conseguir um emprego lá — disse Maud.

— Alguém de nós estava *rezando* para conseguir um emprego lá — acrescentou Simon, rindo porque a irmã estava vermelha.

À Espera de Frankie

Maud tentou soar profissional.

— É um restaurante italiano, faz sentido aprendermos a preparar a nossa própria massa. E mesmo se não conseguirmos o emprego lá, será muito útil para nosso trabalho de cozinhar na casa das pessoas. Os clientes ficariam impressionados.

— E pensando que vão matar os outros de inveja — falou Simon.

— Mas para que chamar as pessoas à sua casa se é para aborrecê-las? — Para Muttie, esse era um problema real.

Os gêmeos suspiraram.

— Será que ele já pediu a mulher em casamento? — perguntou Maud.

— Se ele não quer que o jantar queime no forno, eu diria que sim.

— De quem vocês estão falando? — perguntou Muttie, interessado.

— Um velho desesperado chamado Frank Ennis vai pedir alguma senhora em casamento.

— Frank Ennis? Ele trabalha no Hospital Santa Brígida?

— Trabalha, sim. Você o conhece, Muttie?

— Não pessoalmente, mas sei tudo sobre ele, Fiona me conta. Parece que ele é o inimigo natural de todo mundo na clínica onde ela trabalha. Declan também o conhece. Diz que ele não é tão mal, apenas obcecado por trabalho.

— Isso tudo vai acabar se ele se casar com essa senhora — comentou Simon, pensativo.

— Lembre-se que as coisas também vão mudar para ela — acrescentou Maud.

— Ele já pagou vocês? — perguntou Muttie, de repente.

— Já. Ele deixou em um envelope para nós — confirmou Simon.

MAEVE BINCHY

— Que bom. Já ouvi Fiona dizer que ele é muito pão-duro e só paga as contas no último minuto.

— Ele chegou a pedir trinta dias — disse Simon.

—Você não me contou — reclamou Maud.

— Não foi preciso. Expliquei a ele que não trabalhávamos com crédito. E ele entendeu.

Simon tinha muito orgulho de sua habilidade de negociação e de saber falar a língua do comércio.

Clara Casey fitava a carta que Frank lhe entregara.

— Tem certeza de que quer que eu leia? — perguntou ela. — Ele não escreveu para mim...

— Ele não *sabe* sobre você — explicou Frank.

— Mas a questão é: o que ele sabe sobre *você*? — perguntou Clara, gentilmente.

— Leia, Clara.

Então, ela começou a ler a carta do jovem.

Você ficará surpreso ao receber esta carta. Meu nome é Des Raven e acredito ser seu filho. Isso provavelmente será um choque para você, que vai ficar esperando que alguém atrás de uma fortuna apareça na sua porta. Deixe-me esclarecer de uma vez: esse não é o caso.

Tenho uma vida muito feliz em New South Wales, onde sou professor e — só para tranquilizá-lo — onde continuarei morando!

Se a minha presença em Dublin for trazer algum tipo de constrangimento para você e sua família, vou compreender. Só fiquei pensando se não seria possível que nós pelo menos nos encontrássemos uma vez enquanto eu estiver na Irlanda. Minha mãe, Rita Raven, morreu no ano passado. Ela pegou uma pneumonia que não foi tratada como deveria.

Eu não morava com ela havia seis anos, quando fui para a faculdade, mas sempre voltava para casa uma vez por semana e preparava um jantar

246

À Espera de Frankie

para ela. É claro que ela colocava a louça na máquina para mim, mas ela gostava disso. Gostava mesmo.

Engraçado, nunca perguntei a ela de onde eu vim e que tipo de homem meu pai era. Eu não perguntava porque ela parecia não ficar à vontade com o assunto. Ela diria que era muito jovem e muito tola na época e tudo não tinha dado certo no final? Ela dizia que nunca tinha se arrependido, nem um só dia, de me ter, e isso era bom. E a Austrália foi boa para ela. Ela chegou aqui grávida e não tinha nenhum dinheiro quando eu nasci, mas depois fez um treinamento para recepcionista de hotel.

Ela teve dois romances: um camarada com quem ela ficou seis anos. Eu não gostava muito dele, mas ele a fazia feliz... e então eu acho que alguma coisa bem mais interessante surgiu para ele. Minha mãe tinha muitos bons amigos e sempre estava em contato com uma irmã casada que mora na Inglaterra. Tinha quarenta e dois anos quando morreu, embora dissesse que estava com trinta e nove. E eu diria que, apesar de tudo, ela teve uma vida boa e feliz.

Quanto a você, Frank Ennis, não sei nada exceto seu nome que está na minha certidão de nascimento. Encontrei você na internet e liguei para o hospital, perguntando se você ainda trabalhava lá e eles disseram que sim.

Então, aqui vai a minha carta!

Quero deixar bem claro que não vou causar nenhum problema para você nem para sua esposa e família. Também sei que você não sabia nada sobre onde eu morava. Mamãe sempre foi muito firme a esse respeito. Em todos os meus aniversários dizia para eu não ficar esperando um presente.

Realmente espero que possamos nos conhecer.

Até lá...

Des Raven

Clara abaixou a carta e fitou Frank. Os olhos dele brilhavam muito e havia uma lágrima em seu rosto. Ela se levantou e foi até ele de braços abertos.

— Isso não é *maravilhoso*, Frank? — disse ela. —Você tem um filho! Não é a melhor notícia do mundo?

— Bem, é, mas temos de ser cautelosos — começou Frank.

— Por que precisamos ser cautelosos? Existiu uma mulher chamada Rita Raven, não existiu?

— Existiu, mas...

— E ela desapareceu?

— Ela foi para a casa de uns primos nos Estados Unidos — disse ele.

— Ou para a casa de outras pessoas na Austrália — corrigiu Clara.

— Mas temos de ver tudo... — começou ele.

Ela, deliberadamente, o interpretou errado.

— Claro, as passagens de avião e tudo mais, mas deixe que ele faça isso, os jovens são muito melhores do que nós em fazer reservas online. O mais importante agora é: que horas são na Austrália? Você pode ligar para ele agora mesmo. — Ela foi até a mesa e começou a tirar o plástico de cima do salmão defumado.

Ele não tinha nem se mexido. Não conseguia dizer a ela que já tinha recebido a carta havia duas semanas e que ainda não tinha sido capaz de decidir o que fazer.

— Vamos, Frank, agora é manhã lá e se você demorar mais um pouco, ele já vai ter saído para a escola. Você vai ligar para ele, não vai?

— Mas nós não precisamos conversar sobre isso?

— Conversar sobre o quê?

— Mas você não se importa?

— Se eu me *importo*, Frank? Estou encantada. A minha única preocupação agora é que você, depois de todos esses anos, precise falar com uma secretária eletrônica.

Ele a fitou, confuso. Havia tantas coisas que ele não conseguia compreender.

—Como foi com Frank ontem à noite? — perguntou Hilary para Clara no dia seguinte na clínica.

Hilary era a única que conseguia alguma informação e era a única que ousava perguntar.

— Maravilhoso — disse Clara, sem dizer mais.

— Gostou do concerto? — insistiu Hilary.

— Nós não fomos. Frank contratou uns cozinheiros para prepararem um jantar para nós na casa dele.

— Meu Deus! Isso parece sério!

Hilary estava contente. Sempre dizia que eles tinham sido feitos um para o outro. Algo que Clara sempre negava.

— Frank foi como ele sempre é: cauteloso e precavido, nunca espontâneo. Pare de bancar o cupido, viu, Hilary?

Frank demorara tanto na noite anterior que ninguém atendeu ao telefone na casa de Des Raven do outro lado do mundo. Ele deixara de falar com o filho que nem sabia que tinha só porque estava ansioso demais e queria conversar a respeito e verificar tudo. E isso não o levou a lugar algum, mas Clara não contou nada disso para Hilary. Era o segredo de Frank. E ela não ia revelar.

— Onde está Moira? Hoje é dia dela, não é?

— Ela acabou de levar Kitty Reilly para um *tour* de lares residenciais. Ela tem uma lista de requisitos mais longa que meu braço sobre as necessidades de Kitty: acesso fácil à igreja, comida vegetariana... esse tipo de coisa. — Hilary parecia meio impressionada, meio irritada.

— Ela é muito meticulosa, não podemos negar — disse Clara, de má vontade.

— Entendo o que quer dizer. Se ela, pelo menos, sorrisse mais, né? — imaginou Hilary. — De todo modo, Linda ligou para você de manhã. Como estava com alguém, atendi à ligação.

O filho de Hilary era casado com a filha de Clara. As duas tinham armado um esquema para apresentá-los e tudo dera espetacularmente certo. Até resolverem dar um neto para elas. Apesar de muitas intervenções, não tiveram sucesso. O filho de Hilary, Nick, e a filha de Clara, Linda, estavam muito decepcionados.

— Ela disse que não tiveram sorte de novo.

— Se ela continuar tão ansiosa, *nunca* vai conceber. Ela tem uma lista de umas três dúzias de pessoas para quem liga todo mês. Eu, você e mais umas trinta.

— Clara! — Hilary ficou chocada. — Ela é sua filha e acredita que você está tão animada quanto ela em se tornar avó, e eu também!

— Você está certa, eu tinha me esquecido. Passe-me o telefone.

Hilary observou enquanto Clara tranquilizava e acalmava Linda.

Era óbvio que Linda estava chorando do outro lado da linha. Ela teria adorado se Nick e Linda lhes dessem uma boa notícia.

Podia ouvir Clara dizendo:

— É *claro* que você é normal, Linda. Por favor, pare de chorar, meu amor. Você vai ficar com os olhos inchados. Sei que não se importa, mas mais tarde quando for se arrumar para sair... bem, para casa de Hilary, claro, para onde todas vamos hoje à noite. Nem pense em cancelar, Linda. Hilary comprou uma sobremesa especial.

— Ah, eu comprei, foi? — perguntou Hilary quando Clara desligou.

À Espera de Frankie

— Eu precisava dizer alguma coisa. Senão ela ia correndo para casa, direto para um quarto escuro.

— Tudo bem. Eu ia servir queijos e uvas, mas você mudou meus planos — disse Hilary. — Qual foi a sobremesa que Frank Ennis serviu ontem à noite?

—Torta de maçã — respondeu Clara.

— Você tem *certeza* de que ele não lhe fez nenhuma proposta que está esquecendo de me contar...?

— Ah, cala a boca, Hilary. Olhe, lá vem a Moira. Vamos fingir que estávamos fazendo algum trabalho aqui.

Moira estava triunfante. O quinto lugar que visitaram era perfeito para Kitty Reilly — cheio de freiras e padres aposentados, e uma opção vegetariana em todas as refeições. De fato, tudo que se podia pedir.

— Meu Deus, espero pedir muito mais do que isso quando chegar a minha hora — disse Clara, sendo irônica.

— O que você pediria exatamente? — perguntou Moira.

Uma pergunta bem inocente, mas o tom de voz de Moira parecia sugerir que a hora de Clara já tinha chegado.

— Não sei: uma biblioteca, um cassino, uma academia, ah, e um neto! — disse Clara. — E você, Moira, de que gostaria?

— Eu gostaria de estar com amigos. Sabe, pessoas que eu conhecesse há muito tempo para que pudéssemos compartilhar nossas lembranças.

— E você acha que vai conseguir fazer isso? Reunir um grupo de amigos e morar no mesmo lugar?

Clara estava interessada. E ela e sua amiga, Dervla, costumavam falar que fariam exatamente isso.

— Provavelmente não. Não tenho amigos. Nunca tive tempo de fazer amigos durante a minha vida — respondeu Moira, inesperadamente.

251

Clara fitou-a com atenção. Por um momento, o véu fora levantado e ela viu uma mulher muito solitária. Então, o véu caiu de novo e tudo ficou como antes.

— Você virá hoje à noite para que possamos ligar para ele? Mais cedo que ontem à noite... — Frank ligou para Clara, cheio de planos.

— Não, Frank, não posso hoje. Vou jantar na casa de Hilary.

— Mas você *tem* de vir! — Ele ficou furioso.

— Não posso, Frank, eu já lhe disse...

— Você é muito certinha — disse ele, contrariado.

— Você também. Se você tivesse ligado imediatamente, teria conseguido falar com ele.

— Por favor, Clara.

— Não vou falar de novo. Espere até amanhã à noite se precisa que eu esteja por perto segurando a sua mão.

Ela desligou.

Frank ficou parado escutando o sinal de ocupado. Que tolo ele fora não ligando para o garoto imediatamente! Clara estava certa. Ele *ficara* enrolando e o resultado disso era que o garoto devia estar pensando que encontrara uma porta fechada na sua cara. Claro que se lembrava de Rita Raven. Quem não se lembraria? O pai e a mãe dele reprovavam o relacionamento.

Rita vinha de um tipo de família totalmente errado. A família Ennis não tinha trabalhado duro para subir a um nível de respeitabilidade para serem arrastados para baixo pelo filho. Os pais de Frank Ennis agiram logo. Rita Raven desaparecera da vida de todos. Frankie às vezes pensava nela com melancolia, e agora ela estava morta. Tão jovem. Ele ainda a via como a linda moça de dezessete anos que ela fora. Imagine, ela fora para a Austrália

À Espera de Frankie

e tivera o filho lá sem nem avisá-lo. Ele simplesmente não soubera de nada.

Se soubesse, o que teria feito? Ficou desconfortável ao pensar nisso. Naquela época, prestes a começar uma carreira promissora, com toda a reprovação em sua casa, provavelmente não teria agido bem. Seus pais eram tão hostis com seu relacionamento com Rita e se mostraram tão abertamente aliviados quando ela saiu do país. Será que eles sabiam mais do que diziam? Sentiu uma pontada no estômago ao pensar nisso. Mas eles não *podiam*. Não podiam ter pagado uma boa quantia para ela desaparecer. Isso era impossível. Eles eram pessoas cautelosas com dinheiro. Não, não podia seguir esse caminho de desconfiança.

Droga, por que Clara tinha de ter esses encontros de mulheres? Realmente precisava dela ao seu lado.

Hilary serviu uma refeição elegante. Quando fora a uma *delicatéssen* comprar a sobremesa, viu algumas saladas diferentes e resolveu comprar também.

A conversa foi tensa e artificial, como sempre era nos dias em que Linda descobria, mais uma vez, que não estava grávida. Hilary e Clara se entreolhavam. Anos atrás era tão diferente. Havia orfanatos cheios de crianças ansiosas por um lar feliz. Hoje em dia, havia ajuda de custo para mães solteiras.

Clara perguntou-se se Moira teria alguma novidade sobre a criança que ela dissera que logo seria encaminhada para adoção. A menininha tinha apenas alguns meses, exatamente a mesma idade do filho de Fiona e Declan. A menina teria sorte se tivesse Linda e Nick como pais. Nenhuma criança teria um lar mais receptivo, sem falar nas duas dedicadas avós. Precisava perguntar a Moira sobre isso amanhã.

Clara deixou sua mente vagar até o apartamento de Frank. Esperava que ele estivesse sendo delicado e diplomático com Des Raven. Será que ela chamara bastante atenção para o fato de que ele deveria *soar* feliz e receptivo? A primeira impressão era crucial. Aquele rapaz esperara um quarto de século para falar com o pai. Que Frank permita que seja uma boa experiência. *Por favor.*

M ais uma vez a secretária eletrônica atendeu. Frank ficou irritado sem motivo. Será que aquele garoto ficava em casa? Deviam ser seis e meia da manhã. Onde ele *estava*?

Distraidamente, durante a noite, discou de novo e, para sua surpresa, uma moça com um sotaque australiano muito forte atendeu. Frank percebeu que Des Raven provavelmente também falava assim.

— Gostaria de falar com Des Raven... — começou ele.

— Ele não está, amigo — disse ela, em um tom de voz animado.

— E quem está falando? — perguntou Frank.

— Sou Eva. Estou tomando conta da casa.

— E quando ele vai voltar?

— Daqui a três meses. Venho para levar o cachorro para passear e cuidar do jardim.

— Ah, e você é namorada dele?

— Quem é *você*? — perguntou ela.

— Desculpe, sou apenas um... amigo... da Irlanda.

— Bem, ele está indo lhe ver, então. — Eva ficou satisfeita por conseguir esclarecer tudo tão facilmente. — Provavelmente está aí, agora. Não, espere, ele ia para a Inglaterra primeiro porque o voo é para lá. Fica perto, certo?

— Fica, uma viagem de uma hora de avião.

Na opinião de Frank, aquela conversa parecia muito irreal.

À Espera de Frankie

— Certo, então ele sabe onde encontrá-lo.

— Sabe?

— Bem, ele saiu daqui com uma pasta cheia de papéis, ano-tações e cartas. Ele me mostrou. Acho que eram todas de pessoas para quem ele escreveu e que responderam.

— Sim, entendi... — Frank estava triste.

— Então, posso dizer que ligou para ele? Vou deixar uma lista ao lado do telefone.

— Muitas pessoas ligaram? — perguntou ele, interessado.

— Não, você é o primeiro. O que devo anotar?

— Como você mesma disse, ele estará aqui em um ou dois dias...

Frank Ennis não estava com a menor vontade de continuar mexendo naquele assunto.

Pensou em ligar para Clara, mas ela estava naquela maldita reunião de meninas e podia não gostar de ser interrompida por um assunto pessoal dele. Era *impossível* saber como as mulheres reagiriam a qualquer coisa. Olhe Rita Raven, indo para o fim do mundo para ter o filho sozinha! Olhe como Clara ficara tão con-tente ao saber que Frank tinha um filho fora do casamento!

Lembrou-se melancolicamente das mulheres que vieram depois de Rita e antes de Clara. Algumas, não muitas, mas todas tinham uma coisa em comum: era incrivelmente difícil compreendê-las.

O rapaz devia entrar em contato pelo hospital. Não sabia o endereço da casa de Frank. Ele não iria sair contando a his-tória para quem quer que encontrasse primeiro. Frank não tinha preocupações sobre esse assunto. O garoto, Des, como pensava nele agora, escrevera que compreendia que os padrões morais na Irlanda não deviam ter mudado tanto quanto na Austrália. Gostaria que Des tivesse mandado uma fotografia. Então percebeu que o garoto... tudo bem, Des... também não sabia como o pai era.

Era possível haver uma foto de Frank de muitos anos atrás. Esperava que não. Odiaria ser visto vinte e cinco anos depois, o cabelo começando a ficar mais escasso, a barriga começando a aumentar. O que Des Raven acharia do pai que esperara tanto tempo para conhecer?

Os dias pareciam estar se arrastando.

Quando aconteceu, foi curiosamente normal.

A srta. Gorman, que Frank contratara dez anos antes porque ela não era muito volúvel, entrou na sala. Com os anos, a srta. Gorman estava ainda menos volúvel, se é que isso era possível. Ela desaprovava quase tudo. Um homem com sotaque australiano telefonara, querendo falar com o sr. Ennis sobre um assunto pessoal. Ela não gostou dele por causa do sotaque, da insistência e da recusa em deixar qualquer recado. A srta. Gorman levava isso para o lado pessoal. Foi surpreendente, então, que Frank tenha levado o assunto tão a sério.

— De onde ele ligou? — perguntou ele, ansioso.

— De algum lugar de Dublin. Ele não sabia bem *onde* estava, sr. Ennis. — A srta. Gorman era impiedosa.

— Quando ele ligar de novo, coloque-o na linha para falar comigo na mesma hora...

— Bem, me desculpe se fiz a coisa errada, sr. Ennis. É que o senhor, nunca, *nunca mesmo* fala com quem não conhece.

— A senhorita não fez nada errado. É incapaz de fazer alguma coisa errada.

— Espero ter conseguido provar isso em todos esses anos.

Ela estava mortificada e saiu para esperar a ligação.

À Espera de Frankie

* * *

— Vou colocá-lo na linha, sr. Ennis — disse ela mais tarde.
— Obrigado, srta. Gorman.

Ele esperou até que ela desligasse, e então, com a voz trêmula, atendeu:

— Des? É você?

— Então, você *recebeu* a minha carta? — Muito australiano, mas não muito receptivo nem animado, como parecera na carta.

— Recebi. Tentei ligar para você, mas primeiro caiu na secretária eletrônica e depois Eva atendeu. Conversei com ela, que me disse que você tinha viajado. Estava esperando a sua ligação.

— Eu quase não liguei...

— Por que não? Isso deixa você nervoso? — perguntou Frank.

— Não, só pensei, por que incomodar? Você não quer se envolver comigo. Você deixou isso claro.

— Você está errado — respondeu Frank, magoado com a injustiça da situação. — Eu quero sim me envolver com você. Por que outro motivo eu teria ligado para a Austrália e conversado com Eva? — Quase conseguia ver a indiferença dele do outro lado da linha. — Por que eu faria isso?

Frank sentiu um vazio por dentro. Clara estava certa. Ele tinha parado quando deveria ter seguido em frente e com muito entusiasmo. Mas essa não era sua natureza. Sua natureza era examinar tudo meticulosamente e, só quando tinha certeza, nenhum minuto antes disso, se pronunciava.

— Você provavelmente achou que eu estava vindo atrás da minha herança — disse Des.

— Isso nunca passou pela minha cabeça. Você disse que queria me conhecer. Foi exatamente o que achei que era. Fiquei tão surpreso quanto você. Sabe, acabei de saber da sua existência e agora estou feliz!

— Feliz? — Des parecia não acreditar.

— Sim, claro, estou feliz. — Frank estava gaguejando agora.

— Des, do que se trata tudo isso? Você entrou em contato comigo, eu retornei a ligação. Quer almoçar comigo hoje?

— Onde você sugere? — perguntou Des.

Frank respirou aliviado. Então, percebeu que tinha de pensar rápido. Aonde levar o garoto?

— Depende do que você gosta... O Quentins é muito bom e tem um restaurante novo, Anton's, que estão falando muito bem.

— Precisa ir de terno e gravata?

Frank percebeu que fazia anos que não ia a algum lugar onde terno e gravata *não* fossem necessários. Tinham uma longa adaptação pela frente.

— Tradicional, mas sem exagero.

— Vou interpretar isso como um sim. Em qual dos dois?

— Anton's. Eu nunca fui lá. Podemos dizer uma hora?

— Por que não dizemos uma hora? — Des parecia estar zombando um pouco de Frank.

— Vou lhe ensinar como se chega lá — começou Frank.

— Eu encontro — disse Des e desligou.

Frank interfonou para a srta. Gorman pedindo que ela conseguisse o telefone do Anton's. Não, ele mesmo faria a reserva. Sim, tinha certeza. Talvez ela pudesse cancelar todos os seus compromissos da tarde.

Ela ligou com o número e, então, acrescentou que falara com a dra. Casey da clínica cardíaca que dissera que não havia como desmarcar a reunião das quatro horas. Muita gente dependia do resultado daquela reunião. E fazer a reunião sem Frank Ennis era como *Hamlet* sem o príncipe. Ele *teria* de voltar até quatro horas. Que tipo de almoço duraria três horas?

Compreendendo o recado, Frank ligou para o restaurante.

— Posso falar com Anton Moran, por favor? Sr. Moran? Eu nunca fiz isso antes e nunca farei de novo, mas hoje marquei de conhecer um filho que eu não sabia que tinha e escolhi o seu restaurante. Agora, gostaria de saber se poderia conseguir uma mesa para mim. Não sei como entrar em contato com o rapaz... meu filho... E seria um péssimo começo para o nosso relacionamento se eu tivesse de dizer que não consegui fazer a reserva.

O homem do outro lado da linha foi muito educado.

— Esse é um assunto importante demais para se estragar — disse ele, de maneira compreensiva. — Claro que tenho uma mesa. O salão hoje não está cheio — acrescentou ele —, mas a sua história é tão dramática e tão obviamente verdadeira que eu conseguiria uma mesa para o senhor mesmo se precisasse ficar de quatro e me fingir de mesa.

Frank sorriu e, de repente, se lembrou de Clara dizendo que ele deveria ser mais direto com as pessoas. Nada funcionava melhor do que a verdade, ela sempre dizia.

Mais um ponto para Clara. Será que aquela mulher precisava estar certa sobre *tudo*?

Frank chegou mais cedo ao restaurante. Olhou à sua volta para os outros clientes, nenhum homem sem gravata e um elegante paletó. Por que escolhera aquele lugar? Mas, se tivesse escolhido uma lanchonete, não pareceria um momento festivo. Uma celebração. Pareceria que ele estava escondendo esse novo membro de sua família. Ficou olhando a porta e toda vez que algum homem que parecesse ter uns vinte e cinco anos entrava, seu coração quase saía pela boca.

Então, o viu. Era tão parecido com Rita Raven que até doía. As mesmas sardas no nariz, o mesmo cabelo cheio e, claro, os mesmos grandes olhos escuros.

Frank engoliu seco. O garoto conversava com Teddy, o *maître*, na recepção e fazia sinais em volta do pescoço. Prontamente, Teddy providenciou uma gravata, e Des a colocou rapidamente. Então, Teddy o levou até a mesa.

— Seu convidado, sr. Ennis — disse ele e saiu.

Frank achava que aquele homem poderia ser embaixador em algum lugar e não trabalhar no que ele sabia ser um restaurante extremamente caro.

— Des! — disse ele e estendeu a mão.

O garoto o fitou, como se o estivesse avaliando.

— Bem... — disse ele, ignorando a mão que lhe fora estendida.

Frank se perguntou se deveria tentar um desses abraços de urso que os homens usavam atualmente.

Ele faria tudo errado, claro, e derrubaria metade das coisas de cima da mesa. E talvez o garoto, acostumado ao jeito mais rude de ser dos australianos, o empurrasse, revoltado.

— Você encontrou o restaurante — disse Frank, tolamente.

Des deu de ombros e pareceu indiferente.

— Eu não sabia onde você estava. De onde ia sair...

A voz de Frank ficou mais fraca... Isso seria muito mais difícil do que imaginara.

P erto da porta da cozinha, Teddy falou com Anton.

 — Lisa está no telefone.

— De novo? — suspirou ele.

— Ela quer vir almoçar ou jantar com você um dia que não esteja muito cheio.

À Espera de Frankie

— Tente despistá-la, Teddy.

— Isso não é fácil... — disse Teddy.

— Então, me dê uma semana. Diga a ela quarta-feira da semana que vem.

— Almoço ou jantar?

— Ah, Deus, almoço.

— Ela prefere jantar — disse Teddy.

— Um jantar cedo, então. — Anton cedeu.

— Ela trabalhou duro por este restaurante. Acho que nunca pagamos nem um tostão para ela.

— Ninguém pediu para ela servir de escrava.

Anton tentava escutar o que os recém-unidos pai e filho estavam dizendo. A conversa não parecia estar indo muito bem.

— Famílias não lhe dão enjoo, Teddy? — disse Anton, inesperadamente.

Teddy fez uma pausa antes de responder. A família de Anton não o perturbava muito. Teddy não entendia o que havia de errado com famílias, pelo ponto de vista de Anton, mas concordava com ele.

— Você está certíssimo, Anton, mas pense em todo o lucro que temos com toda a culpa que as famílias criam. Metade das pessoas que estão aqui hoje veio por conta de alguma culpa de família. Aniversários de casamento, aniversários, noivados, formaturas. Iríamos à falência sem as famílias.

Teddy sempre via o lado bom das coisas.

— Bom rapaz, Teddy.

Anton estava um pouco distraído. Aquele homem, sr. Ennis, estava tendo dificuldade em lidar com o filho. Mesmo do outro lado do salão, era possível sentir o clima pesado.

* * *

Clara sempre dizia que, na dúvida, o melhor era falar o que viesse à mente. Fazer as perguntas que estavam lhe perturbando. Nada de jogos.

— Qual é o problema, Des? O que mudou? Na sua carta, você parecia ansioso por um encontro... Por que está tão diferente?

— Eu não sabia a história toda. Eu não sabia o que a sua família tinha feito.

— O que eles fizeram? — questionou Frank.

— Como se você não soubesse.

— Eu não sei — protestou Frank.

— Você não me engana. Tenho os documentos, os recibos, os formulários assinados. Agora eu sei a história toda.

— Então, você sabe mais do que eu — disse Frank. — Quem escreveu esses documentos e preencheu esses formulários?

— Minha mãe era uma garota assustada de dezessete anos. O seu pai deu uma escolha a ela. Ela podia deixar a Irlanda para sempre com mil libras. Mil libras! Era isso que a minha vida valia. Míseras mil libras. E, para isso, ela precisava assinar um compromisso de que nunca mais se aproximaria da família Ennis de novo, reivindicando qualquer responsabilidade sobre a sua gravidez.

— Isso não pode ser verdade! — A voz de Frank estava fraca por causa do choque.

— Por que você achou que ela foi embora?

— A mãe dela me disse que sua mãe tinha ido para os Estados Unidos ficar com umas primas — disse Frank.

— Essa foi a história que eles inventaram.

— Mas por que eu não acreditaria neles?

— Porque você não era um tolo. Se você jogasse de acordo com as regras deles, só sairia ganhando. Garota problemática, gravidez fora de hora, longe de você, fora do país. Tudo resolvido. Você agarrou a oportunidade.

À Espera de Frankie

— Não, não agarrei. Eu não sabia que havia alguma coisa para ser resolvida. Não sabia que tinha um filho até receber a sua carta.

— Conta outra, Frank.

— Onde você ficou sabendo toda essa história sobre os meus pais pedirem para Rita assinar documentos?

— Com Nora. Irmã da minha mãe. Tia Nora. Fui visitá-la em Londres e ela me contou tudo.

— Ela contou errado, então, Des. Nada disso nunca aconteceu.

— Eu não sou burro. Você não vai admitir agora se não admitiu na época.

— Não havia nada para admitir. Você não está entendendo. Isso tudo surgiu na minha vida do nada.

— Você nunca a procurou. Não escreveu para ela nenhuma vez.

— Escrevi para ela todos os dias durante três meses. Colocava selos para os Estados Unidos, mas nunca recebi nenhuma resposta.

— Isso não chamou a sua atenção?

— Não, não chamou. Eu perguntei a mãe dela se estava encaminhando as cartas e ela disse que sim.

— E você acabou desistindo?

— Bem, eu não estava recebendo nenhuma resposta. E a mãe dela disse... — Ele parou como se estivesse se lembrando de alguma coisa.

— O quê?

— Ela disse que eu deveria deixar Rita em paz. Que ela havia seguido com a própria vida. Ela disse que já tinham feito muita confusão, mas que os Raven tinham feito tudo de acordo com a lei.

— E você não sabia o que ela estava querendo dizer? — Des não estava convencido.

— Eu não fazia a menor ideia do que ela estava falando, mas agora estou entendendo... Não, não pode ser...

— O que não pode ser?

— Meus pais, se você os tivesse conhecido, Des! Nunca se falava sobre sexo em casa. Eles não seriam capazes de fazer uma coisa como pagar para Rita sumir.

— Eles gostavam dela?

— Não muito. Eles não gostavam de ninguém que desviasse a minha atenção dos estudos e das provas.

— E os pais dela, gostavam de você?

— Não muito, pelos mesmos motivos. Rita matava aula para ficar comigo.

— Eles achavam que você era um canalha — disse Des.

— Não! — Frank ficou surpreso com sua calma ao encarar o insulto.

— Foi o que Nora disse. Ela disse que você arruinou a vida da família toda. Você e sua grande família. Você acabou com eles. Rita nunca voltou da Austrália porque teve de jurar que não voltaria. Uma família decente, que só cuidava da própria vida, arruinada por causa de você e da sua família esnobe.

Des parecia nervoso e irado.

Frank sabia que precisava ir com calma. O garoto estava tão ansioso e entusiasmado em conhecê-lo, agora estava sendo hostil e mal conseguia ficar sentado à mesma mesa que o pai, que cruzara meio mundo para conhecer.

— A irmã de Rita em Londres... Nora, não é isso? Ele deve estar muito chateada.

— O que é mais do que você está — disse Des, sendo teimoso.

À Espera de Frankie

— Eu sinto muito. Estou tentando lhe dizer isso, mas entramos nessa discussão tola.

— Discussão tola? É assim que você chama? Uma briga que destruiu a família da minha mãe!

— Eu não sabia de *nada* disso, Des. Só quando recebi a sua carta.

—Você acredita em mim?

— Certamente acredito que foi isso que Nora lhe contou.

— Então você acha que *ela* estava mentindo?

— Não, eu acho que ela acredita no que contaram para ela. Meus pais já morreram. Sua mãe já morreu. Não temos a quem perguntar.

Sabia que soava fraco e derrotado.

Mas, por incrível que pareça, Des Raven pareceu reconhecer a honestidade de suas palavras.

— Você está certo — disse ele, cheio de ressentimento. — Só depende de nós agora.

Frank Ennis vira o garçom rondar perto da mesa deles e se afastar diversas vezes. Logo teriam de fazer seus pedidos.

— Quer comer alguma coisa, Des? Pedi um vinho australiano para fazer com que se sinta em casa.

— Desculpe, eu gosto de saber com quem estou comendo e bebendo. — Des não media palavras.

— Bem, não sei o quanto você vai chegar a me conhecer... Dizem que sou difícil e que faço tempestade em copo d'água — admitiu Frank. — Pelo menos, é o que me dizem.

— Quem lhe diz isso? A sua esposa?

— Não. Eu nunca me casei.

Des ficou surpreso.

— Então, não tem filhos?

— Além de você, não.

265

— Deve ter ficado chocado ao saber de mim.

Frank fez uma pausa. Não podia dizer nada errado neste momento. Era hora de ser honesto e falar com o coração. Mas como podia admitir para esse garoto que seu instinto e primeira reação foram dúvida e confusão e uma vontade de verificar tudo? Sabia que se fosse totalmente verdadeiro, poderia afastar Des Raven para sempre e perder o filho que acabara de conhecer.

— Posso parecer esquisito e frio para você, Des, mas a minha primeira reação foi de choque. Não conseguia acreditar que eu tinha um filho, sangue do meu sangue, que vivera um quarto de século sem que fizesse ideia da sua existência. Sou o tipo de pessoa organizada, meticulosa. Isso foi como pegar o meu mundinho e virá-lo de cabeça para baixo. Precisei pensar a respeito. Isso é o que eu faço, Des, penso sobre as coisas devagar e com cuidado.

— Mesmo? — Des pareceu estar zombando dele.

— Mesmo. Então, quando tudo ficou claro na minha cabeça, eu liguei para você.

— E o que você precisava esclarecer na sua cabeça exatamente?

— Eu precisava me acostumar com a ideia de que tinha um filho. E, se você acha que isso é algo que pode ser aceito como natural e normal em dois minutos, então você é uma pessoa incrível. Para uma pessoa como eu, leva um tempo para se acostumar a um novo conceito, e assim que eu me acostumei, liguei para você, mas você já tinha viajado.

— Mas você deve ter ficado chocado. Com medo do que as pessoas pensariam? — Des ainda o estava desafiando.

— Não, não fiquei com medo disso. De forma alguma. — Precisava pensar no que Clara diria. — Fiquei orgulhoso de ter um filho. Eu ia querer que as pessoas soubessem.

À Espera de Frankie

— Acho que não... Administrador de um grande hospital católico com um filho ilegítimo. Não, não consigo ver você querendo que as pessoas soubessem.

— Não existe mais essa palavra, isso de filho ilegítimo atualmente. A lei mudou e a sociedade também. As pessoas têm orgulho de seus filhos, nascidos dentro do matrimônio ou não. — Frank foi sincero.

Des balançou a cabeça.

— Tudo muito bonito, muito nobre, mas você não contou para ninguém sobre mim ainda.

— Você está *tão* errado, Des. Eu contei sobre você e falei o quanto estava animado em conhecê-lo...

— *Para quem* você contou? Não foi para a sua secretária, com certeza. Contou para os seus amigos no clube de golfe ou de corrida de cavalo ou onde quer que você vá? De jeito nenhum. Você não contou para ninguém.

Frank ficou ali sentado, sem ter o que fazer. Se começasse a falar com ele sobre Clara, seria ainda mais digno de pena. Contara o segredo para apenas uma pessoa. Naquele momento, Anton Moran apareceu ao lado deles.

— Sr. Ennis — disse ele, como se Frank fosse um cliente habitual desde que o restaurante inaugurara.

— Ah, sr. Moran.

Frank teve a sensação de estar sendo salvo. Era como se aquele homem estivesse lhe jogando algum tipo de salva-vidas.

— Sr. Ennis, será que o senhor e seu filho gostariam de experimentar nossa lagosta? Muito fresca, foi pega esta manhã, e é preparada de forma muito simples, apenas com manteiga e dois molhos.

Anton olhou de um para o outro. Um silêncio repentino caiu entre os dois. Estavam se encarando, sem palavras.

— Eu sinto muito — disse o mais jovem.

— Não, Des, eu sinto muito — disse Frank. — Sinto muito por todos esses anos...

Anton murmurou que voltaria em alguns minutos para pegar o pedido deles. Nunca saberia o que estava acontecendo ali, mas parecia que eles tinham conseguido aparar algumas arestas. Pelo menos, estavam falando e logo pediriam seus pratos.

Olhou de novo, e eles estavam levantando suas taças de Hunter Valley Chardonnay. Que alívio. No momento em que mencionou que o garoto era filho do homem, sentira uma onda de ansiedade.

Talvez tenha sido indiscreto? Não, parecia estar dando certo.

Anton respirou fundo e voltou para a cozinha. Imagine, ainda existem pessoas que acreditam que administrar um restaurante só tem a ver com servir comida!

Essa era apenas uma pequena parte do negócio, pensou Anton.

9

Moira tinha marcado hora com Frank Ennis. Entregaria seu relatório trimestral. Precisava mostrar ao administrador sua lista de casos e explicar o trabalho que tinha sido feito, que estava custando ao hospital seu salário por um dia e meio.

A srta. Gorman, a assustadora secretária dele, pediu que Moira sentasse e esperasse. Naquele dia ela estava ainda mais assustadora, se é que isso era possível.

— O sr. Ennis está muito ocupado? — perguntou Moira educadamente.

— Nunca o deixam em paz, levando-o para lá e para cá.

A srta. Gorman parecia protetora e furiosa. Talvez gostasse dele e ficasse irritada porque saía com a dra. Casey.

— Ele parece sempre estar no controle — murmurou Moira.

— Ah não, ele está sempre à disposição deles. Isso está atrapalhando totalmente a agenda dele.

— Quem está atrapalhando?

Moira estava interessada. Gostava de histórias de confronto.

A srta. Gorman foi vaga.

— Ah, as pessoas, sabe. Pessoas intrometidas dizendo que são assuntos pessoais. Ficam distraindo o coitado do sr. Ennis.

Ela *definitivamente* gostava dele, pensou Moira, e suspirou pensando na forma como as pessoas desperdiçavam suas vidas com o amor. Era só olhar para aquela Lisa Kelly, que achava que era namorada de Anton Moran apesar de todas as outras mulheres com quem ele desfilava por aí. Ou para aquela garota tola de sua equipe de assistência social que recusara uma promoção porque achava que seu namorado lerdo poderia não se sentir bem.

E também a pobre srta. Gorman, sentada ali fumegando porque essas pessoas, quem quer que elas fossem, ousaram ligar para Frank Ennis e dizer que era pessoal.

Suspirou de novo e sentou-se para esperar.

F rank Ennis estava muito mais alegre do que nas visitas anteriores. Verificou com atenção os números e o relatório de Moira.

— Você certamente está tirando uma carga do hospital principal... do hospital *de verdade* — disse ele.

— A clínica cardíaca se vê como um hospital *de verdade* — corrigiu Moira.

— E é por isso que eu não usaria essa expressão na frente delas. Acredite, srta. Tierney, eu sou um pouco inteligente.

— Devo dizer que é muito bem-administrada.

— Bem, é verdade, elas prestam um serviço. Dou esse crédito a elas, mas lá é como se fosse uma reunião de mães: uma está grávida, outra ficou noiva, outra ainda vai se casar. Parece uma coluna de fofocas de um jornal barato.

À Espera de Frankie

— Eu não poderia concordar menos com o senhor. — Moira foi fria. — Elas são profissionais; conhecem do assunto e fazem muito bem seus trabalhos. Elas tranquilizam os pacientes e ensinam a eles a viver com sua condição. Não consigo ver o que isso pode ter a ver com uma coluna de fofocas ou uma reunião de mães.

— Mas achei que pudesse falar com você sobre isso. Achei que você fosse meus olhos e meus ouvidos. Minha espiã lá dentro...

— O senhor certamente sugeriu isso, mas em nenhum momento aceitei desempenhar esse papel.

— Verdade, você não aceitou. Suponho que você tenha sido seduzida como todas as outras pessoas.

— Duvido, sr. Ennis. As coisas não me seduzem com facilidade. Posso deixar o relatório com o senhor?

— Eu a ofendi de alguma forma, srta. Tierney? — perguntou Frank Ennis.

— Não, de forma alguma, sr. Ennis. O senhor tem seu trabalho, eu tenho o meu. É um caso de respeito mútuo. Por que o senhor acha que poderia ter me ofendido?

— Porque aparentemente é isso que *faço*, srta. Tierney, ofendo as pessoas, *e* você está com uma expressão reprovadora, como se não estivesse gostando do que está vendo.

Muitas pessoas já tinham dito isso para Moira, mas, em geral, no calor do momento quando estavam questionando alguma coisa que ela precisava fazer para cumprir seu papel. Ninguém nunca dissera isso de uma forma tão direta, nem com o tom de voz do sr. Ennis.

— O meu rosto deve ter essa expressão, sr. Ennis. Posso garantir que não estou reprovando nada que o senhor tenha feito.

— Bom, bom. — Ele pareceu satisfeito. — Então a senhorita podia sorrir um pouco mais daqui para a frente, não?

MAEVE BINCHY

— Eu não poderia sorrir para obedecer a uma ordem. Seria apenas uma careta — disse Moira. — Entende... eu retorceria o meu rosto para formar um sorriso... não seria real nem sincero.

Frank Ennis a fitou por um momento.

— A senhorita está certa, e espero poder encontrá-la em alguma outra circunstância que peça um sorriso real ou sincero.

— Espero que sim.

Ela teve a impressão de que ele a estava fitando com dó e preocupação. Imagine, esse homem tinha pena *dela*!

Que ridículo.

Era fim de semana prolongado e todo mundo ia para algum lugar.

Noel e seus pais iam levar a pequena Frankie para passar duas noites no campo. Reservaram um hotel simples com café da manhã perto de Rossmore. Lá havia uma estátua de Santana e um poço sagrado que Josie e Charles estavam muito interessados em conhecer. Noel disse que provavelmente não iria conhecer o poço sagrado, mas levaria Frankie para caminhadas pelo bosque para respirar ar fresco. Ele mostrou para Moira a mala que arrumara para a viagem. Tudo estava lá.

Lisa Kelly ia para Londres. Anton ia conhecer alguns restaurantes lá, e ela ia fazer algumas anotações. Seria maravilhoso. Moira sondara, mas não dissera nada.

Frank Ennis disse que faria uma excursão de ônibus que o levaria para alguns dos mais importantes pontos turísticos da Irlanda. Parecia algo estranho para ele fazer. Ele queria mostrar a Irlanda para alguém, e essa parecia a melhor forma. Certamente, será interessante, pensou Moira.

Emily disse que iria conhecer a parte oeste da Irlanda. Dingo Duggan dirigiria a caminhonete que levaria Emily, e também

À Espera de Frankie

os pais de Declan, Molly e Paddy Carroll. Eles teriam um final de semana ótimo.

Simon e Maud iam com amigos para North Wales. Estavam levando sacos de dormir e cabanas de camping. Levariam o bote para Holyhead e lá encontrariam um albergue, mas, se não conseguissem, poderiam dormir em qualquer lugar com todo seu aparato. Seriam seis pessoas ao todo. Seria muito divertido.

O dr. Declan Carroll e sua esposa Fiona, da clínica cardíaca, iam levar o pequeno Johnny para um hotel no litoral. Fiona disse que dormiria até meio-dia nos dois dias. Havia babás para ficarem com os bebês lá. Seria mágico.

O dr. Chapéu ia pescar com mais três amigos. Era um final de semana com tudo incluído, sem extras escondidos. O dr. Chapéu disse que agora era um velho e pobre aposentado e que tinha de ser cauteloso com dinheiro — Moira nunca sabia quando ele estava brincando. Certamente, não era uma hora ruim para abrir um de seus raros sorrisos.

A maioria de seus colegas ia viajar ou ia a festas ou cuidar do jardim.

Moira, de repente, se sentiu de fora de tudo aquilo, como se estivesse apenas assistindo a tudo. Por que ela não ia a lugar nenhum, como na caminhonete de Dingo partindo para o oeste ou para Rossmore ver uma estátua ou seguindo para os lagos do interior com o dr. Chapéu e seus amigos?

A resposta estava clara.

Ela não tinha amigos.

Nunca precisara de amigos em sua vida — o trabalho a absorvia demais — e para fazer tudo certo, era necessário estar sempre à disposição. Amigos ficariam decepcionados de sair com uma pessoa que talvez tivesse de desaparecer no meio do prato principal.

Mas era solitário e revoltante ver todas as outras pessoas com planos para o fim de semana prolongado.

Moira anunciou que iria visitar sua família em Liscuan. Ela falava tão pouco sobre a vida pessoal que as pessoas supuseram que deveria haver uma família enorme esperando por ela.

—Vai ser bom para você, ir para casa e encontrar todo mundo — disse Ania. — Todos devem estar com saudades de você, não é?

— Claro — mentiu Moira.

Ania vivia em um mundo onde todos eram bons e felizes. Ela estava grávida de novo e vivendo de forma bem tranquila. O médico dissera que ela precisava de repouso, então ela se deitava em casa imaginando um futuro lindo com seu filho. Desta vez, ia dar certo, e se ficar de repouso podia garantir isso, então Ania estava disposta a fazer o que fosse necessário.

Uma vez por semana, seu marido a levava de carro até a clínica cardíaca para que todos pudessem vê-la e se manterem informados do que estava acontecendo. Ela ficou satisfeita ao saber que Moira ia passar o fim de semana no campo. Talvez isso a alegrasse...

Moira olhou pela janela do trem enquanto cruzava a Irlanda indo para sua cidade natal. Arrumara sua pequena mala e não fazia ideia de onde ficaria. Quem sabe seu pai e a sra. Kennedy não lhe ofereceriam uma cama?

A sra. Kennedy foi bem fria quando ela telefonou para falar com seu pai.

— Ele está cochilando. Ele sempre faz a *siesta* das cinco às seis — disse ela, como se Moira, de alguma forma, devesse saber disso.

— Estou na cidade — disse Moira. — Estava pensando se eu poderia ir até aí para vê-lo.

À Espera de Frankie

— Isso seria antes ou depois do jantar? — questionou a sra. Kennedy.

Moira respirou fundo.

— Ou talvez *durante* o jantar? — sugeriu ela.

A sra. Kennedy era mais prática do que carinhosa.

— Só temos dois bifes de carneiro — informou ela.

— Ah, não se incomode comigo. Fico satisfeita com uma salada — disse ela.

—Você pode combinar isso com seu pai quando ele acordar? Nunca se sabe o que ele vai querer.

— Claro. Ligo de novo às seis — falou Moira entre os dentes.

Ela facilitara as coisas para seu pai ir viver abertamente com a sra. Kennedy e essa era sua recompensa. A vida não era justa.

Mas Moira já sabia disso por causa de seu trabalho. Homens demitidos de seus empregos sem aviso ou remuneração; mulheres arrastadas para o negócio das drogas porque era a única forma de conseguir algum dinheiro; garotas fugindo de casa e se recusando a voltar porque lá, de alguma forma, era pior do que dormir embaixo da ponte. Moira vira muitos bebês nascerem e saírem do hospital para lares miseráveis enquanto centenas de casais inférteis dariam tudo para adotá-los.

Moira se sentou sozinha em um café esperando até seu pai acordar da *siesta. Siesta!* Isso não existia antigamente. O pai chegava cansado do trabalho na fazenda. Algumas vezes, a mãe preparava um jantar — a maioria das vezes não. Moira e Pat descascavam as batatas para que, pelo menos, isso fosse feito. Não consideravam Pat confiável no serviço da fazenda, então o pai se certificava de que todas as galinhas tinham voltado para o galinheiro. Ele chamava até que o cachorro vinha para casa. Então, fazia carinho na cabeça dele.

— Bom garoto, Shep. — Todos os cachorros que tiveram no decorrer dos anos se chamavam Shep.

Só então ele ia jantar. Em geral, tinha de preparar a comida: uma grande travessa de batatas e duas fatias de presunto; as batatas costumavam ser devoradas direto da panela e o sal pego com uma colher de dentro do pacote.

A vida mudara para melhor no caso do seu pai. Deveria ficar feliz por ele ter aquela mal-agradecida da sra. Kennedy para cuidar dele e preparar um bife de carneiro para o jantar.

Por que aquela mulher a recebera tão mal? Moira não tinha medo dela, era bom que soubesse disso. Mas ela era sempre tão austera e hostil. Raramente sorria.

Foi com um choque que Moira percebeu que era isso que as pessoas diziam *dela*. Até mesmo o sr. Ennis mencionara recentemente que Moira nunca sorria e parecia sempre desaprovar as coisas.

Quando Moira ligou de novo, seu pai soou animado e feliz. Ele disse que atualmente passava muito tempo esculpindo na madeira. Construíra um cômodo novo na casa para trabalhar. Não tinha notícias de Pat, mas parecia que ele estava andando com as próprias pernas e tinha encontrado um bom emprego.

Pegou um ônibus para a casa da sra. Kennedy e bateu timidamente na porta.

— Ah, Moira. — A sra. Kennedy apenas a reconheceu e tomou ciência de sua chegada, mas não demonstrou nenhuma satisfação.

— Estou atrapalhando a senhora e o meu pai?

— Não, por favor, entre. Seu pai está tomando banho para o jantar.

Isso era uma mudança, foi a primeira coisa que Moira pensou. Seu pobre pai sempre se sentou para qualquer refeição que fosse com botas sujas de lama e camisa suada, pronto para servir as batatas para Pat, para ela e para a mãe, quando ela se sentava com eles. As coisas estavam bem diferentes agora.

Moira viu a mesa posta para três. Havia guardanapos de pano dobrados e um vasinho com flores. O saleiro e os copos brilhavam. Na antiga vida dele, os jantares estavam muito distantes disso.

— A sua casa é muito bonita.

Moira olhou à sua volta como se estivesse fazendo uma inspeção, procurando por defeitos ou infiltrações.

— Que bom que passou no teste — disse a sra. Kennedy.

Foi quando seu pai chegou. Moira ficou surpresa — ele parecia dez anos mais jovem do que da última vez que o vira. Estava usando um paletó elegante, camisa de colarinho e gravata.

— Você está muito elegante, pai — falou ela, admirada. — Vai a algum lugar?

— Vou jantar na minha própria casa. Isso não merece que eu me arrume? — perguntou ele. Então, amoleceu um pouco: — Como você está, Moira? É muito bom ver você.

— Estou bem, pai.

— E onde você está hospedada?

Então, nada de cama aqui, pensou Moira. Acenou com a mão.

— Eu encontro algum lugar... não se preocupe comigo.

Como se ele se preocupasse! Se ele pensasse na filha, teria pedido a sua bonita esposa que arrumasse uma cama para ela.

— Então, tudo bem. Venha se sentar.

— Isso mesmo — disse a sra. Kennedy. — Tome uma dose de xerez com seu pai. Vou servir o jantar em uns dez minutos.

— Ela não é ótima? — Seu pai fitou admirado enquanto a sra. Kennedy se retirava.

— Ótima mesmo — disse Moira, sem muito entusiasmo.

— Alguma coisa errada, Moira? — Ele a fitou, preocupado.

— Não. Por quê? Deveria haver?

— Você parece estar com algum problema.

Moira explodiu.

— Pelo amor de Deus, pai! Cruzei o país para vê-lo. Você nunca escreve... não telefona... e agora vem criticar o meu jeito!

— Eu só estava preocupado com você, de você ter perdido o emprego ou algo assim — disse ele.

Moira encarou-o. Ele estava sendo sincero. Ela realmente devia estar com uma expressão triste, furiosa ou desaprovadora — todas aquelas coisas que as pessoas diziam.

— Não, é porque é feriado prolongado. Vim ver minha família. Isso é tão estranho assim? O trem estava cheio de gente fazendo exatamente isso.

— Achei que fosse ser triste para você: não tem mais casa, a sua antiga casa vendida para outras pessoas, Pat tão envolvido com seu romance.

— Pat está namorando?

— Então, você não o viu ainda?

— Não, vim direto para cá. Quem é? Como ela é?

— Lembra dos O'Leary, donos de um posto de gasolina?

— Lembro, mas aquelas meninas são muito novinhas. Devem ter só uns catorze ou quinze anos — disse Moira, chocada.

— É a mãe. A sra. O'Leary, Erin O'Leary.

— E o que aconteceu com o sr. O'Leary? — Moira não estava entendendo.

— Parece que sumiu por aí.

— Ah, minha Nossa Senhora! — disse Moira. Era uma expressão que sua mãe usava. Não falava havia anos.

À Espera de Frankie

— Isso mesmo. Nunca se sabe o que nos espera na próxima esquina — concordou o pai.

Moira percebeu que ele estava em uma posição delicada. Ele não podia repreender o filho por ir morar com uma mulher casada. Ele mesmo não acabara de fazer isso?

Neste momento, a sra. Kennedy apareceu, perguntando se Moira não queria se trocar antes do jantar. Ela pegou uma blusa limpa na mala e foi para o banheiro.

Era um cômodo incrível. O papel de parede tinha muitas sereias e cavalos-marinhos azuis. Havia cerâmicas azuis e brancas enfeitando o peitoril da janela e o sabonete repousava em uma concha azul. Uma moça feita de pano cobria o próximo rolo de papel higiênico para o caso de as pessoas saberem o que era e se ofenderem. Cortinas de algodão azuis na janela e cortina com uma estampa azul no boxe.

Moira lavou o rosto, os ombros e embaixo dos braços. Vestiu a camisa limpa e voltou para a mesa.

— Banheiro adorável — elogiou ela para a sra. Kennedy.

— Fazemos o nosso melhor — respondeu a sra. Kennedy, servindo fatias de melão com uma cereja em cima.

Então, ela trouxe o prato principal.

— Lembre-se, para mim apenas salada está bom — disse Moira.

Seu pai protestou.

— Fui até a cidade andando para comprar um bife de carneiro a mais — falou ele.

Pela cara da sra. Kennedy, era como se o pai de Moira tivesse lhe dado uma joia preciosa.

Moira demonstrou estar muito grata.

Achava que não seria fácil conversar sobre a nova vida de Pat, então jantou em silêncio. Seu pai e a sra. Kennedy conversavam animadamente sobre isso ou aquilo — a coruja que ele estava esculpindo em madeira; um festival de arte que exibiria arte local. A sra. Kennedy disse que ele deveria oferecer seus trabalhos para a exposição. Isso também era uma novidade para Moira.

Eles falaram sobre a participação da sra. Kennedy em um grupo de mulheres da cidade. Todas achavam que não havia mais espaço para as fazendas e que não havia mais como tirar o sustento da terra. Várias delas estavam treinando para entrar no ramo de hospedaria. A sra. Kennedy estava pensando em fazer o mesmo. Afinal, eles tinham três quartos mais ou menos prontos, só precisariam comprar camas novas. Dava para seis pessoas e eles conseguiriam ganhar um dinheiro.

Moira se deu conta de que não sabia o primeiro nome da sra. Kennedy.

Se soubesse, talvez tivesse falado de repente: "Orla" ou " Janet" — ou qualquer que fosse o nome dela —, "posso dormir em um desses três quartos, por favor?" Mas não sabia o nome dela e seu pai se referia a ela apenas como "ela", e, quando estavam conversando, como "querida" ou "amor". Nenhuma pista.

Quando terminou o jantar, Moira se levantou e pegou sua mala.

— Bem, estava tudo uma delícia, mas, se quero encontrar um lugar para ficar, é melhor eu ir andando. O ônibus ainda passa a cada hora, certo?

— Pegue o próximo — disse seu pai. — Você pode ir para o Stella Maris. Eles vão lhe dar um quarto ótimo.

— Eu estava pensando em visitar Pat — falou Moira.

— Ele não vai estar em casa. Deve estar no posto de gasolina. Eu diria que é melhor esperar até amanhã de manhã.

— Certo, vou fazer isso, mas vou embora já que estou a pé. Mais uma vez, obrigada pelo delicioso jantar.

À Espera de Frankie

— De nada — disse a sra. Kennedy.

— Foi bom ver você, Moira. Nada de trabalhar muito lá em Dublin.

— Você sabe em que eu trabalho, pai?

— Você não trabalha em uma repartição pública?

— É, mais ou menos isso — respondeu Moira desanimada e saiu para a rua.

Queria passar por sua antiga casa antes que o próximo ônibus passasse. Desceu a rua que lhe era tão familiar, a rua que seu pai cruzara tantas e tantas vezes antes de se mudar oficialmente para a casa da sra. Kennedy. E por que ele *não* ia querer morar com ela? Uma casa bonita e limpa onde ele era bem-recebido com um jantar gostoso e talvez um pouco de carinho também. Isso não era muito melhor do que o que ele tinha em casa?

Ela se aproximou de sua antiga casa. Logo percebeu que os novos donos tinham dado uma demão de tinta; tinham plantado um jardim. Os estábulos e currais tinham sido todos reformados, limpos, modernizados, e era ali que eles faziam queijo. Eles tinham uma empresa bem-sucedida que ficava bem no quintal da casa onde Moira crescera.

Foi até o antigo estábulo e olhou à sua volta, perplexa. Agora precisava ver a casa. Se eles aparecessem, ela explicaria que já tinha morado ali. Podia ver pela janela que a lareira estava acesa e que na mesa havia uma garrafa de vinho com duas taças.

Isso a deixou triste.

Por que seus pais não conseguiram oferecer um lar assim para ela e Pat? Por que não havia assistentes sociais na época que pudessem pegá-los e levá-los para lares melhores, mais felizes?

Seu pai e sua mãe não tinham sido feitos para serem pais. Sua mãe precisava muito de ajuda, e seu pai lutava em vão para lidar com a situação. Moira e Pat deveriam ter crescido em uma casa onde pudessem ser crianças. Numa família em que, se Pat corresse pela sala fingindo ser um cavalo, todos ririam dele e o encorajariam, em vez de puxar suas orelhas como acontecia nesta casa.

Moira nunca teve uma boneca, muito menos uma casa de bonecas. Nenhuma festa de aniversário de que se lembrasse. Não podia convidar suas amigas de colégio para casa, e foi por isso que se distanciou. Quando criança, tinha medo de ter amigas ou pessoas próximas porque, mais cedo ou mais tarde, a amiga ia esperar ser convidada para a casa de Moira e, então, seu caos seria revelado.

Seus olhos ficaram marejados ao pensar no que aquela casa podia ter sido quando ela era criança. Podia ter sido um lar.

Moira pegou o ônibus para a cidade e reservou um quarto por duas noites no Stella Maris. O quarto era bom e o preço razoável, mas Moira se remoía com a injustiça. Tinha um pai que tinha uma casa com quartos vazios, ainda assim era obrigada a pagar por uma cama e café da manhã na sua cidade natal.

Iria ver como Pat estava no dia seguinte. Era ridículo pensar nele com a sra. O'Leary. Ela era muito mais velha. Um absurdo. Será que o sr. O'Leary foi embora por causa de Pat? Será que Pat a chama de Erin?

Descobriria no dia seguinte.

Na manhã seguinte, foi ao posto de gasolina. Pat estava no pátio, enchendo o tanque dos carros com gasolina e diesel. Ele pareceu realmente feliz ao vê-la.

— Você tem carro, Moira? — perguntou ele.

— Tenho, mas está em Dublin — respondeu ela.

— Bem, então não vou poder encher o tanque pra você. — Ele riu, animado.

Ele era perfeito para aquele trabalho; simpático e natural com os clientes; bem-humorado e alegre em um trabalho que poderia ser considerado chato e repetitivo.

À Espera de Frankie

— Eu vim ver você, Pat. Você tem um tempinho para mim?

— Claro, posso sair a hora que quiser. Só vou avisar Erin.

Moira seguiu-o até o balcão de pagamento e a loja que tinham construído no lugar da oficina caindo aos pedaços.

— Erin, minha irmã Moira está aqui. Tudo bem se eu for tomar um café com ela?

— Claro que sim, Pat. Você está sempre trabalhando. Fique quanto tempo quiser. Tudo bem, Moira? Quanto tempo não a via.

Moira olhou para ela. Erin O'Leary — uns dez anos mais velha do que Moira — mãe de três meninas e esposa de Harry, um viajante que geralmente viajava mais e por mais tempo do que seu trabalho exigia. Ele tinha viajado para fora do país agora, foi o que lhe disseram no Stella Maris, quando puxou o assunto no café da manhã.

Erin usava um bonito jaleco amarelo com detalhes em azul-marinho. O cabelo estava preso para trás com uma fita azul-marinho e amarela. Ela era magra e parecia bem mais jovem do que seus quarenta e quatro ou cinco anos. Era inegável o carinho com que olhava para Pat.

— Ouvi dizer que você está sendo muito boa para o meu irmão — disse Moira.

— Posso lhe dizer que é mútuo. Eu não conseguiria fazer metade do que faço sem ele.

Pat estava voltando, usando uma jaqueta, e escutou quando ela disse isso. Ficou feliz como uma criança.

— Que bom. Ele é um ótimo irmão — disse Moira, tentando soar sincera.

Na verdade, ele fora uma fonte de preocupação durante todos aqueles anos — mas não tinha motivo para contar isso para a sra. O'Leary.

MAEVE BINCHY

— Não duvido disso — falou Erin O'Leary, passando o braço em volta dos ombros de Pat.

— E isso é pra valer? — perguntou Moira, tentando desesperadamente sorrir enquanto perguntava, para que eles percebessem que era uma pergunta ingênua.

— Eu espero que sim — disse Erin. — Eu e minhas filhas ficaríamos perdidas sem Pat.

— Não vou a lugar algum — garantiu Pat, cheio de orgulho.

Será que ela, como assistente social, encorajaria aquela união? Teria de examinar com mais atenção a situação de Erin O'Leary, verificar se o marido dela não voltaria e expulsaria Pat de sua casa e de seu negócio. Sempre colocaria as necessidades de sua cliente na frente, mas existia a possibilidade de ela, ao questionar o fato de ele estar morando na casa da sra. O'Leary, privar Pat do lar amoroso e trabalho seguro que ele agora parecia ter?

Foram tomar um café em um lugar ali perto, onde todos conheciam Pat. Ele era autossuficiente e tinha muito o que dizer.

As pessoas perguntaram a ele sobre Erin e ele contou sobre o bolo com o nome dele que ela preparou no aniversário dele na semana passada e que todas elas lhe deram um presente. E Erin deve ter contado para os clientes também, porque não tinha nem espaço na prateleira da sala para tanto cartão.

Com o coração como uma pedra, Moira se lembrou que não mandara um cartão para ele.

Ela contou que fora ver o pai.

— Ele parece feliz com a sra. Kennedy — disse ela, ressentida.

— Bem, por que ele não ficaria? Maureen não é a melhor do mundo?

À Espera de Frankie

— Maureen? — Moira não estava entendendo.

— Maureen Kennedy — disse ele, como se todo mundo soubesse disso.

— E como você descobriu o nome dela?

— Eu perguntei — respondeu Pat simplesmente, olhando para o relógio.

— Você está com pressa para voltar para lá? — perguntou Moira.

— Bem, ela está sozinha, só tem uma moça na loja e ela é um pouco desajeitada com o trabalho.

Moira encarou-o e mordeu o lábio. Esperava não estar com os olhos cheios de lágrimas. Pat estendeu o braço e pegou a sua mão.

— Eu sei, Moira, deve ser difícil para você não ter uma família sua e ver o papai se acertando com a Maureen, e eu com a Erin, mas vai acontecer, tenho certeza.

Ela assentiu, sem palavras.

— Venha para o posto comigo. E converse com Erin.

— Tudo bem.

Moira pagou o café e voltou para o posto, feito um robô. Erin ficou feliz ao vê-los.

— Não tinha pressa, Pat. Podia ter ficado mais tempo.

— Não queria deixá-la sozinha por tanto tempo.

— Olhe só, Moira, isso não é música para os ouvidos?

Pat tinha ido vestir seu macacão de trabalho de novo.

Moira fitou Erin.

— Que bom que ele está aqui com você. Ele teve tão pouco carinho e afeto. Não teve uma família amorosa. Ele não vai... ele não iria...

Erin a interrompeu.

— Ele agora encontrou uma família amorosa e vai ficar aqui. Pode ficar tranquila.

— Obrigada — disse Moira.

— E volte para nos ver mais vezes, e quando vier, fique na nossa casa, nada de pagar preços absurdos no Stella Maris.

— Como você sabe que eu estou hospedada lá?

— Uma amiga minha trabalha lá. Ela ligou e me contou que você estava fazendo perguntas a meu respeito. Harry foi embora há muito tempo, Moira. Ele não vai voltar. Pat é quem vai ficar. Ele é exatamente o que todas nós precisamos. Ele é alegre e feliz, confiável e está sempre lá para nós. Eu não tinha isso antes, e para mim também é ótimo.

Moira deu um abraço desajeitado nela e voltou para o Stella Maris.

— Seria inconveniente se eu cancelasse a minha reserva para esta noite? Vou precisar voltar para Dublin no trem de hoje à tarde.

— Sem problemas, srta. Tierney. Vou fechar a sua conta para uma noite. Vai voltar a se hospedar conosco?

Moira se lembrou que Erin tinha uma amiga ali que lhe contava tudo.

— Bem, da próxima vez, devo ficar na casa de Erin O'Leary. Ela foi muito gentil em me convidar. Fiquei muito feliz.

— Que ótimo — disse a recepcionista. — É sempre bom ficar na casa de alguém da família...

Moira olhou pela janela para a paisagem rural encharcada de chuva. Vacas molhadas e confusas, cavalos tremendo embaixo de árvores, ovelhas indiferentes ao tempo, fazendeiros com capas de chuva passando por caminhos estreitos.

À Espera de Frankie

A maioria das pessoas no trem ia a Dublin para algum programa ou atividade. Ou, então, estava voltando para a família. Moira estava indo para casa, um apartamento vazio, no meio do feriadão. Não conseguia ficar no lugar em que seu irmão e seu pai encontraram tanta felicidade enquanto ela não encontrara nada além de ressentimento e tristeza.

Ainda era cedo para ir a algum lugar. Mas aonde? Estava com fome, mas não estava no espírito para ir a um café ou a um restaurante sozinha. Entrou em uma loja para comprar uma barra de chocolate.

— Lindo dia, não? A chuva foi embora — disse a mulher atrás do balcão, que devia ter a sua idade.

— Verdade, está sim — respondeu Moira, surpresa por não ter percebido que o tempo tinha melhorado.

— Daqui a uma hora, vou poder sair — confidenciou a balconista. Tinha cabelo oleoso e um enorme sorriso.

— E para onde vai? — perguntou Moira.

Não estava sendo educada, estava interessada. Provavelmente, aquela mulher, como todas as outras pessoas do universo, tinha uma família enorme e carinhosa torcendo para seu plantão acabar logo.

— Vou pegar um trem para ir à praia — disse ela. — Ainda não sei qual, talvez Blackrock, Dun Laoghaire, Dalkey ou mesmo Bray. Qualquer lugar onde eu possa caminhar na areia, comer um saco de batatas fritas e tomar um sorvete. Talvez eu nade ou, quem sabe, eu conheça alguém. Mas não vou ficar dentro de casa o dia todo com esse sol brilhando e todo mundo livre como um pássaro.

— E você vai fazer isso tudo sozinha? — Moira estava curiosa.

— Essa não é a melhor parte? Ninguém para agradar, todas as escolhas são minhas.

Moira saiu pensativa. Nunca pegara um trem para o litoral. Em todos aqueles anos em Dublin. Se o trabalho a levasse para aquele lado, ela iria. Mas só nesse caso. Não sabia que as pessoas faziam isso; apenas iam à praia, como as crianças dos livros de história.

Era isso que faria agora. Caminharia pela margem do rio Liffey até a estação, onde pegaria o trem para o sul. Sentaria na areia, talvez remasse um pouco. Isso a acalmaria, tranquilizaria. Ah, sim, com certeza haveria um monte de gente brincando com suas Famílias Felizes ou Apaixonadas, mas talvez Moira fosse ser como a moça da loja, que estava ansiosa por sentir o sol em sua pele e observar as ondas do mar se aproximando da areia.

Era isso que faria. Passaria uma parte do feriado na praia.

É claro que não foi como magia.

E não funcionou.

Moira não ficou calma e feliz. Sentiu o sol em sua pele, mas vinha uma brisa gelada do ar ao mesmo tempo. Muita gente tinha decidido ir com a família para a praia.

Moira os observou.

Não se lembrava de ter ido à praia nenhuma vez durante toda a sua infância, e, ainda assim, parecia que todas as crianças de Dublin tinham o direito divino de ir à praia assim que o sol saía. Sentia um ressentimento enorme, sentada ali, com o rosto franzido, entre todas as famílias que se divertiam na praia.

Para sua surpresa, um homem alto com rosto vermelho e camiseta sem manga parou do seu lado.

— Moira Tierney em carne e osso!

À Espera de Frankie

Não fazia ideia de quem era.

— Uhn, oi — disse ela, com cuidado.

Ele se sentou ao lado dela.

— Deus, não é uma delícia poder estar ao ar livre? Somos abençoados por morar em uma capital que fique tão perto do litoral — disse ele.

Ela ainda olhava para ele, confusa.

— Sou Brian Flynn. Nós nos conhecemos quando Stella estava no hospital, depois nos encontramos no funeral e da última vez, no batizado.

— Ah, *padre* Flynn. Sim, claro, eu me lembro. Só não o reconheci assim... sem a...

— A batina não seria muito adequada para esse tempo.

Brian Flynn estava alegre e de bem com a vida. Ele raramente usava batina, exceto quando estava celebrando uma cerimônia oficial.

— Os seus pais levavam você à praia quando era criança? — perguntou Moira, inesperadamente.

— Meu pai morreu quando éramos pequenos, mas a minha mãe nos trazia para passar um fim de semana na praia todo verão. Ficávamos em uma hospedaria chamada Santo Antônio e todos tínhamos um balde e uma pá. Era bom — disse ele.

— Você teve sorte — disse Moira, com tristeza.

— Você não vinha à praia quando era criança?

— Não. Nós nunca íamos a lugar nenhum. Não podiam ter deixado que ficássemos na nossa casa. Devíamos ter sido mandados para algum outro lugar... qualquer lugar.

Brian Flynn viu a direção que aquela conversa estava tomando. Moira parecia obcecada com a ideia de tirar as crianças dos pais e colocá-las para adoção. Pelo menos, era isso que Noel dizia. Noel morria de medo de Moira, e Katie dizia que Lisa se sentia da mesma forma.

— Bem, acredito que as coisas tenham mudado um pouco... evoluído — disse Brian Flynn, vagamente.

Começou a desejar não ter se aproximado de Moira, mas ela lhe parecera tão solitária e deslocada com seu paletó e saia, bem do lado de todos os banhistas.

— O senhor às vezes sente que o seu trabalho é em vão, padre?

— Prefiro que me chame de Brian. Não, não sinto que é em vão. Acho que fazemos as coisas erradas, às vezes. Quero dizer, a igreja. Ela não se adapta. E eu também faço coisas erradas. Fico brigando para que as pessoas tenham um casamento católico, e, quando consigo convencê-las, acabam se cansando de esperar e resolvem tudo em um cartório. E eu fico para trás, como um bobo. Mas, respondendo à sua pergunta, não, não acho que seja tudo em vão. Acho que fazemos *algo* para ajudar, e eu certamente vejo muitas coisas que me inspiram. Espero que você também?

Ele terminou a frase um tom acima, mas se estava esperando que ela desse uma declaração sobre também estar satisfeita com seu trabalho, ele errou.

— Eu não, padre Flynn, de verdade. Tenho uma pasta de casos de pessoas infelizes, a maioria delas me culpa por essa infelicidade.

— Claro que não.

Brian Flynn gostaria de estar a milhares de quilômetros dali.

— É verdade, padre. Consegui para uma mulher exatamente o tipo de lugar que ela estava procurando: com cozinha vegeta-riana, se me perdoa a expressão, religião escorre pelas paredes do lugar. Tudo lá se resume ao sagrado, e, ainda assim, ela não está feliz.

À Espera de Frankie

— Acredito que ela esteja velha e assustada — disse Brian Flynn.

— É verdade, mas ela é apenas mais uma dessas pessoas. Tem um senhor muito gentil chamado Gerald. Consegui que ele não fosse para um asilo e impedi que os filhos se aproveitassem dele, criei sistemas de apoio para ele, mas agora ele diz que fica sozinho o dia todo. Que gostaria de ir para um lugar onde jogassem boliche.

— Ele provavelmente também está velho e assustado — sugeriu Brian Flynn.

— E os que *não* são velhos? Também não querem a minha ajuda. Tem uma menina de treze anos que estava dormindo na rua. Levei-a de volta para a família. Tiveram uma briga por causa de alguma coisa, um batom ou esmalte preto, acho. De qualquer forma, ela saiu de casa de novo. A polícia está atrás dela. As coisas não precisavam ter chegado a esse ponto. Todo aquele papo, sentadas embaixo da ponte, a noite toda, não significou nada.

— Nunca se sabe... — começou Brian Flynn de novo.

— Ah, eu sei, sim. E também sei do exército de pessoas que estão contra mim no caso da pobre criança que está sendo criada por um alcoólatra...

A voz de Brian ficou bem mais fria desta vez.

— Noel é bem mais do que apenas um alcoólatra, Moira. Ele virou a vida de cabeça para baixo para dar um lar para aquela menina.

— E aquela menina vai nos agradecer mais tarde por tê-la deixado com um pai bêbado e cheio de ressentimentos?

— Ele ama muito a filha. E ele *não* é um bêbado. Ele largou a bebida. — Brian Flynn era leal até o fim.

291

— O senhor está me dizendo que acredita piamente que Noel nunca hesitou, nunca voltou a beber desde que está com Frankie?

Brian Flynn não podia mentir.

— Aconteceu apenas uma vez e não durou muito tempo — disse ele.

Na mesma hora, ele percebeu que Moira não sabia. Viu no rosto dela. Como de costume, ele conseguira piorar ainda mais a situação. Da próxima vez, andaria com um saco de papel na cabeça, com buracos apenas para os olhos. E não falaria com ninguém. Nunca mais.

— Espero que não me considere grosseiro, Moira, mas preciso... hum... encontrar uma pessoa... ali na frente.

— Claro que não.

Moira percebeu que havia menos compreensão no rosto dele agora. Mas era sempre assim que suas conversas acabavam.

Padre Flynn seguiu seu caminho. Ela estava se sentindo deslocada naquela praia. Não era o seu lugar. Devagar, Moira juntou as suas coisas e se encaminhou para a estação, onde pagaria um pequeno trem que a levaria de volta para a cidade.

A maioria das pessoas curtiu a viagem de trem. Moira nem olhou a vista pela janela. Em vez disso, ficou pensando em como fora enganada. Até aquele padre, que não tinha nada a ver com a situação, sabia. Mas não acharam que deveriam contar para a assistente social designada para o caso.

Moira não poderia ligar para Chestnut Court armada com aquela nova informação já que sabia que Noel e seus pais tinham levado o bebê para uma cidadezinha da qual nunca ouvira falar — um lugar que tem uma estátua mágica, parece. Ou, em outras palavras, Charles e Josie iam investigar a estátua. Noel podia estar com a menina em um pub àquela altura.

À Espera de Frankie

Teria uma conversa com Emily quando ela voltasse do passeio com Dingo Duggan, com Lisa quando ela e Anton voltassem de Londres, e por fim, conversaria com Noel, que mentira para ela. Havia tantos lugares onde poderia colocar Frankie Lynch, onde a menina poderia crescer segura e cercada de amor. Havia aquele casal — a filha de Clara Casey, Linda, e o marido dela, Nick, filho de Hilary, da clínica cardíaca —, eles queriam tanto uma filha. Pensava no lar estável que a menina teria: duas avós para idolatrarem a neta, uma enorme família e uma casa confortável.

Moira suspirou. Como gostaria que tivesse havido uma assistente social mágica para colocar ela e Pat em uma casa assim. Um lugar em que tivessem sido amados, onde haveria livros infantis nas prateleiras, onde talvez escutassem uma história antes de dormir, com pessoas que se interessassem pelo dever de casa das crianças, que a levassem para a praia nos dias quentes com um balde e uma pá para fazer castelos de areia.

Recém-chegada de uma visita às ruínas da sua infância, Moira agora estava determinada a dar a Frankie Lynch um lar seguro.

Seria a única coisa que faria algum sentido em tudo que Moira perdeu: poder acertar as coisas para alguém. Só precisava sobreviver àquele feriadão até que todos os envolvidos voltassem de suas viagens, se reunissem e ela encaminharia as coisas.

Na verdade, Lisa já estava de volta a Dublin, embora Moira não soubesse. Houve algumas linhas cruzadas em Londres. Lisa pensou que fosse uma viagem para visitar restaurantes e conversar com seus donos. April achou que era uma viagem de Relações Públicas e agendou inúmeras entrevistas para Anton.

— Não é feriado na Inglaterra, então eles estarão trabalhando normalmente — falara April.

293

MAEVE BINCHY

— Mas não trabalham no fim de semana. — Lisa tentara ao máximo soar casual.

— Não, mas segunda-feira é um dia normal em Londres e podemos ensaiar no domingo.

O rosto de April irradiava sucesso e vitória. Seria rude e insensível da parte de Lisa não se entusiasmar. Então, ela se mostrou encantada com tudo e decidiu voltar com seu orgulho intacto.

Tinha muita coisa para resolver em Dublin, dissera casualmente, e ficou satisfeita ao ver que Anton ficou genuinamente triste ao vê-la partir. E agora estava em Dublin, sem nada para fazer e sem ninguém com quem sair.

Ao chegar a Chestnut Court, pensou ter visto Moira conversando com alguns vizinhos no pátio. Mas não podia ser. Noel e o bebê estavam em Rossmore; a própria Moira dissera que iria visitar a família no campo. Lisa achou que estava imaginando coisas.

Mas ela olhou melhor pela mureta do corredor que levava até o apartamento deles e viu que era realmente Moira. Não era possível escutar a conversa, mas não estava gostando do que estava vendo. Moira não conhecia ninguém no condomínio exceto eles. Estava aqui para espionar.

Lisa saiu de novo e cruzou o pátio.

— Bem, *olá*, Moira — disse ela, mostrando surpresa.

As duas mulheres de meia-idade que Moira interrogava se mostraram constrangidas. Lisa conhecia as duas de vista. Assentiu para elas.

— Lisa... achei que tivesse viajado.

— Bem, eu estava viajando — concordou Lisa —, mas eu já voltei. E você? Não ia viajar também?

— Também voltei — disse Moira. — E Noel e Frankie? Também voltaram?

À Espera de Frankie

— Acho que não. Ainda não entrei em casa. Por que não vem comigo para ver?

As vizinhas se ocuparam em inventar desculpas para sair dali.

— Não, não seria apropriado — disse Moira. — Você acabou de voltar de Londres.

— Moira é a nossa assistente social — explicou Lisa para as vizinhas que fugiam depressa. — Ela é maravilhosa. Ela aparece nas horas em que menos esperamos para ver se eu e Noel estamos espancando Frankie ou deixando-a morrer de fome em uma jaula. Até agora ela não nos pegou fazendo nada disso, mas é claro que o tempo vai dizer.

— Você está distorcendo completamente o meu papel, Lisa. Estou aqui pelo bem de Frankie.

— Estamos todos aqui pelo bem de Frankie — disse Lisa —, que é algo que você saberia se nos visse andando de um lado para outro com ela à noite quando ela não consegue dormir. Se você nos visse trocando a fralda dela ou tentando colocar comida na boquinha dela quando ela vira o rosto.

— Exatamente! — exclamou Moira. — É muito difícil para vocês dois. E meu papel é ver se ela não estaria melhor em uma família mais convencional... com pessoas maduras o suficiente para cuidar de uma criança.

— Mas ela é filha do Noel! — disse Lisa, nem percebendo que as mulheres prestes a ir embora agora estavam paradas olhando, boquiabertas. — Achei que o trabalho de vocês fosse manter as famílias unidas, esse tipo de coisa.

— Sim, Lisa, mas você não é da família. Você apenas mora com eles, e Noel não é um pai confiável. Temos de admitir isso.

— Eu não *tenho* de admitir nada!

Lisa sabia que estava parecendo uma feirante com as mãos na cintura, mas aquilo era demais. Começou a listar tudo que Noel fizera e ainda estava fazendo.

Moira a cortou como uma faca.

— Podemos ir a algum lugar onde teremos mais privacidade, por favor?

Ela encarou as duas vizinhas que estivera interrogando e que ainda estavam na esquina, e elas desapareceram na hora.

— Não quero mais ficar perto de você — disse Lisa. Sabia que parecia nervosa, mas não se importava.

Moira estava calma, mas furiosa ao mesmo tempo.

— Em todos esses elogios a Noel — disse ela —, você se esqueceu de mencionar que ele saiu dos trilhos e voltou a beber. Foi uma situação em que o bebê ficou em risco e nenhum de vocês me alertou.

— Acabou antes mesmo de começar — disse ela. — Não tinha por que alertá-la e começar a Terceira Guerra Mundial!

Moira fitou-a nos olhos por um momento.

— Estamos todos do mesmo lado — ela acabou dizendo.

— Não, não estamos — respondeu Lisa. — Você quer levar Frankie embora. Nós queremos ficar com ela. Como isso pode ser o mesmo lado?

— Todos nós queremos o que é *melhor* para ela — disse Moira, como se estivesse falando com uma pessoa que não entendesse bem as coisas.

— O melhor para todos nós é ela ficar com Noel, Moira. — Lisa de repente soou cansada. — Ela mantém ele longe da bebida e focado nos estudos, então ele será um bom pai, e formado,

À Espera de Frankie

quando chegar a época em que ela entender essas coisas. E ela também me mantém sã. Tenho muitas preocupações e problemas na minha vida, mas cuidar de Frankie meio que me dá um chão; me dá um propósito, se é que você entende o que isso quer dizer.

Moira suspirou.

— Eu *sei* o que isso quer dizer. De certa forma, ela representa exatamente a mesma coisa para mim. Cuidar de Frankie também é importante para mim. Quando eu era criança, não tive nenhuma chance. Quero que ela tenha um começo sólido, e não uma infância confusa como eu tive.

Lisa estava perplexa. Moira nunca admitira nada pessoal antes.

— Não venha me falar em infância! Aposto que a minha deixa a sua no chinelo! — disse Lisa com o tom de voz animado.

— O que você acha de jantarmos juntas hoje? É que estou um pouco mal. Acabei de voltar da minha cidade natal e foi tudo tão triste e parece que não tem ninguém na cidade...

Lisa ignorou a gentileza do convite. Não queria voltar sozinha para o apartamento. Não havia nada lá — bem, talvez houvesse uma lata de alguma coisa no armário da cozinha ou um pacote de macarrão com molho congelado no freezer. Mas seria solitário. Seria melhor escutar o que Moira tinha a dizer, mas não seria mais do mesmo?

— Só se concordarmos em não falar sobre Frankie — sugeriu Lisa.

— Quem é Frankie? — disse Moira, com uma estranha expressão brincalhona no rosto.

Lisa percebeu que aquilo devia ser um sorriso.

* * *

Decidiram ir à *trattoria* do Ennio. Era um restaurante de família: o próprio Ennio cozinhava e recebia os clientes; seu filho servia as mesas. Ennio morava em Dublin havia mais de vinte anos e era casado com uma irlandesa; ele sabia que o sotaque italiano só tinha a acrescentar à atmosfera do lugar.

Anton, por outro lado, dissera para Lisa que Ennio era um tolo de marca maior e que nunca chegaria a lugar algum. Ele não fazia propaganda, celebridades nunca eram vistas entrando e saindo do restaurante, ele nunca recebia críticas nem atenção da mídia. Ir lá era como um ato de independência.

Moira costumava passar pela porta do lugar e sempre se perguntava quem pagaria sete euros por um prato de espaguete à bolonhesa quando se podia preparar em casa por três ou quatro euros. Para ela, era um ato de desafio escolher o Ennio, desafio à sua parcimônia e economia.

Ennio as recebeu com tanto prazer que parecia que esperava a visita delas havia semanas. Ofereceu, às duas, enormes guardanapos vermelhos e brancos, um drinque por conta da casa e a notícia de que o canelone era o manjar dos deuses — elas iam amar. Quando ele inaugurou o restaurante, a comida simples e fresca que ele fazia caiu no gosto popular imediatamente. Desde então, o boca a boca mantinha o restaurante cheio todas as noites.

Lisa pensou que talvez Anton estivesse errado sobre Ennio. O lugar já estava quase cheio, e todos pareciam felizes. Nenhum cliente viera atraído pelo estilo, pela decoração ou pela iluminação — nem por entrevistas e publicidade. Talvez Ennio estivesse longe de ser um tolo.

Moira começava a perceber por que as pessoas pagavam sete euros por um prato de macarrão. Estavam pagando por uma mesa coberta por uma toalha xadrez, uma recepção calorosa e a sensação de bem-estar e felicidade. Poderia preparar um prato de canelone, mas não seria a mesma coisa comê-lo sozinha em seu pequeno apartamento vazio. Não seria um manjar dos deuses.

Estava começando a relaxar pela primeira vez em muito tempo e levantou sua taça.

— A nós — disse ela. — Talvez tenhamos tido um começo ruim, mas somos sobreviventes!

— Aos sobreviventes! — disse Lisa. — Posso começar?

— Primeiro, vamos pedir, depois você começa — concordou Moira.

Moira era uma boa ouvinte. Lisa tinha de lhe dar esse crédito. Moira escutava com atenção, se lembrava do que dissera antes e voltava e fazia perguntas relevantes — como com quantos anos Lisa percebeu que seus pais não se gostavam, e perguntas irrelevantes — como se eles costumavam levar as filhas à praia. Ela era solidária quando tinha de ser. Ficava chocada nas horas certas, curiosa sobre por que a mãe de Lisa continuou em um lar sem amor. Perguntou sobre os amigos de Lisa e pareceu compreender exatamente por que ela nunca teve amigos.

Como alguém poderia levar um amigo a uma casa como aquela?

E Lisa contou sobre seu trabalho como designer gráfica para Kevin e como conheceu Anton e tudo mudou. Ela deixara o porto seguro da agência de Kevin e começara uma carreira solo. Não, não tinha outros clientes, mas Anton precisava de seu incentivo e sempre dizia que ficaria perdido sem ela. Até mesmo dessa vez em Londres, naquela manhã mesmo, ele implorara para ela não ir embora, não abandoná-lo com April.

— Ah, April — disse Moira, com indiferença, lembrando-se do seu primeiro almoço com Clara no Quentins. — Uma pessoa muito vazia.

— *Vazia!* — Lisa saboreou a palavra. — É exatamente o que ela é! Vazia! — Ela repetiu a palavra com prazer.

Gentilmente, Moira mudou de assunto, querendo falar de Noel.

— E não foi ótimo conseguir um lugar pra ficar assim com tanta facilidade? — provocou ela.

— Foi. Se não fosse por Noel, não sei o que eu teria feito naquela noite, a noite em que descobri que meu pai, meu próprio pai, na nossa casa...

Ela parou, triste com a lembrança.

— Mas Noel a recebeu de braços abertos? — continuou Moira.

— Bem, de "braços abertos" seria um exagero... mas ele me ofereceu um lugar para ficar, o que, considerando que eu mal o conhecia, foi muito generoso da parte dele e, então, Emily sugeriu que eu ficasse e ajudasse a cuidar de Frankie, assim teria um lugar para ficar de graça.

— De graça? Você quer dizer que Noel é quem paga todas as despesas?

Os olhos de Moira começaram a brilhar. Estava conseguindo mais e mais informações sem nem precisar perguntar.

Lisa pareceu perceber que falara demais.

— Bem, não é exatamente *de graça*. Quero dizer, nós dois contribuímos com a comida. Cada um tem seu telefone e dividimos o trabalho com o bebê.

— Mas ele poderia ter alugado o quarto para um inquilino de verdade, que pagasse com dinheiro.

À Espera de Frankie

— Duvido — disse Lisa, com senso de humor. — Ele não conseguiria ninguém para morar em uma casa com um bebê. Acredite em mim, Moira, é como "Macbeth não irá mais dormir". Tem noites que, às três da manhã, parece uma casa de loucos, com nós dois tentando acalmá-la.

Moira apenas assentiu, solidária. A cada segundo, estava conseguindo mais munição.

Mas, estranhamente, não estava tão satisfeita quanto acreditara que ficaria. De uma forma esquisita, preferia que aquelas duas pessoas solitárias — Lisa e Noel — encontrassem a felicidade para vencer seus demônios através dessa criança. Se fosse Hollywood, eles também encontrariam a felicidade um no outro.

Lisa não fazia ideia do que ela estava pensando.

— Agora você — disse ela para Moira. — Conte-me o que foi tão terrível.

Então Moira começou. Cada detalhe de quando voltava da escola e não tinha nada para comer, sobre seu pai chegando cansado mais tarde e encontrando apenas algumas batatas descascadas. Contou tudo sem autopiedade nem reclamações. Moira, que mantivera sua vida privada bem-guardada durante anos, só conseguia contar para Lisa porque ela sofrera ainda mais do que ela.

Contou a história até o presente quando saíra de Liscuan e voltara para Dublin porque ver seu pai e seu irmão reconstruindo suas vidas era demais para ela suportar.

Lisa escutou e desejou que alguém — qualquer pessoa — tivesse dito para Moira que havia uma forma de lidar com tudo aquilo, que ela podia ficar feliz pelas outras pessoas em vez de parecer tão triunfante quando elas caíam. Talvez fosse ter de fingir no início, mas logo se tornaria natural. Lisa aprendera a ficar feliz por Katie ter um casamento feliz e uma carreira de sucesso. Ficava satisfeita porque a agência de Kevin estava indo bem. Claro, quando as pessoas eram inimigas, como seu pai e April, aí era preciso ser um super-herói para desejar-lhes coisas boas...

Quando a mente de Lisa começou a vagar, ela percebeu que a mulher na mesa ao lado estava se engasgando seriamente. Um pedaço de comida estava preso na sua garganta; a jovem garçonete fitava com olhos assustados enquanto seu rosto mudava do vermelho para o branco.

— O que houve, Marco? — perguntou a jovem garçonete loura. Era Maud Mitchell? O que ela estava fazendo trabalhando ali, perguntou-se Lisa, e Maud, então, absorvendo toda a situação só de olhar, chamou por cima do ombro: — Simon, precisamos de você aqui *agora*!

Na mesma hora, seu irmão chegou, e ele também estava vestido com uniforme de garçom.

— Ela não está conseguindo respirar... — disse Maud.

— Ela está engasgada — concordou Simon.

— Você consegue fazê-la tossir? — perguntou Maud, totalmente no controle da situação.

— Ela está tentando tossir, tem alguma coisa presa lá dentro... — A filha da mulher estava quase histérica a esta altura.

— Senhora, vou pedir que se levante agora e, quando meu irmão apertá-la com muita força, fique calma, por favor, é uma manobra perfeitamente normal — falou Maud com o tom de voz firme e tranquilizador ao mesmo tempo.

— Somos treinados para fazer isso — confirmou Simon.

Ficando de pé atrás da mulher e passando os braços em volta de seu diafragma, ele apertou com força. Da primeira vez, não

À Espera de Frankie

houve resposta, mas da segunda vez que ele apertou o abdômen dela, um pequeno pedaço de biscoito saiu voando de sua boca.

Na mesma hora, ela voltou a respirar. Lágrimas de gratidão vieram em seguida, depois goles de água e, por último, quis saber o nome dos jovens que salvaram a sua vida.

Lisa estava sentada hipnotizada pela cena e, de repente, se deu conta de que não tinha escutado nenhuma palavra que Moira dissera nos últimos minutos; o episódio todo aconteceu tão rápido que poucas pessoas notaram que alguma coisa errada estava acontecendo. Aqueles gêmeos realmente eram impressionantes. Pelo canto do olho, viu o garçom que chamaram de Marco sacudir a mão de Simon cheio de entusiasmo e dar um abraço em Maud, que parecia mais do que apenas gratidão...

Lisa e Moira dividiram a conta e estavam saindo, satisfeitas com a noite.

Ennio, com seu inglês cuidadosamente mantido com sotaque, se despediu delas.

— É sempre bom ver boas amigas que apreciam um jantar juntas — disse ele, alegre, ao acompanhá-las até a porta.

Elas não eram boas amigas, mas ele não sabia disso. Se elas fossem amigas de verdade, não teriam ido para casa com tanto ainda por falar. Em vez disso, elas apenas tocaram superficialmente na solidão da outra, mas não fizeram o menor esforço para encontrar uma escapatória para a outra ou construir uma ponte entre elas para o futuro. Foi apenas uma noite menos fria por uma série de acontecimentos e pelo calor da recepção de Ennio, nada mais do que isso.

Ele teria ficado triste ao trancar a porta quando elas saíram: elas foram as últimas a sair. Ennio era um homem alegre. Ele iria preferir achar que tinha servido duas grandes amigas.

10

Emily teve um feriado maravilhoso no oeste com Paddy e Molly Carroll. Dingo Duggan foi um motorista animado, até aventureiro. Ele parecia totalmente incapaz, e relutante, de ler um mapa e recusava todas as tentativas de Emily de tentar encontrar estradas numeradas.

— Ninguém entende esses números, Emily — dizia ele, com convicção. —Você ia entrar em parafuso. O negócio é seguir para oeste e ir na direção do oceano.

E eles realmente passaram por lugares lindos como Sky Road, e viajaram por estradas que cortavam montanhas em que cabras desciam e ficavam olhando para o carro e seus ocupantes como se tivessem vindo para diverti-las. Passaram noites em bares, cantando, e todos concordaram que aquela foi uma das melhores viagens que fizeram.

Emily contou a eles sobre seus planos de ir aos Estados Unidos para o casamento de Betsy. Os Carroll ficaram encantados; um casamento tardio, uma chance de Emily se arrumar e participar de uma cerimônia, duas almas gêmeas se encontrando.

À Espera de Frankie

Dingo Duggan não tinha tanta certeza.

— Nessa idade, talvez seja demais para ela — disse ele.

Emily mudou o rumo da conversa para assuntos mais seguros.

— Como você conseguiu esse apelido, Dingo? — questionou ela.

— Ah, foi na época em que fui para a Austrália fazer fortuna — disse Dingo simplesmente, como se fosse óbvio e nunca ninguém tivesse lhe feito essa pergunta antes.

A fortuna de Dingo, considerando a caminhonete velha que ele dirigia, não parecia ter sido muito substancial, mas Emily Lynch sempre via o lado positivo das coisas.

— E foi uma ótima experiência? — perguntou ela.

— Foi, sim. Há dez anos, e eu costumo olhar para trás e me lembrar de tudo que vi: cangurus, emas, vombates e lindos pássaros. Estou falando de pássaros de verdade, com penas bonitas, parecendo que tinham fugido de um zoológico, voando à nossa volta e pegando as coisas. Você nunca viu nada igual.

Ele estava ali parado, feliz, se lembrando de tudo com um sorriso saudoso.

— Quanto tempo você ficou lá?

Emily estava curiosa sobre a vida que ele levou a milhares de quilômetros dali.

— Sete semanas. — Dingo suspirou com prazer. — Sete lindas semanas, e eu falava muito sobre isso quando voltei, entendeu, por isso me deram o apelido de "Dingo". É uma raça de cachorro de lá...

— Entendi. — Emily ficou surpresa de como a estadia dele tinha sido curta. — E por que você voltou?

— Ah, eu já tinha gastado todo o meu dinheiro e não conseguia encontrar um emprego... muitos irlandeses ilegais por lá, pegando os empregos deles. Então, achei que era melhor voltar para casa.

Emily tinha pouco tempo para especular sobre o que se passava na cabeça de Dingo e se ele realmente se considerava um expert na Austrália depois de uma visita de menos de dois meses, dez anos atrás. Tinha muitos e-mails para mandar e para responder de Nova York.

B etsy estava à beira de um ataque de nervos pré-nupcial. Não tinha gostado da mãe de Eric, estava decepcionada com o vestido de seda cinza que tinha comprado, seus sapatos estavam muito apertados, seu irmão estava sendo pão-duro nos preparativos. Precisava urgentemente de Emily.

Emily poderia voltar uns dias antes ou talvez não tivesse casamento nenhum para comparecer.

Emily a acalmava por e-mail e, ao mesmo tempo, procurava alternativas de voo para voltar antes. Noel ajudou e finalmente encontraram um voo.

— Não sei por que estou ajudando você a voltar para os Estados Unidos — reclamou Noel. — Vamos ficar loucos sem você aqui, Emily. Eu e Lisa estamos tentando fazer um novo planejamento para Frankie, mas está sendo um pesadelo.

— Vocês deveriam usar mais o dr. Chapéu — disse Emily inesperadamente.

— Não posso pedir isso a ele.

— Frankie gosta dele. Ele é maravilhoso com ela.

— Devo dizer isso a Moira? — Noel estava apreensivo.

— Claro que sim.

Emily já estava escrevendo um e-mail com a boa notícia para sua amiga Betsy; chegaria em três dias, resolveria o problema do vestido cinza sem graça, dos sapatos apertados, do irmão mão de vaca, da mãe difícil do Eric. Tudo ficaria bem.

— Moira vai ficar pior do que nunca enquanto você estiver longe — disse Noel, com um mau pressentimento.

— Deixe Frankie com o dr. Chapéu de tarde. Ele joga xadrez com um cara de Boston, um estudante, acho. Ele se diverte muito com isso. Chegou até a me pedir se eu podia ir visitá-lo enquanto estiver nos Estados Unidos e levar uma tábua de xadrez, mas eu disse a ele que não daria tempo de ir tão longe em tão pouco tempo.

— O dr. Chapéu joga xadrez on-line? Como foi que ele aprendeu a usar um computador?

— Eu ensinei a ele — respondeu Emily. — E em troca, ele me ensinou a jogar xadrez.

— Eu não sei da missa a metade do que acontece por aqui — disse Noel.

— Não tenha medo de Moira, ela não é sua inimiga.

— Ela é tão desconfiada, Emily. Quando ela vem ao meu apartamento, ela sacode um colchão de repente para ver se encontra uma garrafa de uísque escondida ali atrás ou, então, olha na cesta de pão, sem nenhuma razão, só querendo desenterrar uma garrafa de gim.

— Eu vou voltar, Noel, e Frankie vai ter crescido, e vai precisar de uns vestidos novos de Nova York. Só espere até ela crescer um pouco e eu ensiná-la a pintar. Podemos começar a reservar as galerias de arte para daqui a vinte anos porque ela vai expor seus quadros no mundo inteiro.

— Tomara.

O rosto de Noel se iluminou ao pensar na filha como uma artista famosa. Talvez devesse tirar a sua caixa com materiais de artes do armário. Antes de se mudar, se certificara de que não havia garrafas escondidas ali dentro. Não tinha tido tempo de desenhar ultimamente, mas não seria uma boa influência sobre Frankie se voltasse a praticar?

— Se ela quiser muito, vai acontecer.

Emily assentiu como se isso fosse uma certeza.

— E você? O que você queria para você, Emily?

— Eu queria ensinar arte, e consegui, até que acharam que eu não era mais moderna o suficiente. Então, eu quis viajar e comecei a fazer isso. Estou gostando muito.

— Espero que você não vá querer se mudar de novo — disse Noel.

— Vou esperar até Frankie estar criada e você ter encontrado uma boa esposa. — Ela sorriu para ele.

— Vou contar com isso — disse Noel.

Ele ficou satisfeito. Emily não era de fazer promessas, mas se ela disse que ia esperar até ele encontrar uma boa esposa... Emily poderia muito bem ficar aqui para sempre!

Todos sentiriam saudades de Emily. No bazar, já estava uma confusão. Molly dizia que Emily era capaz de adivinhar o tamanho e o gosto da pessoa no momento em que colocava os pés na loja. Lembram do blazer cinza que Moira comprou e fingiu não ter comprado? Os donos das casas onde ela plantou e cuidou das jardineiras estavam entrando em pânico com a ideia de que suas flores iriam murchar durante a ausência de Emily por três semanas.

Charles Lynch se perguntava como poderia continuar mantendo seu negócio de passear com cachorros no azul. Emily estava sempre conseguindo novos clientes para ele e sempre se lembrava de separá-los por sexo para o caso de fazerem alguma coisa que pudesse irritar seus donos. Emily organizava suas finanças de forma que ninguém da Receita Federal pudesse dizer que ele era algo além de meticuloso.

E na clínica médica também sentiriam falta dela. Ninguém parecia ser capaz de encontrar um documento ou outro. Emily era uma presença tranquilizadora. Todos que trabalhavam lá tinham o número do celular dela, mas ela dissera a eles que não poderiam ficar ligando durante três semanas. Como Declan Carroll dissera, ficar todo esse tempo sem Emily dava tanto medo quanto pular de um trampolim bem alto.

Quem mais saberia tudo que Emily sabia? A melhor rota de ônibus para o hospital, o endereço da pedicura que todos os pacientes gostavam, o nome do conselheiro da pastoral no Hospital Santa Brígida?

— Será que você não conseguiria acabar com toda essa história de casamento em uma semana? — sugeriu Declan.

— Vá sonhando, Declan. Eu não quero "acabar com toda essa história de casamento". Estou doida para ajudar. Queria que durasse pelo menos uns dois meses! A minha melhor amiga vai se casar com um homem que é apaixonado por ela há anos! Eu preciso resolver os problemas de sapatos que estão apertados, irmãos, sogras, vestido sem graça. Não posso ficar resolvendo as coisas para você, Declan, ao mesmo tempo, tipo onde você colocou o recibo da lavanderia...

— Acho que vamos ter de aprender a nos virar sem você — reclamou Declan. — Mas não demore muito a voltar.

Com Lisa foi a mesma coisa.

— Não vamos poder ligar para você se Frankie começar a tossir.

— Bem, vocês não me ligam mesmo — disse Emily, calmamente.

— Não, mas nós sabemos que *podemos* ligar se quisermos — confessou Lisa. — Deixe eu lhe falar uma coisa enquanto ainda está aqui, Emily, eu talvez tenha falado demais com Moira. Nós jantamos juntas e eu meio que disse ou deixei escapulir que era exaustivo trocar Frankie, alimentá-la, colocar para arrotar e levá-la de um lugar para o outro. Era para ser um elogio a Noel, e como ele está lidando bem com tudo, entendeu? Mas acabou soando como uma reclamação e, claro, Moira captou isso e ficou perguntando se nós éramos mesmo capazes de cuidar de Frankie, e isso era a *última* coisa...

— Não se preocupe com isso — disse Emily. — Vou falar com Moira.

— Eu gostaria que você pudesse ficar aqui e conversar com ela todos os dias — reclamou Lisa.

— Sempre que quiser, pode me mandar um e-mail, mas, pelo amor de Deus, não conte isso para ninguém.

— Só sobre Frankie — prometeu Lisa.

— Combinado, então, só sobre Frankie — disse Emily, sabendo que nenhuma regra era tão dura que não pudesse ser quebrada em um caso de emergência.

E chegou o dia de Emily viajar.
Ela nem conseguia acreditar que fazia poucos meses que tinha chegado ali sem conhecer ninguém e agora parecia estar deixando buracos sísmicos em suas vidas ao deixá-los por três semanas. Era impressionante o quanto tinha sido absorvida por aquela pequena comunidade.

Estava torcendo para não falar com sotaque irlandês quando chegasse aos Estados Unidos. E também esperava não usar nenhuma expressão irlandesa. No começo, se surpreendera ao perceber que estava usando gírias irlandesas, mas depois se acostumou.

Conforme se aproximava de Nova York, foi ficando animada com tudo que lhe esperava. Tentou afastar o elenco irlandês do plano central de seus pensamentos. Precisava se concentrar

À Espera de Frankie

na mãe de Eric e no irmão de Betsy, mas as imagens da Irlanda ficavam voltando à sua mente.

Noel e Lisa em Chestnut Court acalmando Frankie enquanto se preparavam para as provas finais do curso que estavam fazendo, sem saber se isso os ajudaria ou não.

Josie e Charles ajoelhados, rezando o rosário na cozinha, e ainda acrescentando três Ave-Marias para São Jarlath, um lembrete de que a campanha para a estátua estava indo bem.

Dr. Chapéu jogando xadrez com um garoto de Boston que estava com um problema no pé e por isso estava afastado da escola por uma semana.

Molly no bazar, quebrando a cabeça para ver quanto cobraria por uma saia plissada que nunca tinha sido usada.

Paddy Carroll carregando pesados e suculentos ossos para os cachorros que passavam.

Aidan e Signora cantando músicas italianas para as três crianças: o neto deles, Frankie e o pequeno Johnny Carroll.

Pensou em Muttie, conversando alegremente com seu cachorro, Hooves, ou resolvendo os problemas do mundo com seus associados.

Pensou no distinto padre, Brian Flynn, e em como ele se esforçava para esconder sua verdadeira opinião sobre a estátua do santo do século dezesseis que seria erguida em uma rua de classe média de Dublin.

Eram tantas imagens, e Emily cochilou pensando em todas elas. E lá estava ela no aeroporto JFK e, depois de pegar suas malas e passar pela alfândega, Emily viu Eric e Betsy pulando de animação. Eles estavam até com um cartaz. Com uma letra torta, dizia: "Bem-vinda ao lar, Emily!"

Como era estranho perceber que ali não parecia mais o seu lar.

Mas sendo ou não seu lar, era maravilhoso.

Emily conversou com a mãe de Eric, assumindo uma postura de mulher viajada, que sabe das coisas. Conseguiu passar o recado que Eric estava com o prazo de validade quase vencido e ele tinha muita, muita sorte por Betsy ter querido ficar com ele.

Betsy escrevera para a Irlanda dizendo que aparentemente existiam alguns "obstáculos" para o casamento. Emily não podia imaginar o que era. Fitou a mãe de Eric nos olhos e perguntou se ela sabia de algum. A futura sogra de Betsy, que era um pouco fofoqueira, deu com a língua nos dentes. Emily compreendeu. Betsy precisava de muito entusiasmo e apoio para o grande dia, senão poderia desistir no último segundo e deixar o pobre Eric esperando.

Emily resolveu o problema dos sapatos apenas insistindo que Betsy comprasse um novo par no tamanho certo; resolveu o problema do vestido cinza sem graça, levando-o a uma loja de acessórios e pedindo ajuda. Juntas, escolheram uma estola cor-de-rosa e creme que transformou o vestido.

Foi à casa do irmão de Betsy e explicou que, como Betsy tinha esperado tanto para se casar, tinha de ser uma comemoração elegante; dessa forma, conseguiu melhorar o menu e acrescentar espumante.

E, claro, o casamento foi esplêndido. Emily ficou satisfeita ao ver a amiga com sapatos confortáveis e um vestido recém-repaginado. O irmão de Betsy estava muito elegante e a sogra parecia o charme em pessoa.

Betsy chorou de felicidade; Eric chorou e disse que aquele era o melhor dia de toda a sua vida; Emily chorou porque aquilo tudo era tão maravilhoso; e o padrinho chorou porque seu

À Espera de Frankie

casamento estava em frangalhos e invejava as pessoas que estavam começando.

Quando todos os convidados foram embora e o padrinho foi fazer mais uma tentativa pouco afetiva de salvar seu próprio casamento, o noivo e a noiva partiram com a dama de honra para Chinatown, onde tiveram um banquete. Ainda não teriam uma lua de mel, mas uma temporada na Irlanda estava nos planos para acontecer até o final do ano.

Emily contou a eles sobre algumas das pessoas que conheceriam. Eric e Betsy disseram que mal podiam esperar. Tudo parecia tão intrigante. A vontade deles era ir para o aeroporto e pegar um voo direto para a Irlanda.

De: Lisa

Para: Emily

Sei que combinamos que eu só mandaria um e-mail se houvesse algum problema com Frankie, e não é o caso. Mas eu estava com vontade de falar com você. Ela está ótima e dormindo melhor.

Moira parece não ter se agarrado ao que falei sobre Frankie dar muito trabalho, então, com sorte, isso será esquecido.

Frankie parece gostar de ficar com o dr. Chapéu. Ele canta musiquinhas para ela e comprou alguns potes de papinha de maçã e fica dando para ela o tempo todo — ela parece não enjoar nunca!

Maud e Marco, do Ennio's, estão definitivamente juntos, foram vistos no cinema. Bom para Maud porque as coisas andam tristes naquela casa, mas acho que Simon está achando que foi deixado de lado.

Noel saiu com uma pessoa na semana passada. Armei com uma amiga da Katie chamada Sophie, mas não deu certo. Quando ele contou a ela sobre Frankie, ela perguntou: "E quando você vai devolvê-la para a mãe?" Noel contou a ela que Stella tinha morrido e, de repente, a tal Sophie quis distância dele. Um homem com uma criança! Cuidado! Cuidado!

313

O pobre Muttie está com uma aparência péssima. Declan não diz nada, mas acho que as coisas não estão nada bem.

Além disso, a vida está boa.

Tudo está correndo bem. Saiu uma foto de Anton no jornal de hoje e April pisou na bola, e confesso que estou muito feliz com isso.

Como foi o casamento?

Beijos,

Lisa

Betsy e Eric faziam muitas perguntas e Emily falava um pouco de cada pessoa. Moira era vista como a inimiga e April foi considerada a rival de Lisa; os gêmeos eram adolescentes na cozinha, Muttie era o avô, tio ou tutor deles, ninguém sabia ao certo. E Anton? O indisponível objeto de adoração de Lisa...

Para: Lisa

De: Emily

Obrigada por me mandar notícias. O casamento foi fabuloso. Quando chegar, mostro as fotos.

O que a April fez? Como ela pisou na bola?

Beijos,

Emily

Para: Emily

De: Lisa

April disse a todo mundo que um grupo de críticos de gastronomia ia ao Anton's na terça-feira passada, mas ninguém apareceu, alguém disse para eles que tinha sido cancelado. Anton ficou furioso com ela. Eu e ele jantamos juntos no restaurante para alegrá-lo um pouco...

* * *

À Espera de Frankie

Eric e Betsy, agora um distinto casal casado, levaram Emily ao aeroporto. Ficaram acenando por muito tempo enquanto ela desaparecia no mar de pessoas se encaminhando para o Terminal 4. Sentiriam saudades dela, mas sabiam que logo ela estaria sentada naquele voo, orientando seus pensamentos de volta para Dublin.

O lugar parecia uma loucura e com certeza modificara Emily. Normalmente tão reservada e tranquila, ela parecia ter sido totalmente seduzida por um elenco que deveria estar em um show de variedades off-Broadway.

Emily não dormiu como muitos passageiros fizeram. Ficou sentada fazendo comparações entre esta viagem e a primeira que ela fez cruzando o Atlântico para a Irlanda.

Naquela época, estava em busca de raízes, tentando descobrir o tipo de vida que seu pai levara em Dublin e como isso moldara a sua personalidade. Não descobrira quase nada sobre isso, mas se envolvera profundamente com uma série de dramas, que iam desde ajudar a criar um bebê órfão de mãe que estava morando com um pai alcoólatra até trabalhar em um bazar para ajudar sua tia a angariar fundos para erguer uma estátua de um santo desconhecido que, se algum dia existiu, morreu no século dezesseis, e organizar a agenda de passeios com cachorro de seu tio.

Parecia uma loucura, ainda assim, sentia que estava voltando para casa.

Era de manhã cedo em Dublin quando os voos transatlânticos chegaram e as multidões esperavam em volta das esteiras para pegar suas malas. Emily pegou sua elegante mala nova — um presente de Eric em agradecimento por ter sido dama de honra.

Enquanto passava pela alfândega, pensou que seria legal se alguém viesse buscá-la, mas quem poderia?

Josie e Charles não tinham carro. Nem Noel e Lisa. Dingo Duggan, com sua caminhonete, seria bom, mas era pouco provável. Pegaria um ônibus como da outra vez. Exceto que desta vez, saberia para onde estava indo.

Assim que saiu, viu uma pessoa conhecida: dr. Chapéu acenava para ela.

— Achei uma boa ideia vir buscá-la — disse ele, pegando uma de suas malas.

No meio de todas aquelas pessoas se abraçando, Emily ficou emocionada ao vê-lo ali.

— Parei o carro no estacionamento rotativo — disse ele, cheio de orgulho, e mostrou o caminho. Ele devia ter acordado muito cedo para chegar na hora.

— É tão bom vê-lo, Chapéu — disse ela enquanto se acomodava no pequeno carro dele.

— Trouxe uma garrafinha de café e um sanduíche de ovo, está bom para os padrões americanos? — perguntou ele.

— Ah, Chapéu, como é maravilhoso estar em casa! — disse Emily.

— Estávamos todos como medo de você resolver se casar também e ficar por lá.

Ele parecia muito aliviado por esse não ter sido o caso.

— Eu não faria isso — disse Emily, lisonjeada por todos desejarem que ela voltasse. — Agora, pode me contar todas as novidades de São Jarlath Crescent.

— Tem muitas novidades — disse ele.

— Temos tempo.

Emily se recostou e escutou.

* * *

À Espera de Frankie

E ra uma mistura de notícias.

As más eram que Muttie tinha piorado bastante. O prognóstico dele, embora não tenha sido discutido nem admitido em público, não era de mais de dois meses. Lizzie parecia não estar aceitando e continuava planejando a viagem. Estava até estimulando os gêmeos a irem logo para New Jersey — um lugar onde ela e Muttie poderiam ir visitá-los.

Simon e Maud já tinham percebido que não fariam essa viagem; estavam bem tristes. O jovem Declan Carroll estava sendo maravilhoso com eles, deixando que ficassem mais com o bebê para ocupar suas mentes.

As boas notícias eram que Frankie estava cada dia melhor. Emily não ousou perguntar, mas Chapéu sabia o que ela queria saber.

— E Noel está nos trilhos. Lisa tem estado um pouco ausente, mas ele tem dado conta.

— O que quer dizer que você tem ajudado também. — Emily fitou-o agradecida.

— Amo aquela menina. Ela não dá problema.

Chapéu foi passando pelo trânsito.

— Mais alguma novidade? — perguntou Emily.

— Bem, Molly Carroll disse que você não vai acreditar em quantas roupas ela conseguiu com uma mulher louca.

— Louca? De raiva ou maluca mesmo? Nunca sei a qual vocês se referem.

— Ah, ela era maluca mesmo. Descobriu que o marido estava comprando roupas para outra mulher, então pegou todas elas e levou para o bazar! — Ele parecia achar engraçado.

— Mas nós podemos ficar com elas? A mulher maluca podia fazer isso?

MAEVE BINCHY

— Parece que sim. O marido está se fazendo de desentendido, dizendo que comprou tudo para a esposa, mas as roupas são do tamanho totalmente errado e das cores erradas também! Ouvi falar coisas do tipo espartilhos pretos e vermelhos!

— Meu Deus! Mal posso esperar para voltar! — disse Emily.

— E sabe aquela senhora que deu o cachorro para Charles?

— A sra. Monty, sim? Não me diga que ela pegou Caesar de volta...

— Não, a coitada morreu, que descanse em paz, e você acredita que deixou todo o dinheiro para Charles?

— Ela tinha dinheiro?

— Por incrível que pareça, tinha.

— Isso não é maravilhoso? — exclamou Emily.

— É maravilhoso até você saber como o dinheiro será gasto... — disse o dr. Chapéu e desenhou uma auréola com o dedo em volta de sua cabeça.

Charles e Josie estavam esperando por ela na casa 23; estavam cuidando de Frankie, que tivera uma gripe e estava muito inquieta, diferente do bebê sorridente de sempre. Emily ficou encantada ao vê-la e pegou-a no colo para examiná-la. Na mesma hora, a menina parou de reclamar.

— Ela certamente cresceu nessas três semanas. Ela não é maravilhosa?

Ela abraçou o bebê e foi recompensada por balbucios. Emily se deu conta do quanto sentira saudade de Frankie. Nenhum deles esperara por essa criança e, para ser sincera, nem mesmo realmente quiseram no início — e olhe para ela agora! Era o centro do mundo deles.

Dr. Chapéu foi convidado para entrar e tomar uma xícara de chá e estava se divertindo brincando de pegar um ursinho de

À Espera de Frankie

pelúcia que Frankie ficava jogando no chão; e Molly Carroll apareceu para dar as boas-vindas a Emily.

Noel ligou do trabalho para se certificar se ela *havia* mesmo voltado e não tinha decidido voltar a morar em Nova York.

Frankie estava bem, disse ele, só com o nariz escorrendo. A enfermeira dissera que ela estava se desenvolvendo. Lisa tinha viajado de novo. Já perdera três aulas e seria difícil conseguir colocar a matéria em dia. Ah, sim, ele estava recebendo muita ajuda. Tinha uma mulher na sua turma chamada Faith que tinha cinco irmãos mais novos em casa e nenhum tempo para estudar, então ela vinha ajudar Noel três vezes por semana.

Faith estava encantada com Frankie. Tinha muita experiência em criar meninos, mas nunca cuidara de uma menina.

As noites tinham uma rotina: banho, mamadeira, colocar Frankie para dormir, depois revisão da matéria e pesquisas na internet para ajudar no estudo. Faith se compadecia de Noel trabalhar em um lugar como a Hall's: ela trabalhava em um escritório em um cargo sem perspectiva, mas tinha muita esperança de que o diploma que estavam se esforçando para conseguir faria a diferença. As pessoas no escritório dela respeitavam essas coisas.

Ela era uma mulher alegre e otimista de vinte e nove anos; tinha cabelo escuro cacheado, olhos verdes, rosto assimétrico e um enorme sorriso, e adorava caminhar. Ela mostrou a Noel um monte de lugares que ele não conhecia em sua própria cidade. Ela disse que precisava caminhar porque isso a ajudava a se concentrar. Passara por um momento difícil seis anos antes: o noivo morrera em um acidente de carro poucas semanas antes do casamento. A forma que encontrara para lidar com aquilo foi caminhando sozinha e ficando bem quieta; mas nos últimos tempos, sentira a necessidade de se envolver de novo com o mundo à sua volta. Foi um dos motivos que a levou a começar o curso na universidade; e um dos motivos por que se adaptara tão facilmente à difícil vida de Noel.

Ela comprara um álbum do bebê para Frankie e colocara um cachinho de cabelo dela, a primeira meia e um monte de fotos.

— Você tem alguma foto de Stella? — perguntou ela a Noel.

— Não, nenhuma.

Faith não fez mais perguntas.

— Talvez eu pudesse desenhá-la — disse ele um tempo depois.

— Isso seria maravilhoso. Frankie vai amar quando for mais velha.

Noel olhou para ela agradecido. Ela era uma companhia tão agradável para se ter por perto. Talvez devesse desenhar o rosto dela também.

Lisa e Anton estavam em uma comemoração com comida celta na Escócia. Estavam em busca de um restaurante similar ao dele com o qual pudessem se associar para oferecer para clientes que gastassem um determinado valor no Anton's um voucher de metade do valor para usar no restaurante escocês e vice-versa. Seria ótimo porque ia começar a abrir um mercado totalmente novo, principalmente americano.

Foi ideia de Lisa. Ela imprimira cartões especiais para mostrar como funcionaria. O nome do restaurante escocês estava em branco até que fechassem o negócio.

Várias vezes, Lisa sentiu mais do que viu em Anton um olhar de aprovação, mas sabia que não podia esperar um elogio dele. Em vez disso, se concentrava totalmente em fazer seu trabalho bem-feito. Mais tarde teriam tempo para isso durante as refeições.

À Espera de Frankie

Em um dos hotéis que visitaram, a recepcionista perguntou se gostariam de ficar na suíte nupcial. Lisa, deliberadamente, não disse nada. Anton, perguntou, bem interessado, se eles pareciam um casal em lua de mel.

— Não, mas vocês *parecem* felizes — disse a moça.

Lisa decidiu deixar Anton falar de novo.

— Bem, e estamos, espero. Quero dizer, como não estar feliz em um lugar adorável como este, e se fôssemos contemplados com a suíte nupcial seria a cereja no bolo.

Ele deu um de seus sorrisos e Lisa percebeu que a recepcionista entrou na longa fila das mulheres que desejavam Anton.

Era tão animador estar ali com Anton e saber que April não estava por perto, sentando com sua calça jeans justa na mesa ou no braço da cadeira de Anton. April estava a quilômetros de distância dali...

Mas então a viagem acabou e eles voltaram à realidade. Lisa voltou para as aulas três vezes por semana, para as noites em que Frankie acordava de hora em hora, para April tentando entrar de novo na vida de Anton.

Lisa percebeu que muitos eventos grátis estavam acontecendo no Anton's, festas que talvez saíssem nos jornais, mas que não traziam clientes pagantes para as mesas, que era exatamente do que precisavam. Ela estava preocupada por gastarem muito com a aparência e pouco com a realidade. O que fazia a diferença era o número de pessoas que pagavam por refeições e contavam aos seus amigos que também viriam gastar dinheiro. E não outro evento de caridade para a mídia com algumas celebridades de pouca importância que seriam fotografadas para sair nas colunas de fofocas. Esse era o mundo de April.

Lisa não tinha tanta certeza se estava certo. Mas, quando estava sozinha com Anton, não falava nada sobre suas preocupações. Anton detestava ser criticado. Dizer a ele que estava indo bem em publicidade, mas mal em clientes pagantes, poderia muito bem ser considerado uma crítica.

Lisa não estava feliz por estar de volta.

Emily estava indo para a casa de Muttie e Lizzie quando viu Lisa e percebeu seu humor de longe. Perguntou-se se seu papel na vida agora seria apenas alegrar as pessoas e mostrar o lado positivo das coisas.

— Como andam as coisas, Lisa? Noel me contou que você fez uma viagem fantástica pela Escócia — disse Emily.

— Foi mágica, Emily. Você já esteve em algum lugar e desejou que aquilo não acabasse nunca?

Emily pensou por um momento.

— Acho que não. Talvez um dia aqui, outro ali, que eu não queria que acabasse. O dia do casamento da minha amiga Betsy foi um desses dias, e a viagem para Connemara também. A época em que eu ensinava arte também.

— Os meus dias na Escócia foram todos assim — disse Lisa, o rosto radiante só de lembrar.

— Que ótimo, você terá a lembrança desses dias para lhe ajudar quando voltar ao estudos. — Emily sabia que tinha soado alegre.

— Noel está sendo maravilhoso; tirou cópia de todas as suas anotações, combinou para Molly Carroll passear com Frankie no parque e teve que organizar tudo de novo para que a "Chefona" saiba dos nossos planos. Só vim aqui para garantir que a sra. Carroll tenha alguém para ficar no seu lugar no bazar.

À Espera de Frankie

— Você não pode passar o dia todo no bazar, precisa colocar a sua matéria em dia.

— Trouxe a matéria. Não vai ser tão movimentado — disse Lisa.

— Vou para lá depois que sair da casa de Muttie e Lizzie.

— As coisas continuam iguais por lá — falou Lisa, balançando a cabeça. — A quimioterapia de Muttie acabou e Lizzie continua fazendo planos impossíveis para o futuro. Você tem muita coisa a fazer, se recuperar da viagem, visitar Muttie. Eu sobrevivo ao bazar.

— Vamos ver — disse Emily.

M uttie parecia muito mais fraco passadas apenas três semanas. Ele estava sem cor e parecia ter cavidades em seu rosto; as roupas estavam enormes nele. Mas era claro que seu humor não tinha sido afetado.

— Bem, nos mostre fotos de como os americanos fazem um casamento — disse ele, colocando os óculos.

— Não é um casamento típico — explicou Emily. — Noiva e dama de honra bem maduras, para começar.

— O noivo também não é nenhum franguinho — concordou Muttie.

— Olhe que roupas lindas! — Lizzie ficou encantada com tudo. — E o que são todos esses símbolos chineses?

— Ah, fomos jantar em Chinatown — disse Emily. — Um monte de restaurantes chineses, lojas chinesas e pequenos pagodes e decorações por todos os lados.

— Quando formos a Nova York mais para o final do ano, vamos lá. Emily vai nos dar todas as dicas.

— Isso se eu conseguir entrar em um avião. — Muttie balançou a cabeça. — Eu ando muito sem fôlego. O Hooves quer que eu vá com ele tomar um drinque com os meus Associados, mas a caminhada é muito cansativa para mim.

— Você tem visto os Associados?

Emily sabia o quanto Muttie gostava de falar sobre cavalos como os homens no pub enquanto Hooves ficava sentado com a cabeça em seu joelho, com olhar de adoração.

— Ah, o dr. Chapéu é muito bom. E às vezes bate uma sede danada no jovem Declan Carroll e ele me leva até lá de carro para tomar umas cervejas.

Emily sabia muito bem que Declan Carroll fingia estar com uma "sede danada" para poder levar seu velho vizinho até o bar.

— E como está a família? — perguntou Emily.

Como esperado, todos pareciam estar vindo fazer visitas repentinas à Irlanda, de Chicago, ou Sydney na Austrália. Muttie estava balançando a cabeça para a coincidência daquilo.

— Não sei onde eles arranjam dinheiro, Emily, não sei mesmo. Nesses lugares está tendo recessão também, como aqui.

— E os gêmeos? Ocupados como sempre?

— Ah, Maud e Simon são maravilhosos. Eles têm falado menos sobre ir para New Jersey, mas Maud está com um namorado italiano, um jovem muito educado e respeitador chamado Marco. Eles estão providenciando um telefone em que podemos ver a pessoa com quem estamos falando. Chama Skype, e neste fim de semana, vamos ligar para a minha filha Marian em Chicago e vamos vê-la e toda a sua família. Não acho isso certo.

— A tecnologia é incrível mesmo — disse Emily.

— Verdade, mas está indo rápido demais. Olhe os nossos filhos, entrando em aviões para vir aqui nos ver e agora esse telefone mágico. Não entendo nada disso.

* * *

À Espera de Frankie

Emily foi para o bazar e encontrou os gêmeos trabalhando lá. Lisa estava em um canto, estudando suas anotações. Não havia nenhum cliente.

— Não é necessário ficar todo mundo aqui — disse Emily, tirando o casaco.

— Eu e Maud estávamos aqui pensando...

— Não queremos atrapalhar ninguém...

— Mas vai ter uma degustação de comida italiana...

— No Ennio's, lá no cais...

— E Maud está gostando do filho do dono de lá... Simon queria deixar tudo muito claro.

— Não é verdade. Só saímos algumas vezes...

— Mas vai começar daqui a meia hora, entende...

— E se nós pudéssemos trabalhar em um outro horário... Emily cortou a dobradinha.

— Podem ir, agora. Neste minuto — disse ela.

— Se você tem tanta certeza...

— Se não vai atrapalhar seus planos...

— Ennio's é o restaurante de massas onde eu vi vocês trabalhando? — perguntou Lisa de repente.

— Você esteve lá com a Moira. Traidora! — Maud foi dura.

— Você encontrou com ela socialmente. — Simon parecia enojado.

— Vocês ainda estão aqui? — perguntou Emily, segurando a porta do bazar. Quando eles saíram, ela se virou para Lisa. — Volte para Chestnut Court e estude direito, Lisa, e eu vou colocar preço nas roupas que chegaram. Senão, eu e você vamos perder a manhã e não vamos conseguir nenhum centavo para São Jarlath.

Lisa olhou para ela surpresa.

— Mas você não acredita em toda essa ladainha de São Jarlath, acredita, Emily?

— Acho que só estamos abrindo mais opções. — Emily estava quase se desculpando.

— Mas pense, Emily, se Deus existisse, eu estaria noiva de Anton, Stella não teria morrido ao dar à luz e Frankie teria sua mãe. Noel seria reconhecido pelo que faz na Hall's, Muttie não estaria morrendo de câncer, você estaria administrando o mundo ou algum órgão público, e teria um marido legal e bonzinho para preparar o seu jantar toda noite quando chegasse em casa.

— O que faz você pensar que seria isso que eu pediria a Deus? — perguntou Emily.

— O que mais você poderia querer? Sem ser organizar as coisas...

— Eu ia querer uma coisa totalmente diferente: a minha casa, a chance de me aventurar na pintura para ver se sou boa, um pequeno escritório de onde eu pudesse gerenciar as Jardineiras da Emily... Não quero um marido bonzinho nem o poder de mandar no país. De jeito nenhum!

— Se você está dizendo. — Lisa sabia bem.

— Vai ser tão difícil me livrar de você como foi com os gêmeos? — perguntou Emily.

— Certo. Estou indo. Obrigada, Emily. Você é incrível. Se eu tivesse voltado dos Estados Unidos, ia estar jogada em uma cama e não trabalhando. Estou morta e só fui para a Escócia.

— Bem, suas férias provavelmente foram bem mais ativas do que as minhas — disse Emily.

Em vez de ficar tentando entender o que Emily tinha em mente, Lisa foi embora. Enquanto caminhava até o ponto do ônibus, pensou na Escócia. Eles ficaram em cinco hotéis diferentes, e em todos eles, ela e Anton fizeram amor. Duas vezes no hotel em que ficaram na suíte nupcial. Por que Anton não sentia falta disso e pedia que ela passasse todas as noites com ele? Ele deu um beijo de despedida nela quando chegaram ao aeroporto de Dublin e disse que tinha sido ótimo. Por que ele usara o passado? Podiam continuar aqui.

Deveriam continuar.

Ele dissera que a amava — quatro vezes — duas delas foram em tom de brincadeira quando ela conseguia acertar os ponteiros com os restaurantes e hotéis, mas duas vezes foram enquanto faziam amor. Então, ele devia estar sendo sincero, por que quem falaria uma coisa dessas em um momento tão intenso se não fosse verdade?

N o bazar, havia uma linda camisa de seda verde e preta. Um "presente não desejado", dissera a mulher que trouxe a blusa. Ainda estava na caixa, com papel de seda e tudo. Emily pendurou-a na arara de roupas e tentou dar um preço.

Na loja, provavelmente custara uns cem euros, mas ninguém que viesse aqui ia querer pagar nada nem perto daquele valor. A mulher que a doara não voltaria para ver o preço, mas Emily não queria que fosse muito baixo. A camisa era linda. Se fosse do seu tamanho, ficaria feliz em pagar cinquenta euros por ela. Ainda segurava a camisa quando Moira entrou.

— Estou apenas tentando descobrir onde Frankie está — disse ela, abruptamente.

— Bom dia, Moira — disse Emily, sendo intencionalmente educada. — Frankie foi para o parque com a sra. Carroll, mãe de Declan.

— Ah, eu conheço a sra. Carroll. Só estou me certificando de que ninguém se esqueceu dela.

Moira sorriu para tirar a maldade de suas palavras. Não foi bem-sucedida.

Emily foi fria ao responder.

— Isso nunca aconteceria com Frankie Lynch.

— Tenho certeza de que você tem as melhores intenções, Emily, mas ela não é *sua* responsabilidade.

— Ela é da minha família. — Os olhos de Emily estavam brilhando de raiva. — Filha do meu primo de primeiro grau. Isso faz com que ela seja minha prima de segundo grau.

— Nossa. — Moira não estava impressionada.

— Posso lhe ajudar, Moira?

Emily estava se esforçando para ser educada, mas sua paciência estava no limite.

— Bem, estou indo para a clínica e a administradora de lá é louca por roupas. Só se interessa por roupas.

— Acredito que ela também seja uma boa cardiologista — disse Emily.

— Ah, claro, bem, tenho certeza que sim, mas ela está sempre comentando sobre as roupas das pessoas... Estava pensando se você não teria alguma coisa... bem, você sabe...

— Hoje é seu dia de sorte. Tenho uma linda camisa de seda verde e preta, ficaria ótima com essa sua saia preta. Experimente.

Moira analisou a camisa.

— Quanto custa? — perguntou ela, como de costume sem o menor charme.

— Nas lojas, custaria uns cem euros. Eu ia cobrar cinquenta, mas como você é uma boa cliente, digamos quarenta e cinco?

Era mais do que Moira tinha pensado em gastar, mas concordaram com esse preço, e Moira seguiu para a clínica cardíaca toda elegante. Sua blusa cinza e velha estava amassada no fundo da pasta.

Assim que ela saiu, Emily telefonou para Fiona na clínica.

À Espera de Frankie

— Sei que vai parecer fofoca... — começou ela.

— *Adoro* fofoca — disse Fiona.

— Moira Tierney está indo para aí usando uma camisa nova maravilhosa que comprou aqui. Talvez ela se arrependa e comece a reclamar do preço, então cubra-a de elogios.

— Pode deixar — disse Fiona, bem entusiasmada.

Já tinha bastante gente na clínica. Frank Ennis tinha vindo para uma de suas visitas inesperadas e indesejadas. Estavam tomando chá quando ele chegou.

— Ah, que ótimos biscoitos — disse ele, com ar de reprovação.

— Nós mesmas compramos, Frank — disse Clara, animadamente. — Toda semana, alguém escolhe os biscoitos e paga. Deus me livre o Hospital Santa Brígida falir porque a clínica de insuficiência cardíaca comprou biscoitos. Pode provar um já que está aqui...

Neste momento, Moira chegou.

— Você trouxe um toque de elegância para este lugar — disse Frank Ennis.

Ania, que agora estava visivelmente grávida e com aparência de cansada, se ofendeu.

— Ela não precisa usar uniforme — sussurrou ela para Fiona e Barbara, balançando a cabeça na direção de Moira.

Para sua consternação, Fiona pareceu não concordar.

— Linda blusa, Moira. — Fiona interpretou seu papel com perfeição.

Clara também olhava para a blusa.

— Você tem um ótimo olho para roupas, Moira. Essa seda é de ótima qualidade.

MAEVE BINCHY

Nem em um milhão de anos Moira contaria para elas onde tinha comprado a camisa. Conversou um pouco, recusou o biscoito e foi direto para sua pequena sala.

Tinha três novos pacientes para ver naquele dia. O primeiro homem veio vê-la. Ele era grande, com rosto enrugado e cabelo despenteado, e de poucas palavras. Moira deu um de seus breves sorrisos e pegou uma folha de papel.

— Bem, sr.... Kennedy. Seu endereço, por favor.

— Abrigo São Patrício.

— Sim, estou vendo que você está hospedado lá desde que saiu do hospital. E antes disso...?

— Na Inglaterra?

— Qualquer endereço.

— Bem, eu estive aqui e ali, entende...

Moira entendia. Bem demais. Homens irlandeses que perderam anos de suas vidas trabalhando em edifícios, usando um nome diferente a cada mês, sem pagar impostos, sem previdência social, sem nenhum comprovante dos anos de trabalho, seus salários sendo pagos em dinheiro e gastos em algum pub toda sexta-feira.

— Antes disso, então — disse ela, cansada. De um jeito ou de outro, precisava preencher alguns papéis sobre aquele homem.

— Ah, muito tempo atrás, eu morei em Liscuan — disse ele.

Ela levantou o olhar na mesma hora. Tinha mesmo achado que ele lhe parecia familiar.

Era o marido de Maureen Kennedy, que tinha partido muitos anos atrás. Estava planejando o futuro do homem cuja esposa agora morava com seu pai.

* * *

À Espera de Frankie

N oel chegou do trabalho cansado.

Entrou em casa e encontrou Lisa dormindo na mesa da cozinha em cima de seus cadernos da faculdade. Tinha esperanças de que ela tivesse feito alguma coisa para o jantar e até buscado Frankie na casa dos Carroll.

Mas ela provavelmente estava exausta depois da viagem para a Escócia e triste por estar de volta. Ele iria pegar Frankie. Talvez até comprasse peixe com fritas para trazer para casa. Graças a Deus não tinham aula naquele dia. Talvez até passasse para ver Muttie. O coitado estava desesperado...

M uttie o recebeu com um enorme sorriso, que fez seu rosto parecer ainda mais esquelético.

— Lizzie, é Noel. Traga uma fatia de bolo para o rapaz.

— Não, obrigado, Muttie. Vim pegar Frankie com Molly e Paddy. Só vim dar um oi. Tenho de voltar para casa e colocá-la para dormir.

Maud e Simon estavam lá, as cabeças louras viradas para o computador.

— Colocamos Skype para o Muttie — disse Maud, cheia de orgulho.

— Assim ele pode ver as pessoas com quem fala — acrescentou Simon, igualmente satisfeito.

— Muito bem, assim quando vocês estiverem em New Jersey, vou poder falar com vocês toda semana! — Muttie falava sobre o assunto com satisfação e alegria.

— É, mas não vamos para New Jersey — disse Maud.

— Muita coisa acontecendo por aqui — acrescentou Simon, de forma sombria.

— A degustação no Ennio's hoje foi fantástica — contou Maud.

MAEVE BINCHY

— Aquele Marco é um rapaz muito legal — falou Muttie. — Nem com uma vela na mão você encontraria um rapaz como esse. Agora, Simon, você precisa se apressar e encontrar uma moça antes que seja tarde demais para todos nós.

Todos olharam para ele, mas ele não teve a intenção de soar sinistro.

— Está muito cedo para eu me prender — disse Simon, desatento.

— Quem falou em se prender? — perguntou Maud.

Bateram na porta. Era um rapaz com cabelo cacheado, carregando uma enorme panela com algo borbulhando em um molho de tomate.

— Isso é para o avô da adorável Maud — disse ele.

— Bem, obrigado, Marco — falou Muttie, satisfeito. — Lizzie, venha ver o que chegou.

Lizzie veio correndo da cozinha.

— Marco! Eu já ia preparar o jantar.

— Então, cheguei na hora certa? — Marco sorriu para todos.

— Bem, preciso ir. — Noel se levantou. — A propósito, sou Noel. Eu adoraria comer com você, mas preciso pegar a minha filha. *Buon apetito.*

Noel adoraria poder ficar. Era de quebrar o coração ver um lar com tanta felicidade estar prestes a passar por tanta tristeza.

Em Chestnut Court, Lisa acordou com torcicolo. Viu o casaco de Noel pendurado atrás da porta. Ele devia ter chegado e saído de novo. Ela poderia ter preparado alguma coisa para o jantar ou ter ido pegar Frankie na casa de Molly Carroll. Agora era tarde demais. Ele deixara um bilhete dizendo que traria peixe para o jantar. Ele era tão gentil. Não seria tão mais fácil se ela amasse Noel em vez de Anton? Mas a vida não funcionava assim

À Espera de Frankie

e talvez houvesse ainda mais obstáculos no caminho. Ela levantou, se alongou e colocou a mesa.

Adoraria tomar uma taça de vinho para acompanhar o peixe e as fritas, mas isso era uma coisa que nunca poderia entrar naquela casa. Lembrou-se do delicioso vinho que tomaram na Escócia. Eles tinham se alternado para pagar as refeições na Escócia, então Lisa estava realmente falida. Mas Anton não sabia disso. Ela esperava que as coisas mudassem; teria de conseguir um emprego se Anton não assumisse um compromisso com ela.

Logo, Noel chegaria em casa e ela não devia ficar sonhando.

Na casa 23 de São Jarlath Crescent, Josie e Charles Lynch estavam sentados em silêncio, aturdidos.

Um advogado muito sério, usando terno risca de giz acabara de sair da casa deles. Ele viera dizer a eles exatamente quanto tinham herdado da falecida Meriel Monty. Quando todos os ativos fossem liquidados, disse o advogado bem devagar, o patrimônio se aproximaria de duzentos e oitenta e nove mil euros.

11

Que bom que Eddie Kennedy não a reconheceu, pensou Moira. Assim, poderia continuar sendo profissional.

O abrigo onde ele estava hospedado era apenas um lugar para breves temporadas, logo precisaria de um lugar para o longo prazo. Se as coisas tivessem sido diferentes, ela teria perguntado mais sobre a vida dele em Liscuan, até teria sondado se, mesmo a esta altura da vida, ele não poderia consertar as coisas em casa. Afinal, ele não bebia mais. Talvez até conseguisse se reconciliar com Maureen Kennedy, mas não conseguia nem pensar em destruir a grande felicidade que seu pai havia encontrado já tão tarde em sua perturbada vida.

Onde quer que Eddie Kennedy fosse encontrar sua salvação, não seria em Liscuan.

Moira suspirou e tentou pensar no que poderia ter feito por aquele homem se as coisas fossem diferentes. Se ela não tivesse certeza que a esposa que ele abandonou tanto tempo atrás estava morando com seu próprio pai. Continuou fazendo perguntas

À Espera de Frankie

infrutíferas para ver se ele poderia ter direito a algum benefício depois de trabalhar a vida inteira na Inglaterra. Aquele homem nunca tivera carteira assinada nem fora registrado em nenhum sistema. De agora em diante, seria uma sucessão de abrigos.

Teria sido a mesma coisa se tivesse sido atendido por qualquer outro assistente social, não? Talvez algum pudesse ter feito mais perguntas sobre Liscuan. E se ela *tivesse* feito as perguntas? Talvez a sra. Kennedy e seu pai fossem precisar ser mais discretos, mas não seria nada muito diferente de como era agora...

Mesmo assim, Moira se sentia culpada. As opções daquele homem não podiam ficar restritas só porque a assistente social dele queria que seu pai continuasse vivendo feliz na casa que deveria ser dele. Moira desejou, e não era a primeira vez, ter uma amiga, uma alma gêmea com quem pudesse discutir o assunto.

Lembrou-se do jantar no Ennio's com Lisa: tinha sido agradável e surpreendentemente fácil conversar com ela. Mas é claro que a garota a acharia uma louca se sugerisse outro jantar.

Pior ainda: louca e patética.

Muttie disse para sua esposa, Lizzie, que algo o estava preocupando.

— Diga o que é, Muttie.

Lizzie escutava Muttie havia anos. Escutava histórias de cavalos que iam vencer, dores nas costas, cervejas com água e, mais recentemente, sobre alguns infelizes que ele conhecera no hospital. Muttie descobrira que havia muitas doenças por aí — só não vemos quando estamos gozando de uma saúde perfeita.

Ela se perguntou o que escutaria agora.

— Estou preocupado porque os gêmeos estão adiando a viagem deles para os Estados Unidos por causa do meu tratamento.

Ele disse isso de uma forma desafiadora, como se esperasse que ela negasse.

Se era isso que ele queria, então era isso que ela ia dar. Lizzie caiu na gargalhada.

— Bem, se é isso que o está preocupando, Muttie Scarlet, você tem muita sorte. Você não consegue enxergar? Eles não querem ir porque Maud está apaixonada por Marco. A última coisa que ela quer é se afastar e deixar que alguma moça de Dublin coloque as mãos em Marco. Isso não tem nada a ver com você!

Ele ficou imensamente aliviado.

— Acho que eu estava me dando muita importância... — disse ele.

Noel Lynch e Lisa estavam comprando frutas e legumes em um mercado que Emily indicara. Moira reclamara que eles cozinhavam muito pouco em casa e que a dieta de Frankie podia estar com deficiência de alguns nutrientes.

— Ela está sempre mudando os objetivos — disse Lisa, furiosa.

— Por que as papinhas feitas em casa são melhores dos que as que compramos prontas? — perguntou Noel, irritado. — Que aditivos todos são esses que ela fala que colocam? E por que colocam?

— Aposto que não colocam nada. É só a Moira dificultando a nossa vida. Certo, me mostre a lista que Emily fez. Maçã, banana. Nada de mel, pode envenená-la. Verduras, menos brócolis. Temos caldo de carne em casa, e não tem sal e é orgânico, eu verifiquei.

— Temos? — Noel estava surpreso. — Como é?

— Parece um caramelo embrulhado. Nós temos, Noel. Agora, vamos pagar e ir para casa preparar as papinhas, e enquanto

À Espera de Frankie

estiver cozinhando, podemos ler as anotações da aula que nós dois faltamos. Graças a Deus temos Faith!

— Verdade.

Lisa lançou um olhar malicioso para ele. Era óbvio para qualquer pessoa, menos para Noel, que Faith gostava dele. Lisa não sentia a menor atração por Noel, exceto como amigo, mas não queria que a situação se complicasse.

De alguma forma, Anton se sentia um pouco mais inseguro porque Lisa morava com um homem. Por mais estranho que parecesse, era mais excitante. Uma ou duas vezes, Anton perguntara se existia algum *frisson* entre eles. Esse era um tipo de palavra bem característico de Anton, e ele perguntou casualmente como se não se importasse muito.

Mas esse era o jeito dele. Ele não teria perguntado se não se importasse.

Lisa se sentia à vontade em Chestnut Court. Noel garantia que ela fosse às aulas quando não escapava com Anton em um momento qualquer. E embora ela não admitisse para ninguém, tinha se afeiçoado muito a menina. Seria difícil viver sem Frankie quando chegasse a hora. Quando Anton percebesse que compromisso não significava prisão perpétua, as portas se abririam.

E mily Lynch também estava no mercado comprando legumes; prometera ao dr. Chapéu que lhe ensinaria a preparar um curry vegetal para seu amigo Michael que vinha visitá-lo.

— Você não poderia simplesmente... fazer para mim? — implorou o dr. Chapéu.

— De jeito nenhum! Quero que você possa dizer a Michael como você fez. — Ela foi muito firme.

— Emily, por favor. Cozinhar é coisa de mulher.

MAEVE BINCHY

— Então por que a maioria dos grandes chefs é homem? — perguntou ela.

— Estão apenas se exibindo — disse ele, com rebeldia. — Não vai dar certo, Emily. Vou queimar tudo.

— Não seja ridículo, vamos nos divertir cortando tudo e você vai fazer essa receita toda semana.

— Duvido — disse ele. — Duvido muito.

O encontro com Eddie Kennedy deixara Moira inquieta. O seu pequeno apartamento parecia uma prisão, como se as paredes estivessem cada vez mais próximas. Talvez sua natureza fosse como a dele e fosse terminar encalhada, sem amigos, sendo assistida por algum assistente social que hoje ainda devia estar na escola.

Sexta-feira era seu aniversário. Era uma pessoa infeliz, sem ninguém com quem comemorar. Ninguém mesmo. Ainda assim, ficava se lembrando daquela agradável noite no restaurante Ennio's. Pela primeira vez, se sentira normal.

O que Lisa diria se Moira a convidasse para jantar — exceto que não estava disponível? Nada estava perdido. Iria a Chestnut Court agora.

— Meu Deus do Céu, é Moira *de novo*! — disse Lisa quando desligou o interfone depois de deixar Moira entrar.

— O que ela pode querer agora?

Noel olhou à sua volta, nervoso, com medo de ter alguma coisa que pudesse ser descoberta, alguma coisa que depusesse contra ele. As roupas de Frankie estavam na secadora — isso era bom, não era? Estavam se certificando de que as roupinhas secassem adequadamente.

338

À Espera de Frankie

Continuou dando colheradas de papinha para Frankie, que estava curtindo a atividade, usando a comida como tinta para o rosto e algo para esfregar no cabelo.

Moira chegou usando um blazer cinza e sapatos combinando. Parecia estar a trabalho. Mas sempre parecia estar trabalhando.

Noel a fitou bem pela primeira vez. Havia uma espécie de armadura em volta dela como se para manter as pessoas a distância. Tinha uma pele bonita, clara. O cabelo era cacheado e a cor combinava com ela. Mas não acrescentava nada.

— Gostaria de uma xícara de chá? — perguntou ele, cansado.

Moira percebera a cena doméstica assim que entrou: a menina estava sendo bem-cuidada, qualquer um podia ver isso. E eles até tinham escutado seu conselho e comprado vegetais frescos e preparado papinhas.

Viu os livros e cadernos deles. Esses eram os clientes que rotulara como incapazes, uma família a perigo, incapaz de cuidar de Frankie; ainda assim, pareciam estar desempenhando seus papéis muito melhor que Moira.

— Tive um dia cansativo hoje — disse ela, inesperadamente.

Se o teto tivesse caído sobre suas cabeças, Noel e Lisa não teriam ficado mais surpresos. Até Frankie, surpresa, levantou o rostinho sujo de comida.

Moira nunca reclamava de sua carga de trabalho. Ela era incansável em seus esforços para impor algum tipo de ordem nesse mundo louco. Esta era a primeira vez que dava alguma pista de que era, pelo menos, humana.

— O que mais deixou você cansada? — perguntou Lisa, sendo educada.

— Frustração principalmente. Conheço um casal que está desesperado para ter um filho. Eles têm um lar estável, mas conseguem? Não, não conseguem. Tem pessoas que ignoram seus bebês, machucam, usam drogas perto deles e isso é perfeitamente aceitável se o bebê for mantido com os pais biológicos. Devíamos ter orgulho disso porque conseguimos manter a família intacta...

Sem perceber, Noel estava abraçando Frankie mais forte.

— Não estou falando de você, Noel — disse Moira, exausta. — Você e Lisa estão dando o melhor de vocês.

Aquele foi um elogio espantoso. Lisa e Noel se entreolharam, chocados.

— Quero dizer, é uma situação que não tem solução, mas pelo menos estamos seguindo as regras — admitiu Moira, de má vontade.

Noel e Lisa sorriram um para outro, aliviados.

— E o resto é exaustivo, e eu me pergunto se está levando alguém a algum lugar?

Lisa se perguntou se Moira não estaria tendo um colapso nervoso.

— O seu trabalho deve ser muito estressante. Acredito que você precise compensar isso na sua vida pessoal — falou Lisa, tentando restaurar a normalidade.

— Verdade, se eu só tivesse a Hall's com que me preocupar, eu já estaria internado a esta altura — concordou Noel. — Se eu não tivesse que voltar para Frankie todos os dias, eu estaria acabado.

— Eu também. — Lisa pensou no Anton's. — Sinceramente, todas as idas e vindas, altos e baixos, os dramas. Fico feliz por ter outra vida fora disso.

À Espera de Frankie

Moira escutou tudo isso sem nenhuma demonstração de que concordava ou apreciava. Então, ela deu o último golpe de choque.

— Foi exatamente por causa da minha vida social que vim aqui — disse Moira. — Vou fazer trinta e cinco anos na sexta-feira e fiquei pensando se você, Lisa, não poderia jantar comigo no Ennio's...

— Eu? Na sexta-feira? Nossa. Bem, obrigada, Moira, obrigada mesmo. Estou livre na sexta, não estou, Noel?

Será que Lisa olhava para ele em súplica, implorando para ele encontrar uma desculpa? Ou será que ela estava ansiosa para ir? Noel não sabia. A honestidade parecia o melhor caminho.

— Sexta-feira eu fico com Frankie, você está livre na sexta — disse ele.

O rosto de Lisa estava sem expressão.

— Bem, é muito gentil de sua parte, Moira. Haverá muitas pessoas lá?

— No restaurante? Não sei. Acredito que vá ter bastante gente.

— Não, quero saber, para comemorar o seu aniversário?

— Ah, só nós duas — disse Moira, se arrumou e foi embora.

Noel e Lisa não ousaram falar até que ela tivesse saído do edifício.

— Devíamos ter falado que ela não parecia ter trinta e cinco anos — disse Lisa.

— Ela parece ter quanto? — perguntou Noel.

— Ela podia ter cem anos. Podia ter qualquer idade. Por que ela me convidou para jantar?

— Talvez ela esteja a fim de você — sugeriu Noel, e então: — Desculpe, só estava brincando.

— Certo, você pode fazer piadas. Não é você que vai jantar com ela na sexta-feira.

— Ela deve estar ficando louca — observou Noel, sério.

Lisa estava pensando exatamente a mesma coisa.

— Por que está dizendo isso?

— Bem — Noel falou devagar —, é uma coisa estranha de se fazer. Nenhuma pessoa normal convidaria você para jantar. Logo você.

Ela olhou para ele e viu que estava sorrindo.

—Você está certo, Noel. A mulher é sozinha e não tem amigos. Só isso.

— Eu estava pensando... — Noel fez uma pausa. — Estava pensando em convidar Faith para jantar. Um jantar mesmo, não apenas uma sopa ou um sanduíche. Para agradecer pelas anotações e tudo mais, entende?

— Mesmo? — disse Lisa.

— Será que sexta-feira seria um bom dia? Você provavelmente vai chegar tarde, indo a boates com Moira. Eu me sentiria mais seguro jantando aqui. É tão tentador pedir uma garrafa de vinho ou um drinque em um restaurante.

Era raro Noel falar de seu alcoolismo em casa. Ele ia às reuniões e não havia bebidas no apartamento. Não era comum ele tocar no assunto.

Ele devia estar interessado em Faith, afinal.

Mais uma vez, a mente de Lisa se antecipou. Suponhamos que Faith fosse morar com Noel. Como Lisa ficaria?

Mas não devia se exasperar. Essa era sua característica menos atraente. Anton lhe dissera durante a viagem para a Escócia que ela era um anjo quando não se exasperava. E Noel merecia ser feliz.

À Espera de Frankie

— Ótima ideia. Vou preparar uma salada para vocês antes de sair e você pode fazer aquele frango com gengibre que faz de vez em quando. É uma delícia. E nós podemos passar a toalha de mesa e os guardanapos.

— É só a Faith. Não é uma competição — protestou Noel.

— Mas você não quer que ela perceba que você se importou em oferecer um bom jantar?

Noel percebeu, chocado, que era o primeiro encontro que planejava em anos.

— E você pode me ajudar a escolher um presente para Moira. Nada muito caro. Estou falida!

— Peça para Emily procurar alguma coisa no bazar para você. Ela encontra coisas ótimas e novas, até.

— Boa ideia. — Lisa ficou satisfeita. — Bem, Frankie, a vida social por aqui está ficando animada. Vai ser difícil para você nos acompanhar...

Frankie esticou os bracinhos para Lisa.

— *Mama* — disse ela.

— Quase isso, Frankie, mas é Li-sa, muito mais elegante.

Mas desta criança, "mama" estava ótimo.

F aith ficou surpresa e feliz com o convite.

— Vai ter outras pessoas lá? — perguntou ela, nervosa.

— Só nós dois — disse Noel. — Algum problema?

— Não, está ótimo! — Faith pareceu muito aliviada. Sorriu para ele. — Obrigada, Noel, estou ansiosa para chegar logo sexta-feira.

— Eu também — disse Noel.

De repente, ele se perguntou se ela estaria esperando que eles dormissem juntos. Percebeu que, em toda sua vida, nunca fizera amor sóbrio. Escutara algumas histórias terríveis sobre esse assunto no AA. Aparentemente, era muito difícil e tinha efeitos desastrosos de criar ansiedade sobre o desempenho. Muitas pessoas de seu grupo do AA disseram que tomaram uma dose de vodca antes para se acalmarem e em menos de uma semana já estavam bebendo o dia inteiro.

Mas encararia o problema se e quando acontecesse. Não tinha por que destruir a quarta-feira pensando na sexta. Essa história de um dia de cada vez realmente funcionava.

E sexta-feira chegou.

Emily encontrara um pequeno broche de madrepérola para Lisa dar para Moira. Até arranjou uma caixinha de veludo preto. Não tinha como Moira não gostar.

Anton rira de Lisa quando ela contou que ia jantar no Ennio's com Moira.

— Nossa, isso vai ser muito divertido — disse ele, caçoando.

— Vai ser legal — rebateu ela, de repente na defensiva.

— Claro, se você quer massa barata, uma garrafa de vinho barato e um italiano juntando os dedos, dando um beijo e chamando você de *bella signora*...

— Eles são legais lá.

Lisa não sabia por que estava defendendo a pequena *trattoria*.

— Nós também somos legais aqui no Anton. Então, por que você e a assistente social não nos escolheram?

— Cai na real, Anton. Em uma sexta à noite! De qualquer forma, ela convidou. Ela escolheu o Ennio's.

Ele parecia um garotinho que tinha sido contrariado.

— Eu teria dado um desconto para vocês.

— Eu sei disso, ela não. Tchau.

— Você vem mais tarde? É aniversário do Teddy também e vamos ficar para tomar uns drinques depois de fechar.

À Espera de Frankie

— Ah, não, vamos procurar uma boate depois.

Lembrou-se da expressão de Noel. Valeu a pena para ver a cara de surpresa e de irritação de Anton.

Noel colocou a mesa em Chestnut Court. Lisa deixara a salada na geladeira coberta por plástico filme, e seu prato de frango com gengibre estava pronto para ir ao forno durante vinte e cinco minutos. As batatas estavam na panela.

Frankie estava com Declan e Fiona ia dormir lá.

— Papa — disse ela quando ele se despediu com o coração apertado, como sempre ficava quando ela sorria para ele.

Agora estava de volta ao apartamento, esperando uma mulher vir para o jantar, exatamente como uma pessoa normal faria.

Lisa estava ótima ao sair para a comemoração de aniversário. Era tão reconfortante saber que Anton estava com ciúmes, que realmente achava que ela iria a uma boate.

No Ennio's, o anfitrião as esperava.

— *Che belle signore!* — disse ele, dando um buquê de violetas para cada uma. Exatamente como Anton dissera que fariam. — *Marco, vieni qui, una tavola per queste due bellisime signore.*

O filho do dono levou-as até a mesa e puxou as cadeiras. Moira e Lisa agradeceram.

Lisa viu que Maud estava trabalhando lá naquela noite e Marco percebeu que Lisa a reconheceu.

— Acho que você conhece a minha amiga e colega, Maud — disse ele, orgulhoso.

— Conheço, sim, uma moça adorável — disse Lisa. — Esta é Moira Tierney, que escolheu o restaurante para comemorar o aniversário.

— Moira Tierney... — Marco repetiu as palavras, um pouco assustado.

Estava escrito em seu rosto que a menção talvez não tenha sido muito cordial, mas ele se esforçou para lembrar que precisava tratar bem os clientes e entregou os cardápios para elas.

Elas começaram a escolher seus pratos. Moira deve ter falado uma dúzia de vezes que cobravam muito caro pela comida.

— Imagine cobrar isso por um pão com alho! — exclamou ela, como se estivesse horrorizada.

— Não precisamos comer pão de alho — disse Lisa.

— Não, vamos comer tudo que quisermos. É uma comemoração — disse Moira em um tom de voz sombrio.

— Isso mesmo.

Lisa estava feliz e contente. Parecia que seria uma longa noite.

Emily foi à casa do dr. Chapéu se certificar de que o curry dele estava pronto para o amigo Michael. Queria mostrar a ele que poderia servir um prato com bananas fatiadas e um pote com coco.

Para sua surpresa, a mesa estava posta para três.

— A esposa vem com ele? — perguntou Emily, surpresa. Até agora, ele só mencionara Michael.

— Não, Michael não é casado. Outro solteirão — disse dr. Chapéu.

— Então, quem é a terceira pessoa?

— Eu estava esperando que *você* ficasse conosco — disse ele, um pouco hesitante.

Paddy Carroll e sua esposa Molly iam a um jantar de açougueiros, que acontecia todo ano; as esposas se enfeitavam e o evento acontecia em um hotel elegante. Era uma ocasião em que todos sabiam que Paddy Carroll bebia demais, então Declan os levaria e um táxi os traria de volta para casa.

Fiona se despediu deles enquanto saíam afobados, depois sentou-se com sua caneca de chá para tomar conta dos dois bebês engatinhando pelo chão antes de colocá-los no berço. Os dois estavam agitados naquele dia, e ela teria de separá-los se quisesse que eles dormissem.

Estava se perguntando se era possível estar grávida de novo. Se estivesse, seria maravilhoso e Declan ficaria muito feliz, mas isso significaria que precisariam se apressar para que a casa ficasse pronta para se mudarem antes de o bebê nascer. Não podiam fazer com que Paddy e Molly passassem de novo por todo o choro de um bebê.

F inalmente, durante a segunda garrafa de vinho, Moira tocou no assunto de Eddie Kennedy. Lisa achou que entendia a situação, mas não conseguia ver o problema.

— É claro que você não precisa fazer nada por ele — disse ela. — Foi um golpe do destino você ser a assistente social dele. Você não precisa contar sobre a casa aconchegante em Liscuan.

— Mas foi ele quem comprou aquela casa antes de virar um alcoólatra. Ele tem o direito de morar lá.

— Não tem nada. Ele abriu mão de todos os direitos quando partiu para a Inglaterra. Ele seguiu a vida que quis. Não pode esperar que agora você tire o seu pai de lá e faça a esposa dele o aceitar de volta. De qualquer forma, ela provavelmente não ia querer mesmo...

— Mas ele vai morrer em um abrigo porque eu não quero estragar a felicidade do meu pai?

— Ele escolheu esse caminho. — Lisa estava sendo firme.

— Se fosse o seu pai... — começou Moira.

MAEVE BINCHY

— Eu odeio meu pai. Eu não cuspiria nele se ele estivesse pegando fogo!

— Estou me sentindo culpada. Sempre fiz o melhor pelos meus clientes. Não estou fazendo isso com Eddie Kennedy — disse Moira.

— Suponha que você o ajudasse de outras formas? Fosse vê-lo no abrigo, o levasse para um passeio.

Moira fitou-a, incrédula. Como isso podia ser seu dever? Seria cruzar a tênue linha que separa profissionalismo de amizade. Totalmente inadequado.

Lisa deu de ombros.

— Bem, eu faria isso.

Olhou para Marco e, trinta segundos depois, um pequeno bolo com uma vela veio da cozinha. Os garçons cantaram parabéns e todos bateram palmas.

Moira estava vermelha e lisonjeada. Ela tentou cortar o bolo e todo o recheio saiu pela lateral. Lisa pegou a faca dela.

— Feliz aniversário, Moira — disse ela, sendo o mais carinhosa possível. Para sua surpresa, viu lágrimas escorrendo pelo rosto de Moira.

Trinta e cinco anos e esta provavelmente era a primeira festa de aniversário que Moira tinha.

Em Chestnut Court, o jantar estava indo muito bem.

— Nossa, não sabia que você cozinhava tão bem assim! — disse Faith, elogiando. Era fácil conversar com ela, que não era tagarela, mas gostava de falar sobre seu passado.

Ela falou rapidamente sobre o acidente que matou o noivo, mas não prolongou o assunto. Coisas terríveis aconteciam com muita gente. As pessoas precisavam se recuperar.

À Espera de Frankie

— Você ainda o ama? — perguntou Noel enquanto se servia mais uma vez.

— Não. Na verdade, eu mal me lembro dele. E você, Noel, sente saudades da mãe de Frankie? — perguntou Faith.

— Não, me pareço com você nisso, mal me lembro de Stella, mas foi nos meus dias de bebedeira. Não me lembro bem de nada dessa época. — Ele sorriu, nervoso. — Mas adoro ter Frankie comigo.

— E onde ela está? Trouxe um livro engraçadinho para ela de animais. É de pano, não tem perigo de ela comer!

— Lisa deixou-a na casa de Declan e Fiona. Lisa saiu para jantar.

— Com Anton?

— Não, com Moira, para falar a verdade.

— Certamente, um compromisso bem diferente. — Faith sabia sobre eles.

— Pode-se dizer que sim. — Noel sorriu para ela.

Estava tudo indo bem.

Fiona tinha acabado de trazer uma caneca de café para Declan quando escutou alguém correndo do lado de fora.

Era Lizzie, descabelada e desesperada.

— Declan, você pode vir rápido? Desculpe incomodar vocês, mas Muttie vomitou sangue!

Declan já estava de pé, pegando a sua maleta de médico.

— Vou em um minuto, preciso separar as crianças — gritou Fiona.

— Ok.

Em segundos, Declan estava na porta da frente da casa dos Scarlet. Muttie estava cinza, vomitando em uma bacia. Declan absorveu toda a cena só de olhar.

MAEVE BINCHY

— Muttie, uma coisa é certa: vão interná-lo no hospital.

— Você não pode resolver isso, Declan?

— Não, eles me processariam.

— Mas vai levar uma eternidade até conseguirmos uma ambulância — objetou Muttie.

— Vamos no meu carro. Entre agora — disse Declan, com firmeza.

Lizzie queria ir junto, mas Declan convenceu-a a esperar por Fiona. Ele levou-a de volta para dentro de casa e sussurrou que como Muttie provavelmente precisaria passar a noite no hospital, era melhor ela arrumar uma bolsa para ele. Fiona levaria Lizzie para o hospital de táxi assim que ela estivesse pronta, e não precisava se preocupar, ele garantia que Muttie ficaria em boas mãos. Ele sabia que ela ficaria mais calma se tivesse algo útil para fazer.

Neste momento, Fiona já tinha chegado e eles logo perceberam que precisavam encontrar um lugar para Johnny e Frankie passarem a noite, e rápido, ou seria uma confusão total. Noel estava tendo o primeiro encontro de verdade em toda sua vida; os pais dele estavam viajando. Lisa tinha saído para jantar com Moira — o que pelo menos manteria a assistente social longe; Emily era a melhor opção.

Deixando Fiona para resolver a situação, Declan saiu com Muttie ao seu lado, parecendo pálido e assustado.

Emily insistira que o próprio dr. Chapéu servisse o jantar. Afinal, ele tinha preparado.

Michael era um homem sério. Fez perguntas gentis sobre o passado dela. Era como se estivesse verificando se ela estava à altura de seu velho amigo Chapéu. Ela esperava estar passando uma boa impressão. Chapéu era uma companhia tão boa, detestaria perder a amizade dele.

À Espera de Frankie

Ela ficou surpresa quando o telefone tocou no bolso de seu casaco enquanto estavam na mesa de jantar. Não estava esperando nenhuma ligação.

— Emily, momento de crise. Precisamos de um SOS babá! — Fiona parecia assustada.

Emily não hesitou.

— Claro, estou a caminho!

Ela rapidamente se desculpou e desceu a rua.

Do lado de fora da casa dos Carroll, havia uma confusão. Lizzie estava lá chorando, agarrada a uma pequena mala; Fiona andava entre a sua casa e a dos Scarlet. Hooves latia alucinadamente. Dimples respondia lá do quintal dos Carroll. Declan tinha levado Muttie para o hospital. O táxi estava vindo pegar Lizzie e Fiona.

— Vou para o hospital com Lizzie para esperar com ela por notícias de Muttie — disse Fiona assim que Emily chegou.

— Posso levar as crianças para a casa do dr. Chapéu? Estamos no meio de um jantar lá.

— Claro, Emily, me desculpe. Não queria interromper...

— Não, tudo bem, não se preocupe. Dois solteirões e eu. Isso vai baixar bastante a idade média do jantar. Boa sorte... e dê notícias.

— Certo — disse Fiona, enquanto o táxi parava na frente da sua casa. Agarrou Lizzie e a mala e colocou-a no banco de trás do carro. — Emily, você é incrível. A chave está embaixo do vaso de planta, como de costume.

—Vá — mandou Emily.

— Correu para a casa dos Carroll e pegou Johnny em seu berço e colocou no carrinho.

— Vamos visitar o tio Chapéu e a tia Emily — disse ela. Empurrou o carrinho para fora, trancou a porta e colocou a chave embaixo do vaso.

O dr. Chapéu e Michael ficaram encantados com o pequeno Johnny. O menininho, exausto com o passeio, adormeceu no sofá do dr. Chapéu, e cobriram-no com um cobertor. Continuaram jantando normalmente.

Chapéu admitiu, quando trouxe a sobremesa, que ele não fizera o merengue, mas comprara em uma confeitaria.

— Eu acho que ele deveria ter deixado que acreditássemos que ele mesmo fez, não acha, Michael? — disse Emily.

Michael estava corado e de bom humor por causa do vinho.

— Eu acreditaria em qualquer coisa que Chapéu me dissesse hoje. — Ele sorriu para os dois. — Nunca vi uma pessoa mudar tanto. Se é isso que a aposentadoria faz com uma pessoa, Chapéu, continue aposentado. E eu admiro a forma como todos vocês cuidam dessas crianças. Na nossa época não era assim, as pessoas eram estressadas e exasperadas e achavam que ninguém conseguia cuidar de uma criança por mais de dois minutos.

— Ah, acham que elas são como uma obra de arte delicada — disse dr. Chapéu, orgulhoso. — Sempre que Johnny e Frankie precisarem de alguém para cuidar, podem contar comigo.

— Frankie? — perguntou Michael.

— Ela é filha do meu primo Noel. Ele é pai solteiro e está fazendo um ótimo trabalho. Na verdade, Noel está tendo um encontro hoje. Nós, solteirões de papo aqui, temos muitas esperanças nessa garota, Faith. Ele está recebendo ela em casa mesmo.

— Então, Faith vai conhecer o bebê hoje? — perguntou Michael.

— Não, ela já conhece, costuma ir estudar lá, entende. Mas ela vai passar a noite fora para dar um pouco de espaço para eles.

— Então, quem está cuidando de Frankie hoje? — perguntou Michael.

À Espera de Frankie

A pergunta dele foi inocente — ele estava fascinado por esta atmosfera de Toy Town com Bons Samaritanos morando em todas as casas da rua.

Emily parou para pensar.

— Não pode ser Lisa. Ela saiu com a temida Moira. Os gêmeos não estão em casa. Os Carroll foram para um jantar dos açougueiros. Os pais de Noel, meu tio Charles e tia Josie, estão viajando... Quem *está* com Frankie?

Emily sentiu a primeira pontada de alarme em seu peito. Se Noel fosse deixá-la com alguém fora do círculo, teria avisado a eles. Moira se comportava com um rottweiller só de pensar em um novo rosto no horizonte.

— Se vocês me dão licença, vou ligar para Noel — disse ela —, só para ficar mais tranquila.

— Você vai interromper o primeiro encontro do rapaz em anos? — Dr. Chapéu balançou a cabeça. — Pense, Emily, ela deve estar em algum lugar.

— Acabaram as opções, Chapéu. Vou ligar para Noel.

— Só acho que você vai ficar com raiva de si mesma mais tarde quando tudo estiver resolvido.

— Não. Vou conseguir dormir tranquilamente — disse ela.

—N oel, me desculpe — começou ela.
— Alguma coisa errada, Emily? — O tom de voz dele ficou alerta imediatamente.

— Não, nada. Só queria saber uma coisa. Com quem Frankie está esta noite?

— Lisa deixou-a na casa de Fiona e Declan mais cedo. Uma amiga veio jantar comigo.

— Na casa dos Carroll?

— Está tudo bem, Emily? — perguntou ele de novo.

— Tudo bem, Noel — disse ela e desligou imediatamente. — Vocês dois fiquem cuidando de Johnny aqui. Devo ter deixado Frankie na casa dos Carroll. Só tinha um bebê no berço.

Antes de acabar de falar, ela já tinha saído.

Emily atravessou São Jarlath Crescent correndo mais rápido do que achava que era possível. O que Fiona tinha dito? Ela não falara "bebês". Ela disse que precisava de um SOS babá.

Sua mão tremia enquanto procurava a chave embaixo do vaso de planta e abria a porta.

— Frankie? — chamava enquanto corria pela casa.

Nenhum som.

Na cozinha, havia um segundo berço com alguns brinquedos de Frankie dentro. O carrinho de Frankie estava parado do lado de fora. Nem sinal da criança. Suas pernas ficaram fracas, e Emily se sentou em uma cadeira na cozinha para não cair.

Alguém entrara e pegara Frankie.

Como isso podia ter acontecido?

Então, teve uma ideia.

Claro! Fiona deve ter voltado para pegar alguma coisa. Deve ter sido isso.

Correu para a casa de Muttie e Lizzie. Estava escura e fechada. Antes de começar a bater, sabia que não tinha ninguém.

Agora, estava realmente assustada. Com os dedos começando a tremer, discou o número do celular de Fiona. Quando começou a dar sinal, escutou tocar dentro da casa dos Scarlet. Reconheceu o toque do celular de Fiona. Alguns segundos depois, parou de tocar e foi para o correio de voz.

Declan. Precisava ligar para Declan.

— Emily? — Ele atendeu na mesma hora. — Está tudo bem? Como estão as crianças?

À Espera de Frankie

— Johnny está bem — respondeu ela imediatamente. — Ele está dormindo no sofá do dr. Chapéu.

— E Frankie? — Declan de repente soou preocupado. — Cadê Frankie?

Mas Emily já estava correndo.

12

Tentaram ser metódicos, mas o pânico tomava conta; verificaram a lista várias vezes.

Signora e Aidan não sabiam nada sobre o bebê, mas iam ajudar na busca. Não tinha por que entrar em contato com Charles e Josie, estavam a quilômetros de distância e não poderiam fazer nada; apenas ficariam histéricos. Levaria horas até Paddy e Molly voltarem do jantar dançante dos açougueiros. Paddy estaria cheio de cachaça e de bom humor; os sapatos de Molly estariam apertados.

Quem poderia ter entrado na casa dos Carroll e levado Frankie? Ela não podia ter saído sozinha e Emily voltara para a casa e procurara em todos os cantos. Qualquer lugar, um bebê conseguia engatinhar para qualquer espacinho — devia estar em algum lugar.

Não estava.

Será que alguém estava vigiando a casa? Parecia pouco provável e não havia nenhum sinal de arrombamento. Devia haver uma explicação racional. Deviam ligar para a polícia?

À Espera de Frankie

Depois de deixar Faith em seu apartamento para atender a qualquer ligação, e pálido de tanta ansiedade, Noel entrou e saiu de todas as casas em São Jarlath Crescent. Alguém vira alguma coisa? Qualquer coisa?

Ele mandara uma mensagem de texto para Lisa, pedindo que ela ligasse para ele do banheiro, longe de Moira. Lisa ficou chocada ao perceber como ficou assustada ao saber da notícia. Por enquanto, não devia voltar para casa. Não importava aonde ele fosse, contanto que mantivesse Moira ocupada. Ela tinha certeza de que Moira ia perceber que havia alguma coisa errada; colocando um sorriso no rosto, voltou para a mesa.

No hospital, Lizzie andava de um lado para o outro no corredor, perguntando em vão quando poderia ver Muttie. Fiona a convenceu a voltar para a sala de espera e se sentar. Iam esperar Declan voltar.

Ele chegou vinte minutos depois.

— Bem, ele está estável agora, mas vai ficar internado. — O tom de voz dele era sério. — Ele agora está confortável e dormindo — disse ele para Lizzie. — Provavelmente, você só vai conseguir falar com ele amanhã, mas ele vai se sentir bem depois de uma boa noite de descanso. Todos devemos ir para casa.

Lizzie ficou satisfeita com a notícia.

— Fico feliz que ele esteja descansando. Vou deixar a bolsa dele para amanhã.

— Faça isso, Lizzie — disse Fiona, percebendo que tinha alguma coisa que Declan não tinha dito. Aquela noite poderia piorar ainda mais?

* * *

F oi uma noite de um frenético entra e sai. Michael ficou com Johnny enquanto Chapéu e Emily passavam e repassavam tudo. Emily deve ter dito pelo menos umas cem vezes que não devia ter se deixado levar pela expressão tola "SOS babá". Devia ter perguntando o que isso queria dizer? Quantas crianças eram?

Chapéu, para defendê-la, disse que a culpa era de Fiona. Imagine, ter dois bebês em casa em cômodos diferentes e não avisar! Impensável!

N oel estava fora de si de tanto remorso, preocupação e raiva — o que essas mulheres tolas estavam fazendo, arriscando a segurança de sua filha assim? Como podiam ser tão estúpidas a ponto de abandoná-la naquela casa, transformando-a em uma presa fácil para — quem sabe quem?

E quanto a ele — era tudo culpa sua. Stella confiara nele para ficar com a filha deles e ele estava decepcionando-a, tudo porque quis aproveitar uma noite com uma mulher. Agora algum monstro pervertido levara sua menininha e ele talvez nunca mais a visse. Talvez nunca mais a segurasse em seus braços e a visse sorrir. Talvez nunca mais escutasse sua vozinha chamando-o de "Papa"... Se alguém tiver machucado sua Frankie, se alguém tiver tocado em um fio de cabelo sequer...

E no meio da Vila de São Jarlath, Noel se ajoelhou e chorou por sua filhinha.

L isa conseguiu se esquivar de Moira duas vezes durante a noite, dizendo que ia ao toalete, mas não poderia fazer isso a noite toda. Decidiu convencer Moira a ir à festa de aniversário de Teddy no Anton's.

À Espera de Frankie

— Mas eu não conheço ninguém — reclamou Moira.

— Nem eu. A maioria é de estranhos para mim; são amigos da idiota da April, mas vamos lá, Moira, os drinques vão ser de graça, e é seu aniversário também. Por que não?

E como Moira concordou, Lisa se recompôs. Gostaria de estar em casa ajudando Noel a coordenar as buscas. Tinha de haver uma explicação. Lisa não conseguira entender muita coisa, já que Noel estava histérico e gago ao dar explicações sobre o que podia ter acontecido.

— Noel, me perdoe por dizer isso, mas não volte a beber, pelo amor de Deus.

— Não, Lisa, eu não vou voltar a beber. — A voz dele foi firme.

— Sei que deve estar zangado comigo, mas eu precisava dizer isso.

— Eu sei que precisava.

— Volte para onde você estava antes de eu dizer isso. Ela está bem. Com certeza foi um mal-entendido e tudo vai se resolver.

— Vai sim, Lisa — disse Noel.

O sargento Sean O'Meara já vira tudo isso e passara por tudo isso e, para ser honesto, ele diria que a maioria dos casos era deprimente, mas este era bizarro.

Um homem muito bêbado chamado Paddy Carroll explicou repetidas vezes que fora ao jantar dos açougueiros e que alguém batizara seus drinques. Então, começou a se comportar como um idiota, por isso concordou em voltar para casa de táxi com a esposa. A esposa, sra. Molly Carroll, disse que não gostava de beber e por isso ficou feliz quando o marido concordou em voltar para casa, já que seus pés a estavam matando. Mas, quando chegaram em casa, ficaram surpresos ao encontrar Frankie sentada sozinha em seu bercinho e a família deles, filho, nora e neto, não estava em lugar nenhum.

Tentaram entrar em contato com várias pessoas, mas não conseguiram falar com ninguém que soubesse o que estava acontecendo. Tentaram encontrar o pai da menina, mas, quando chegaram ao condomínio dele, não sabiam o número do apartamento. Que tipo de pessoa não coloca o nome ao lado da campainha do interfone? perguntou Paddy Carroll com um tom de acusação na voz. Que tipo de pessoa não quer que as outras pessoas saibam onde mora?

Então, o que eles podiam fazer? O bebê estava chorando, ninguém atendeu ao interfone no número que eles tocaram; não conseguiam encontrar seu filho com a família; Emily não estava na casa dela; o telefone de Signora e Aidan estava na secretária eletrônica; não havia ninguém na casa de Muttie e Lizzie; de fato, toda a vizinhança evaporara no momento em que os Carroll foram para o jantar dos açougueiros.

— Então, o senhor quer que nós encontremos esse Noel Lynch. É isso? — perguntou o sargento O'Meara. — O senhor já pensou em ligar para ele? — E entregou um telefone para Paddy Carroll, que ficou ainda mais confuso.

Faith andava de um lado para o outro no apartamento de Noel. Tinha uma folha de papel ao lado do telefone, que ela cercava e tentava não pular em cima cada vez que tocava. Todo mundo que ligava queria saber notícias, mas ela não tinha muito o que dizer. Sim, Frankie ainda estava desaparecida, não, Noel não estava em casa, tinha saído para procurar. Não, não tinham ligado para a polícia ainda, mas logo teriam de fazer isso. Tinham

À Espera de Frankie

combinado que se não encontrassem Frankie dentro de uma hora, Faith ligaria para os policiais. Não faltava muito tempo.

Noel já ligara para ela oito vezes, mesmo sabendo que ela ligaria para ele na mesma hora se soubesse de alguma novidade. Olhou no relógio de novo. Estava na hora. Precisava ligar para a polícia. Com as mãos trêmulas, estendeu o braço para pegar o telefone, e, neste momento, ele tocou. Sentiu um nó no estômago. Ansiosa, atendeu.

Primeiro, achou que fosse um trote. A voz do homem do outro lado da linha estava abafada, incoerente, zangada até, mas logo ela percebeu que ele estava bêbado.

Não, Noel não estava em casa, ele estava... Não, ele estava em casa mais cedo mas... Não, a filha dele estava desaparecida e estavam prestes a ligar para a polícia...

— Mas é isso que eu estou lhe dizendo... — disse a voz. — Eu estou com a filha dele. Ela está conosco...

E, de repente, Faith escutou o inconfundível choro de Frankie.

— Encontramos, Noel. Não tocaram em nenhum fio de cabelo dela — disse ela. — Ela está ótima e chamando pelo pai.

— Você a viu? Ela está com você?

— Não, ela foi levada para a delegacia. Foram os Carroll. Paddy e Molly Carroll. Foi tudo um mal-entendido. Eles estavam procurando *você*.

— Como assim? *Me procurando?* Passamos a noite toda em casa!

— Noel não sabia se ficava aliviado ou furioso.

— Não, está tudo bem. Não fique nervoso. Eles já levaram um susto e tanto.

— Eles levaram um susto! E nós? O que levamos?

361

MAEVE BINCHY

— Eles chegaram mais cedo da festa e encontraram Frankie no berço sozinha em casa. Eles devem ter chegado logo depois de Fiona e Lizzie saírem para o hospital. Ligaram para todos os vizinhos, mas ninguém estava em casa: Declan e Fiona estavam no hospital com os Scarlet, Emily estava na casa do dr. Chapéu e, claro, Josie e Charles não estavam. Tentaram ligar para Fiona, mas ela deixara o celular na casa de Lizzie. O telefone de Declan estava ocupado, aí eles vieram a Chestnut Court procurar você. Mas pelo que eu entendi eles tocaram no apartamento errado. Quando ficamos sabendo que Frankie estava desaparecida, eles já estavam a caminho da delegacia. Eles acharam que havia alguma coisa muito errada e certamente não quiseram colocar a criança em mais risco. Mas ela está bem e precisamos ir lá pegá-la.

Mas Noel ainda estava furioso.

— Frankie está em uma delegacia. Que chances eu tenho de pegá-la antes que Moira saiba de tudo isso?

— Não se preocupe, assim que eu desligar com você, ligo para Lisa para avisar que encontramos Frankie. Depois, vou colocar algumas coisas de Frankie em uma bolsa... Por que você não vem me pegar e vamos juntos? Vamos trazê-la para casa antes que Moira saiba que estava desaparecida.

O sargento O'Meara não fazia a menor ideia do que todos estavam fazendo em uma delegacia e queria muito que alguém, qualquer um, fizesse a criança parar de chorar. A sra. Carroll ficava balançando o bebê para cima e para baixo, mas os decibéis só aumentavam. Tudo isso estava começando a irritá-lo.

— Por que *exatamente* vocês trouxeram essa criança para cá? Se vocês sabem quem ela é e a quem pertence?

Paddy Carroll tentou explicar.

À Espera de Frankie

— Na hora, pareceu a coisa certa a se fazer. Ir para um lugar seguro — disse ele.

— Um lugar seguro? — perguntou o sargento O'Meara, levantando um pouco o tom de voz.

Paddy gostaria que sua cabeça estivesse menos confusa e que seu discurso fosse mais claro.

— Será que eu poderia tomar uma xícara de chá? — pediu ele, quase suplicando.

— Que pena que você não pensou em tomar chá mais cedo — disse Molly Carroll.

O sargento O'Meara providenciou chá, satisfeito por se afastar do bebê chorão por um momento.

— Então, esse Noel Lynch está a caminho? — perguntou ele, exausto.

— Lá está ele! — gritou Paddy Carroll apontando para a porta de vidro na frente do gabinete. — Lá está ele! Noel! Noel! Venha aqui! Estamos com Frankie!

E o sargento O'Meara conseguiu salvar a xícara de chá antes que respingasse na criança enquanto Noel se jogava em cima dela.

— Frankie! Você está bem? — perguntou ele, chorando, a voz emocionada. — Meu amorzinho, desculpa o papai. Nunca mais vou sair de perto de você...

Freneticamente, ele verificou para ver se ela estava bem, pelo menos, sem nenhum machucado; depois limpou o rosto dela, o nariz, enxugou os olhos.

Enquanto isso, atrás dele, havia uma mulher magra, de olhos verdes e um grande sorriso. Ela segurava um dos casacos de Frankie e uma manta de lã; ainda mais importante, ela estava com uma mamadeira na mão, que entregou logo para Noel.

Assim que Noel alimentou a filha, como em um passe de mágica, o choro parou, o bebê se acalmou e a paz voltou a reinar.

O sargento O'Meara estava profundamente grato que a situação parecesse ter se resolvido.

Mais e mais pessoas estavam chegando: uma mulher de meia-idade nervosa com cabelo encaracolado, um homem mais velho usando um chapéu, como se tivesse saído de um filme em preto e branco.

— Ah, Frankie! Sinto muito... — A mulher se abaixou para beijar a criança.— Eu não sabia que você estava lá. Nunca vou me perdoar. *Nunca.*

O homem de chapéu se apresentou como dr. Chapéu; ele parecia a única pessoa com algum nível de autocontrole.

— Se já houve um caso em que tudo estava bem e acaba bem é esse. — Ele sorriu para todos. — Muito bem, sr. e sra. Carroll, fizeram a coisa certa diante das circunstâncias. Noel, não acha melhor irmos embora e deixarmos o sargento O'Meara trabalhar. Nem há necessidade de fazer um boletim de ocorrência, não concordam?

O sargento olhou para o dr. Chapéu agradecido. Redigir um boletim sobre esse caso seria um caos.

— Se todos estão satisfeitos... — começou ele.

— Sinto muito sobre tudo isso — disse o dr. Chapéu para ele baixinho. — Sei que foi uma perda de tempo para o senhor, mas posso garantir que as intenções foram as melhores. Desculpe-nos por termos perturbado o senhor, mas nada de mal aconteceu...

E enquanto eles saíam da delegacia, o sargento escutou quando disseram aliviados que Moira nunca poderia saber de nada disso. Perguntou-se quem seria Moira, mas estava tarde e agora podia ir para casa ficar com sua esposa, Ita, que sempre tinha um monte de histórias para contar sobre seu trabalho no Hospital Santa

À Espera de Frankie

Brígida. Poderia contar esse caso para ela, se tivesse forças para se lembrar de quem era quem.

M uttie estava dormindo quando Lizzie se aproximou de sua cabeceira. Disseram para ela que ele precisaria fazer uma tomografia pela manhã, mas que agora estava confortável; para ela, seria muito melhor ir para casa e ter uma boa noite de sono. Ela deixou a mala dele ao lado da cama.

— Posso deixar um bilhete para ele? — pediu, com medo de lugares estranhos e desconhecidos. Uma enfermeira trouxe papel e caneta.

Lizzie colou o bilhete à mala.

Muttie, meu querido. Fui para casa, mas volto amanhã.Você vai ficar bem. Da próxima vez que usarmos esta mala será para irmos para NovaYork jantar em Chinatown.

Beijos,

Lizzie

Ela disse para Declan que se sentia melhor agora que tinha escrito o bilhete.

O alívio que ele sentiu por Frankie estar sã e salva foi estragado pelo que acabara de descobrir: conversara com a equipe médica que examinara Muttie. O câncer se espalhara por todo o corpo.

Não faltava muito agora.

L isa achava que a noite não acabaria nunca. A festa de aniversário de Teddy estava a todo vapor quando chegaram ao Anton's. Tinham acabado de colocar música e estavam começando a dançar. Na mesma hora, ela notou April dançando perto de Anton.

365

— Ei, isso não é dançar! Isso é se esfregar! — disse ela em um tom de voz bem alto. Algumas pessoas riram. Anton pareceu irritado.

April continuou se contorcendo e rebolando.

— Esteja à vontade — disse ela para Lisa. — Você dança do seu jeito, eu danço do meu.

Lisa, estimulada pelo álcool e pelo ciúme, estava pronta para começar uma discussão, mas Moira interrompeu logo.

— Quero um copo de água, Lisa. Pode vir comigo pegar?

— Você não quer água — disse Lisa.

— Ah, quero sim — respondeu Moira, empurrando-a na direção do toalete. Lá ela pegou um copo de água e ofereceu para Lisa.

— Você não acha que eu vou beber isso, acha?

— Eu acho que deveria, depois vamos para casa.

Lisa estava se segurando. Moira não podia saber que Frankie estava desaparecida.

— Vou pensar — disse ela.

Moira foi firme ao falar:

— Acho que seria sensato. Vou chamar um táxi para nós.

— Não, não podemos ir para casa. Para qualquer lugar, menos para casa. — Lisa estava assustada.

Moira perguntou pacientemente:

— Bem, para onde você quer ir, então?

— Deixe-me pensar — pediu Lisa.

Foi quando seu celular vibrou com a chegada de uma mensagem de texto. Tremendo, ela leu.

"*Tudo certo. Pode vir para casa a hora que quiser. F está sã e salva.*"

— Eles a encontraram! — gritou Lisa.

— Quem? — Moira perguntou enquanto falava com a empresa de táxi.

À Espera de Frankie

Lisa conseguiu se corrigir a tempo.

— Minha amiga Mary! Ela estava perdida e foi encontrada! — gritou ela, com o olhar perdido no rosto.

— Mas você estava falando com ela mais cedo, não estava? — Moira estava perplexa.

— Isso e ela se perdeu depois. E encontraram ela — disse Lisa, tolamente.

Moira terminou a ligação para o táxi e começou a levar Lisa para a saída.

No caminho, passaram por Teddy, o aniversariante, que sussurrou no ouvido de Moira:

— Muito bem. Anton vai ficar lhe devendo essa. Estamos segurando uma bomba prestes a explodir — disse ele, se referindo à Lisa.

— Bem, é uma pena que ele não tenha feito nada a respeito! — replicou Moira.

— Não é problema dele. — Teddy deu de ombros.

— Boa o suficiente para levar pra cama, mas não importante o suficiente para ser gentil, certo?

— Eu só disse que ele vai ser grato a você. Ela estava prestes a fazer uma cena.

Moira passou por ele, levando Lisa para o táxi. Sua opinião negativa dos homens tinha sido confirmada naquela noite.

Lisa cantou um pouco no táxi. Músicas tristes sobre perda e infidelidade, e então elas seguiram para Chestnut Court.

— Lisa chegou, mas não está muito bem — disse Moira pelo interfone.

— Poderia ajudá-la a subir, Moira?

— Claro.

Noel soltou Frankie pela primeira vez desde que a encontrara. Percebeu que estava agarrado a ela desde que tinham voltado para casa.

Faith lavara a louça e arrumara o apartamento.

Moira subiu com Lisa e colocou-a em uma cadeira.

— Em parte, a culpa é minha. Tomamos muito vinho no Ennio's e então fomos para uma festa no Anton's.

— Ah, entendi — disse Noel.

— Você vai ficar bem, Lisa — disse Faith, segurando a mão trêmula de Lisa. — Olá, Moira, sou Faith. Amiga de Noel e de Lisa da faculdade.

— Prazer em conhecê-la.

Moira foi grosseira. Sentiu uma inexplicável inveja de Lisa. Ninguém a culpava por ter se embebedado. As pessoas a recebiam de braços abertos. Até o bebê estava esticando os bracinhos na direção de Lisa, que estava jogada na cadeira. Se isso tivesse acontecido com Moira, ela voltaria para um apartamento vazio. Era como se todas as outras pessoas do mundo tivessem algum tipo de relacionamento enquanto ela, Moira, ainda estava sozinha.

Foi embora de repente. Lisa suspirou alto.

— Eu não contei nada a ela — disse Lisa.

— Sei que não contou — respondeu Noel.

— Você fez um ótimo trabalho — disse Faith, tranquilizando-a.

— Que bom. Estou feliz por tudo ter se resolvido — disse Lisa, com a voz arrastada.

Ela começou a escorregar da cadeira, mas eles conseguiram segurá-la antes que chegasse no chão.

— Quando eu penso — disse ela, com intensidade —, quando eu me lembro do que disse para você, Noel, que seria terrível se você voltasse a beber... e aí eu fui e fiz isso...

— Não importa, Lisa. Amanhã você vai estar bem — disse Noel. — E você fez um ótimo trabalho distraindo Moira. Você foi brilhante.

À Espera de Frankie

— Por que não ajudamos Lisa a ir para a cama?

Faith fazia parecer como se aquela tivesse sido uma noite completamente normal, como se tivessem feito coisas que todo mundo faz toda noite em qualquer lugar.

Quando chegou em casa, Lizzie ficou surpresa ao encontrar tanta gente. Sua irmã Geraldine estava lá; sua filha Cathy e o marido, Tom Feather. Os gêmeos e Marco também estavam lá; e toda hora o telefone tocava com ligações de Chicago e da Austrália. Parecia que todo mundo estava preparando chá, e Marco providenciou uma bandeja de bolos.

— Muttie vai ficar frustrado por ter perdido tudo isso — disse Lizzie, e as pessoas afastaram seus olhares antes que ela percebesse o sofrimento em seus rostos.

Eles finalmente conseguiram convencê-la a ir para a cama. A sala de estar ainda estava cheia de gente. Cathy subiu com a mãe e tentou tranquilizá-la.

— Os médicos e enfermeiros do Hospital Santa Brígida são ótimos, mãe, não se preocupe com ele. Agora mesmo, Geraldine estava comentando como eles são bons. Os melhores médicos. Eles vão ajudar o papai.

— Acho que ele está muito doente — disse Lizzie.

— Então ele está no lugar certo — disse Cathy pela vigésima vez.

— Mas ele preferia estar em casa — rebateu Lizzie, pela trigésima vez.

— E ele vai voltar para casa, mãe, então é melhor você dormir para estar descansada e pronta para cuidar dele quando ele voltar. Você está dormindo em pé.

Funcionou. Lizzie se dirigiu devagar para a cama, e Cathy já estava com a camisola dela em mãos. Sua mãe parecia tão pequena e frágil; Cathy se perguntou se ela conseguiria suportar tudo que estava por vir.

Maud disse que Marco mandara uma mensagem dizendo que ele e Dingo Duggan estariam disponíveis dia e noite com a caminhonete de Dingo se alguém precisasse ir a algum lugar.

Marco dissera na mensagem:

"Sinto tanto pelo seu avô. Se Deus quiser ele vai melhorar."

— Se Deus quiser — disse Simon, quando Maud leu a mensagem.

— Acho que ele diz isso automaticamente.

— Como Lizzie diz "DV" — concordou Simon.

— Isso, eu me lembro que mamãe costumava falar isso também, mas ela dizia "VD" — disse Maud. — Papai sempre explicava que DV significava *Deo volente*, a vontade de Deus, mas mamãe assentia e repetia VD.

Simon e Maud falavam muito pouco dos pais que os abandonaram quando ainda eram pequenos. Aqui era a casa deles. Muttie era o homem que amavam, e não o homem elegante que fora embora viajar. Lizzie era a mãe que nunca tiveram de verdade. A mãe verdadeira deles sempre foi muito frágil e não tinha muito os pés no chão. Se recebessem a notícia de que um de seus pais biológicos tinha morrido, sentiriam um leve pesar. Mas a notícia de Muttie era como se alguém estivesse cravando uma faca no corpo deles.

A enfermeira Ita O'Meara olhou para o homem deitado na cama. Ele estava muito mal. Tudo que podia fazer por ele era mantê-lo em observação e deixá-lo confortável.

— Qual é o seu nome? — perguntou ele.

À Espera de Frankie

— Sou Ita, sr. Scarlet.

— Então, eu sou Muttie — disse ele.

— Bem, Muttie, o que posso fazer pelo senhor? Quer uma xícara de chá?

— Quero, eu ia adorar um chá. Você poderia se sentar e conversar um pouco comigo?

— Claro que sim, e farei isso com prazer. Não estamos muito ocupados esta noite.

— Ita, você não me conhece muito bem.

— Verdade, mas vou conhecê-lo melhor — disse ela, tranquilizando-o.

— Não, não é isso que estou dizendo. Eu *quero* falar com alguém que não me conheça.

— Mesmo?

— É mais fácil conversar com uma pessoa estranha. Você pode me dizer: eu estou morrendo?

Não era a primeira vez que faziam essa pergunta para Ita. Nunca era fácil responder.

— Bem, o senhor sabe que sua doença é séria e que estamos em um estágio em que tudo que podemos fazer é deixá-lo confortável. Mas o senhor não vai morrer esta noite.

— Bom, mas isso vai acontecer logo, você não acha?

— Não falta muito, Muttie, mas eu diria que o senhor tem tempo para resolver suas pendências. — Ita tentava tranquilizá-lo. — Tem alguém que o senhor gostaria que eu chamasse?

— Como você sabe que eu preciso resolver pendências? — perguntou ele.

— Todo mundo tem pendências para resolver à noite, principalmente na primeira noite no hospital. Querem fazer testamentos, conversar com advogados e com mais um monte de gente. Depois, quando vão embora daqui, se esquecem de tudo.

Os olhos de Muttie suplicavam.

— E você acha que eu vou sair daqui?

Ita olhou nos olhos dele.

— Posso lhe dizer, com toda certeza, que o senhor vai voltar para casa, e quando chegar lá, vai se esquecer de nós. Não vai se lembrar de mim nem das xícaras de chá.

— Eu vou me lembrar de você e de sua generosidade. Vou contar para todo mundo sobre você. E você está certa, quero fazer meu testamento e conversar com advogados, e contar coisas para algumas pessoas. Espero fazer tudo isso em casa.

— Você é um homem bom, Muttie — disse Ita, ao pegar a xícara de chá vazia dele.

Ela sabia que ele não tinha muito tempo, mas faria de tudo para tranquilizá-lo. Ela suspirou. Ele era um senhorzinho muito carinhoso. Por que ele estava sendo levado enquanto tantas pessoas más e dissimuladas continuavam aqui levando suas vidas vazias? Estava além de sua compreensão. Ela e Sean às vezes diziam que era difícil acreditar em um tipo de Deus todo-poderoso quando se vê a forma aleatória com que o destino trabalha. Um homem decente com uma família enorme e um monte de amigos estava prestes a morrer.

Sean tinha histórias parecidas que via na delegacia. Um garoto que entrou para uma gangue e foi pego na sua primeira contravenção, punido com uma ficha criminal; uma mãe que não tinha como conseguir dinheiro e foi pega roubando comida para seu bebê e acabou em um tribunal.

A vida podia ser muitas coisas, mas certamente não era justa.

Era claro que Muttie queria ir para casa, então entraram em contato com a Equipe de Tratamento Paliativo. Duas enfermeiras iriam visitá-lo todos os dias.

Três dias depois, Ita entregou-o para uma pequena multidão, todos felicíssimos de vê-lo voltando para casa. Dois filhos

À Espera de Frankie

de Muttie, Mike e Marian, e o marido desta, Harry, tinham chegado de Chicago, o que o deixou chocado.

—Vocês devem estar com muito dinheiro para virem de avião até aqui só para me ver. Eu não sou o máximo? Vou para casa hoje e Ita vai lá me visitar — acrescentou Muttie.

—Ah, vejam só, ele já arranjou outra assim que virei as costas! — disse Lizzie, com uma gargalhada cheia de orgulho ao pensar em Muttie como um conquistador.

Os Associados de Muttie do pub estavam ansiosos para vê-lo quando voltasse para casa. Lizzie preferia mantê-los afastados, mas sua filha não tinha tanta certeza.

— Ele relaxa quando conversa com eles — disse Cathy.

— Mas seria sensato receber seis homens enormes em casa quando ele está tão cansado?

Lizzie não tinha certeza se ele relaxaria mesmo. Cathy sabia que ela tentava trazer a ordem de volta para casa; ela também sabia que seu irmão e sua irmã ficariam algum tempo. Todos já haviam percebido que o pai tinha pouco tempo de vida.

Por mais que Lizzie e Cathy quisessem preservar Muttie só para elas, apenas com a família à sua volta, ele parecia desabrochar quando amigos, vizinhos e Associados apareciam para uma visita. Ele sempre tinha sido o tipo de homem que adora conversar com as pessoas. E esse seu lado não desapareceu. Era apenas seu pequeno e magro corpo que mostrava sinais da doença que o estava matando.

Hooves passava a maior parte do dia sentado aos pés dele. Parou de comer e ficava deitado em sua cesta, indiferente.

— Eu e Hooves — dizia Muttie — não estamos podendo nos levantar e andar por aí neste momento. Talvez amanhã...

Cathy e Lizzie preparavam infinitas xícaras de chá enquanto pessoas entravam e saíam da casa o dia todo. Os Associados vinham todos juntos e as mulheres só escutavam as gargalhadas enquanto eles planejavam um maravilhoso mundo novo — um mundo sem o governo atual, sem os governos anteriores, sem bancos e sem lei.

Os Associados eram homens moderados e Muttie sempre esteve no centro deles. Eles ficavam iluminados e orgulhosos quando estavam perto dele, mas Cathy podia ver suas expressões se apagarem quando ele não estava por perto.

— Não vai demorar muito, que Deus nos proteja — disse um dos Associados, um homem que não era muito conhecido por sua devoção a Deus e por pedir ajuda Divina.

Mas a maioria das pessoas vinha sozinha, e elas eram monitoradas por Lizzie e Cathy.

Eles pediam para falar com Muttie e tinham, no máximo, quinze minutos. A gentil enfermeira, Ita O'Meara, também fazia visitas. Ela falava sobre tudo, exceto doença. Falavam sobre cavalos e cachorros galgos ingleses.

— Mulher muito íntegra — dizia ele quando ela ia embora.

E eles vinham em rebanhos, primeiro perguntando a Lizzie quando seria uma boa hora. Ela deixava um caderno na mesa da sala.

Fiona e Declan vieram e trouxeram o pequeno Johnny. Contaram a Muttie um segredo: estavam esperando outro bebê. Ele disse que guardaria o segredo até o final de sua vida.

O dr. Chapéu veio e trouxe alguns bolinhos que ele mesmo havia preparado. Emily Lynch estava ensinando-o a cozinhar e ele disse que não era de todo ruim quando você se dedica. Muttie prometeu que, quando estivesse mais forte, pensaria no assunto.

Josie e Charles vieram e falaram sobre como a devoção a São Jarlath poderia ajudar em qualquer situação. Muttie agradeceu e disse que estava tão interessado em São Jarlath quanto em qualquer outra pessoa, mas que, se precisasse dele, certamente entraria em contato com o santo. Felizmente, porém, ele estava melhorando agora e logo estaria com força total.

Como todas as outras pessoas, Josie e Charles Lynch ficaram perplexos. Eles também queriam conversar com Muttie sobre a herança que receberam da sra. Monty e como deveriam gastar e investir. Até agora, não tinham contado a ninguém quanto era, nem mesmo para Noel. Mas parecia insensível falar sobre esses assuntos com um homem que está prestes a morrer. Será que Muttie realmente não sabia que estava morrendo?

Molly e Paddy Carroll pensaram a mesma coisa.

— Ele está falando sobre ir para Nova York daqui a dois meses. — Molly estava realmente confusa. — Muttie não consegue nem ir até o rio Liffey, pelo amor de Deus. Será que ele não sabe disso?

Era um mistério.

Noel veio e trouxe Frankie. Enquanto Frankie estava sentada no colo de Muttie e lhe oferecia seu copo babado, Noel falou mais abertamente do que já tinha falado com alguém. Contou a Muttie sobre o pavor que sentiu quando Frankie ficou desaparecida e da dor que sentiu, como se alguém enfiasse uma espada em seu peito e tirasse suas vísceras.

— Você está fazendo um excelente trabalho com essa menininha — disse Muttie, aprovando.

— Às vezes eu sonho que ela não é a minha filhinha e que alguém vem tirá-la de mim — confessou Noel, pegando o bebê.

— Isso nunca vai acontecer, Noel.

— Eu não sou sortudo porque Stella me procurou? Imagina se ela não tivesse feito isso, Frankie estaria crescendo em outro lugar e nunca conheceria nenhum de vocês.

— E ela não é sortuda por ter você? Mesmo você trabalhando tanto — falou Muttie.

— Preciso trabalhar muito. Quero ter um emprego de que possa me orgulhar quando ela já tiver idade suficiente para entender o que eu faço.

— E você largou a bebida por ela. Isso não foi fácil.

— A maior parte do tempo não é muito ruim. Estou tão ocupado, entende, mas tem dias que eu conseguiria entornar seis cervejas. São os dias ruins.

— E o que você faz? — Muttie queria saber.

— Ligo para meu padrinho do AA e ele vem me ver ou me encontra para um café.

— Que organização fantástica. Nunca precisei para mim, mas sei que eles fazem um trabalho e tanto. — Muttie estava aprovando tudo que escutava.

— Você é um cara maravilhoso, Muttie — disse Noel, inesperadamente.

— Não sou dos piores — concordou Muttie —, mas tenho uma família maravilhosa à minha volta. Tenho mais sorte do que qualquer outra pessoa que eu conheça. Não tem nada que eles não fariam por nós, vindo de Chicago para cá como milionários só porque tive um contratempo. E os gêmeos...! Se eu morasse em um hotel cinco estrelas, não comeria melhor. Eles estão sempre inventando uma novidade para mim.

O sorriso de Muttie estava aberto ao se lembrar de tudo isso.

Noel segurava Frankie e ela, interessada em compartilhar o copo babado, devolveu o abraço do pai. Noel se perguntava por que sonhara que alguém a tiraria dele. Ela era sua filha. Sangue do seu sangue.

* * *

À Espera de Frankie

Marco veio ver Muttie. Usava terno e gravata como se fosse a algum evento formal. Lizzie disse que ele certamente poderia entrar e ver Muttie, mas pediu que pegasse leve. Hooves tinha morrido naquela noite, e, embora eles tenham tentado esconder de Muttie, ele sabia que alguma coisa estava errada. Eles acabaram precisando contar.

— Hooves era um ótimo cachorro, não vamos humilhá-lo chorando por ele — disse ele.

— Certo — concordou Lizzie. — Vou falar com os outros.

Quando Marco entrou, parou ao lado da cama.

— Sinto muito pelo seu cão, sr. Scarlet.

— Nunca achei que ele iria antes de mim, Marco. Mas foi melhor assim, ele ficaria muito solitário sem mim.

— Sr. Scarlet, sei que não está muito bem e provavelmente esta é a hora errada de fazer isso, mas tem uma pergunta que eu adoraria lhe fazer.

— E que pergunta seria, Marco?

Muttie sorriu para o menino. O terno bom, a expressão ansiosa no rosto, as palmas das mãos suadas. Estava claro qual era a pergunta que ele queria fazer.

— Eu gostaria de pedir a mão da sua neta em casamento — disse Marco, sendo formal.

— Você quer se casar com Maud? Ela é muito nova, Marco, ela ainda não é uma mulher adulta e ainda não viu o mundo.

— Mas eu mostraria o mundo para ela, sr. Scarlet, eu cuidaria muito bem dela e não deixaria faltar nada.

— Sei disso, rapaz, e você já falou isso com ela?

— Ainda não, é importante que eu peça a mão dela para o pai ou o avô primeiro.

— Eu não sou avô dela, você sabe disso.

— Ela vê o senhor como avô, e o ama como se fosse.

Muttie assoou o nariz.

— Bem, que bom, porque é assim que eu e Lizzie nos sentimos em relação a ela e Simon. Mas como Maud pode se casar com você se ela vai para New Jersey com Simon?

— Ela não vai agora, eles adiaram — disse Marco.

— Mas só porque eu estava doente. Mas eles vão... você sabe... depois.

— O senhor ainda vai estar aqui por muito tempo, sr. Scarlet.

— Não, filho, não vou, mas tenho certeza que você e Maud têm tudo planejado para vocês.

— Eu não podia falar com ela que queria me casar antes de pedir para o senhor primeiro...

O rosto bonito do rapaz estava implorando para Muttie dar sua bênção.

— E ela trabalharia com você no restaurante do seu pai?

— Sim, por enquanto, se ela quiser, depois nós dois gostaríamos de abrir um restaurante nosso. Talvez seja daqui a muitos anos, mas meu pai disse que me daria um dinheiro. O senhor não precisa se preocupar com ela, será tratada como uma princesa pela minha família.

Muttie o fitou.

— Se a Maud disser que quer se casar com você, eu ficaria muito feliz.

— Obrigado, caro sr. Scarlet — disse Marco, mal ousando acreditar na sua sorte.

L isa também veio visitar Muttie.

— Eu não o conheço bem, sr. Scarlet, mas sei que é uma pessoa incrível. Fiquei sabendo que estava doente e fiquei me perguntando se eu poderia fazer alguma coisa pelo senhor?

À Espera de Frankie

Muttie olhou em volta para se certificar de que não havia mais ninguém no quarto com eles.

— Se eu lhe der cinquenta euros, você aposta no Não é o Vilão para mim?

— Mas, sr. Scarlet...

— É o meu dinheiro, Lisa. Você não pode fazer isso por mim? Você disse que queria me ajudar.

— Claro. Farei isso. Qual seria a sua aposta?

— Dez para um. Não aceite menos.

— Mas aí o senhor ganharia quinhentos euros — disse ela, pasma.

— E você ganharia uma comissão — disse Muttie, rindo com vontade enquanto Lizzie entrava para pegar as xícaras de chá e providenciar que ele descansasse antes do próximo visitante.

Lisa não sabia onde havia lojas de apostas por ali, mas Dingo Duggan conseguiu descobrir o nome de uma que ficava por perto.

— Eu levo você lá — ofereceu ele.

Dingo gostava de Lisa e gostava de ser visto com uma garota bonita sentada no banco da frente de sua caminhonete.

— Alguém deu uma boa dica? — perguntou ele.

— Uma pessoa me pediu para apostar cinquenta euros em um cavalo. Dez para um.

— Nossa, deve ser um ótimo cavalo — disse Dingo, ansioso.

— Não seria maravilhoso se você me dissesse o nome? Quero dizer, não vai diminuir o prêmio nem nada. Eu só tenho dez euros, mas seria ótimo conseguir cem. Ótimo mesmo.

Lisa disse o nome do cavalo para ele, mas avisou:

— A fonte não é totalmente confiável, Dingo. Eu detestaria ver você perdendo seu dinheiro.

— Não se preocupe — disse Dingo, tranquilizando-a. — Tenho uma boa cabeça.

Lisa se sentiu deslocada na loja de apostas, e a presença de Dingo só piorou a situação.

— Para onde você vai agora? — perguntou Dingo depois que terminaram a transação.

— Vou encontrar Anton — disse Lisa.

— Eu levo você lá — ofereceu Dingo.

— Não, obrigada, estou precisando caminhar para espairecer e preciso fazer meu cabelo também.

Essas eram coisas bem comuns de se fazer, mas Dingo percebeu que ela anunciou-as como se fossem muito importantes. Ele deu de ombros.

Era muito difícil compreender as mulheres.

K atie suspirou quando viu Lisa entrar. Mais um pedido para uma rápida arrumadinha no cabelo. O salão já estava cheio. Será que ela nunca ouviu falar em marcar hora?

— Preciso de uma coisa, Katie — disse Lisa.

— Você vai ter que esperar, pelo menos, meia hora — disse Katie.

— Eu espero. — Lisa estava surpreendentemente calma e paciente.

De vez em quando, Katie olhava para ela. Havia revistas no colo de Lisa, que nem olhava para elas. Seu olhar e sua mente estavam longe dali.

Até que Katie estava pronta para atendê-la.

— Encontro importante? — perguntou ela.

— Não. Conversa importante, para falar a verdade.

— Com Anton?

— Quem mais?

À Espera de Frankie

— É melhor ir com cuidado, Lisa. — Katie estava preocupada.

— Tenho ido com cuidado há anos e aonde isso me levou?

Lisa estava sentada olhando, sem a menor satisfação, para o seu reflexo no espelho. Seu rosto pálido e cabelo molhado ressaltavam as olheiras escuras embaixo de seus olhos.

— Vamos deixá-la linda — disse Katie, que parecia ter lido seus pensamentos.

— Realmente ajudaria se eu estivesse um pouco mais bonita.

— Lisa deu um sorriso fraco. — Escute, quero que você corte meu cabelo todo. Quero ficar com o cabelo bem curto, rente mesmo.

— Você está maluca, você sempre teve cabelo comprido. Não faça nada em um impulso.

— Quero meu cabelo bem curto, todo picado, estilo Joãozinho mesmo. Você vai fazer ou vou ter que procurar a concorrência?

— Eu faço, mas você vai acordar amanhã de manhã desejando não ter feito isso.

— Se você fizer um bonito corte, não vou me arrepender.

— Mas você disse que ele gostava de você com cabelo comprido — insistiu Katie.

— Então, ele vai ter que gostar de mim com cabelo curto — respondeu Lisa.

Em duas horas, ela estava pronta: maquiagem, unhas e novo corte de cabelo. Lisa se sentia muito melhor. Ofereceu-se para pagar, mas Katie não aceitou.

— Não diga nada para Anton de cabeça quente. Não diga nada que vá se arrepender depois. Vá com cuidado.

— Por que está me dizendo isso? Você não gosta do Anton. Você acha que ele não é o homem certo para mim — perguntou Lisa, confusa.

MAEVE BINCHY

— Eu sei. Mas você gosta dele e eu gosto muito de você, por isso quero que seja feliz.

Lisa deu um beijo na irmã. Era uma coisa rara de acontecer.

Para Katie, pareceu irreal. Lisa, sempre tão distante e distraída, realmente colocara os braços à sua volta, dera um abraço e um beijo em seu rosto.

O que viria depois?

Lisa caminhou para o Anton's, cheia de determinação. Este era um bom horário para encontrá-lo lá. As tardes eram mais fáceis, menos cheias. Só precisava se livrar de Teddy e espantar April para fora do restaurante se ela estivesse lá, então teria uma conversa apropriada com Anton.

Teddy viu-a se aproximando, mas não reconheceu na hora.

— Apertem os cintos — avisou ele para Anton.

— Ah, Deus, hoje não, não com todas as outras coisas... — reclamou Anton.

Quando Lisa entrou, ela estava linda e sabia disso. Andava cheia de autoconfiança e tinha um sorriso nos lábios. Sabia que eles estavam olhando para ela, Anton e Teddy, chocados com a diferença que viam. O cabelo curto lhe deu autoconfiança; estava muito mais leve do que antes, ainda dourado e sedoso. Sorriu de um para o outro, virando a cabeça para que eles pudessem ver bem seu novo visual, aparentemente satisfeita.

— Teddy, você poderia nos dar licença? — disse ela. — Preciso conversar com Anton sobre uma coisa.

Ela usou uma entonação de pergunta para a qual só havia uma resposta.

Teddy olhou para Anton que deu de ombros. Então, ele saiu.

— Então, Lisa, o que é? A propósito, você está linda.

— Obrigada, Anton. O quanto você acha que estou linda?

À Espera de Frankie

— Bem, você está diferente, reluzente, eu diria. Seu cabelo foi embora!

— Cortei hoje de manhã.

— Estou vendo. Seu lindo cabelo dourado... — Ele soou perplexo.

— Ele cobriu todo o chão do salão. Antigamente as pessoas vendiam para fazer perucas, sabia?

— Não, não sabia — disse Anton.

— Verdade. De qualquer forma, aqui estamos nós.

— Eu gostava do seu cabelo, na verdade eu *amava* seu cabelo comprido — disse ele, com pesar.

— É mesmo, Anton? Você *amava* meu cabelo comprido?

— Você está diferente agora, mudou de alguma forma, continua linda, mas diferente.

— Que bom. Então você gosta do que está vendo?

— Que bobagem, Lisa. É claro que eu gosto. Eu gosto de você.

— É isso? Você gosta de mim?

— Isso é um questionário ou o quê? Claro que gosto de você, você é minha amiga.

— Amiga, não seu *amor*.

— Ah, tudo bem, amor. O que você quiser... — Ele estava irritado agora.

— Que bom, porque eu amo você. Muito — disse ela, de forma agradável.

— Ah, Lisa, o que houve, está bêbada de novo? — perguntou ele.

— Não, Anton. Estou muito sóbria e, da única vez que eu fiquei bêbada, você não foi muito legal comigo. Você meio que mandou Teddy me colocar para fora daqui.

383

— Você estava fazendo papel de ridícula. Deveria me agradecer.

— Não vejo dessa forma.

— Bem, eu estava sóbrio na ocasião... Acredite em mim, era muito melhor você sair daqui antes que mais pessoas vissem o que estava fazendo.

— Em que você pensa quando pensa em mim? Você me ama muito ou só um pouquinho?

— Lisa, isso são apenas palavras. Vamos parar com essa conversa de adolescente de treze anos?

— Você diz que me ama quando fazemos amor.

— Todo mundo diz isso — disse ele, na defensiva.

— Acho que não.

— Bem, eu não sei. Não fiz uma pesquisa sobre o assunto. — Agora ele estava realmente irritado.

— Calma, Anton.

— Estou totalmente calmo...

— Essa conversa ficaria bem mais fácil se você não perdesse a cabeça. Só me diga o quão importante eu sou na sua vida.

— Não sei... muito importante: você faz todos os desenhos; você tem um monte de ideias legais; você é cheia de glamour e eu gosto muito de você. Isso é suficiente?

— E você me vê como parte do seu futuro? — Ela ainda estava calma.

Houve um silêncio.

Lisa lembrou-se do conselho de Katie para não ser impulsiva, para não dizer nada de que fosse se arrepender depois. Talvez ele dissesse não, que ela não fazia parte do futuro dele. Isso a deixaria como uma concha vazia, oca, mas achava que ele não falaria isso.

À Espera de Frankie

Anton parecia pouco à vontade.

— Não me fale de futuro. Nenhum de nós sabe como será o futuro.

— Somos adultos o suficiente para saber — disse Lisa.

— Você sabe sobre o que eu e Teddy estávamos conversando quando você chegou e o enxotou daqui?

— Não. Sobre o quê?

— Sobre o futuro do restaurante. Os números são pavorosos, estamos perdendo dinheiro. Os fornecedores estão começando a gritar. O banco não está ajudando em nada. Tem dias que o restaurante fica praticamente vazio na hora do almoço. Hoje tivemos apenas três mesas. Seria melhor darmos cinquenta euros para cada pessoa que chegasse e mandá-las embora. Hoje à noite só metade das mesas estará ocupada. Os frequentadores percebem essas coisas. Precisamos de alguma coisa para aumentar o movimento. O restaurante está falindo. Você quer falar sobre futuro... bem, eu acho que não vai haver futuro.

— Você *me* vê no seu futuro? — Lisa perguntou de novo.

— Ah, meu Deus do Céu, Lisa, eu vejo você se me trouxer algumas boas ideias em vez de ficar agindo como uma adolescente. Isso se nós *tivermos* algum futuro aqui...

— Ideias, é isso que você quer? — O tom de voz dela agora estava, para dizer o mínimo, perigosamente controlado.

Anton a fitou, nervoso.

— Você é a mulher das grandes ideias.

— Ok, almoços *light*, saudáveis e com poucas calorias em uma parte do salão em que não possam ver rosbifes ou tiramisu passando. E até aquela idiota da April conseguiria fazer alguma propaganda disso. Ah, você poderia arranjar toda semana em um programa de rádio em que as pessoas pudessem mandar

385

suas receitas com menos de duzentas e cinquenta calorias e você poderia julgá-las. Essas ideias são boas?

— Como de costume, você foi no x da questão. Podemos chamar os outros para discutir as ideias?

— E que ideias você tem sobre mim? — perguntou ela.

— Você vai continuar com esse papo?

— Apenas me diga, me diga agora, me responda e eu paro de perguntar — prometeu ela.

— Ok. Eu admiro muito você. Você é minha amiga...

— E amante... — acrescentou ela.

— Bem, sim, de tempos em tempos. Achei que você se sentisse da mesma forma.

— Da mesma forma como?

— Que compartilhávamos uma coisa legal, mas que não era a coisa mais importante de nossas vidas. Nem um caminho certo para o altar.

— Então por que você continuou ficando comigo?

— Como eu disse, você é brilhante, brilhante mesmo, é adorável e divertida. E acho que um pouco solitária também.

Ao escutar essas palavras, algo mudou na cabeça de Lisa. Era como um carro mudando de marcha. Era quase como se ela estivesse acordando de um sonho. Pôde perceber o jeito indiferente, infiel, negligente dele.

Não podia aceitar a pena dele.

— E você talvez também seja solitário, Anton, quando este lugar quebrar. Quando Teddy pular fora e for para outro lugar da moda, quando a srta. April voar para outro lugar que seja um sucesso. Não existe lugar na vidinha dela para o fracasso. Quando as pessoas disserem: "Anton? Aquele que teve um restaurante... foi um sucesso no início mas depois desapareceu e não deixou rastro." É bem possível que você também fique solitário. Então, vamos torcer que alguém tenha pena de você para ver como se sente.

— Lisa, por favor...

— Adeus, Anton.

— Você vai voltar quando cair em si.

— Acho que não. — Ela ainda estava calma.

— Por que você está tão furiosa comigo, Lisa?

Agora ele estava tentando ser persuasivo.

Mas isso não fez com que ela mudasse de ideia.

— Estou furiosa comigo mesma, Anton. Eu tinha um ótimo emprego e o deixei por sua causa. Eu queria conseguir outros clientes, mas tinha sempre alguma coisa para fazer aqui. Estou falida. Estou dependendo de um cavalo chamado Não é o Vilão ganhar uma corrida hoje porque, se ele ganhar, vou receber uma comissão e poderei pagar pela minha parte das compras no apartamento onde eu tenho um quarto.

— Não é o vilão — disse Anton devagar. — É assim que me vejo, não sabia que você me levava tão a sério. Sou exatamente como esse cavalo em que você apostou. Eu não sou o vilão, entende?

— Sei. É por isso que estou com tanta raiva. Eu entendi tudo errado...

Teddy escutou a porta bater e voltou.

— Tudo bem? — perguntou ele.

— Teddy, se este restaurante estivesse mesmo indo por água abaixo, você iria para algum outro lugar?

— Vadia, ela lhe contou — disse Teddy.

— Ela me contou o quê?

— Ela deve ter me visto ou escutado algum coisa. Eu fui até o novo hotel à margem do rio para saber se eles têm alguma vaga e eles disseram que iam ver. Essa cidade parece uma vila. Alguém deve ter contado para Lisa.

— Não, ela nem sabia.

De repente, Anton se sentiu cansado. A maneira como Lisa deixou o restaurante pareceu definitiva. Mas tudo isso era absurdo, não era? Ela não estava falando sério. Provavelmente alguma amiga estava se casando e engravidando e ela ficou preocupada. E a ideia dos almoços *light* não era ruim. Poderiam mandar fazer uns cartões com uma logo. Lisa seria ótima nisso quando parasse com toda aquela besteira...

Lisa saiu do restaurante caminhando com vigor e enquanto andava pelas ruas cheias, percebeu que as pessoas olhavam para ela com o que parecia ser admiração. Não pensaria no que tinha acabado de falar e fazer. Dividiria sua vida em compartimentos. Deixaria essa parte de sua vida aqui até que precisasse de novo. Iria se concentrar em outra coisa. Esta cidade estava cheia de promessas, amigos em potencial e até possíveis amores. Tiraria Anton de sua cabeça e manteria a cabeça erguida.

Então, quase inesperadamente, encontrou Emily, que estava empurrando Frankie no carrinho.

— Estou acostumando-a a fazer compras, ela vai passar anos da vida fazendo isso, então já saberá do que se trata.

— Emily, você é engraçada. O que comprou hoje?

— Uma colcha, um bule de chá, uma cortina de banheiro. Coisas realmente excitantes — disse Emily.

Frankie riu, feliz.

— Agora ela parece feliz, mas precisava tê-la visto meia hora atrás. Acho que os dentinhos estão começando a nascer, tadinha. Estava com o rosto vermelho e gritava, e a gengiva dela parece um pouco inchada. Vamos começar um período difícil — explicou Emily.

À Espera de Frankie

— Vamos mesmo — disse Lisa. — Acho que é melhor eu me mudar para os próximos meses!

E, com um sorriso e um abraço em Frankie, ela foi embora.

Quando Emily e Frankie voltaram para a casa 23, era óbvio que Josie tinha alguma coisa importante para dizer.

— As coisas não estão muito bem no final da rua — disse ela, o rosto triste.

Isso poderia significar quase qualquer coisa. Que as vendas estavam ruins no bazar ou que o dr. Chapéu estendera roupa e que o vento levou ou que Fiona e Declan estavam se mudando. Então, com um aperto no peito, percebeu que Josie podia estar falando de Muttie.

— Você não está falando de...?

— Estou. As coisas pioraram.

Josie parecia não saber se deveria ir até a casa deles ou não.

Emily achava melhor não. Só atrapalhariam. Muttie e Lizzie já estavam com a casa cheia de familiares. Josie concordava.

— Eu vi o padre Brian entrando lá mais cedo — disse ela.

Frankie soltou um som, esticando os bracinhos para Emily pegá-la.

— Boa menina.

As duas mulheres falavam de forma bem abstrata, depois as duas suspiraram.

Josie se perguntava se rezar outro rosário ajudaria. Emily se perguntava como poderia dar alguma ajuda prática. Uma grande shepherd's pie,* pensou, algo que só precisasse aquecer no forno quando alguém quisesse comer. Faria uma agora mesmo.

---

* Shepherd's pie é uma receita típica britânica feita com legumes e carne de cordeiro, se assemelha muito ao nosso escondidinho. (N. T.)

* * *

Muttie estava irritado por se sentir tão fraco. Dia e noite pareciam se misturar e havia sempre alguém no quarto mandando que ele descansasse. Não estava descansando desde que voltara do hospital?

Havia ainda tantas coisas para resolver. O advogado o deixava louco com o jeito que falava, mas ele tinha sido claro com uma coisa. A pequena quantia em dinheiro que a família Mitchell pagara para cuidar dos gêmeos anos atrás, e que parou de chegar exatamente quando eles completaram dezessete anos, estava depositada em uma poupança com uma parte do Grande Prêmio de Muttie, de quando ele ganhou uma fortuna e eles quase morreram do coração.

O resto do testamento era simples: tudo para Lizzie e seus filhos. Mas Muttie estava muito agitado com a possibilidade de os gêmeos não ficarem bem financeiramente.

— Eles vão ficar bem quando herdarem tudo isso — disse o advogado.

— Bem, eles devem ficar mesmo. Quando vieram ficar conosco, abriram mão de uma chance de viverem na alta sociedade. Eles nasceram para ter um padrão de vida mais alto que o nosso, entende? Eles devem ser compensados adequadamente.

O advogado virou-se para que Muttie não visse seu rosto e não percebesse que estava com um nó na garganta.

Padre Flynn veio vê-lo.

— Meu Deus, Muttie, que paz está aqui comparando com o mundo lá fora.

— Conte-me tudo que está acontecendo lá fora? — A curiosidade de Muttie não tinha fim, mesmo estando doente.

À Espera de Frankie

— Bem, lá no centro onde eu trabalho está a maior confusão para pagar um casamento muçulmano. Esse casal quer se casar e eu os mandei para a mesquita. De qualquer forma, uma parte da família não quer ir, e a outra quer. Eu disse que poderíamos providenciar o bufê, seus netos poderiam cozinhar para todos, e aí tem outros que dizem que o centro é um lugar católico, dirigido com dinheiro da Igreja. Vou lhe dizer uma coisa, você ia ficar louco com isso tudo, Muttie.

— Eu não me incomodaria de ficar um pouco por lá — disse Muttie, melancólico.

— E você vai, você vai. — Brian Flynn esperava estar sendo convincente.

— Mas, se eu não vir mais nada disso, se eu realmente estiver indo para o grande salto, você realmente acha que tem alguma coisa, bem... lá em cima?

— Vou lhe dizer a verdade, Muttie. Eu não sei, mas acho que tem. Foi isso que me manteve firme todos esses anos. Eu ficaria muito decepcionado se não tivesse nada lá em cima.

Muttie ficou muito satisfeito com essa resposta.

— Você não poderia ser mais verdadeiro do que isso — disse ele, aprovando o padre.

E ao sair da casa, Brian Flynn se perguntou se algum outro padre já dera uma descrição tão banal e insossa da fé para um moribundo.

Lisa Kelly veio fazer outra visita. A família não sabia se ele estava bem para recebê-la.

— Tenho um segredo para contar a ele — disse ela.

— Pode entrar para contar seu segredo, mas só dez minutos — disse Lizzie.

Lisa abriu um enorme sorriso.

— Trouxe quinhentos euros para você, Muttie. Não é o Vilão ganhou por pouco.

MAEVE BINCHY

— Fale mais baixo, Lisa. Não quero que ninguém saiba que estou apostando — disse ele.

— Não, eu disse que tinha um segredo para lhe contar.

— Eles vão achar que estamos tendo um caso — disse Muttie. — Lizzie ia preferir isso ao jogo.

— Então, onde eu coloco o dinheiro, Muttie?

— De volta na sua carteira. Eu só queria sentir a excitação de ganhar de novo.

— Mas, Muttie, não posso aceitar quinhentos euros. Eu estava esperando uma comissão de uns cinquenta euros, só isso.

— Use esse dinheiro para algo bom, moça — disse Muttie, e então a cabeça dele caiu para trás no travesseiro e Lisa saiu do quarto na ponta dos pés.

Assim que ela saiu, Maud entrou para vê-lo.

Muttie abriu os olhos.

— Você ama esse rapaz, Marco, Maud? — perguntou ele.

— Muito. Sei que não tive outros namorados para comparar, como dizem por aí.

— Quem diz? — perguntou Muttie.

— Todo mundo diz, mas eu não me importo. Nunca vou conhecer ninguém melhor do que Marco. Não existe.

Ele estendeu a mão e pegou a dela.

— Então, fique com ele, Maud, e encontre uma boa moça para Simon também. Talvez no casamento.

Maud ficou ali sentada, segurando a mão magra enquanto ele pegava no sono. Lágrimas encheram seus olhos e escorreram por seu rosto, mas ela não levantou a mão para enxugá-las. Dormir era bom. Dormir era indolor. Maud queria que ele fizesse isso o máximo que pudesse.

* * *

À Espera de Frankie

Os filhos de Muttie sabiam que seria hoje ou amanhã. Falavam baixo e andavam com cuidado pela casa. Eles se lembraram dos dias, quando eram crianças, em que Muttie e Lizzie preparavam um piquenique com sanduíches de geleia e os levavam para a praia em Bray de trem.

Lembraram-se de uma vez que Muttie ganhou um pouco de dinheiro em uma aposta e gastou com dois frangos assados e pratos cheios de batata frita. E como todos eles se vestiram muito bem para a primeira comunhão e crisma, embora isso deva ter significado algumas visitas ao bazar. Muttie nos casamentos; Hooves, o cachorro deles; Muttie carregando as compras para Lizzie.

Tinham de compartilhar todas essas lembranças quando estavam longe de Lizzie. Ela ainda achava que ele ia melhorar.

Ita, a enfermeira, veio naquele dia trazer um travesseiro herbático para Muttie. Ela olhou para ele, e ele não a reconheceu.

— Ele logo vai entrar em coma — falou ela para Maud, gentilmente. — Seria bom se pedissem para o dr. Carroll vir vê-lo, e as enfermeiras farão tudo que tiver de ser feito.

Pela primeira vez, Maud realmente sentiu o peso do que estava acontecendo. Chorou no ombro de Simon. Logo não haveria mais Muttie e sua última conversa com ele fora sobre Marco.

Ela se lembrou do que Muttie dissera quando o amado cão deles, Hooves, morreu.

— Todos temos de ser fortes por Hooves. Ele não era o tipo de espírito por quem as pessoas devam ficar chorando. Por ele, seja forte.

E eles foram fortes quando enterraram Hooves.

Seriam fortes por Muttie também.

— Será muito duro saber que ele não existe mais — disse Simon.

Brian Flynn tomava uma xícara de chá com eles.

— Tem uma filosofia que diz que se lembramos de uma pessoa, nós a mantemos vivas dentro nós — disse ele.

Houve um silêncio. Ele preferia não ter falado.

Mas eles estavam assentindo.

Se o ato de se lembrar de uma pessoa significava mantê-la viva, então Muttie viveria para sempre.

Lizzie disse que iria para o quarto ficar um pouco com ele.

— Ele está dormindo profundamente, mãe — disse Cathy.

— Eu sei. Ele está em coma. As enfermeiras avisaram que isso aconteceria.

— Mãe, é só que...

— Cathy, eu sei que é o fim. Sei que vai ser esta noite. Só quero ficar um pouco sozinha com ele.

Cathy olhou para ela boquiaberta.

— Já sei disso há muito tempo, mas não me permiti acreditar até hoje, e eu tive dias muito felizes enquanto todos vocês estavam se preocupando...

Cathy levou a mãe até o quarto e a enfermeira saiu. Ela fechou a porta com firmeza.

Lizzie queria se despedir.

— Não sei se você pode me escutar ou não, Muttie — disse Lizzie —, mas quero lhe dizer que viver com você foi muito divertido. Eu dava uma gargalhada ou uma dúzia de gargalhadas todos os dias desde que lhe conheci, e eu fui feliz e achei que éramos tão bons quanto qualquer outra pessoa. Antes, eu achava que era menos do que os outros. Você me fez ver que mesmo sendo pobres, podíamos ser felizes. Espero que você se divirta até... bem, até que eu vá lhe encontrar. Sei que você é meio pagão, Muttie, mas você vai descobrir que está tudo lá, esperando por você. Isso não seria uma boa surpresa? Eu amo você, Muttie e, de alguma forma, nós vamos sobreviver. Eu prometo.

Então, ela beijou a testa dele e chamou a família para o quarto.

Vinte minutos depois, a enfermeira de cuidados paliativos saiu e perguntou se o dr. Carroll estava lá.

Fiona ligou para o celular dele.

— Estarei aí em quinze minutos — disse ele, e eles ficaram sentados lá por um quarto de hora até que Declan chegasse e entrasse no quarto.

Ele saiu logo.

— Muttie está em paz... descansando — confirmou ele.

Eles choraram sem acreditar, abraçando uns aos outros.

Marco tinha chegado e foi considerado como família nesse momento. Alguns dos Associados de Muttie, que pareciam encher a casa com sua presença, pegavam lenços e assoavam o nariz ruidosamente.

E, de repente, Lizzie, a frágil Lizzie que até hoje se agarrara na crença de que iria para Chinatown em Nova York com Muttie, assumiu o controle.

— Simon, você poderia, por favor, fechar todas as cortinas? Assim, os vizinhos irão saber. Maud, você poderia telefonar para a funerária? O número está perto do telefone, e avise que Muttie se foi. Eles saberão o que fazer. Marco, você poderia preparar alguma comida para nós? As pessoas vão chegar e precisamos ter algo para servir. Geraldine, você poderia ver quantas xícaras, canecas e pratos nós temos? E todos vocês poderiam parar de chorar. Se Muttie soubesse que estavam chorando, vocês iam ver o que ele faria.

De alguma forma, eles conseguiram abrir alguns sorrisos lacrimosos.

O funeral de Muttie estava começando.

Todos os moradores de Vila de São Jarlath ficaram de pé em guarda quando o caixão foi carregado pela rua.

Lisa e Noel estavam lá com Frankie em seu carrinho, e Faith estava com eles, ela escutara falar tanto desse homem que se sentia parte disso. Emily encontrava-se ao lado de seu tio e tia com o dr. Chapéu e Dingo Duggan. Declan e Fiona, com o pequeno Johnny carregado em um sling, estavam ao lado de Molly e Paddy. Amigos e vizinhos observavam enquanto Simon e Marco ajudavam a carregar o caixão. Eles andavam em passos comedidos.

Os Associados estavam em uma fila, ainda chocados por Muttie não estar mais ali incitando-os a tomar mais uma cerveja e prestar atenção a um novo cavalo.

Em alguma igreja distante, o sino tocava. Não tinha nada a ver com eles, mas era como se tocasse em compaixão a eles. As cortinas e persianas de todas as casas da rua estavam fechadas. As pessoas jogavam flores de seus jardins conforme o caixão passava.

Então, encontraram o rabecão e os carros da funerária que estavam esperando para levar o caixão para a igreja do padre Flynn no centro de imigrantes.

Muttie deixara instruções bem definidas.

Se eu morrer, o que certamente está previsto nas cartas, quero que o meu funeral seja na igreja do padre Flynn no centro, com um curto discurso e uma ou duas orações. E depois, eu quero doar meus órgãos para a ciência para o caso de alguma parte minha poder ajudar alguém e que o resto seja cremado sem muita festa.

À Espera de Frankie

Peço isso com pleno gozo das minhas faculdades mentais,
Muttance Scarlet

M arco trabalhou na cozinha de Muttie e Lizzie, preparando pratos de antepasto e massa fresca. Lizzie dissera para ele não se conter. Ele trouxera garfos e pratos do restaurante do pai. Antes de morrer, Muttie dissera que ele podia pedir Maud em casamento, mas não faria isso enquanto ela estivesse de luto pelo avô. Pediria depois. De forma apropriada. Perguntava-se se ele e Maud seriam tão felizes quanto Lizzie e Muttie foram. Será que ele estava à altura dela? Ela era tão brilhante.

Havia um retrato de Muttie na parede. Ele sorria, como sempre. Marco quase podia escutá-lo dizendo: "Vá lá, Marco Tomano. Você é tão bom quanto qualquer um deles e melhor do que a maioria."

E ra verdade o que diziam: se as pessoas se lembram de você, então você não está morto. Era muito reconfortante.

Na igreja, padre Flynn celebrou uma cerimônia curta. Um Pai-Nosso, uma Ave-Maria e um Glória ao Pai. Um rapaz marroquino tocou "Amazing Grace" no clarinete. E uma moça polonesa tocou "Hail, Queen of Heaven" no acordeão. Então, acabou.

As pessoas ficaram ali, debaixo do sol, conversando sobre Muttie. Depois, voltaram para a casa dele para se despedirem.

De forma apropriada.

13

odos na Vila de São Jarlath ficaram muito tristes depois da morte de Muttie e as pessoas evitavam olhar para a figura solitária de Lizzie parada no portão, como sempre fizera. Era como se ela ainda o esperasse. É claro que todos procuravam saber se ela não estava sozinha, mas um a um de seus filhos voltaram para casa em Chicago e na Austrália; Cathy precisou voltar para seu bufê, e os gêmeos voltaram a trabalhar no Ennio's para decidir seu futuro.

Devagar, todos estavam retomando suas vidas, mas sabendo que Lizzie não tinha uma vida para continuar.

Às vezes, Josie e Charles convidavam-na para sua casa, mas o olhar dela ficava perdido enquanto eles falavam sobre a campanha para a estátua. Algumas noites, ela ia para a casa de Paddy e Molly Carroll, mas havia um limite de histórias que ela conseguia ouvir sobre o trabalho de Molly no bazar ou sobre as discussões de Paddy no balcão do açougue. Ela não tinha mais suas próprias histórias para contar.

Emily Lynch era uma companhia solidária; ela fazia perguntas sobre a infância de Lizzie e quando começou a trabalhar

À Espera de Frankie

para a sra. Mitchell. Ela levou Lizzie de volta a uma época antes de Muttie, a lugares por onde Muttie não passou. Mas Lizzie não podia contar com a presença de Emily o tempo todo. Ela parecia estar muito próxima do dr. Chapéu ultimamente. Lizzie ficava feliz por ela, mas chorava por Muttie.

Havia tantas coisas que queria falar para ele. Todo dia, pensava em algo novo: que o primeiro marido de Cathy, Neil, viera ao velório e dissera que Muttie era um herói, da forma como o padre Flynn assoou o nariz fazendo todos acharem que ele tinha perfurado um tímpano e das lindas palavras que ele dissera sobre Muttie e sobre a família de Lizzie.

Lizzie queria contar para Muttie que Maud ia ficar noiva de Marco e que Simon estava gostando da ideia, mas ainda queria ir para os Estados Unidos. Queria discutir com ele se deveria continuar na casa ou arranjar um lugar menor. O conselho de todos era que não deveria tomar nenhuma decisão no primeiro ano. Ficava se perguntando se Muttie acharia isso sábio.

Lizzie agora suspirava muito, mas tentava sorrir ao mesmo tempo. As pessoas sempre encontraram bom humor e sorrisos naquela casa e isso não devia ser diferente agora. Mas, quando ela ficava sozinha, os sorrisos se apagavam e ela chorava por Muttie. Era comum escutar sua voz vindo de outro cômodo, mas não alto o suficiente para que escutasse o que dizia. Quando preparava chá de manhã, automaticamente fazia uma xícara para ele; colocava o lugar dele à mesa na hora das refeições e a tristeza disso a deixava ainda mais desolada.

Sua cama parecia enorme e vazia agora, e, quando dormia, abraçava o travesseiro. Sonhava com ele quase todas as noites. Às vezes, sonhos bons de dias felizes e épocas alegres; a maioria era de sonhos terríveis de abandono, tristeza e perda. Não sabia o que era pior: a cada manhã, acordava para mais um dia sabendo que ele se fora e nunca mais voltaria. Nada ficaria bem de novo.

O dr. Chapéu convidou Emily para um piquenique quando o verão finalmente chegou e os dias eram longos e quentes. Ela sugeriu que Michael fosse com eles, mas, por alguma razão, dr. Chapéu pareceu não gostar muito da ideia. Ela preparou sanduíches, dos quais cortou a casca, e encheu duas garrafas de chá. Levou biscoitos de chocolate em uma lata e foram no carro do dr. Chapéu até as montanhas Wicklow.

— É impressionante ter todas essas colinas tão perto da cidade — disse Emily, admirada.

— Não são colinas, são montanhas — corrigiu dr. Chapéu —, é importante que saiba disso.

— Ah, me desculpe — disse Emily, rindo —, mas o que se pode esperar de uma estrangeira.

— Você não é estrangeira. Seu coração está aqui — disse dr. Chapéu, e a fitou de forma estranha de novo. — Pelo menos, eu espero que esteja.

Michael começou a resmungar enquanto olhava pela janela. O dr. Chapéu e Emily o ignoraram e aumentaram o tom de voz.

— Chapéu, você não deveria fazer essas brincadeiras comigo na frente de Michael.

— Nunca falei tão sério em toda a minha vida. Eu *realmente* espero que seu coração esteja na Irlanda. Eu odiaria vê-la partir.

— Por que exatamente?

— Porque você é muito interessante e não deixa nada para depois. Eu estava começando a perder o interesse pela vida e você me trouxe isso de volta. Sou mais homem desde que a conheci.

Os resmungos de Michael estavam ficando mais altos, como se tentasse não escutá-los.

À Espera de Frankie

— Mesmo? — gritou Emily. — Bem, eu também me sinto mais mulher desde que o conheci, então isso deve ser bom de alguma maneira.

— Eu não me casei porque nunca conheci uma pessoa que não fosse enfadonha, eu queria... queria que você...

— Que eu o quê? — perguntou Emily.

Os resmungos de Michael agora estavam quase ensurdecedores.

— Pare com isso, Michael — implorou Emily. — Chapéu está tentando me dizer algo.

— Ele já disse — falou Michael. — Ele acabou de pedi-la em casamento. Agora só falta você aceitar.

Emily olhou para Chapéu em busca de algum esclarecimento. Ele parou o carro devagar e saiu. Foi até o lado do carona, abriu a porta e se ajoelhou no solo das montanhas Wicklow.

— Emily, você me daria a enorme honra de ser minha esposa? — pediu ele.

— Por que você não pediu antes? — perguntou ela.

— Eu estava com tanto medo que você dissesse não e que a nossa amizade não fosse mais a mesma. Eu só estava com medo.

— Não tenha mais medo — disse ela, tocando o rosto dele com carinho. — Eu adoraria me casar com você.

— Graças a Deus — disse Michael. — Agora podemos fazer nosso piquenique em paz!

E mily e dr. Chapéu decidiram que não havia por que ficar adiando na idade deles; se casariam quando Betsy e Eric estivessem na Irlanda. Dessa forma, Betsy poderia ser dama de honra, e Eric, o padrinho. Padre Flynn poderia celebrar o casamento em sua igreja. Os gêmeos fariam o bufê e todos eles poderiam sair em lua de mel, com Dingo levando-os para o oeste em sua caminhonete.

Emily não quis um anel de noivado. Disse que preferia uma bonita e sólida aliança de casamento. Dr. Chapéu nunca fora tão bem-humorado e, pela primeira vez na vida, concordou em ir a um alfaiate e mandar fazer um terno sob medida. Compraria um chapéu novo para combinar e prometeu que o tiraria durante a cerimônia na igreja contanto que pudesse recolocá-lo para tirar as fotos.

Betsy quase gritava de empolgação em seus e-mails.

E ele pediu sua mão no carro, na frente desse outro homem, Michael? Isso é incrível, Emily, até para você. E você vai morar pertinho dos seus primos!

Mas será que posso perguntar por que ele é chamado de Chapéu? Existe algum santo irlandês com esse nome?

Nada me surpreenderia.

Beijos da sua futura dama de honra,

Betsy

Emily continuava conseguindo administrar todos os seus afazeres: cuidava de jardineiras, assumia sua posição na recepção da clínica, atendia no bazar — que foi onde encontrou seu vestido de casamento. Veio de uma loja que estava fechando. Havia algumas peças que eram do mostruário e a dona disse que não conseguiria nada por eles, então era melhor que fossem para a caridade.

Emily os pendurava em uma arara quando viu. Um vestido de seda com uma estampa florida azul-marinho e azul-celeste e um casaco combinando azul-marinho com um detalhe na gola com o mesmo tecido do vestido. Era perfeito: elegante e feminino e com cara de casamento.

À Espera de Frankie

Cautelosa, colocou na gaveta a quantia que esperaria cobrar pelo vestido e levou para casa na mesma hora.

Josie a viu entrando em casa.

— A noiva — disse Josie. — Gostaria de uma xícara de chá?

— Só se for rapidinho. Não quero deixar Molly sozinha por muito tempo.

Emily se sentou.

— Estou um pouco preocupada — começou Josie.

— Então, me diga. — Emily suspirou.

— É sobre esse dinheiro que a sra. Monty deixou para Charles.

— Sim, e vocês vão doar para o Fundo da Estátua.

Emily sabia de tudo isso.

— É que estamos preocupados com a quantia — disse Josie, olhando à sua volta, assustada. — Não são apenas centenas... são centenas de milhares.

Emily ficou surpresa.

— Aquela pobre senhora tinha tanto dinheiro assim? Quem poderia imaginar! — exclamou ela.

— Isso, e esse é o problema.

— O que, Josie? — perguntou Emily, pacientemente.

Josie estava muito perturbada.

— É muito para doar para a estátua, Emily. É diferente do que imaginamos. Queríamos uma estátua pequena, uma ação comunitária com todo mundo contribuindo um pouco. Se déssemos todo esse dinheiro, poderíamos ter uma estátua enorme agora mesmo, mas não seria a mesma coisa...

— Entendi... — Emily prendeu a respiração.

— É tanto dinheiro, entende, e nós nos perguntamos se não temos uma obrigação com a nossa neta, por exemplo? Não deveríamos guardar uma quantia para a educação dela ou um pé de meia? Ou não deveríamos dar um pouco para Noel para que ele tenha para onde recorrer em uma dificuldade? Eu poderia me aposentar e eu e Charles poderíamos ir para a Terra Santa? Tudo isso é possível, entende? Será que são Jarlath ia preferir isso a uma estátua? Não tem como saber.

Emily ficou pensativa. O que ela acabara de dizer era muito importante.

— O que você acha certo, Josie?

— Esse é o problema, todos os caminhos parecem certos. Nós nunca fomos ricos. Agora, que somos, graças à sra. Monty, será que mudamos e ficamos gananciosos como dizem que as pessoas ricas são?

— Você e Charles nunca seriam assim!

— Talvez, Emily. Estou aqui pensando em uma viagem cara pela Terra Santa. Fico aqui me perguntando se São Jarlath não ia preferir que usássemos o dinheiro para fazer o bem de outras formas.

— Essa é certamente uma possibilidade — concordou Emily.

— Se eu pelo menos pudesse receber um sinal do que ele gostaria...

— Eu fico me perguntando o que Deus ia querer — especulou Emily. — Nosso Senhor não gosta de ostentação. Ele é a favor de ajudar os pobres.

— Claro, podemos ajudar os pobres construindo uma estátua que os faça lembrar de um grande santo.

— Sim...

— Você não gosta muito da ideia da estátua, não é mesmo? — perguntou Josie, com lágrimas nos olhos.

— Não, eu sou a favor da estátua. Você e Charles estão trabalhando por isso há tanto tempo. É uma *ótima* ideia, mas acho

À Espera de Frankie

que deveria ser uma estátua menor do que vocês pensaram no começo. A grandeza não está no tamanho.

Josie estava fraquejando.

— Poderíamos fazer uma grande contribuição para o fundo e investir o restante.

— Pelo que você conhece de São Jarlath, acha que ele ficaria feliz com isso?

Emily sabia que Josie precisava estar totalmente convencida antes de abandonar a ideia absurda de gastar todo esse dinheiro em uma estátua.

— Acho que sim — disse Josie. — Ele acreditava em fazer o bem para as pessoas, e se nós construíssemos um parque no final da rua para as crianças, não seria o espírito da coisa?

— E a estátua? — Emily nem ousava respirar.

— Podemos colocá-la na praça. E poderíamos chamar de Praça de São Jarlath.

Emily sorriu aliviada. Acreditava que Deus era uma força de bondade que às vezes moldava a vida das pessoas e, outras vezes, se afastava e deixava as coisas acontecerem. Ela e Chapéu conversaram sobre isso. Ele dizia que era uma manifestação dos desejos das pessoas por uma vida após a morte e uma tentativa de dar significado ao tempo que passamos na terra.

Mas hoje o Deus de Emily interveio. Ele garantiu que Josie e Charles ajudassem o filho e a neta. Eles construiriam uma pracinha para as crianças ficarem seguras. Eles iriam conhecer Jerusalém e, o melhor de tudo, seria uma estátua pequena e não uma monstruosidade que faria as pessoas zombarem deles.

Isso viria em um bom momento para Noel. As provas finais dele estavam chegando e ele parecia exausto e tenso nos últimos dias.

— Assim que você e Charles concordarem, devem contar a Noel — sugeriu Emily.

— Vamos falar sobre isso hoje à noite. Charles saiu para passear com os cachorros no parque.

— Preparei um ensopado de carneiro delicioso para vocês — disse Emily.

Na verdade, ela fizera para comer com Chapéu, mas isso era mais importante. Josie não podia ter nenhuma desculpa para adiar o momento de contar sua decisão para Charles. Josie se distraía facilmente com coisas tipo preparar um jantar.

Emily faria alguma outra coisa para ela e Chapéu.

Eles preparavam a escala todo domingo à noite. Prendiam uma folha de papel na parede da cozinha. Era fácil ler quem estaria cuidando de Frankie a cada hora do dia. Noel e Lisa também ficavam com uma cópia. Logo ela teria idade para entrar na creche da srta. Keane: seriam três horas por dia. Só precisariam dar o nome de quem a buscaria.

Lisa a levaria para a creche e várias pessoas a buscariam. Lisa não estava disponível na hora do almoço. Tinha conseguido um emprego para preparar sanduíches em uma lanchonete do outro lado da cidade. Não era um emprego que precisasse de habilidades, mas ela colocou todos os seus talentos nele. Pagava a sua parte das compras e, aos poucos, ela ia dando suas ideias.

Sanduíche de gorgonzola com tâmara? Os fregueses amavam, então ela sugeriu fazer pequenos cartazes anunciando o sanduíche da semana, e quando eles disseram que ficaria muito caro fazer, ela mesmo os desenhou. E também desenhou uma logo para a lanchonete.

— Você é muito boa para esse emprego — disse Hugh, o jovem dono do lugar.

— Sou muito boa para qualquer lugar. Vocês não têm sorte de me ter aqui?

— Temos mesmo. Você é uma mulher misteriosa.

Hugh sorriu para ela. Ele era rico, autoconfiante e bonito. E gostava dela, mas Lisa achava que tinha perdido o jeito de como olhar para os homens.

Tinha se esquecido como flertar.

Fazia outras coisas para se manter ocupada.

Juntou-se a Emily no negócio das jardineiras, aprendeu um monte de coisas sobre plantas e ficou sabendo muito sobre a vida das pessoas na Vila de São Jarlath também. Aprendeu a molhar as plantas e a replantá-las. Era um mundo diferente, mas ela aprendia rápido. Emily dizia que isso estava em sua natureza. Ela mesma podia cultivar suas próprias jardineiras.

— Eu era brilhante — disse Lisa, pensativa. — Fui muito bem na faculdade, consegui um ótimo emprego em uma agência... mas deixei tudo escapar...

Emily sabia quando ficar em silêncio.

Lisa continuou, quase como se estivesse sonhando:

— Conhecer Anton foi como entrar em um nevoeiro. Eu me esqueci do mundo do lado de fora.

— E o mundo está começando a voltar para você? — perguntou Emily, de forma gentil.

— Está começando a penetrar pelas cortinas de névoa.

— Tem alguma coisa que você queria fazer antes e não fez?

— Sim, muitas coisas. A começar por essas provas.

— Isso vai mantê-la concentrada — concordou Emily.

— E me manter longe do Anton's... — disse Lisa, com melancolia.

Ela sabia muito bem que se voltasse ao restaurante, todos a receberiam muito bem. Não precisaria explicar sua ausência. Todos suporiam que ela teve um ataque de ciúmes e que agora colocara a cabeça no lugar. Teddy sorriria e lhe daria um expresso.

April ficaria contrariada e Anton a fitaria devagar e diria que ela estava linda e que os dias tinham sido solitários e sem graça desde que ela fora embora. Aparentemente, nada teria mudado. Bem no fundo, porém, tudo tinha mudado. Ele não a amava. Estava apenas disponível, só isso.

Mas como ela dissera para Emily, ainda tinha muitas coisas que precisavam ser feitas em outros aspectos de sua vida. Uma dessas era marcar um encontro com sua mãe.

Desde que descobrira que o pai levava prostitutas para casa, os encontros de Lisa com a mãe foram raros. Tomavam um café juntas de vez em quando e almoçaram antes do Natal. Trocaram presentes e tiveram uma conversa educada e artificial.

A mãe perguntou sobre o trabalho de design que Lisa fez para o Anton's.

Lisa perguntou sobre o jardim da mãe e se ela já decidira se teria uma estufa ou não. Falaram bastante sobre o salão de Katie e como estava indo bem. Depois, aliviadas, cada uma foi para o seu lado.

Nada perigoso fora dito, nenhum caminho proibido fora aberto.

Mas não podia viver assim, dizia Lisa para si mesma. Precisava encorajar a mãe a fazer o que ela mesma fizera e cortar os antigos vínculos.

Telefonou para ela na mesma hora.

— Almoço? Alguma data especial? — perguntou sua mãe.

— Não existe nenhuma regra que diga que só podemos nos encontrar em datas comemorativas — disse Lisa. Pôde perceber que a mãe ficou confusa. — Vamos ao Ennio's — sugeriu ela, e antes que a mãe pudesse arranjar alguma desculpa para não ir, estava tudo marcado. — Amanhã, à uma hora, no Ennio's.

À Espera de Frankie

* * *

Di Kelly estava bonita ao entrar no restaurante. Usava um casaco vermelho cintado com uma blusa polo branca por baixo. Devia ter cinquenta e três anos, mas não parecia ter mais de quarenta. Seu cabelo mostrava que todas aquelas escovas não foram em vão, e todas as caminhadas garantiram que ainda estivesse magra e em forma.

Entretanto, não estava à vontade.

— Está linda — disse Lisa, alegre. — Como tem passado?

— Ah, bem, e você?

— Tudo bem também.

— Tem alguma novidade para me contar? — perguntou a mãe com uma expressão de interesse no rosto.

— Que tipo de notícia exatamente?

— Bem, fiquei imaginando se você não queria me contar que vai se casar com esse tal de Anton. Você não nos apresentou ainda.

Ela soltou um risinho que mostrou que estava nervosa.

— Casar? Com Anton? Meu Deus, não! Nem em sonho.

— Ah, me desculpe, achei que você tivesse marcado esse almoço por isso. E que você ia me convidar para o casamento, mas não ia convidar seu pai.

— Não, nada tão dramático assim — disse Lisa.

— Então, por que você me convidou?

— Tem de haver uma razão? Você é minha mãe e eu sou sua filha. Isso é razão mais do que suficiente para a maioria das pessoas.

— Mas não somos como a maioria das pessoas — disse sua mãe com simplicidade.

— Por que você continua com ele? — Lisa não tinha a intenção de perguntar isso de maneira tão direta.

— Todos temos de fazer escolhas... — Sua mãe foi vaga.

— Mas você não pode ter *escolhido* continuar vivendo com ele depois que descobriu o que ele estava fazendo. — Lisa estava enojada.

— A vida é feita de compromissos, Lisa. Mais cedo ou mais tarde, você vai compreender isso. Eu tinha duas opções: deixá-lo e morar sozinha em um apartamento ou ficar e morar em uma casa que eu gosto.

— Mas você não pode respeitá-lo.

— Eu nunca me interessei muito por sexo. Diferente dele. Só isso. Eu não gostava. Você via que tínhamos camas separadas.

— Eu também vi quando ele levou aquela mulher para o quarto de vocês — disse Lisa.

— Isso só aconteceu umas duas vezes. Ele ficou muito envergonhado por você ter visto. Você contou para Katie?

— Por que isso importa? — perguntou Lisa.

— Só queria saber. Ela quase não liga. Ele acha que é porque você contou. Mas eu disse que ela já não ligava mais há muito tempo.

— E vocês dois não ficaram chateados pelo fato de as filhas de vocês estarem tão longe?

— Você sempre é muito educada comigo e me convidou para almoçar para mantermos nosso relacionamento.

— Que relacionamento? Você acha que eu perguntar sobre o jardim e você me perguntar sobre Anton é um relacionamento?

A mãe deu de ombros.

— Tão bom quanto a maioria.

— Não, não é. É totalmente forçado. Eu moro com um bebê. Ela não tem nem um ano e já é amada por tanta gente que você

À Espera de Frankie

não acreditaria. Ela nunca vai ficar sozinha, desnorteada, como eu e Katie ficamos. É normal as pessoas amarem as crianças. Vocês dois eram tão frios... eu só gostaria que você me dissesse por quê.

Sua mãe estava calma.

— Eu nunca gostei muito do seu pai, nem mesmo antes do casamento, mas odiava ainda mais o meu trabalho. Eu não tinha dinheiro para gastar com roupas, para sair, ir ao cinema, para nada. Agora, tenho um emprego de meio expediente, que eu gosto, e achei que era uma boa troca para me casar com ele. Só não me dei conta de que a coisa do sexo era tão importante, mas, se eu não queria, então era mais do que justo deixar que ele procurasse fora de casa.

— Ou fizesse em casa mesmo — interrompeu Lisa.

— Eu lhe disse que isso só aconteceu umas duas ou três vezes.

— Como você conseguiu suportar isso?

— Era isso ou recomeçar sozinha, e diferente de você, eu não tinha nenhuma qualificação. Eu tinha um emprego ruim em uma loja de roupas. Pelo menos assim, eu tenho uma boa casa e comida na mesa.

— Então você prefere dividir um homem que você admite que não gosta muito com prostitutas?

— Não vejo as coisas dessa forma. Eu cozinho e limpo uma casa bonita. Tenho um jardim que eu adoro, jogo bridge com as minhas amigas e vou ao cinema. É uma forma de vida.

— É óbvio que você pensou muito bem sobre isso tudo e tomou a sua decisão — disse Lisa, aceitando de má vontade.

— Pensei. Eu não esperava lhe contar tudo isso. Claro, eu não esperava que você perguntasse.

Sua mãe agora estava controlada e comendo sua vitela à milanesa, parecendo apreciar.

Maud estava servindo no restaurante, mas percebeu que a conversa era muito intensa, então não puxou conversa. Ela rodava o restaurante de forma graciosa e Lisa viu Marco olhando para ela de forma aprovadora enquanto Maud servia vinho para os fregueses. Amor e casamento eram isso, e não essa barganha barata e absurda que seus pais fizeram. Pela primeira vez na vida, Lisa sentiu pena.

Dos dois.

Faith agora passava várias noites por semana no apartamento. Ela conseguia cuidar de Frankie e colocá-la para dormir nas noites em que os três estudavam. Era um curioso grupo familiar, mas dava certo. Faith dizia que achava estudar assim muito mais fácil do que sozinha. Juntos foram à última aula e debateram depois. E anotaram as perguntas que queriam fazer ao professor na semana seguinte, e estudaram para as provas. Os três achavam que tinha valido a pena fazer o curso e agora que a formatura estava se aproximando, eles começavam a imaginar como seriam as coisas depois que tivessem um diploma.

Noel imediatamente tentaria uma promoção na Hall's e, se visse que não conseguiria, teria coragem e qualificação para procurar em outro lugar. Faith passaria a gerente do escritório onde trabalhava. Já fazia esse trabalho, mas não tinha o cargo nem o salário, então agora teriam de promovê-la.

E Lisa? Bem, Lisa estava perdida, não sabia para onde essa qualificação a levaria.

Em determinado momento, teve esperança de se tornar sócia do Anton's. Iria convidar Anton, Teddy e alguns outros para a formatura. Tinha até planejado o que usaria na ocasião.

À Espera de Frankie

Mas agora? Teria de voltar para o mercado de trabalho. Era humilhante, mas teria de entrar em contato com Kevin, o chefe que deixara para ir trabalhar com Anton. Isso foi no ano passado quando ainda era razoavelmente sã e tinha um bom emprego.

Ela pegou o telefone um pouco trêmula.

— Bem, olá!

Kevin tinha o direito de estar surpreso e até de ser um pouco insolente. Havia meses que Lisa o evitava se acontecesse de estarem no mesmo lugar; ele nunca fora ao Anton's. Era muito difícil ligar para ele e dizer que tinha fracassado.

Ele facilitou as coisas.

— Presumo que esteja no mercado de novo — disse ele.

— Pode se gabar, Kevin, você estava certo. Eu devia ter escutado. Devia ter pensado melhor.

— Mas você estava apaixonada — disse Kevin.

Havia apenas um leve tom cínico em sua voz. Ele tinha o direito de falar "eu te avisei".

— É verdade, eu estava.

Se ele percebeu que ela usou o passado, não comentou.

— Então, ele não pagou em dinheiro. Suponho que tenha sido em amor?

— Não, isso está em falta hoje em dia.

— Então, você está procurando um emprego?

— Fiquei imaginando se você não saberia de alguma coisa. Qualquer coisa.

— Mas isso pode ser apenas uma briguinha de namorados e daqui a uma semana, você volta para ele.

— Isso não vai acontecer — afirmou Lisa.

— Neste momento, posso lhe oferecer uma vaga júnior. Um lugar para recomeçar. Não posso lhe oferecer uma vaga melhor, não seria justo com os outros.

Ela agora era humilde.

—Você nem imagina o quanto eu ficaria grata, Kevin.

— De forma alguma. Começa na segunda-feira?

— Pode ser na outra segunda? Estou trabalhando em uma lanchonete e preciso avisá-los... arranjar outra pessoa.

— Meu Deus, Lisa, você mudou — disse Kevin antes de desligar.

Lisa foi contar para o jovem playboy na mesma hora.

— Em uma semana, consigo outra pessoa para preparar os sanduíches — prometeu ela.

— Eu quero muito mais do que isso. Quero uma consultora de mercado e designer também. — Ele riu.

— Isso pode demorar um pouco mais, mas, de qualquer forma, eu queria lhe avisar logo.

— Fico triste em perder você. Eu tinha muitos planos. Estava apostando meu tempo.

— Um erro — disse ela, alegremente. — Agora, Hugh, se continuar nos negócios, pense nos sanduíches... Que tal um wrap de frango levemente apimentado? Os fregueses iam amar.

—Vamos arrebentar nessa sua última semana.

Lisa preparou os sanduíches de frango apimentado e, entre eles, mandou uma mensagem para Maud e Simon para ver se tinham alguma indicação para substituí-la. Algum amigo deles poderia fazer o trabalho sem nenhum problema. Eles encontraram uma pessoa em duas horas.

— Mandem que ela me procure e vou treiná-la — sugeriu Lisa.

Era uma garota chamada Tracey. Parecia ávida por começar, mas tinha o corpo coberto por tatuagens.

À Espera de Frankie

Com muito tato, Lisa ofereceu a ela uma camisa.

— Nós usamos essas camisas abotoadas no pulso — disse ela. — Hugh insiste muito nisso.

— Parece um velho criador de casos — disse Tracey.

— Na verdade, um jovem criador de casos; definitivamente um gato — falou ela.

Tracey se animou. Aquele emprego poderia ter benefícios ocultos.

L isa estava surpresa em como conseguira se adaptar rapidamente a uma vida que não fosse centrada em Anton. Não que não sentisse saudade; várias vezes por dia, se pegava imaginando o que ele estaria fazendo e se usaria suas ideias para dar a volta por cima nos negócios. Mas tinha muito com o que se ocupar e na maioria dos aspectos estava indo muito bem.

P ara Lizzie, os dias pareciam não ter fim. A dor cruel e brutal do luto agora abria caminho para uma dor que a corrói e para um vazio em sua vida que ameaçava consumi-la.

— Estou pensando em arranjar algum emprego — confidenciou ela para os gêmeos.

— E que tipo de trabalho você faria, Lizzie? — perguntou Simon.

— Qualquer coisa. Eu costumava limpar casas.

— Hoje em dia, seria muito cansativo para você — disse Simon, sendo franco.

— Você poderia administrar alguma coisa, Lizzie — sugeriu Maud.

— Ah, acho que não, tenho medo da responsabilidade.

— Você gostaria de trabalhar no restaurante de Marco? Bem, do pai dele. Eles estão procurando alguém para trabalhar meio expediente. Ouvi Ennio dizer que precisava de alguém para supervisionar o que saía para a lavanderia e receber as entregas de queijo e separar as gorjetas dos recibos de cartão de crédito, você não acha que conseguiria?

— Bem, eu acho que sim, mas Ennio nunca me daria um emprego com tantas responsabilidades como esse — disse Lizzie, ansiosa.

— Claro que daria — disse Simon, sempre leal.

—Você é da família, Lizzie — disse Maud, olhando para seu anel de noivado.

O bebê de Ania estava previsto para nascer em dois meses, e todos na clínica cardíaca estavam animados, principalmente porque ela não ia sair em licença-maternidade já.

— Eu me sinto muito mais segura aqui — disse ela, de forma queixosa, então permitiram que ela ficasse, mas todo mundo pulava quando ela respirava fundo ou quando tirava um arquivo do armário.

Clara Casey disse que Ania ficara tão abalada com o aborto espontâneo que todos deviam estar prontos para ajudá-la a qualquer sinal do bebê. O período de repouso de Ania já tinha acabado e ela estava de volta ao trabalho, mas sob constante supervisão. Clara sabia que a moça estava apreensiva — longe de casa, da mãe e das irmãs. O marido, Carl, estava ainda mais animado do que Ania, se é que isso era possível. Ele passou a ficar na clínica sem fazer nada para o caso de acontecer alguma coisa.

Clara era muito tolerante.

— Trabalhem como se ele não estivesse ali — dizia ela. —
O coitado está aflito com a possibilidade de alguma coisa dar
errado desta vez.

A própria Clara também estava aflita com assuntos pessoais:
Frank Ennis e o filho. O relacionamento dos dois começou mal
e não melhorou muito durante a visita do rapaz. Des voltara para
a Austrália e eles se falavam de vez em quando. Mas não era suficiente para Frank, que se esforçava para escrever e-mails semanais
para o filho.

— Acho que ele não vai me enviar mais do que um cartão-
postal — reclamava Frank.

— Olhe, agradeça pelo que tem. A minha Adi só me manda
cartões-postais também. Não sei onde ela está, nem o que está
fazendo. As coisas são assim.

Até que chegou uma notícia que eles não estavam esperando.

*Tenho pensado muito na Irlanda esses dias. Sei que fui grosseiro com
você e não acreditei quando disse que não sabia o que a sua família tinha
feito, mas levou um tempo para eu colocar a cabeça no lugar. Talvez a gente
deva tentar mais uma vez. Eu estava pensando em passar um ano aí, se isso
não lhe incomodar. Já comecei a negociar alguns empregos e aparentemente
meu diploma seria reconhecido na Irlanda.*

*Você precisa me dizer se ficaria feliz com isso para que eu possa procurar
um apartamento para mim, em vez de bagunçar a sua casa. Quem sabe se
durante a minha estadia nós não podemos tentar aquela coisa de pai e filho
e ver o que acontece. De qualquer forma, eu gostaria de conhecer Clara e até
as minha quase meias-irmãs.*

Ambos ficaram em silêncio quando terminaram de ler a carta. Era a primeira vez que Des Raven demonstrava algum sinal de querer um relacionamento de pai e filho. E também a primeira vez que mencionava querer conhecer Clara...

Os resultados das provas foram colocados no mural da faculdade. Noel, Faith e Lisa tinham ido bem e conseguiriam seus diplomas. Comemoraram com enormes sorvetes na cafeteria ao lado da faculdade e planejaram suas roupas para a formatura. Usariam becas pretas com *hoods* azul-celeste.

— Hoods? — perguntou Noel, horrorizado.

— É só como chamam aquelas peças que colocamos em cima dos ombros, para nos diferenciar e mostrar que não somos engenheiros, desenhistas ou qualquer outra coisa. — Lisa sabia tudo.

—Vou usar um vestido amarelo que já tenho, não vai dar para ver muito por baixo da beca mesmo. Vou investir nos sapatos — decidiu Faith.

— Vou comprar um vestido vermelho e pegar os sapatos novos de Katie emprestados. — Lisa também já tinha se decidido.

— E você, Noel?

— Por que essa preocupação toda com os sapatos? — perguntou Noel.

— Porque todo mundo vê seus sapatos quando sobe no palco para pegar o canudo.

— E se eu engraxasse esses aqui? — Ele olhou para os pés em dúvida.

As garotas balançaram a cabeça. Sapatos novos eram uma necessidade.

—Vou pegar uma gravata azul-celeste emprestada para você de um dos meus irmãos — prometeu Faith.

À Espera de Frankie

— E eu vou passar a sua camisa boa. Qualquer dinheiro que sobrar, gaste com os sapatos — mandou Lisa.

— É tanta coisa por nada — reclamou Noel.

— Aulas à noite, horas de estudo e você chama isso de nada! — Lisa estava escandalizada.

— E as fotos para mostrar para Frankie? — perguntou Faith.

— Vou comprar os malditos sapatos! — prometeu Noel.

O dia da formatura estava lindo e ensolarado. O que foi um alívio: nada de guarda-chuvas e pessoas ensopadas embaixo de chuva. Frankie ficou animada ao ver todos se arrumando.

Ela engatinhava pelo chão indo até o pé de todo mundo e balbuciava um monte de coisas — palavras que não faziam muito sentido até que eles identificaram: "Frankie também."

— É *claro* que você também vai, querida. — Faith pegou-a e levantou-a no ar. — E eu trouxe um lindo vestidinho azul para você usar. Vai combinar com a gravata do papai e você será a menininha mais linda do mundo todo!

Noel ficou muito bem. Foi muito elogiado pelas mulheres que espanaram poeira de seus ombros e aprovaram seus sapatos novos. Então, Emily chegou para levar Frankie no carrinho usando seu vestido novo e todos partiram para a faculdade.

Frankie se comportou muito bem durante a cerimônia. Muito melhor do que outros bebês que choraram ou gritaram em momentos cruciais da formatura. Noel olhava para ela orgulhoso. Ela realmente era a menininha mais linda do mundo todo! Ele fizera isso tudo por ela — sim, para si mesmo também, mas todo aquele trabalho valeu a pena pois teria uma chance de dar uma vida melhor para sua menininha. Os formandos ficaram enfileirados no palco e o público procurava o seu até encontrar.

Os formandos também procuravam seu público. Noel viu Emily segurando Frankie e sorriu, com muito prazer e orgulho.

Lisa viu sua mãe e sua irmã, ambas bem-vestidas para o dia especial; viu Garry lá e todos os seus amigos.

Então, viu Anton.

Ele parecia perdido; como se não pertencesse àquele lugar. Ela se lembrou de ter marcado essa data na agenda dele meses atrás.

Para ela não significava nada ele estar ali, tudo tinha sido culpa sua. Anton nunca a amara. Tudo tinha sido coisa da sua cabeça.

O reitor falou com carinho sobre os graduandos.

— Eles tiveram de abrir mão da vida social para fazer aquele curso; não assistiram à televisão, não foram ao cinema nem ao teatro. Eles querem agradecer a vocês, familiares e amigos, por apoiá-los nessa jornada. Eles são pessoas diferentes das pessoas que começaram cheias de esperança. Eles têm muito mais do que apenas um diploma. Eles têm a satisfação de terem começado uma coisa e terem realizado. Em nome de todos vocês, eu os saúdo.

Houve muitos aplausos neste momento, e os formandos sorriram de seus lugares no palco. Então, a apresentação começou...

Eles tinham planejado um almoço especial no Ennio's todos juntos: Noel, sua família, Emily e Chapéu, Declan, Fiona, Johnny e os Carroll. Faith levaria o pai e três de seus cinco irmãos. Lizzie estava trabalhando lá como supervisora e reservara uma grande mesa para eles, e Ennio faria um preço especial; os gêmeos e Marco serviriam. Lizzie até se sentaria à mesa com eles durante a refeição.

Lizzie achava que o emprego estava ajudando muito. Durante bons pedaços do dia, ela não parava para pensar em Muttie com aquele olhar triste e vazio que quebrava o coração dos vizinhos.

À Espera de Frankie

No restaurante era tudo muito frenético, estava sempre ocupada. Tinha muita gritaria para conseguir tempo para pensar no que tinha perdido. Ennio estava sempre lá com um café ou uma palavra amiga. Ela conheceu novas pessoas; pessoas que não tinham conhecido Muttie. Não era mais fácil, mas era menos dolorido. Lizzie admitia isso, e os gêmeos estavam ali para apoiá-la em cada passo deste caminho. Ela era uma pessoa religiosa. Agradecia a Deus toda manhã e toda noite por ter conseguido que Maud e Simon fossem morar com eles.

Ennio disse que deveria ter um faixa sobre a mesa — FELICITAZIONI — TANTI AUGURI — FAITH LISA NOEL — que estaria em ordem alfabética para que ninguém ficasse ofendido.

— O que significa? — perguntou Faith.

— Parabéns, tudo de bom — disse Marco, animadamente.

Formavam um grupo variado, incluindo os dois bebês, mas todos se davam bem e as conversas não pararam nem por um minuto. Comida e vinho não paravam de vir para a mesa. E, finalmente, um grande bolo chegou, confeitado no formato de capelo e pergaminho.

As pessoas das outras mesas se juntaram para ver.

— Foi Maud quem confeitou — disse Marco, cheio de orgulho.

— Todo mundo ajudou — disse Maud, sendo humilde.

— Mas Maud foi quem mais trabalhou — insistiu Marco.

E, então, chegaram o espumante para o brinde e uma taça de suco de maçã especial para Noel. Beberam à saúde dos três bem-sucedidos formandos e todos brindaram.

Para surpresa de todos, Noel se levantou.

— Acho que, como o reitor disse mais cedo, devemos muita gratidão às nossas famílias e aos nossos amigos, e nós três devemos fazer um brinde a vocês também. Sem todos vocês, nós não teríamos conseguido chegar aqui, na nossa formatura e nesta festa. Às famílias e aos amigos — disse ele.

Lisa e Faith se levantaram e os três repetiram o brinde:

— *Às famílias e aos amigos.*

14

O bebê de Ania quase nasceu na clínica cardíaca; não nasceu de fato, mas quase. Chegou mais cedo.

A bolsa dela estourou durante umas das aulas de culinária saudável e ela foi levada para a maternidade do Hospital Santa Brígida o mais rápido possível. Mais tarde, a notícia se espalhou: um menino que nasceu prematuro e foi levado para a UTI neonatal.

Todos estavam preocupados com Ania e Carl: seriam dias traumáticos para ambos. Eles passaram a gravidez tão ansiosos e a preocupação ainda não tinha acabado. Eles ficavam ao lado da incubadora do bebezinho; Carl sempre ia até a clínica dar notícias.

C lara Casey ligou para o ex-marido e pediu que ele passasse em sua casa.

— Não estou gostando disso — disse Alan.

— Eu não fiz tudo que você me pediu: lhe dei duas filhas, deixei-o livre para seguir seu coração? Eu lhe dei o divórcio quando você pediu. Nunca pedi um centavo.

MAEVE BINCHY

— Você ficou com a minha casa — disse Alan.

— Não. Se você pensar bem, vai se lembrar que a casa foi paga com uma entrada que a minha mãe deu e com uma hipoteca que eu paguei. A casa sempre foi minha, então não vamos discutir esse assunto de novo.

— Sobre o que você quer conversar se eu for até aí? — Agora ele parecia zangado.

— Sobre muitas coisas... o futuro... as meninas...

— As meninas! — Alan bufou. — Adi está no Peru fazendo Deus sabe o quê...

— Na verdade, é no Equador.

— A mesma coisa. E quanto à Linda, ela só fala comigo quando eu a procuro.

— Isso porque quando ela lhe disse que ela e Nick iam adotar uma criança, você disse que nunca criaria o filho de um outro homem. Isso não ajudou muito...

— É difícil agradar você, Clara. Se eu sou sincero, é errado, se não sou sincero, também é errado.

— Nós nos vemos amanhã — disse Clara e desligou.

Ele parecia mais velho e mais decadente do que antes. Após uma sucessão de mulheres, estava temporariamente sem namorada. Alan, que sempre se orgulhou de dizer que as mulheres passavam suas camisas, estava bem amarrotado.

— Você está maravilhosa — disse ele, como dizia para praticamente toda mulher, o tempo todo. Clara o ignorou.

— Café — sugeriu ela.

— Não teria nada mais forte? — pediu ele.

— Não, você não aguenta mais bebida como antes. Você fica caindo em cima de mim depois de duas taças de vinho, e eu, definitivamente, não quero isso.

— Você costumava gostar — murmurou ele.

424

À Espera de Frankie

— É verdade, mas naquela época eu acreditava em tudo que você dizia.

— Não encha o saco, Clara.

— Não, claro que não. Estou até sendo educada com você. Frank vai se mudar para cá na semana que vem.

— Mas você não pode deixar! — Ele estava chocado.

— Bem, eu tenho todas as intenções de deixar que ele venha. Só achei que você deveria saber por mim.

— Mas, Clara, você é velha demais para isso.

— Imagine que você já foi considerado charmoso e atraente — disse Clara.

Emily decorou lindamente o quarto de hóspedes da casa do dr. Chapéu e estava planejando vários passeios para levar Betsy e Eric. Tinha um desejo absurdo de que eles amassem a Irlanda tanto quanto ela amava. Desejava que não estivesse chovendo, que as ruas não estivessem cheias de lixo e que o custo de vida não fosse tão alto.

Emily e Chapéu chegaram ao aeroporto bem antes do avião pousar.

— Parece que foi ontem que você veio *me* pegar aqui — disse ela —, e você trouxe um piquenique para mim no carro.

— Eu já estava gostando de verdade de você naquela época, mas estava morrendo de medo de você dizer que era ridículo.

— Eu nunca diria isso. — Ela olhou para ele carinhosamente.

— Espero que a sua amiga não me ache velho e chato demais para você — disse ele, ansioso.

—Você é o meu Chapéu. A minha escolha. A única pessoa com quem pensei em me casar nesta vida — disse ela, com firmeza.

E era isso.

* * *

Betsy ficou perplexa com o tamanho do aeroporto e com toda a atividade. Ela achara que o avião pousaria em um campo cheio de vacas e ovelhas. Este era um aeroporto enorme, como o de Nova York. Não podia acreditar no trânsito, nas auto-estradas e nos enormes edifícios.

— Você nunca me disse que aqui era desenvolvido. Achei que fosse uma sucessão de pequenas aldeias onde todo mundo conhece todo mundo — disse ela, rindo.

Em poucos minutos, era como se elas nunca tivessem ficado separadas.

Eric e dr. Chapéu trocaram olhares aliviados. Tudo ficaria bem.

Emily entraria na igreja com seu tio Charles. Charles e Josie finalmente tinham chegado à conclusão de que uma pracinha e uma pequena estátua de São Jarlath cabiam no orçamento. Eles também tinham ido a um advogado e separado uma quantia para Noel e uma para Frankie. Charles até providenciara para que Emily recebesse uma quantia substancial como presente de casamento para que não começasse sua vida de casada sem nenhum dinheiro próprio. Não era um dote, mas ele repetiu isso tantas vezes que Emily começou a se questionar.

Noel não sabia nada sobre sua herança. Charles e Josie estavam esperando para conversar com ele sozinho. Sempre tinha alguém com ele — Lisa ou Faith, ou Declan Carroll. Eles mal conseguiam se lembrar de antes de Frankie nascer, quando Noel era um homem solitário. Agora, eles dois eram sempre o centro de um grupo de pessoas.

Finalmente, conseguiram encontrá-lo sozinho.

— Noel, você podia vir se sentar conosco? Temos algo para lhe contar — disse Charles.

— Não estou gostando do tom de vocês.

Noel olhava de um para outro ansiosamente.

— Não, você vai gostar do que seu pai tem para lhe dizer — disse Josie, com um raro sorriso.

Noel esperava que eles não tivessem tido uma visão ou algo parecido, que São Jarlath não tivesse aparecido na cozinha pedindo que construíssem uma catedral. Eles pareciam tão normais ultimamente, seria uma pena se tivessem uma recaída.

— É sobre o seu futuro, Noel. Você sabe que a sra. Monty, que Deus a tenha, nos deixou um dinheiro. Queremos dividir com você.

— Ah, não, pai, é para você e para a mamãe. Vocês que cuidaram do cachorro, não quero nada.

— Mas você não sabe quanto ela nos deixou — disse Charles.

— É o suficiente para levar vocês para Roma? Ou mesmo para Jerusalém? Que ótima notícia!

— É muito mais do que isso, você não acreditaria.

— Mas é seu, pai.

— Fizemos uma poupança para a educação de Frankie, assim ela sempre terá uma boa escola. E você também terá uma quantia, talvez para dar de entrada numa casa própria e não precisar mais pagar aluguel.

— Mas isso é ridículo, pai, custaria uma fortuna.

— Ela nos deixou uma fortuna. E depois de muito pensar, vamos gastar com a nossa família e construindo uma pracinha para as crianças e uma pequena estátua.

MAEVE BINCHY

Noel olhou para eles sem palavras. Eles tinham resolvido tudo que o preocupava. Ele poderia oferecer uma boa casa para Frankie e, talvez, se ela o aceitasse, para Faith. Frankie teria uma educação de primeira. Noel teria seu pé de meia.

Tudo isso porque seu pai foi bondoso com Caesar, um pequeno spaniel com olhos castanhos lacrimejantes.

A vida não era extraordinária?

N a manhã do casamento, antes de saírem para a igreja, Charles fez um pequeno discurso para Emily.

— Por direito, meu irmão deveria fazer isso, mas espero estar à altura.

— Charles, se fosse depender do meu pai, ele não apareceria. Ou, se aparecesse, estaria bêbado. Prefiro muito mais que seja você.

P adre Flynn os casou. Eles podiam ter enchido cinco vezes aquela igreja, mas Emily e Chapéu só quiseram convidar um pequeno grupo. Então, vinte pessoas, de pé debaixo do sol que brilhava, observavam enquanto eles faziam seus votos. Depois, eles foram com Eric e Betsy para o Holly's Hotel no Condado de Wicklow e voltariam para casa na Vila de São Jarlath onde a lua de mel dos dois casais continuaria, e Dingo Duggan comprou pneus novos para garantir que todos fossem para o oeste e voltassem.

Eles ficaram hospedados em casas de fazenda e caminharam por areias cobertas de conchas com montanhas roxas como pano de fundo. E se alguém perguntasse quem eles eram e o que estavam fazendo, nunca ninguém adivinharia que eram dois casais de meia-idade em lua de mel. Pareciam sossegados e felizes demais para isso.

À Espera de Frankie

* * *

Dois dias depois do casamento de Emily, padre Flynn recebeu um telefonema da casa de repouso dizendo que sua mãe estava morrendo. Foi para lá rápido e segurou a mão dela. Sua mãe não estava mais lúcida, mas ele tinha a sensação de que estando ali lhe daria um pouco de conforto. Quando sua mãe falava, era sobre pessoas que já tinham morrido havia muito tempo e de acontecimentos da sua infância. De repente, porém, ela voltou ao presente.

— O que aconteceu com Brian? — perguntou ela.

— Estou bem aqui.

— Eu tive um filho chamado Brian — continuou ela como se não o tivesse escutado. — Não sei o que aconteceu com ele. Acho que ele se juntou ao circo, ele saiu da cidade e ninguém, nunca mais, escutou falar dele...

Quando a sra. Flynn morreu, quase todo mundo de Rossmore foi ao funeral. Na casa de repouso, juntaram os pertences da velha senhora e entregaram ao padre. Havia alguns diários antigos e algumas joias que ninguém nunca a vira usar.

Brian examinou esses pertences enquanto voltava para casa de trem. As joias tinham sido presentes do marido, dizia o diário, mas não foram dadas por amor e sim por culpa. Brian leu, com tristeza e constrangimento, que seu pai não fora um homem fiel, e que achava que podia comprar o perdão da esposa com colares e broches. Brian decidiu dar as joias para sua irmã, Judy, sem mencionar a história.

Viu o dia da sua ordenação no diário desgastado. Sua mãe escrevera: *Este é simplesmente o melhor dia da minha vida.*

Isso, de alguma forma, fez parecer que ele tinha se juntado ao circo.

MAEVE BINCHY

* * *

A família de Ania estava vindo da Polônia para ficar com ela enquanto ela e Carl ficavam com o bebê Robert. Ele era tão pequenino que era possível pegá-lo na palma das mãos; mas, em vez disso, ele ficava em uma incubadora ligado a monitores e com tubos entrando e saindo de seu corpinho.

Ania observava com atenção enquanto o monitor mostrava a dificuldade que Robert estava tendo para respirar sozinho e o quanto a máquina o ajudava. Ela podia segurar a minúscula mãozinha pelos buracos na incubadora. Ele parecia tão pequeno, tão vulnerável, tão despreparado para o mundo.

Em casa, um quarto tinha sido preparado e eles esperavam poder voltar para lá como uma nova família. O quarto estava cheio de presentes e cartões de boas-vindas dados por amigos. Havia roupinhas de bebê e brinquedos e todos os equipamentos para um bebê recém-nascido. Carl silenciosamente se perguntava se Robert chegaria a usar alguma daquelas coisas.

No terceiro dia, Ania pôde segurar seu bebê no colo. Sem conseguir falar por causa da emoção, o rosto dela estava molhado de lágrimas de esperança e alegria enquanto o segurava, tão pequeno, tão frágil.

— *Maly cud* — sussurrou ela. — Pequeno milagre.

A lua de mel tinha sido um tremendo sucesso. Emily e Betsy eram como adolescentes conversando e rindo. Chapéu e Eric encontraram um interesse em comum na observação de pássaros em seu habitat natural, e faziam anotações todas as noites. Dingo conheceu uma moça de Galway com cabelo preto e olhos azuis e ficou apaixonado. O sol refletia nos recém-casados e as noites eram estreladas.

À Espera de Frankie

Acabou rápido demais para todos.

— Como será que estão as coisas? Será que o bebê de Ania está suportando? Espero que ele esteja bem — disse Emily enquanto se aproximavam de Dublin.

— Você realmente faz parte dessa comunidade agora — disse Betsy.

— É mesmo, não é engraçado? Eu nunca tive uma conversa de verdade com meu pai sobre a Irlanda ou qualquer outra coisa, mas eu me sinto como se tivesse voltado para casa.

Chapéu escutou-a dizer isso e sorriu por dentro. Era ainda mais do que ele esperara.

Quando chegaram em casa, receberam a surpreendente notícia de que a elegante Clara Casey, que administrava a clínica cardíaca, estava morando com Frank Ennis e, ainda mais, ele tinha um filho. Frank Ennis tinha um filho chamado Des Raven que morava na Austrália e estava vindo para a Irlanda.

Fiona não falava de outra coisa. Isso tirara totalmente sua gravidez do topo da lista de assuntos mais comentados. Clara *morando* com Frank Ennis — as pessoas não faziam coisas extraordinárias? E Frank tinha um *filho* que ela ainda não conhecia. Imagine só.

A primeira chance que eles tiveram de reunir toda a família surgiu quando Adi voltou do Equador com o namorado, Gerry. Des quis voltar ao Anton's.

— Será como um recomeço — dissera ele.

Dessa vez, não houve necessidade de suplicar por uma mesa, embora fossem um grupo de nove: Clara, Frank e Des; Adi e Gerry; Linda veio com o marido, Nick. Hilary e a melhor amiga de Clara, Dervla, completavam o grupo.

O restaurante só tinha metade das mesas ocupadas e havia um ar de confusão no ambiente. O cardápio estava mais limitado

431

do que antes, e Anton estava trabalhando na cozinha e fora dela. Ele explicara que seu braço direito, Teddy, fora embora em busca de novos desafios. Não, não fazia ideia de onde ele estava.

Des Haven foi muito educado com suas novas quase irmãs postiças. Conversou com Adi sobre dar aula; contou para Linda sobre uns amigos seus que adotaram um bebê chinês; ele falava com facilidade sobre sua vida na Austrália.

Clara perguntou a Anton o que ele recomendava para eles comerem.

— Temos um ótimo empadão recheado de carne e rim — sugeriu ele.

— Esse prato é ótimo para os homens, mas e para as mulheres? — perguntou ela.

Ela percebeu que ele estava cansado e estressado. Não devia ser fácil administrar um restaurante que parecia estar à beira da falência.

— Pequenas e elegantes porções de empadão? — sugeriu ele com um sorriso estonteante.

Ela deixou de ter pena dele. Com um sorriso daquele, ele conseguiria passar por tudo. Ele era um sobrevivente.

Frank Ennis, usando seu terno novo, estava no comando da mesa. Servia vinho prontamente e estimulava as pessoas a comerem ostras.

— Falo muito sobre meu filho — disse ele, todo orgulhoso, para Des.

— Que bom. Você fala muito sobre Clara? — perguntou Des.

— Com respeito e admiração — disse Frank.

— Que ótimo — interveio Clara —, porque ela quer lhe dizer que a clínica dela está precisando seriamente de mais recursos...

— Fora de questão.

À Espera de Frankie

— Os exames de sangue demoram muito no hospital principal. Precisamos do nosso próprio laboratório.

— Vou agilizar os seus exames de sangue — prometeu ele.

— Você tem seis semanas até vermos resultados, senão vai começar uma briga — disse Clara. — Ele é tão generoso na vida real — sussurrou ela para Dervla. — Só no hospital que ele é tão pão-duro.

— Ele adora você — disse Dervla. — Ele deve ter dito "minha Clara" umas trinta vezes desde que chegamos.

— Bem, estou mantendo o meu nome, o meu emprego, a minha clínica e a minha casa, então acho que estou indo bem — disse ela.

— Continue assim, jogando duro, você está tão apaixonada quanto ele. Ele parece estar adorando essa história de morar junto. Estou tão feliz por você, Clara. Espero que vocês sejam muito felizes juntos.

— Nós seremos.

Clara tinha tudo planejado. Perturbação mínima para a vida dos dois. Eles eram pessoas que já tinham suas vidas bem-estabelecidas.

Lisa ficou surpresa quando Kevin lhe convidou para almoçar. Estava em uma posição júnior no estúdio. Não esperava que seu chefe quisesse conversar com ela a sós. No Quentins, ela ficou ainda mais surpresa quando ele pediu uma garrafa de vinho. Kevin costumava tomar apenas uma dose de vodca.

Aquilo estava parecendo algo sério. Esperava que ele não fosse demiti-la. Mas ele certamente não a levaria para almoçar fora se quisesse mandá-la embora.

— Pare de se preocupar, Lisa. Teremos um longo almoço — disse Kevin.

— O que houve? Não me deixe nesse suspense todo.

— Quero saber de duas coisas. Anton lhe pagou alguma coisa?

— Ah, por que você está trazendo esse assunto à tona? Eu já lhe disse que a culpa foi minha. Eu entrei nisso sabendo onde estava me metendo.

— Não, não sabia. Você não sabia onde estava se metendo porque estava loucamente apaixonada e é bonito de sua parte não estar amargurada, mas eu realmente preciso saber.

— Não, ele não me pagou nada, mas eu fazia parte do lugar, do sonho. Eu estava fazendo por *nós*, não por ele. Era isso que eu pensava, pelo menos. Não me faça repetir tudo isso. Eu *sei* o que fiz durante meses... e não facilita as coisas ter de fazer isso.

— É só que ele vai pedir concordata hoje e eu queria garantir que você recebesse a sua parte. Você foi uma vítima nessa história. Você trabalhou para ele e não recebeu um centavo por isso, pelo amor de Deus. Você é um credor.

— Não tenho a menor intenção de pedir nada a ele. É uma pena que as coisas não tenham dado certo. Mas não vou ser uma preocupação a mais para ele.

— São apenas negócios, Lisa. Ele vai entender. As pessoas precisam receber seus pagamentos. Será automático. Os bens dele serão vendidos. Não sei o que ele tem e o que está hipotecado ou foi alugado, mas as pessoas precisam receber, e você está entre elas.

— Não, Kevin, obrigada mesmo assim.

— Você ama roupas, Lisa. Deveria comprar um guarda-roupa maravilhoso.

— Eu não sou elegante o suficiente para seu escritório, é isso?

Ela estava magoada, mas fez parecer que era uma brincadeira.

— Não, você é muito elegante. Elegante demais. Não posso segurar você. Tenho um amigo em Londres. Ele está procurando alguém brilhante. Falei com ele sobre você. Ele vai pagar a sua passagem para Londres e a hospedagem em um hotel caro. Nem queira saber o salário que ele está oferecendo!

— Você está *mesmo* querendo se livrar de mim e está fingindo que é uma promoção — disse ela, friamente.

— Eu *nunca* fui tão injustiçado! Eu preferia que você ficasse e eu poderia promovê-la daqui a um ano ou dois, mas esse emprego é bom demais para ignorar e eu achei que talvez fosse mais fácil para você.

— Mais fácil?

— Bem, você sabe, vai se falar muito sobre o Anton's. Especulação, notícias nos jornais.

— Bem, acho que sim. Coitado do Anton.

— Ah, Deus, não me diga que você vai voltar para ele.

— Não, não tenho para o que voltar. Nunca houve.

— Ah, Lisa, eu aposto que ele *amou* você, do jeito dele.

Ela balançou a cabeça.

— Mas em alguns aspectos você está certo. Eu não suportaria ficar em Dublin enquanto os abutres vão acabar com o restaurante.

— Você vai para a entrevista? — Ele estava satisfeito.

— Vou — prometeu Lisa.

Simon disse que estava na hora de conversarem sobre New Jersey. A impressionante herança que receberam de Muttie significava que Maud e Marco poderiam dar a entrada para o restaurante deles e que Simon poderia entrar em uma sociedade de um restaurante chique.

— Vou sentir saudades — disse Maud.

— Você nem vai perceber que não estou mais aqui — disse ele, tranquilizando-a.

— Quem vai terminar as minhas frases?

— Pode deixar que vou treinar o Marco.

— Você vai se apaixonar e ficar morando por lá.

— Duvido muito, mas virei sempre para casa ver Lizzie, você e Marco.

Maud percebeu que ele não incluiu o pai, a mãe nem o irmão deles, Walter, que estava na cadeia. O pai estava em uma de suas viagens, e a mãe tinha uma vaga ideia de quem eles eram.

Como se lesse os pensamentos dela, Simon disse:

— Nós não tivemos muita sorte porque Muttie e Lizzie nos pegaram? Podíamos ter acabado em qualquer lugar.

Maud abraçou o irmão.

— As americanas não fazem ideia de quem está a caminho — disse ela.

Era um dia de muitas mudanças. Declan, Fiona e o pequeno Johnny mudaram de casa. Era pertinho, ainda assim, uma enorme mudança. Eles providenciaram para que Molly e Paddy Carroll participassem de tudo para perceberem que nada ia mudar. Estariam na casa ao lado, e quando Johnny tivesse idade suficiente, saberia que tem duas casas. E o bebê que estavam esperando? Esse nasceria em uma família com duas casas.

A casa tinha sido pintada de um vivo tom de amarelo, o que trazia alegria para todos os cômodos. Pensariam sobre outras cores mais tarde, mas o mais importante era deixá-la brilhante e aconchegante. O quarto de Johnny estava pronto, só esperando seu berço. Declan e Fiona teriam um quarto para colocar seus livros e CDs.

Finalmente, teriam sua própria cozinha.

O tempo que moraram com Paddy e Molly fora feliz, mas não podia durar para sempre. Ambos ansiavam e temiam o dia em que teriam de se mudar para um lugar mais espaçoso: aquela foi a solução ideal.

Andavam os poucos passos que separavam as casas carregando seus pertences e parando para uma xícara de chá em uma casa ou outra, o que só realçava o quanto continuariam juntos. Dimples veio, deu uma volta na casa e pareceu aprovar. Emily comprara uma jardineira já plantada como presente para a casa nova.

D r. Chapéu e Emily decidiram abrir uma loja de jardinagem. Ainda havia muito espaço ao lado do bazar. Agora que tantos moradores da Vila de São Jarlath passaram a se interessar em embelezar seus jardins, a demanda por plantas e arbustos ornamentais não tinha fim.

Eles foram até o espaço e mediram. Agora, não era mais um desejo, era uma realidade, eles fariam isso juntos, era mais uma coisa que poderiam compartilhar.

N o perturbado mundo do restaurante de Anton, os funcionários estavam fazendo planos. Não abririam na semana seguinte. Todo mundo sabia disso.

April ficou sentada ali com seu caderno, sugerindo lugares em que Anton poderia dar entrevistas sobre as dificuldades de administrar um negócio em tempos de recessão.

Anton estava agitado. Não estava escutando. Perguntava-se o que Lisa diria.

* * *

MAEVE BINCHY

Chegou o dia em que Linda e Nick resolveram parar de falar sobre adotar uma criança e fazer alguma coisa.

Para Noel, estava sendo um bom dia também.
O sr. Hall dissera que havia uma vaga mais sênior na empresa que já estava disponível havia um tempo. Agora queria oferecê-la a Noel.

— Estou impressionado com você, Noel, não ligo de dizer que você foi muito melhor do que eu pensei que iria. Sempre tive esperança de que você tivesse vontade de ter uma vida melhor, mas confesso que cheguei a ter as minhas dúvidas.

— Eu mesmo duvidei de mim — disse Noel com um sorriso.

— Sempre tem um momento decisivo na vida de um homem. Qual você acha que foi o seu? — O sr. Hall parecia genuinamente interessado.

— Foi quando me tornei pai — respondeu Noel sem nem precisar parar para pensar.

E agora ele estava em casa com Frankie, ajudando-a a dar seus primeiros passos sozinha. Estavam apenas os dois. Ela ainda preferia se segurar em alguma coisa, e de vez em quando, sentava de repente com um olhar surpreso. Ela vinha se esforçando para rasgar os livros de pano que Faith lhe dera, mas eles estavam se mostrando bem resistentes. Ela estava concentrada.

— Eu amo você, Frankie — disse Noel para ela.

— Papa — disse ela.

— Eu realmente amo você. Tive medo de não ser bom o suficiente para ser seu pai, mas não estamos fazendo feio, não é?

— *Feo* — disse Frankie, encantada com o som da palavra.

— Diga "amo", Frankie, diga "Eu amo você, papai".

Ela olhou para ele.

438

À Espera de Frankie

— *Amo papa* — disse ela, claro como a luz do dia.

E, para surpresa de Noel, ele sentiu lágrimas escorrerem por seu rosto. Não era a primeira vez que desejava que realmente existisse um Deus e um céu porque seria muito bom se Stella, de alguma forma, pudesse ver isso e saber que tudo estava dando certo como ela planejara.

15

Noel e Lisa planejaram a festa do primeiro aniversário de Frankie. Teria um bolo de sorvete e chapéus de papel; o sr. Gallagher, da casa número 37, fazia truques de mágica e disse que poderia ir e entreter as crianças.

Naturalmente, Moira precisava saber.

— Vocês vão receber todas essas pessoas neste apartamento tão pequeno? — perguntou ela, duvidando.

— Eu sei, não será maravilhoso? — Lisa fingiu que não entendeu.

— Você poderia ter uma vida melhor, Lisa. Você é brilhante, inteligente, poderia ter uma carreira e um lugar decente para morar.

— Aqui é um lugar decente para morar.

Noel estava perto da máquina de lavar, por isso não escutou.

— Não, não é. Você deveria ter seu próprio apartamento. De todo modo, logo você vai precisar de um, se o romance de Noel continuar — disse Moira, sendo prática como sempre.

À Espera de Frankie

— Mas, por enquanto, estou muito feliz aqui.

— Precisamos sair da nossa zona de conforto. O que você está fazendo aqui com um homem que está criando uma criança que pode ou não ser filha dele?

— É claro que Frankie é filha dele! — disse Lisa, chocada.

— Bem, isso pode ser. Ela não era confiável, a mãe dela, sabe? Eu a conheci no hospital. Uma pessoa muito rebelde. Ela poderia ter dito que o pai era qualquer um.

— Minha nossa, Moira, nunca escutei nada tão absurdo — falou Lisa, de repente furiosa com o comentário maldoso de Moira.

A vida não é uma questão de sorte? Eles poderiam ter uma assistente social legal como Dolores, uma que fez o cabelo no salão de Katie. Ela ficaria encantada com a forma como a vida de Frankie estava se encaminhando e exultante com resultados tão bem-sucedidos. Mas não, estavam presos a Moira.

Graças a Deus, Noel estava na cozinha enquanto Moira, essa mulher estúpida e negativa, estava falando. Foi um milagre ele não ter escutado.

N oel, claro, escutara cada palavra e estava se segurando. Que vaca miserável era Moira, e ele estava até começando a ver um lado bom nela. Não agora. Nunca mais depois de tal afirmação.

Conseguiu gritar um até logo bem-humorado quando escutou a porta. Nem pensaria sobre o assunto. Era um absurdo. Em vez disso, pensaria na festa. Em Frankie, sua menininha. Os comentários daquela mulher não tinham o poder de atingi-lo. Passaria por cima deles.

Primeiro, precisava fingir para Lisa que não escutara. Isso era importante.

M oira se afastou de Chestnut Court com passos firmes. Estava arrependida de ter falado daquela forma com Lisa. Não era profissional. Não era do seu feitio. E, claro, tinha suas próprias preocupações com seu pai e Maureen Kennedy. Mesmo assim, não era motivo para falar mal de Noel. Graças a Deus, ele estava na cozinha, perto da máquina de lavar e não escutou. Provavelmente, Lisa não contaria para ele.

Por que as preocupações sempre vinham acompanhadas?

O irmão de Moira lhe escrevera para contar que o pai deles e a sra. Kennedy iam se casar. Presumia-se que o sr. Kennedy estava morto já que passara quinze anos sem entrar em contato e porque seu nome não estava presente no registro britânico. Eles se casariam dentro de um mês e algumas pessoas estavam sendo convidadas. Todos estavam felizes, contou seu irmão.

Moira tinha certeza que sim, mas eles não precisavam lidar com o fato de que o sr. Kennedy estava vivo e bem, morando em um abrigo e que Moira era sua assistente social.

— P ai, é Moira. Ele pareceu tão surpreso como se o primeiro-ministro australiano estivesse ao telefone.

— Moira! — foi só o que ele conseguiu dizer.

— Fiquei sabendo que vai se casar de novo... — Moira foi direto ao assunto.

— Esperamos que sim. Está feliz por nós?

— Muito, e todo mundo concordou com o casamento e o... — Ela fez uma pausa, sendo delicada.

À Espera de Frankie

— Presume-se que ele esteja morto — disse seu pai, de forma sombria. — O estado deu uma declaração de morte sete anos depois e ele já está desaparecido há muito mais tempo que isso.

— E a igreja? — perguntou Moira.

— Ah, tivemos infinitas conversas com o padre da paróquia, depois fomos para a arquidiocese, mas existe uma coisa chamada *presumptio mortis* e cada caso é avaliado isoladamente, e como esse indivíduo não tem um endereço nem nenhum tipo de registro, não houve problema.

— E vocês iam me convidar?

Era como mexer em uma ferida. Ela esperava que seu pai dissesse que seria uma cerimônia muito íntima e, considerando a idade deles e as circunstâncias, restringiriam o número de convidados.

— Claro que sim. Eu ficaria muito contente se você viesse, nós dois ficaríamos.

— Muito obrigada.

— De forma alguma. Fico feliz que você venha.

Ele desligou sem falar a data, a hora e o local, mas ela poderia pegar essas informações com o irmão.

A festa de aniversário de Frankie foi um sucesso. Frankie usava uma coroa e Johnny também, já que também era seu aniversário. Além dos dois bebês, havia poucas crianças convidadas para a festa, mas muitos adultos. Lizzie estava ajudando com a gelatina e Molly Carroll com as minissalsichas.

Frankie e Johnny eram pequenos demais para apreciar os truques de mágica do sr. Gallagher, mas os adultos adoraram e aplaudiram quando ele fez aparecer coelhos, lenços coloridos e moedas de ouro do nada. As crianças adoraram os coelhos e procuravam em vão na cartola do mágico para descobrir de onde eles vinham. Josie sugeriu que tivesse uma gaiola de coelhos na pracinha, e todos ficaram entusiasmados com a ideia.

Noel ficou feliz porque a festa foi um sucesso. Nenhuma criança teve acesso de choro e ninguém ficou sobrecarregado. Ele até providenciara para que vinho e cerveja fossem servidos para os adultos. E isso não o incomodou nem um pouco. Faith e Lisa limparam tudo e, discretamente, colocaram as garrafas que sobraram na bolsa de Faith.

Mas o coração de Noel estava pesado. Dois comentários bobos na festa o tinham chateado mais do que poderia ter imaginado.

Dingo Duggan, que sempre dizia a coisa errada, comentou que Frankie era bonita demais para ser filha de Noel. Noel conseguiu sorrir e disse que a natureza tinha jeitos estranhos de compensar os defeitos.

Paddy Carroll disse que Frankie era uma menina linda. Tinha lindas bochechas e grandes olhos escuros.

— Ela deve ser parecida com a mãe, então — disse Noel, mas sua mente estava longe dali.

Stella tinha um rosto alegre e cheio de vida, mas não tinha bochechas nem grandes olhos escuros.

Nem Noel.

Será que era possível Frankie ser filha de outra pessoa?

Ele se sentou bem quieto depois que todos foram embora; Faith veio se sentar ao seu lado.

— Foi difícil ter bebida em casa, não foi? — perguntou Faith.

— Não, nem pensei nisso. Por quê?

— É que você está parecendo chateado.

Ela estava sendo compreensiva, então ele contou. Repetiu as palavras que Moira dissera: que ele era ingênuo de acreditar que era o pai de Frankie.

Faith escutou com lágrimas nos olhos.

— Nunca ouvi nada tão ridículo. Ela é uma mulher amarga e infeliz. Você não vai começar a dar crédito para nada que ela fala, vai?

— Não sei. É possível.

— Não, não é possível! Por que ela teria escolhido *você* se você não fosse o pai? — Faith estava indignada por ele.

— Foi mais ou menos o que Stella disse na época — lembrou-se ele.

—Tire isso da sua cabeça, Noel. Você é o melhor pai do mundo e Moira não consegue aceitar. Só isso.

Noel sorriu, cansado.

—Venha, vou preparar um chá para nós e vamos comer o que sobrou da festa.

M oira foi visitar o sr. Kennedy no abrigo para ter certeza de que ele estava recebendo tudo a que tinha direito. Ele tinha se adaptado bem.

— O senhor já pensou alguma vez em voltar para sua cidade natal? — perguntou ela, com vergonha.

— Nunca. Essa parte da minha vida está encerrada para mim. Para todos eles, eu estou morto. E eu prefiro assim — disse ele.

Isso fez com que Moira se sentisse um pouco melhor, mas não totalmente. Não estava sendo profissional e quando não houvesse mais nada, a sua profissão é o que lhe restaria. Será que arruinara seu trabalho?

Também se arrependia do que falara para Lisa quando questionou se Noel era realmente pai de Frankie. Aquilo era imperdoável. Felizmente, ele não escutara ou, de qualquer modo, a tratava com educação quando conversavam, o que era a mesma coisa.

Noel não conseguia dormir, então levantou e foi se sentar na sala. Pegou uma folha de papel e fez uma lista de razões por que ele obviamente era o pai de Frankie e outra lista de razões por que talvez não fosse. Como sempre, não chegou a nenhuma conclusão. Amava tanto aquela criança — ela tinha de ser sua filha.

Ainda assim, não conseguia dormir. Só havia uma coisa a fazer.

Faria um teste de DNA.

Providenciaria no dia seguinte. Rasgou as folhas de papel em pedacinhos.

Não tinha mais nada a fazer.

Noel não queria falar sobre o teste de DNA nem com Declan nem com o dr. Chapéu. Perguntou na reunião do AA se alguém sabia como era feito. Fez com que parecesse uma simples pesquisa para um amigo. Como sempre, conseguiu uma resposta. Era só ir a um médico que pegaria uma amostra de sua bochecha e mandaria para o laboratório — não poderia ser mais simples.

Sim, mas não queria que Declan soubesse das suas dúvidas. Também não podia falar com Chapéu já que agora ele era da família. Então, teria de ser uma pessoa totalmente nova.

Ficou imaginando qual conselho sua prima Emily lhe daria. Ela diria: "Seja totalmente honesto e faça isso logo." Não tinha a menor dúvida.

Procurou uma clínica do outro lado da cidade. Era uma médica prática e direta.

— O senhor terá de pagar para fazer o teste. Precisamos pagar o laboratório.

— Claro, eu sei — concordou Noel.

— Quero dizer, isso não é apenas uma briguinha com sua parceira ou algo do tipo?

— Nada a ver com isso. Apenas preciso saber.

— E se o senhor descobrir que *não* é o pai da criança?

— Aí eu verei o que fazer.

— O senhor tem de estar preparado para escutar algo que não quer — insistiu ela.

— Não vou sossegar até saber — disse ele, simplesmente.

E depois disso, foi fácil. Levou Frankie à clínica e pegaram as amostras. Teria certeza em três semanas.

Embora tenham lhe avisado que levaria três semanas, Noel olhava na caixa do correio todos os dias. A médica lhe prometera que o avisaria assim que recebesse o resultado. Concordaram que o assunto não deveria ser tratado por telefone, que não eram confiáveis e eram públicos demais.

Melhor enviar uma carta.

Noel examinava todos os envelopes, mas não havia nada.

Lisa foi fazer a entrevista em Londres e voltou muito animada. Quando lhe ofereceram o emprego, ela aceitou na mesma hora; agora ela precisava se mudar logo e os dias eram curtos para tudo que tinha de providenciar.

Mas, para Noel, o tempo nunca passou tão devagar. Os dias na Hall's eram intermináveis. Sua necessidade de tomar um drinque no final de cada dia era tão forte que ia a uma reunião do AA quase toda noite. Por que demorava tanto para comparar pedaços de tecidos ou o que quer que fosse o DNA?

Às vezes olhava para Frankie e se sentia envergonhado por estar fazendo isso com ela — mas precisava saber.

MAEVE BINCHY

Noel tinha um longo histórico de negação. Quando bebia, negava a possibilidade de ser descoberto no trabalho. Quando parou de beber, baniu de sua cabeça todos os pensamentos de bares confortáveis. Geralmente, dava certo, mas nem sempre.

Era o que estava acontecendo agora. Baniu a possibilidade de que Frankie poderia *não* ser sua filha. Simplesmente, não pensaria no que faria se isso acontecesse. O fato de que Stella podia ter mentido para ele ou ter se enganado, e a possibilidade devastadora de que Frankie podia não ser sua filhinha, mas de outra pessoa, era dolorosa demais até para pensar. Precisava manter essa ideia afastada da parte consciente de sua mente.

Quando soubesse, de uma forma ou de outra, seria mais fácil. Essa era a pior parte.

A carta chegou em Chestnut Court.
Lisa deixou em cima da mesa e saiu; no apartamento vazio, Noel serviu-se de uma xícara de chá. Sua mão estava trêmula demais quando pegou o envelope. O bule batia de forma alarmante na xícara. Estava fraco demais para abrir agora. Precisava chegar ao final do dia sem tremer dessa forma. Talvez fosse melhor guardar a carta e abrir no dia seguinte. Colocou na gaveta. Graças a Deus, já tinha feito a barba, nunca conseguiria fazer tremendo daquele jeito.

Vestiu-se devagar. Estava pálido e seus olhos pareciam cansados, mas poderia passar por uma pessoa normal, não por alguém cujo segredo mais importante de sua vida estava fechado em um envelope na gaveta. Uma pessoa que daria tudo que tinha por uma cerveja acompanhada por uma generosa dose de uísque irlandês.

Impressionante ele parecer normal. Olhando para ele, se diria que era um homem perfeitamente comum.

À Espera de Frankie

Lisa ficou surpresa ao encontrá-lo quando chegou com Dingo Duggan em sua caminhonete. Ela ia levar suas coisas para a casa de Katie e Garry.

— Ei, achei que você estivesse no trabalho — disse ela.

Noel balançou a cabeça.

— Estou de folga — murmurou ele.

— Sorte sua. Onde está Frankie? Achei que fosse querer passar seu dia de folga com ela.

— Ela saiu com Emily e Chapéu. Não tem por que quebrar a rotina — disse ele, simplesmente.

— Você está bem, Noel?

— Claro que sim. O que você está fazendo?

— Tirando as minhas coisas e tentando dar mais espaço para os pombinhos.

— Você sabe que não está atrapalhando, tem muito espaço para todos nós.

— Mas logo eu vou pra Londres, não posso ficar entulhando seu apartamento com as minhas caixas.

— Eu não sei o que teria feito sem você, Lisa, realmente não sei.

— Não foi um ótimo ano? — concordou Lisa. — Um ano que você descobriu sobre Frankie e eu... bem, eu abri os olhos para tantas coisas. Anton, para começar, meu pai...

— Você nunca me contou por que veio para cá naquela noite — disse Noel.

— E você nunca perguntou, o que me deixou muito tranquila. Vou sentir saudades de Frankie, muitas. Faith vai me mandar uma foto dela todo mês para que eu possa vê-la crescendo.

— Você vai se esquecer de nós. — Ele conseguiu sorrir.

— Como se eu conseguisse. Este foi o primeiro lar de verdade que eu tive.

Ela deu um abraço rápido nele e foi para seu quarto verificar as caixas que mandaria para a casa de sua irmã.

— Mande um beijo para Katie — disse Noel, automaticamente.

— Pode deixar, ela está doida para me contar alguma coisa, sei pela voz dela.

— Deve ser legal ter uma irmã — disse Noel.

— É, sim. Talvez você e Faith possam arranjar uma irmãzinha para Frankie qualquer dia desses — implicou ela.

— Talvez. — Ele não parecia certo disso.

Lisa ficou aliviada ao escutar Dingo chegando para carregar as caixas. Noel, definitivamente, estava estranho naquele dia.

Katie realmente queria contar algo para Lisa. Ela estava grávida. Ela e Garry estavam extasiados e esperavam que Lisa também ficasse feliz por eles.

Lisa disse que estava muito contente. Não sabia que eles estavam planejando, mas Katie disse que já esperavam isso havia muito tempo.

— Duas pessoas com carreira? Em voo solo? — disse Lisa, em tom de implicância.

— É, mas nós queríamos para completar.

— Serei uma tia maravilhosa. Não sei nada sobre ter um bebê, mas certamente sei tudo sobre como cuidar de um.

— Que pena que você está indo embora — disse Katie.

— Vou voltar sempre — prometeu Lisa. — E este bebê vai crescer em uma família que deseja um bebê, não como você e eu fomos criadas, Katie.

* * *

À Espera de Frankie

Emily e Chapéu estavam cercados por catálogos de sementes, tentando decidir o que comprar de toda aquela oferta. Frankie estava sentada com eles e parecia examinar as fotografias também.

— Ela não dá trabalho — disse Emily, carinhosamente.

— Pena que não nos conhecemos mais cedo, senão poderíamos ter tido alguns filhos nossos — disse Chapéu, melancolicamente.

— Ah, não, Chapéu, tenho muito mais personalidade de avó do que de mãe. Gosto de bebês que vão para casa de noite — disse ela.

— Você acha maçante ficar aqui comigo? — perguntou ele, de repente.

— Como assim?

— Nos Estados Unidos, você tinha uma vida atarefada, dando aulas, indo a galerias, museus, milhares de pessoas à sua volta.

— Pare de correr atrás de elogios, Chapéu, você sabe que estou apaixonada por este lugar. E por você. E depois que devolvermos essa lindinha aqui em Chestnut Court, farei para você o mais maravilhoso suflê de queijo que você já provou.

— Meu Deus do céu, se melhorar estraga — disse Chapéu, com um suspiro de prazer.

O apartamento ficou silencioso quando Lisa e Dingo se despediram e foram embora.

Noel abriu a gaveta e pegou o envelope. Talvez devesse comer alguma coisa para ficar mais forte. Não tinha tomado café da manhã. Preparou um sanduíche de tomate e acrescentou cebola cortada e tirou a casca do pão. Tinha gosto de serragem.

Puxou o envelope.

Quando visse a confirmação de que era realmente o pai de Frankie, tudo ficaria bem. Não ficaria? Essa sensação de vazio iria embora e ele voltaria a se sentir normal.

Mas suponha que... Noel não podia se permitir seguir por esse caminho. Claro que era pai de Frankie. E agora que comera seu insosso sanduíche de tomate, estava pronto para abrir o envelope.

Pegou o envelope da gaveta e abriu-o com a faca que usou para preparar o sanduíche. A carta era pomposa e oficial, mas clara e concisa.

As amostras de DNA não combinavam.

Uma fúria tomou conta dele. Podia senti-la queimando seu pescoço e orelhas. Havia um nó em seu estômago e sentia uma estranha tontura nos olhos e na testa.

Isso não podia ser verdade.

Stella não podia ter contado um monte de mentiras e entregado a ele sua filha. É claro que ela não teria tomado todas essas providências e colocado o nome dele na certidão de nascimento se não acreditasse ser verdade.

Talvez ela tenha tido muitos amantes e não tivesse a menor ideia de quem era o pai de Frankie.

Ela podia tê-lo escolhido porque era humilde e não faria estardalhaço.

Ou talvez o pai de Frankie fosse tão irresponsável ou indisponível que não tinha como entrar em contato.

Bile subiu pela sua garganta.

Ele sabia exatamente o que o faria se sentir melhor. Pegou seu casaco e saiu.

* * *

À Espera de Frankie

Moira estava muito ocupada na clínica. Quando descobriram que ela era especialista em descobrir os direitos de uma pessoa, sua carga de trabalho aumentou. Moira acreditava que, se havia benefícios, as pessoas deviam se beneficiar deles. Ela preencheria os formulários, providenciaria os cuidadores, as pensões ou o apoio necessário.

Hoje, o sr. Kennedy viria à clínica fazer seu check-up, ela iria vê-lo e garantir que estava sendo bem-atendido. E, inesperadamente, Clara Casey perguntou se Moira tinha dez minutos para uma conversa pessoal.

Moira se perguntou o que poderia ser. O boato na clínica era que o sr. Ennis tinha se mudado para a casa da dra. Casey, mas certamente Clara não queria discutir nada tão pessoal assim.

Pouco depois do meio-dia, quando Moira finalmente terminou seu trabalho, Clara foi até sua sala.

— Isso que vou lhe pedir não é para ser feito durante o trabalho na clínica, é um favor pessoal.

— Claro, pode falar — disse Moira.

Uns meses atrás, talvez dissesse algo mais impetuoso, mais oficial; mas os acontecimentos mudaram-na.

— É sobre minha filha, Linda. Ela e o marido estão muito ansiosos para adotar um bebê e eles não sabem o que fazer.

— O que eles fizeram até agora? — perguntou Moira.

— Nada, a não ser conversar sobre o assunto, mas agora eles querem seguir em frente.

— Ok, você quer que eu converse com eles?

— Linda está aqui hoje, ela veio me pegar para almoçarmos. Seria muito repentino?

— Não, de forma alguma. Você quer ficar para a conversa?

— Não, não. Mas eu lhe agradeço muito por isso, Moira. Nesses meses todos, percebi que você é eficiente e obstinada. E, se alguém pode ajudar Linda e Nick, esse alguém é você.

Moira não conseguia se lembrar por que achara que a dra. Casey era distante e superior. Observou enquanto Clara levava a filha, que era alta e bonita, para a sua sala.

— Deixarei você em boas mãos — disse Clara, e mãe e filha se abraçaram.

Moira sentiu uma onda absurda de prazer subir por seu pescoço e rosto.

Durante o almoço, já no shopping, Linda estava transbordando de tanto entusiasmo.

— Não sei por que você não gostava dela, ela foi *maravilhosa*. É tudo muito fácil. Só temos de ir ao Conselho de Saúde e eles vão nos encaminhar para a seção de adoção e nos dar um monte de informações, depois vão marcar visitas de avaliação à nossa casa. Ela perguntou se nós nos importávamos com a nacionalidade da criança e eu disse que claro que não. Realmente, parece que vai acontecer.

— Estou tão feliz, Linda — falou Clara, carinhosamente.

— Então, é melhor você e Frank irem apurando suas habilidades como babá — disse Linda, com os olhos brilhando como há muito tempo não brilhavam.

Moira deixou a clínica de muito bom humor. Pelo menos uma vez parecia que seus talentos tinham sido reconhecidos. Era uma daquelas raras ocasiões em que as pessoas pareciam ficar satisfeitas com o trabalho do assistente social.

Ela avisou sobre as demoras e a burocracia e disse que a coisa mais importante era ser persistente, manter-se calma independentemente da provocação. Linda ficara encantada com ela e, mais ainda, a mãe de Linda dissera palavras elogiosas a seu respeito.

Isso era, acima de tudo, pessoal.

Seus passos levaram-na a Chestnut Court e ela, como de costume, olhou para o apartamento de Noel e Lisa. Noel devia estar no trabalho, mas talvez Lisa estivesse empacotando seus pertences. Ela logo partiria para Londres. De qualquer forma, não tinha por que subir para conversar com Lisa e ser acusada de estar espionando ou policiando a situação. Não queria perder a sensação boa que estava sentindo desde que saíra da clínica, então passou direto.

Emily recebeu uma ligação na hora do almoço. Era Noel. A voz dele estava confusa. Achou que ele estava bêbado.

— Está tudo bem, Noel? — perguntou ela, ansiosa, seu coração sobressaltado.

Ele já devia estar lá para pegar Frankie. O que poderia ter acontecido?

— Sim, está tudo bem. — Ele falava como um robô. — Estou no zoológico.

— No zoológico?

Emily estava surpresa. O zoológico ficava a muitos quilômetros dali, do outro lado da cidade. Não sabia se devia ficar aliviada ou horrorizada. Se Noel estava lá, estava seguro; mas estava vagando, observando leões, aves e elefantes em vez de pegar a filha.

— Isso. Não vinha aqui havia anos. Tem muitas novidades.

— Sei, Noel, imagino que sim.

— Então eu estava pensando se você podia ficar um pouco mais com Frankie?

— Claro — concordou Emily, preocupada.

Ele estava bêbado? A voz dele parecia tensa. O que poderia ter causado aquilo tudo?

— E você está sozinho no zoológico?

— Por enquanto, sim.

Noel ficou remoendo aquilo na sua cabeça. Há um ano vinha vivendo uma mentira. Frankie não era sua filha. Só Deus sabia de quem ela era filha.

Ele a amava como se fosse sua, claro que amava. Mas ele achara que ela era sua filha e que não tinha ninguém para criá-la. O nome dele estava na certidão de nascimento dela, ele a amou, alimentou, cuidou dela, trocou suas fraldas. Ele a protegeu, deu-lhe uma vida cercada de pessoas que a amavam; ele fez dela sua filha. Ele se arrependia de tudo isso?

Ela estava com um ano, a mãe estava morta — que tipo de vida teria agora se ele lavasse as mãos?

Poderia criar a filha de um outro homem como se fosse sua? Achava que não. Ela era filha de outro homem, que a abandonou e se livrou da responsabilidade. Será que deveria descobrir quem era? Seria como procurar uma agulha no palheiro?

E que tipo de homem ele seria se fugisse agora? Poderia abandoná-la quando ela precisasse dele tanto quanto precisou quando era aquele pequeno bebê indefeso que ele trouxe para casa do hospital?

Lembrou-se do apartamento que era o lar deles: os brinquedos de Frankie no chão, as roupinhas dela secando na máquina, as fotografias dela no aparador. As papinhas de bebê na cozinha, as loções de bebê no banheiro; sabia onde ela estava cada minuto do dia.

À Espera de Frankie

Lembrou-se do terror na noite em que ela ficou desaparecida. Todo mundo procurou por ela, tanta gente ficou preocupada com a segurança da menina. Ela estava com Emily e Chapéu agora, e quando eles fossem para o bazar, levariam-na junto. Seus pais a consideravam uma neta. Ela conhecia todo mundo da vizinhança, todos faziam parte de sua vida assim como ela fazia parte da vida deles. Será que ele acabaria com tudo isso?

Mas conseguiria criar a filha de outro homem?

Precisava de um drinque. Um só, aí poderia ver as coisas com mais clareza.

Quando Moira apareceu no bazar de São Jarlath e pareceu surpresa ao ver Frankie dormindo em seu carrinho, Emily escondeu suas preocupações.

— Que horas o pai vem buscá-la? — perguntou Moira.

Não queria realmente saber, mas tinha de manter a pose, gostava de saber que estava sempre no controle.

— Ele vai chegar mais tarde — disse Emily com um sorriso confiante. — Gostaria de ver alguma coisa em particular, Moira? Você tem tanto bom gosto. Tem uma bolsa muito interessante aqui, é meio bolsa meio pasta. Acho que é marroquina, tem uns desenhos lindos.

Era interessante mesmo, como Emily dissera, e seria perfeita para Moira. Pegou-a e pensou. Mas antes de gastar dinheiro consigo mesma, precisava pensar em um presente para seu pai e a sra. Kennedy. Talvez Emily também pudesse ajudar.

— Preciso de um presente de casamento, algo que não tenha sido aberto. É para um casal de meia-idade que mora no campo.

— Eles já têm casa? — perguntou Emily.

— Têm, bem, ela tem uma casa e ele está morando lá... quero dizer, vai morar lá.

— Ela cozinha bem?

— Cozinha, sim. — Moira ficou surpresa com a pergunta.

— Então, ela não precisa de nada para a cozinha, deve ter tudo sob controle. Temos uma bonita toalha de mesa, um presente que a pessoa não gostou, podemos abri-la para garantir que esteja perfeita e depois colocar de volta na embalagem.

— Toalha de mesa? — Moira não estava certa.

— Olhe, é de um excelente linho e tem flores pintadas à mão. Eu diria que ela vai adorar. É uma amiga íntima?

— Não — disse Moira. Depois, percebeu que soou um pouco rude. — Ela vai se casar com meu pai — explicou.

— Ah, tenho certeza de que a sua madrasta iria adorar essa toalha — disse Emily.

— Madrasta? — Moira parecia estar testando a palavra.

— Bem, é isso que ela vai ser, não?

— Sim, claro — falou Moira apressadamente.

— Espero que eles sejam muito felizes — disse Emily.

— Acho que vão ser, sim. É complicado, mas eles já estão bem-adaptados.

— Bem, isso é o mais importante.

— É verdade, em certos aspectos, mas é que tem alguns assuntos que ainda não foram resolvidos, difícil explicar, mas as coisas são assim mesmo.

— Acho que sempre há assuntos por resolver — disse Emily em um tom reconfortante.

Não fazia ideia do que Moira estava falando.

* * *

À Espera de Frankie

Moira saiu do bazar com a bolsa e com a toalha; estava rapidamente se tornando uma das melhores clientes do bazar.

Tinha algo pesando em sua cabeça. O sr. Kennedy tinha o direito de saber que tinha uma casa em Liscuan e que sua esposa estava se casando com outro homem, e esse homem era o pai da assistente social.

Moira sabia que muita gente a aconselharia a ficar fora disso. Tudo se desenrolaria sem nenhum problema se Moira não tivesse cruzado com o sr. Kennedy e providenciado um abrigo onde ele pudesse ficar no longo prazo. Mas não tinha como negar. Conhecera o sr. Kennedy e não podia deixar isso passar.

Sr. Kennedy, está tudo bem?
Estavam sentados na sala de visitas do abrigo.

— Srta. Tierney, hoje não é o seu dia.

— Eu estava por perto.

— Entendi.

— Estive pensando, sr. Kennedy, queria saber se está bem-acomodado aqui.

— A senhorita me pergunta isso toda semana. Estou bem, já lhe disse isso.

— Mas o senhor não pensa na época em que morava em Liscuan?

— Não. Já saí de lá há anos.

— Se o senhor está dizendo. Mas não gostaria de voltar para lá? Tentar viver de novo com a sua esposa?

— Você não acha que ela seria uma estranha para mim depois de todos esses anos? — perguntou ele.

— Mas suponha que ela tenha se casado de novo? Achando que o senhor estava morto.

— Melhor para ela.

— O senhor não se importaria?

— Eu fiz a minha escolha na vida, que foi ir embora, ela está livre para viver a vida dela.

Moira o fitou. Isso era bom — mas ela ainda não estava livre. Ela ainda sabia o que estava acontecendo. Precisava contar para ele.

— Sr. Kennedy, tem uma coisa que preciso lhe contar — disse ela.

— Não se preocupe com isso — disse ele.

— Não, por favor, o senhor deve escutar. As coisas não são tão simples quando acha. Na verdade, está acontecendo uma coisa que preciso lhe contar.

— Srta. Tierney, eu já sei de tudo — disse ele.

Ela pensou por um momento que talvez ele realmente soubesse, mas percebeu que não poderia saber nada sobre o que estava acontecendo em Liscuan. Estava fora havia anos.

— Não, espere, precisa me escutar... — disse ela.

— Eu já sei de tudo, o seu pai se mudou para a casa e agora vai se casar com Maureen, e por que eles não fariam isso?

— Porque o senhor ainda é marido dela — respondeu Moira, gaguejando.

— Eles acreditam que eu estou morto, e quero que continue assim.

— O senhor sabia o tempo todo? — Moira estava perplexa.

— Eu a reconheci na mesma hora. Lembro-me bem de você, não mudou em nada. Durona, capaz de resolver as coisas. Você não teve uma boa infância.

Este homem que estava terminando os dias em um abrigo tinha pena dela. Moira se sentiu fraca com a forma como as coisas estavam se encaminhando.

— Você é muito boa por me contar, mas, honestamente, você devia deixar as coisas como elas estão, assim o estrago será menor.

— Mas...

— Mas nada. Esqueça, deixe que eles se casem. Não fale nada de mim.

— Como o senhor sabia? — A voz dela era quase um sussurro.

— Eu tinha um amigo que ficou em Liscuan e mantivemos contato, ele me mantinha informado.

— E ele está em Liscuan agora, o seu amigo?

— Não, ele morreu, Moira. Só eu e você sabemos.

Segredos eram um grande equalizador, pensou Moira. Agora, ele não estava mais chamando-a de srta. Tierney.

Linda disse que Moira cumpriu sua palavra. Ela marcara entrevistas aqui e fizera apresentações acolá, e agora o processo estava andando. Nick e Linda disseram que estariam perdidos sem ela. Ela parecia não ver obstáculos no caminho. Uma qualidade perfeita para uma assistente social.

— Não consigo entender por que nenhum de vocês gosta dela — disse Linda. — Nunca conheci alguém tão disposta a ajudar na minha vida.

— Ela faz bem o trabalho dela — concordou Clara. — Mas, Deus, eu não gostaria de passar um fim de semana com ela. Ela sempre consegue insultar ou magoar as pessoas.

Frank concordou com ela.

— Ela é uma mulher que nunca sorri — disse ele, de forma desaprovadora. — Isso é um defeito no caráter de uma pessoa.

MAEVE BINCHY

— Ela teve a força de caráter de se recusar a ser sua espiã quando ela veio para a clínica — disse Clara, alegremente. — Isso é um ponto a favor dela.

— Acho que ela não deve ter entendido bem a situação... Frank não queria trazer desarmonia para seu lar.

E ram nove horas da noite quando Noel e Malachy apareceram na casa de Emily e Chapéu para pegar Frankie.

Noel estava pálido, mas calmo. Malachy parecia muito cansado.

— Vou dormir em Chestnut Court — disse ele para Emily.

— Que ótimo, Lisa já levou as coisas dela, então talvez fique um pouco solitário lá — disse ela, sendo neutra.

Frankie, que estava dormindo, acordou e ficou feliz em ser o centro das atenções.

— Papa! — disse ela para Noel.

— Isso mesmo — disse ele automaticamente.

— Eu estava explicando para Frankie que o vovô e a vovó vão construir uma linda e segura pracinha para ela e seus amiguinhos brincarem.

— Que ótimo — disse Malachy.

— Sim — disse Noel.

— Haverá uma cerimônia de marco inicial da pracinha na próxima semana. Aí, a obra começará.

— Claro — disse Noel.

Já cansado, Malachy seguiu com eles. Frankie estava falando dentro do seu carrinho. Palavras que eram reconhecíveis, mas não faziam o menor sentido.

Noel estava em silêncio. Estava ali em corpo, não em alma; é claro que as pessoas estavam percebendo que alguma coisa

462

estava diferente. Frankie era exatamente a mesma criança que fora naquela manhã, mas tudo mais mudara e ele ainda não tinha tido tempo de se acostumar com a ideia.

Malachy dormiu no sofá. Durante a noite, escutou Frankie começar a chorar e Noel se levantar para acalmá-la e confortá-la. A luz da lua cobria o rosto de Noel enquanto ele estava sentado com o bebê no colo; Malachy viu lágrimas em seu rosto.

Moira pegou o trem para Liscuan. Seu irmão, Pat, e Erin O'Leary a encontraram na estação.

— Quem está tomando conta da loja? — perguntou ela.

— Temos muita ajuda, bons vizinhos, todos encantados que vamos ao casamento do seu pai.

Erin estava muito bem-vestida com uma roupa cor-de-rosa e creme, e uma grande rosa no cabelo. Moira se sentiu *démodé* com seu melhor blazer. Olhou para a bolsa delicada de Erin e desejou não ter trazido sua pasta tão séria. Mas agora era tarde demais para mudar. Teriam de se apressar para chegar à cerimônia a tempo.

Havia umas cinquenta pessoas esperando na igreja.

— Todas essas pessoas sabem que o papai vai se casar? — perguntou ela a Pat.

— E todos estão felizes por ele — disse Pat. Era simples assim.

E Moira se preparou para assistir a toda a cerimônia, a missa matrimonial e a bênção do padre, sabendo que ela era a única pessoa ali presente que sabia de toda a história. Quando chegou o momento em que o padre perguntou se alguém tinha algo contra aquele casamento, Moira ficou sentada, muda.

Os presentes seguiram para um dos salões de festa do Stella Maris, e todos pareceram gostar muito da toalha pintada à mão.

Maureen Kennedy, agora Maureen Tierney e sua madrasta, chamou Moira em um canto.

— Que presente atencioso, e espero que agora que a nossa situação foi regularizada, você venha e fique hospedada na nossa casa para que possamos jantar com essa linda toalha na mesa.

— Seria ótimo — sussurrou Moira.

Faith passara três dias fora e quando voltou, correu para pegar Frankie.

— Quem vai ganhar botas lindas? — disse ela para o bebê enquanto o abraçava.

— A menina já tem muitas roupas — disse Noel.

— Ah, Noel, são uma botas lindinhas... olhe só!

— Não vai mais servir nela em um mês — disse ele.

O rosto dela se apagou.

— Desculpe, mas tem alguma coisa o chateando?

— Só a forma como todo mundo enche a menina de roupas. Só isso.

— Eu não sou todo mundo e não estou enchendo a menina de roupas. Ela precisa de sapatos novos para ir à cerimônia do marco inicial da praça no sábado.

— Meu Deus, eu tinha me esquecido.

— Melhor não deixar que seus pais saibam disso. É o ponto alto do ano deles.

— Vai ter muita gente lá? — perguntou ele.

— Noel, você está bem? Você está diferente, como se estivesse com um peso sobre você.

— Em certos aspectos, estou mesmo — disse Noel.

— Você quer me contar?

— Não, não agora. Tudo bem? Desculpe por ter sido tão rude, as botas são lindas, Frankie vai ficar linda no sábado.

À Espera de Frankie

— Claro que vai. Agora, posso preparar um jantar para nós?

— Nem com uma vela eu encontraria outra igual a você, Faith.

— Ah, nem com uma lanterna, eu diria — disse ela e foi para a cozinha.

Noel se forçou a ficar bem-humorado. Frankie estava concentrada tirando as pequenas botas cor-de-rosa da caixa. Por que ela não podia ser sua filha?

Ele ficou sentado na cozinha, observando Faith habilmente fazer as coisas, preparando um jantar gostoso em minutos, algo que ele teria levado uma eternidade.

— Você ama Frankie como se ela fosse sua filha, não? — disse ele.

— Claro que sim. É isso que está deixando você preocupado? Em certos aspectos, ela já é minha desde que praticamente moro com ela e ajudo a cuidar dela.

— Mas o fato de ela não ser sua filha não faz a menor diferença?

— O que você está querendo dizer, Noel? Eu amo a menina. Sou louca por ela, você não sabe disso?

— Sei, mas você sempre soube que ela não era sua filha — disse ele, com tristeza.

— Ah, já sei do que você está falando, foi aquela ridícula da Moira que colocou isso na sua cabeça. Fica como um mosquitinho zunindo no seu ouvido. Tire isso da cabeça. É óbvio que você é o pai dela, e um ótimo pai.

— Suponha que eu faça um teste de DNA e ela não seja minha filha, e aí?

— Você insultaria aquela menininha linda fazendo um teste de DNA? Noel, você está maluco. E o que importa o que um teste poderia dizer?

MAEVE BINCHY

Ele poderia ter contado para ela. Ter ido até a gaveta e pegado a carta com o resultado. Poderia ter dito que fez o teste e que a resposta era que Frankie não era sua filha. Esta era a única garota de quem ele se sentira próximo o suficiente para pensar em casar: deveria compartilhar esse enorme segredo com ela?

Em vez disso, deu de ombros.

— Você está certa, só uma pessoa muito desconfiada faria o teste.

— Isso mesmo, Noel — disse Faith, feliz.

N oel ficou sentado à mesa durante muito tempo depois que Faith foi embora. Havia três envelopes na sua frente: em um deles continha o resultado do teste de DNA; em outro, a carta que Stella deixou para ele, e no terceiro, a carta endereçada a Frankie.

Nos primeiros e assustadores dias, em que ainda lutava a cada hora para se manter longe da bebida, se sentia tentado a abrir a carta para Frankie. Naqueles dias, estava ansioso em busca de um motivo para seguir em frente, algo que pudesse lhe dar forças. Hoje, queria abri-la para o caso de Stella ter contado para a filha quem era seu pai verdadeiro.

Mas algo o impediu, talvez um sentimento de lealdade. Embora, claro, isso fosse ridículo. Stella certamente não foi leal. Ainda assim, não abriu naquela época e não abriria agora.

De qualquer forma, o que Stella conseguira com aquilo? Uma vida curta e agitada, muito sofrimento e medo, nenhuma família, nenhum amigo. Não conseguiu conhecer a filha nem sentir seus bracinhos em volta do seu pescoço. Noel tivera tudo isso e muito mais.

Um ano atrás, o que Noel era? Muito pouco. Um bêbado com um emprego sem futuro, sem amigos, sem esperança. Tudo mudara por causa de Frankie. Como Stella deve ter se sentido sozinha e assustada naquela última noite.

Ele pegou a carta que ela escrevera para ele no quarto do hospital.

"Diga a Frankie que eu não era de todo má...", dissera ela. *"Diga a ela que se as coisas tivessem sido diferentes eu e você estaríamos lá para cuidar dela..."*

Noel endireitou os ombros.

Ele era pai de Frankie em todos os aspectos que importavam. Talvez Stella tenha cometido um erro. Quem sabe o que acontece na vida das outras pessoas? E suponha que Stella esteja em algum lugar olhando por Frankie, ela não merecia saber que sua filha tinha sido abandonada aos doze meses.

Noel amava essa menina ontem, e ainda ama hoje. Sempre a amaria. Era simples assim.

Pegou as duas cartas em cima da mesa e guardou-as na gaveta. A carta com o resultado do teste de DNA ele rasgou em pedacinhos.

Era um bom dia para o marco inicial. Charles e Josie juntaram as mãos na pá e afundaram na terra do terreno baldio que eles compraram para a nova praça. Todos aplaudiram e o padre Flynn falou, com poucas palavras como sempre, sobre os grandes resultados que se obtinha com senso de comunidade, envolvimento e cuidado.

Alguns dos Associados de Muttie foram assistir à cerimônia e alguém escutou um deles falar que preferia muito mais que uma estátua de Muttie com Hooves fosse erguida em vez de um santo que já estava morto havia muito tempo e de quem ninguém sabia nada.

Lizzie estava lá, de braços dados com Simon. Ele iria para New Jersey na semana seguinte, mas prometera voltar em três meses para contar para todo mundo como era. Marco e Maud estavam lado a lado; Marco queria se casar na primavera, mas Maud disse que não estava com a mínima pressa de se casar.

— O seu avô me deu a bênção para me casar com você — sussurrou Marco.

— Mas, quando ele deu a bênção, ele não disse *quando* você devia se casar comigo — disse Maud com firmeza.

Declan, Johnny e agora a visivelmente grávida Fiona estavam lá, com os pais de Declan e Dimples, o enorme cachorro. Dimples tinha um caso de amor e ódio com Caesar, o pequeno spaniel. Não que ele tivesse nada contra Caesar, só que ele era pequeno demais para ser um cachorro.

Emily e Chapéu também estavam lá e já faziam parte do elenco. As pessoas mal se lembravam da época em que eles não estavam juntos. Emily estava prestando atenção em tudo para, de noite, contar a Betsy por e-mail. Mandaria até uma fotografia. Betsy também ficara enfeitiçada por aquela comunidade e estava sempre perguntando detalhes disso e daquilo. Ela e Eric estavam planejando voltar no ano seguinte e continuar de onde pararam.

Emily lembrou-se do primeiro dia em que chegou àquela rua e escutou os planos de seus tios de construir uma estátua enorme. Que incrível tudo ter acontecido de forma diferente e tão bem.

Noel, Frankie e Faith estavam lá, Frankie mostrando para todo mundo suas novas botas cor-de-rosa. As pessoas contaram para Noel que uma das casas da Vila de São Jarlath logo seria colocada à venda, talvez ele e Faith pudessem comprá-la. Então, Frankie estaria perto da pracinha. Era uma ideia muito tentadora, eles disseram.

À Espera de Frankie

E enquanto se dirigiam para a casa de Emily e Chapéu, onde ela serviria chá e bolos, Noel sentiu um grande peso sair de suas costas. Passou pela casa onde Paddy Carroll e sua esposa Molly trabalharam como escravos para formar o filho deles médico, e depois passou pela casa de Muttie e Lizzie, onde os gêmeos encontraram um lar melhor do que poderiam sonhar. Piscou algumas vezes e começou a perceber que muitas coisas não importavam mais.

Frankie queria andar o caminho todo, embora ainda não conseguisse; Faith seguiu com o carrinho, mas Frankie se esforçou, segurando a mão de Noel e repetindo "papa" o tempo todo. Só quando chegaram à casa de Emily e Chapéu, as pernas dela começaram a ficar fracas e Noel pegou-a no colo.

— Boa menina do papai — disse ele repetidas vezes.

Seu peito não estava mais apertado, a terrível sensação de estar correndo por um corredor comprido tinha ido embora. Naquela noite, ligaria para Malachy e, então, estaria pronto para tudo. Abraçou Faith com o outro braço e acompanhou sua pequena família para dentro da casa para tomar chá.

Minha querida filha Frankie, minha amada filha,

Nunca vou vê-la nem conhecê-la, mas eu a amo muito. Lutei para viver por você, mas não deu certo. Comecei tarde demais, entende... Se, pelo menos, eu soubesse que teria uma menininha por quem viver... Mas é muito tarde para esse tipo de lamentações. Em vez disso, quero lhe desejar o melhor que a vida puder lhe dar. Desejo que tenha coragem — eu tenho muita. Demais, algumas pessoas diriam! Espero que você não seja tão impulsiva e imprudente como eu fui. Mas que viva em paz e receba o amor das pessoas boas que vão cuidar de você e fazê-la feliz. Hoje estou aqui sentada em um quarto onde ninguém consegue dormir. É a minha última noite aqui, e amanhã será seu primeiro dia aqui. Eu adoraria se nós pudéssemos nos encontrar.

Mas eu sei de uma coisa. Noel será um ótimo pai. Ele é muito forte e mal pode esperar para conhecê-la amanhã. Há semanas, ele vem se preparando, arrumando as coisas para você, aprendendo a segurá-la, a alimentá-la, a mudar a sua fralda. Ele será um pai maravilhoso e eu tenho uma sensação muito clara de que você será a luz da vida dele.

Tantas pessoas estão esperando para conhecê-la amanhã. Não fique triste por mim, você conseguiu dar sentido à minha vida, mesmo que tenha sido no final!

Viva bem e seja feliz, pequena Frankie. Ria muito e confie nas pessoas, não desconfie.

Lembre-se de que sua mãe a amou de todo coração.

Stella.

Agradecimentos

Gostaria de agradecer à minha editora, Carole Baron, e ao meu agente, Chris Green, que me apoiaram imensamente e foram meus grandes amigos enquanto eu escrevia este livro.

Impresso no Brasil pelo
Sistema Cameron da Divisão Gráfica da
DISTRIBUIDORA RECORD DE SERVIÇOS DE IMPRENSA S.A.
Rua Argentina 171 – Rio de Janeiro, RJ – 20921-380 – Tel.: 2585-2000